D1385817

Un barrage
contre le Pacifique

© Éditions Gallimard, 1951 pour le texte.
© Éditions Belin/Éditions Gallimard, 2011 pour l'introduction, les notes et le dossier pédagogique.

ISBN 978-2-7011-5820-4
ISSN 2104-9610

CLASSICOLYCÉE

Un barrage contre le Pacifique

MARGUERITE DURAS

Dossier par Lucile Beillacou
Agrégée de lettres modernes

BELIN ■ GALLIMARD

Sommaire

Le tour de l'œuvre en 8 fiches

Groupements de textes

Vers l'écrit du Bac

Fenêtres sur...

Des ouvrages à lire, des films à voir
et des sites Internet à consulter

Glossaire

Pour entrer dans l'œuvre

En 1995, à la question « Votre livre préféré absolument ? », Marguerite Duras répondait de façon elliptique « *Le Barrage*, l'enfance ». La publication de ce roman remonte alors à plus de quarante ans ; c'est dire l'importance qu'il revêt pour l'écrivain. *Un barrage contre le Pacifique* tient effectivement une place à part dans l'œuvre de Marguerite Duras. C'est le premier succès de l'auteur auprès du public et de la critique ; le roman est d'ailleurs sélectionné pour le prix Goncourt. C'est également la première œuvre d'inspiration autobiographique. Marguerite Duras met en scène une famille qui rappelle étrangement la sienne. Le récit se déroule en Indochine, région encore colonisée par la France, où l'écrivain a passé son enfance et son adolescence. Il évoque le combat d'une mère qui s'est ruinée pour un terrain incultivable en raison de la montée annuelle des eaux du Pacifique, et qui érige en vain des barrages pour tenter de contenir l'océan. Ses échecs successifs la font sombrer progressivement dans la folie, tandis que ses deux enfants, Joseph et Suzanne, ne rêvent que d'une chose: quitter ce lieu mortifère. Suzanne incarne ainsi une sorte de double de Marguerite Duras adolescente, tandis que Joseph synthétise les caractères contradictoires des deux frères de l'auteur, Pierre et Paul.

Mais *Un barrage* ne se limite pas à cette perspective autobiographique : c'est aussi un roman engagé. Publié en 1950, au moment de la guerre d'Indochine, Marguerite Duras y dénonce avec ironie, à travers l'histoire d'une famille de colons blancs, trompés et floués par des agents sans scrupule, les dérives du système colonial français, profondément injuste et inégalitaire. Elle déclare d'ailleurs, bien des années plus tard : « Très longtemps, oui, j'ai été connue surtout à partir du *Barrage contre le Pacifique* qui a été pris par l'intelligentsia française comme étant le modèle de ce qu'il ne fallait pas faire, d'un livre de dénonciation de l'état colonial ; et ça, ça m'a poursuivie » (émission *Le Bon Plaisir de Marguerite Duras*, France-Culture, 20 octobre 1984). En effet, s'il rencontre un vif succès, le roman soulève aussi des critiques par sa remise en cause du colonialisme qui est loin de faire l'unanimité.

Troisième roman de Duras, *Un barrage contre le Pacifique* n'en demeure pas moins un « texte matrice » qui « marque la première étape d'un ancrage de l'œuvre durassienne dans l'espace et le temps des origines » (*Marguerite Duras*, Joëlle Pagès-Pindon). Comme le déclare l'écrivain elle-même, « c'est le vrai livre sur la mémoire » (*Les Parleuses*, 1974). Il annonce plusieurs thèmes chers à l'auteur : la famille, la folie, la passion, l'engagement.

À Robert.

Première partie

Il leur avait semblé à tous les trois que c'était une bonne idée d'acheter ce cheval. Même si ça ne devait servir qu'à payer les cigarettes de Joseph. D'abord, c'était une idée, ça prouvait qu'ils pouvaient encore avoir des idées. Puis ils se sentaient moins seuls, reliés par ce cheval au monde extérieur, tout de même capables d'en extraire quelque chose, de ce monde, même si ce n'était pas grand-chose, même si c'était misérable, d'en extraire quelque chose qui n'avait pas été à eux jusque-là, et de l'amener jusqu'à leur coin de plaine saturé de sel, jusqu'à eux trois saturés d'ennui et d'amertume. C'était ça les transports : même d'un désert, où rien ne pousse, on pouvait encore faire sortir quelque chose, en le faisant traverser à ceux qui vivent ailleurs, à ceux qui sont du monde.

Cela dura huit jours. Le cheval était trop vieux, bien plus vieux que la mère pour un cheval, un vieillard centenaire. Il essaya honnêtement de faire le travail qu'on lui demandait et qui était bien au-dessus de ses forces depuis longtemps, puis il creva.

Ils en furent dégoûtés, si dégoûtés, en se retrouvant sans cheval sur leur coin de plaine, dans la solitude et la stérilité de toujours, qu'ils décidèrent le soir même qu'ils iraient tous les trois le lendemain à Ram, pour essayer de se consoler en voyant du monde.

Et c'est le lendemain à Ram qu'ils devaient faire la rencontre qui allait changer leur vie à tous.

Comme quoi une idée est toujours une bonne idée, du moment qu'elle fait faire quelque chose, même si tout est entrepris de travers, par exemple avec des chevaux moribonds. Comme quoi une

idée de ce genre est toujours une bonne idée, même si tout échoue lamentablement, parce qu'alors il arrive au moins qu'on finisse par devenir impatient, comme on ne le serait jamais devenu si on avait commencé par penser que les idées qu'on avait étaient de
30 mauvaises idées.

Ce fut donc pour la dernière fois, ce soir-là, que vers cinq heures de l'après-midi, le bruit rêche de la carriole de Joseph se fit entendre au loin sur la piste, du côté de Ram.

La mère hocha la tête.
35 — C'est tôt, il n'a pas dû avoir beaucoup de monde.

Bientôt on entendit des claquements de fouet et les cris de Joseph, et la carriole apparut sur la piste. Joseph était à l'avant. Sur le siège arrière il y avait deux Malaises[1]. Le cheval allait très lentement, il raclait la piste de ses pattes plutôt qu'il ne mar-
40 chait. Joseph le fouettait mais il aurait pu aussi bien fouetter la piste, elle n'aurait pas été plus insensible. Joseph s'arrêta à la hauteur du bungalow. Les femmes descendirent et continuèrent leur chemin à pied vers Kam. Joseph sauta de la carriole, prit le cheval par la bride, quitta la piste et tourna dans le petit chemin
45 qui menait au bungalow[2]. La mère l'attendait sur le terre-plein, devant la véranda.
— Il n'avance plus du tout, dit Joseph.

Suzanne était assise sous le bungalow, le dos contre un pilotis. Elle se leva et s'approcha du terre-plein, sans toutefois sortir de
50 l'ombre. Joseph commença à dételer le cheval. Il avait très chaud et des gouttes de sueur descendaient de dessous son casque sur ses joues. Une fois qu'il eut dételé, il s'écarta un peu du cheval et se mit à l'examiner. C'était la semaine précédente qu'il avait eu l'idée de ce service de transport pour essayer de gagner un peu d'argent.
55 Il avait acheté le tout, cheval, carriole et harnachement, pour deux

---

1. Malaises: femmes originaires de Malaisie.
2. Bungalow: habitation généralement en bois, d'un seul étage, possédant une véranda et bâtie sur pilotis (ici).

cents francs. Mais le cheval était bien plus vieux qu'on n'aurait cru. Dès le premier jour, une fois dételé, il était allé se planter sur le talus du semis[1] en face du bungalow et il était resté là, des heures, la tête pendante. Il broutait bien de temps en temps, mais distraitement, comme s'il s'était juré en réalité de ne plus jamais brouter, et qu'il l'oubliait seulement par instants. On ne savait pas, sa vieillesse mise à part, ce qu'il pouvait bien avoir. La veille, Joseph lui avait apporté du pain de riz[2] et quelques morceaux de sucre pour essayer de lui ouvrir l'appétit, mais après les avoir flairés il était retourné à la contemplation extatique des jeunes semis de riz. Sans doute, de toute son existence passée à traîner des billes[3] de loupe[4] de la forêt jusqu'à la plaine, n'avait-il jamais mangé autre chose que l'herbe desséchée et jaunie des terrains défrichés et, au point où il en était, n'avait-il plus le goût d'autre nourriture.

Joseph allait vers lui et lui caressait le col.

– Mange, gueulait Joseph, mange.

Le cheval ne mangeait pas. Joseph avait commencé à dire qu'il était peut-être tuberculeux. La mère disait que non, qu'il était comme elle, qu'il en avait assez de vivre et qu'il préférait se laisser crever. Pourtant, jusqu'à ce jour-là, non seulement il avait pu faire l'aller et retour entre Banté et le bungalow, mais, le soir, dételé, il s'était dirigé seul vers le talus du semis, tant bien que mal, mais seul. Aujourd'hui, non, il restait là, sur le terre-plein, devant Joseph. De temps en temps il vacillait légèrement.

– Merde, dit Joseph, il ne veut même plus y aller.

La mère à son tour s'approcha. Elle était pieds nus et portait un grand chapeau de paille qui lui arrivait à hauteur des sourcils. Une mince natte de cheveux gris retenus par une rondelle de chambre à air lui pendait dans le dos. Sa robe grenat[5], taillée dans un pagne

---

1. Semis : terre qui a été ensemencée.
2. Pain de riz : pain fait à base de farine de riz.
3. Billes : portions de tronc d'arbre coupées grossièrement à la scie.
4. Loupe : excroissance qui apparaît parfois sur le tronc ou les branches d'un arbre.
5. Grenat : pierre précieuse de couleur rouge sombre.

85 indigène, était large, sans manches et usée à l'endroit des seins qui étaient bas mais encore charnus, et visiblement libres sous la robe.

– Je t'avais dit de ne pas l'acheter. Deux cents francs pour ce cheval à moitié crevé et cette carriole qui ne tient pas debout.

– Si tu ne la fermes pas je fous le camp, dit Joseph.

90 Suzanne sortit de dessous le bungalow et s'approcha à son tour du cheval. Elle aussi portait un chapeau de paille d'où sortaient quelques mèches d'un châtain roux. Elle était pieds nus, comme Joseph et la mère, avec un pantalon noir qui lui arrivait au-dessous du genou et une blouse bleue sans manches.

95 – Si tu fous le camp, t'auras raison, dit Suzanne.

– Je ne te demande pas ton avis, dit Joseph.

– Moi je te le donne.

La mère s'élança vers sa fille et essaya de la gifler. Suzanne l'esquiva et retourna se réfugier dans l'ombre, sous le bungalow.

100 La mère se mit à geindre. Le cheval semblait maintenant avoir les pattes de derrière à demi paralysées. Il n'avançait pas. Joseph lâcha le licol[1] avec lequel il essayait de l'entraîner et le poussa par le train arrière. Le cheval avança par secousses, toujours vacillant, jusqu'au talus. Une fois là il s'arrêta et enfouit ses naseaux dans le

105 vert tendre du semis. Joseph, la mère et Suzanne s'immobilisèrent, tournés vers lui, pleins d'espoir. Mais non. Il se caressa les naseaux au semis, une fois, encore une fois, il releva un peu la tête, puis la laissa pendre, immobile, pesante, au bout de son long cou, ses grosses lèvres au ras des pointes d'herbe.

110 Joseph hésita, pivota sur lui-même, alluma une cigarette et revint vers la carriole. Il mit les harnais en tas, sur la banquette avant, et la tira jusque sous le bungalow.

D'habitude il la laissait près de l'escalier, mais, ce soir-là, il la remisa bien au fond, entre les pilotis centraux.

115 Après quoi il parut réfléchir à ce qu'il allait pouvoir faire. Il se tourna encore une fois vers le cheval, puis se dirigea vers la remise.

---

1. Licol : lien qu'on met au cou des chevaux et des bêtes de somme.

Il eut l'air d'apercevoir alors sa sœur qui était revenue s'asseoir
contre son pilotis.

– Qu'est-ce que tu fous là ?

120 – Il fait chaud, dit Suzanne.

– Il fait chaud pour tout le monde.

Il pénétra dans la remise, sortit le sac de carbure[1] et en versa dans
une boîte de fer-blanc. Puis il alla remettre le sac dans la remise,
revint à la boîte et se mit à écraser le carbure entre ses doigts. Il

125 huma l'air et dit :

– C'est les biches qui puent, faudra les balancer, je ne comprends
pas comment tu peux rester là.

– Ça pue moins que ton carbure.

Il se releva, se dirigea encore une fois vers la remise, la boîte de

130 carbure à la main. Puis il changea d'avis, revint vers la carriole et
lui assena un coup de pied dans les roues. Après quoi il remonta,
d'un pas décidé, l'escalier du bungalow.

La mère avait repris son sarclage[2]. C'était la troisième fois qu'elle
plantait des cannas[3] rouges sur le talus qui bordait le terre-plein.

135 La sécheresse les faisait régulièrement crever mais elle s'obstinait.
Devant elle le caporal binait[4] le talus après l'avoir arrosé. Il devenait
de plus en plus sourd et elle était obligée de hurler de plus en plus
fort pour lui donner ses ordres. Peu avant le pont, vers la piste, la
femme du caporal et sa fille pêchaient dans un marigot[5]. Il y avait

140 bien une heure qu'elles étaient accroupies dans la boue en train
de pêcher. Il y avait bien trois ans qu'on mangeait du poisson, toujours le même, celui qu'elles pêchaient chaque soir dans la même
mare avant le pont.

---

1. Carbure : composant servant notamment de combustible dans les lampes à
acétylène.
2. Sarclage : activité consistant à arracher les mauvaises herbes d'un terrain.
3. Cannas : plantes tropicales possédant des fleurs rouges.
4. Binait : labourait la terre avec un instrument nommé « binette ».
5. Marigot : dans les pays tropicaux, bras d'une rivière ou étang permanent,
souvent dépourvu d'eau pendant la saison sèche.

Sous le bungalow on était relativement tranquille. Joseph avait
145 laissé la remise ouverte et un air frais en arrivait tout empreint
de l'odeur des biches. Il y en avait quatre et un cerf. Joseph avait
tué le cerf et l'une des biches l'avant-veille et les deux autres il y
avait trois jours, et celles-là ne saignaient plus. Les autres perdaient
encore leur sang goutte à goutte par leurs mâchoires ouvertes. Joseph
150 chassait souvent, parfois une nuit sur deux. La mère l'engueulait
parce qu'il gâchait des balles à tuer des biches qu'on jetait dans le
rac[1] au bout de trois jours. Mais Joseph ne pouvait pas se résigner
à revenir bredouille de la forêt. Et on faisait toujours comme si on
mangeait les biches, on les accrochait toujours sous le bungalow
155 et on attendait qu'elles pourrissent avant de les jeter dans le rac.
Tout le monde était dégoûté d'en manger. Depuis quelque temps
on mangeait plus volontiers des échassiers[2] à chair noire que Joseph
tuait à l'embouchure du rac, dans les grands marécages salés qui
bordaient la concession[3] du côté de la mer.
160 Suzanne attendait que Joseph vienne la chercher pour aller se
baigner. Elle ne voulait pas sortir la première de dessous le bungalow. Il valait mieux l'attendre. Quand elle était avec lui, la mère
criait moins.
Joseph descendit.
165 – Viens en vitesse. J'attends pas.
Suzanne monta en courant passer son maillot. Elle n'avait pas
fini que la mère qui l'avait vue monter criait déjà. Elle ne criait pas
pour mieux faire entendre des choses qu'elle aurait voulu qu'on
comprenne. Elle gueulait à la cantonade n'importe quoi, des choses
170 sans rapport avec ce qui se passait dans le même moment. Quand
Suzanne redescendit du bungalow elle trouva Joseph, indifférent
aux cris de la mère, à nouveau aux prises avec le cheval. De toutes

---

1. Rac : Marguerite Duras définit les racs comme de « petits torrents qui descendent
de la montagne » (*Les Parleuses*, 1974).
2. Échassiers : oiseaux dont les longues pattes ressemblent à des échasses.
3. Concession : désigne ici la parcelle de terrain cédée par l'administration coloniale
à la mère de Joseph à condition qu'elle la cultive.

ses forces il lui appuyait sur le crâne, essayant de lui enfouir les naseaux dans le semis. Le cheval se laissait faire mais ne touchait
175 pas au semis. Suzanne rejoignit Joseph.

– Allez, viens.

– Je crois que c'est fini, dit tristement Joseph, il va crever.

Il le quitta à regret et ils s'en allèrent ensemble vers le pont de bois, à l'endroit le plus profond de la rivière.

180 Dès qu'ils le voyaient se diriger vers la rivière, les enfants quittaient la piste où ils jouaient, sautaient dans l'eau derrière lui. Les premiers arrivés plongeaient comme lui, les autres se laissaient dégringoler en grappes dans l'écume grise. Joseph avait l'habitude de jouer avec eux. Il les juchait sur ses épaules, leur faisait faire
185 des cabrioles, et parfois en laissait un s'accrocher à son cou et lui faisait descendre ainsi, extasié, le fil de l'eau, jusqu'aux abords du village, au-delà du pont. Mais aujourd'hui il n'avait pas envie de jouer. Dans l'espace profond et étroit il tournait et retournait sur lui-même, comme un poisson dans un bocal. Dominant l'eau, de
190 la berge, le cheval n'avait pas fait le plus léger mouvement. Sur le sol pierreux, sous le soleil, il avait l'apparence fermée d'une chose.

– Je ne sais pas ce qu'il a, dit Joseph, mais il va crever, c'est sûr.

Il replongeait, suivi par les enfants. Suzanne ne nageait pas aussi bien que lui. De temps en temps elle sortait de l'eau, s'asseyait
195 sur la berge et regardait la piste qui donnait d'un côté vers Ram, de l'autre vers Kam et, beaucoup plus loin, vers la ville, la plus grande ville de la colonie, la capitale, qui se trouvait à huit cents kilomètres de là. Le jour viendrait où une automobile s'arrêterait enfin devant le bungalow. Un homme ou une femme en descen-
200 drait pour demander un renseignement ou une aide quelconque, à Joseph ou à elle. Elle ne voyait pas très bien quel genre de renseignements on pourrait leur demander : il n'y avait dans la plaine qu'une seule piste qui allait de Ram à la ville en passant par Kam. On ne pouvait donc pas se tromper de chemin. Quand même, on
205 ne pouvait pas tout prévoir et Suzanne espérait. Un jour un homme s'arrêterait, peut-être, pourquoi pas ? parce qu'il l'aurait aperçue

près du pont. Il se pourrait qu'elle lui plaise et qu'il lui propose de l'emmener à la ville. Mais, à part le car, il passait peu d'autos sur la piste, pas plus de deux ou trois dans la journée. C'était toujours
210 les mêmes autos de chasseurs qui allaient jusqu'à Ram, à soixante kilomètres de là, et qu'on voyait quelques jours après repasser en sens inverse. Elles passaient à toute vitesse en klaxonnant sans arrêt pour chasser les enfants de la piste. Longtemps avant de les voir surgir dans un nuage de poussière, on entendait leurs klaxons
215 sourds et puissants dans la forêt. Joseph aussi attendait une auto qui s'arrêterait devant le bungalow. Celle-là serait conduite par une femme blond platine qui fumerait des 555[1] et qui serait fardée. Elle, par exemple, elle pourrait commencer à lui demander de l'aider à réparer son pneu.
220 Toutes les dix minutes à peu près, la mère levait la tête au-dessus des cannas, gesticulait dans leur direction, et criait.

Tant qu'ils étaient ensemble, elle ne s'approchait pas. Elle se contentait de gueuler. Depuis l'écroulement des barrages, elle ne pouvait presque rien essayer de dire sans se mettre à gueuler, à propos
225 de n'importe quoi. Autrefois, ses enfants ne s'inquiétaient pas de ses colères. Mais depuis les barrages, elle était malade et même en danger de mort, d'après le docteur. Elle avait déjà eu trois crises, et toutes trois, d'après le docteur, auraient pu être mortelles. On pouvait la laisser crier un moment, mais pas trop longtemps. La
230 colère pouvait lui donner une crise.

Le docteur faisait remonter l'origine de ses crises à l'écroulement des barrages. Peut-être se trompait-il. Tant de ressentiment n'avait pu s'accumuler que très lentement, année par année, jour par jour. Il n'avait pas qu'une seule cause. Il en avait mille, y compris
235 l'écroulement des barrages, l'injustice du monde, le spectacle de ses enfants qui se baignaient dans la rivière…

La mère avait eu pourtant des débuts qui ne la prédestinaient en rien à prendre vers la fin de sa vie une telle importance dans

---

1. **555**: marque de cigarettes populaire en Asie du Sud-Est.

l'infortune, qu'un médecin pouvait parler maintenant de la voir
240   mourir de cela, mourir de malheur.

Fille de paysans, elle avait été si bonne écolière que ses parents
l'avaient laissée aller jusqu'au brevet supérieur. Après quoi, elle
avait été pendant deux ans institutrice dans un village du nord de
la France. On était alors en 1899. Certains dimanches, à la mairie,
245   elle rêvait devant les affiches de propagande coloniale. « Engagez-
vous dans l'armée coloniale », « Jeunes, allez aux colonies, la fortune vous y attend. » À l'ombre d'un bananier croulant sous les
fruits, le couple colonial, tout de blanc vêtu, se balançait dans des
rocking-chairs tandis que des indigènes s'affairaient en souriant
250   autour deux. Elle se maria avec un instituteur qui, comme elle, se
mourait d'impatience dans un village du Nord, victime comme elle
des ténébreuses lectures de Pierre Loti[1]. Peu après leur mariage,
ils firent ensemble leur demande d'admission dans les cadres de
l'enseignement colonial et ils furent nommés dans cette grande
255   colonie que l'on appelait alors l'Indochine française.

Suzanne et Joseph étaient nés dans les deux premières années
de leur arrivée à la colonie. Après la naissance de Suzanne, la mère
abandonna l'enseignement d'État. Elle ne donna plus que des leçons
particulières de français. Son mari avait été nommé directeur d'une
260   école indigène et, disait-elle, ils avaient vécu très largement malgré
la charge de leurs enfants. Ces années-là furent sans conteste les
meilleures de sa vie, des années de bonheur. Du moins c'était ce
qu'elle disait. Elle s'en souvenait comme d'une terre lointaine et
rêvée, d'une île. Elle en parlait de moins en moins à mesure qu'elle
265   vieillissait, mais quand elle en parlait c'était toujours avec le même
acharnement. Alors, à chaque fois, elle découvrait pour eux de
nouvelles perfections à cette perfection, une nouvelle qualité à
son mari, un nouvel aspect de l'aisance qu'ils connaissaient alors,

---

1. **Pierre Loti** (1850-1923): auteur français qui a écrit de nombreux récits de
voyages.

et qui tendait à devenir une opulence dont Joseph et Suzanne
270   doutaient un peu.

Lorsque son mari mourut, Suzanne et Joseph étaient encore très
jeunes. De la période qui avait suivi, elle ne parlait jamais volontiers.
Elle disait que ç'avait été difficile, qu'elle se demandait encore comment elle avait pu en sortir. Pendant deux ans, elle avait continué
275   à donner des leçons de français. Puis, comme c'était insuffisant,
des leçons de français et des leçons de piano. Puis, comme c'était
encore insuffisant, à mesure que grandissaient ses enfants, elle s'était
engagée à l'Éden-Cinéma comme pianiste. Elle y était restée dix
ans. Au bout de dix ans, elle avait pu faire des économies suffisantes
280   pour adresser une demande d'achat de concession à la Direction
générale du cadastre de la colonie.

Son veuvage, son ancienne appartenance au corps enseignant
et la charge de ses deux enfants lui donnaient un droit prioritaire
sur une telle concession. Elle avait pourtant dû attendre deux ans
285   avant de l'obtenir.

Il y avait maintenant six ans qu'elle était arrivée dans la plaine,
accompagnée de Joseph et de Suzanne, dans cette Citroën B. 12
qu'ils avaient toujours.

Dès la première année elle mit en culture la moitié de la concession.
290   Elle espérait que cette première récolte suffirait à la dédommager en
grande partie des frais de construction du bungalow. Mais la marée
de juillet monta à l'assaut de la plaine et noya la récolte. Croyant
qu'elle n'avait été victime que d'une marée particulièrement forte,
et malgré les gens de la plaine qui tentaient de l'en dissuader, l'an-
295   née d'après la mère recommença. La mer monta encore. Alors elle
dut se rendre à la réalité : sa concession était incultivable. Elle était
annuellement envahie par la mer. Il est vrai que la mer ne montait
pas à la même hauteur chaque année. Mais elle montait toujours
suffisamment pour brûler tout, directement ou par infiltration.
300   Exception faite des cinq hectares qui donnaient sur la piste, et au
milieu desquels elle avait fait bâtir son bungalow, elle avait jeté ses
économies de dix ans dans les vagues du Pacifique.

Le malheur venait de son incroyable naïveté. En la préservant des nouveaux coups du sort et des hommes, les dix ans qu'elle avait passés, dans une complète abnégation[1], au piano de l'Éden-Cinéma, moyennant un très maigre salaire, l'avaient soustraite à la lutte et aux expériences fécondes de l'injustice. Elle était sortie de ce tunnel de dix ans, comme elle y était entrée, intacte, solitaire, vierge de toute familiarité avec les puissances du mal, désespérément ignorante du grand vampirisme[2] colonial qui n'avait pas cessé de l'entourer. Les concessions cultivables n'étaient accordées, en général, que moyennant le double de leur valeur. La moitié de la somme allait clandestinement aux fonctionnaires du cadastre chargés de répartir les lotissements entre les demandeurs. Ces fonctionnaires tenaient réellement entre leurs mains le marché des concessions tout entier et ils étaient devenus de plus en plus exigeants. Si exigeants que la mère, faute de pouvoir satisfaire leur appétit dévorant, que jamais ne tempérait la considération d'aucun cas particulier, même si elle avait été prévenue et si elle avait voulu éviter de se faire donner une concession incultivable, aurait été obligée de renoncer à l'achat de quelque concession que ce soit.

Lorsque la mère avait compris tout cela, un peu tard, elle était allée trouver les agents du cadastre de Kam dont dépendaient les lotissements de la plaine. Elle était restée assez naïve pour les insulter et les menacer d'une plainte en haut lieu. Ils n'étaient pour rien dans cette erreur, lui dirent-ils. Sans doute, le responsable en était-il leur prédécesseur, reparti depuis pour la Métropole. Mais la mère était revenue à la charge avec une telle persévérance qu'ils s'étaient vus obligés, pour s'en débarrasser, de la menacer. Si elle continuait, ils lui reprendraient sa concession avant le délai prévu. C'était l'argument le plus efficace dont ils disposaient pour faire taire leurs victimes. Car toujours, naturellement, celles-ci préféraient avoir une concession même illusoire que de ne plus rien avoir du tout. Les

---

1. Abnégation: renoncement.
2. Vampirisme: exploitation avide et féroce.

335 concessions n'étaient jamais accordées que conditionnellement. Si, après un délai donné, la totalité n'en était pas mise en culture, le cadastre pouvait les reprendre. Aucune des concessions de la plaine n'avait donc été accordée à titre définitif. C'était justement ces concessions-là qui donnaient au cadastre la facilité de tirer des autres, des vraies concessions, cultivables, elles, un profit considé-
340 rable. Le choix des attributions leur étant laissé, les fonctionnaires du cadastre se réservaient de répartir, au mieux de leurs intérêts, d'immenses réserves de lotissements incultivables qui, régulière-ment attribués et non moins régulièrement repris, constituaient en quelque sorte leur fonds régulateur.
345 Sur la quinzaine de concessions de la plaine de Kam, ils avaient installé, ruiné, chassé, réinstallé, et de nouveau ruiné et de nouveau chassé, peut-être une centaine de familles. Les seuls concessionnaires qui étaient restés dans la plaine y vivaient du trafic du pernod[1] ou de celui de l'opium[2], et devaient acheter leur complicité en leur
350 versant une quote-part de leurs ressources irrégulières, «illégales», disaient les agents du cadastre.

La juste colère de la mère ne lui épargna pas, deux ans après son arrivée, la première inspection cadastrale. Ces inspections toutes formelles se réduisaient à une visite au concessionnaire auquel on
355 venait rafraîchir la mémoire. On lui rappelait que le premier délai était passé.

– Personne au monde, suppliait ce dernier, ne serait capable de faire pousser quoi que ce soit sur cette concession…

– Il serait étonnant, rétorquait l'agent, que notre gouvernement
360 général ait mis en lotissement un terrain impropre à la culture.

La mère, qui commençait à mieux y voir dans les mystères de la concussion[3], fit valoir l'existence de son bungalow. Celui-ci n'était pas achevé mais représentait quand même, incontestablement, un

1. **Pernod**: marque d'une liqueur anisée proche de l'absinthe (alcool très fort).
2. **Opium**: drogue produite notamment en Asie.
3. **Concussion**: malversation d'un fonctionnaire ou d'un représentant de l'État qui profite de sa position pour toucher illégalement de l'argent.

commencement de mise en valeur qui devait lui valoir un délai plus
365 long. Les agents cadastraux s'inclinèrent. Elle avait un an de plus
devant elle. Cette année-là, la troisième depuis son arrivée, elle ne
jugea pas utile de renouveler son expérience et laissa au Pacifique
toute liberté. D'ailleurs, l'eût-elle voulu qu'elle n'en aurait plus
trouvé les moyens. Déjà, pour terminer son bungalow, elle avait fait
370 une ou deux demandes de crédit aux banques de la colonie. Mais
les banques n'agissaient qu'après avoir consulté le cadastre. Et si la
mère put en obtenir quelque crédit ce ne fut qu'en hypothéquant le
bungalow inachevé et pour l'achèvement duquel précisément elle
empruntait. Car pour le bungalow, il lui appartenait, lui, en toute
375 propriété et elle se félicitait chaque jour de l'avoir fait construire.
Toujours, à mesure que s'accrut son dénuement, le bungalow grandit
au contraire à ses yeux en valeur et en solidité.

Après la première inspection, il y en eut une autre. Elle eut
lieu cette année-là, dans la semaine qui suivit l'écroulement des
380 barrages. Mais Joseph était enfin en âge de s'en mêler. Le maniement du fusil lui était devenu familier. Il le sortit sous le nez de
l'agent du cadastre qui n'insista pas et s'en retourna dans la petite
auto qui servait à ses tournées. Depuis, de ce côté-là, la mère était
relativement tranquille.

385 Forte du délai que lui avait valu son bungalow, la mère mit les
agents de Kam au courant de ses nouveaux projets. Ceux-ci consis-
taient à demander aux paysans qui vivaient misérablement sur les
terres limitrophes de la concession de construire, en commun avec
elle, des barrages contre la mer. Ils seraient profitables à tous. Ils
390 longeraient le Pacifique et remonteraient le rac jusqu'à la limite
des marées de juillet. Les agents, surpris, trouvèrent ce projet un
peu utopique, mais ne s'y opposèrent pas. Elle pouvait toujours le
rédiger et le leur envoyer. En principe, prétendaient-ils, l'assèchement
de la plaine ne pouvait faire l'objet que d'un plan gouvernemen-
395 tal, mais aucun règlement, à leur connaissance, n'interdisait à un
concessionnaire de faire des barrages sur sa propre concession. À
condition toutefois de les en prévenir et d'avoir l'autorisation des

services locaux du cadastre. La mère envoya son projet après avoir passé des nuits à le rédiger, puis elle attendit cette autorisation.

400 Elle attendit très longtemps, sans se décourager, parce que, déjà, elle avait pris l'habitude de ces sortes d'attentes. Elles étaient, et elles seules, les liens obscurs qui la reliaient aux puissances du monde dont elle dépendait corps et biens, le cadastre, la banque. Après avoir attendu des semaines, elle se décida à aller à Kam. Les

405 agents cadastraux avaient bien reçu son projet. S'ils ne lui avaient pas répondu c'était parce que, décidément, l'assèchement de la concession ne les intéressait pas. Néanmoins, ils lui donnaient l'autorisation tacite de faire ses barrages. La mère repartit, fière de ce résultat.

410 Il fallait étayer[1] les barrages avec des rondins de palétuviers[2]. De ces frais-là, naturellement, elle devait se charger seule. Elle venait alors d'hypothéquer le bungalow qui n'était pas terminé. Elle dépensa tout l'argent de l'hypothèque à l'achat des rondins et le bungalow ne fut jamais terminé.

415 Le docteur n'avait pas tellement tort. On pouvait croire que c'était à partir de là que tout avait vraiment commencé. Et qui n'aurait été sensible, saisi d'une grande détresse et d'une grande colère, en effet, à l'image de ces barrages amoureusement édifiés par des centaines de paysans de la plaine enfin réveillés de leur torpeur

420 millénaire par une espérance soudaine et folle et qui, en une nuit, s'étaient écroulés comme un château de cartes, spectaculairement, en une seule nuit, sous l'assaut élémentaire et implacable des vagues du Pacifique ? Et qui, négligeant d'étudier la genèse d'une si folle espérance, n'aurait été tenté de tout expliquer, depuis la misère

425 toujours égale de la plaine jusqu'aux crises de la mère, par l'événement de cette nuit fatale et de s'en tenir à l'explication sommaire mais séduisante du cataclysme naturel ?

---

1. Étayer : soutenir, renforcer.
2. Palétuviers : arbres tropicaux aux racines aériennes.

Joseph forçait toujours Suzanne à rentrer dans l'eau. Il aurait voulu qu'elle sache bien nager pour se baigner avec lui dans la mer, à Ram. Mais Suzanne était réticente. Quelquefois, surtout à la saison des pluies, lorsqu'en une nuit la forêt était inondée, un écureuil, ou un rat musqué, ou un jeune paon descendaient, noyés, au fil de l'eau, et ces rencontres la dégoûtaient.

Comme la mère ne cessait de geindre, Joseph se décida à sortir de la rivière. Suzanne abandonna le guet des autos et le suivit.

– Merde, dit Joseph, demain on ira à Ram.

Il leva la tête dans la direction de la mère.

– On vient, cria-t-il, gueule pas comme ça.

Il cessait de penser à son cheval parce qu'il pensait à la mère. Il se dépêchait d'arriver auprès d'elle. Elle était rouge et larmoyante, comme toujours depuis qu'elle était tombée malade. Elle continuait à se lamenter.

– Tu ferais mieux de prendre tes pilules, dit Suzanne, au lieu de gueuler.

– Qu'est-ce que j'ai fait au ciel, gueulait la mère, pour avoir des saletés d'enfants comme j'ai là.

Joseph passa devant elle, monta dans le bungalow et redescendit avec un verre d'eau et les pilules. Comme toujours, la mère commença par les refuser. Comme toujours, elle finit par les prendre. Chaque soir après s'être baignés, il fallait qu'ils lui administrent une pilule pour la calmer. Car ce qu'elle ne pouvait plus supporter au fond c'était de les voir se distraire de l'existence qu'ils menaient dans la plaine. «Elle est devenue vicieuse», disait Suzanne. Joseph ne pouvait pas dire le contraire.

Suzanne alla se rincer dans la cabine de bains avec l'eau décantée[1] des jarres et elle se rhabilla. Joseph, lui, ne se rinçait pas, il restait en maillot jusqu'au lendemain matin. Quand Suzanne sortit de la cabine, le phonographe marchait déjà dans la véranda, où Joseph,

---

1. Décantée : débarrassée des impuretés.

allongé sur une chaise longue, ne pensait plus à la mère, mais de
nouveau à son cheval, qu'il regardait avec dégoût.

– C'est pas de chance, dit Joseph.

– Si tu vends le phono, tu pourras en racheter un beau et faire
le voyage trois fois au lieu d'une.

– Si je vends le phono, je fous le camp et en vitesse.

Le phonographe tenait une grande place dans la vie de Joseph.
Il avait cinq disques et les passait chaque soir, régulièrement, après
le bain. Quelquefois, quand il en avait bien marre, il les remettait les
uns après les autres, sans arrêt, toute une partie de la nuit jusqu'à
ce que la mère se soit levée deux ou trois fois pour venir le menacer
de jeter le phonographe à la rivière. Suzanne prit un fauteuil et
vint s'asseoir auprès de son frère.

– Si tu vends le phono et que tu achètes un cheval, dans quinze
jours tu pourras racheter un phono neuf.

– Quinze jours sans phono et je fous le camp d'ici.

Suzanne abandonna.

La mère préparait le dîner dans la salle à manger. Elle avait déjà
allumé la lampe à acétylène[1].

Le soir tombait vraiment très vite dans ce pays. Dès que le
soleil disparaissait derrière la montagne, les paysans allumaient
des feux de bois vert[2] pour se protéger des fauves et les enfants
rentraient dans les cases en piaillant. Dès qu'ils étaient en âge de
comprendre, on apprenait aux enfants à se méfier de la terrible nuit
paludéenne[3], et des fauves. Pourtant les tigres avaient bien moins
faim que les enfants et ils en mangeaient très peu. En effet ce dont
mouraient les enfants dans la plaine marécageuse de Kam, cernée
d'un côté par la mer de Chine – que la mère d'ailleurs s'obstinait
à nommer Pacifique, « mer de Chine » ayant à ses yeux quelque
chose de provincial, et parce que jeune, c'était à l'océan Pacifique
qu'elle avait rapporté ses rêves, et non à aucune des petites mers

---

1. **Lampe à acétylène** : lampe qui fonctionne grâce à la combustion du gaz acétylène.
2. **Bois vert** : bois qui a encore de la sève car on vient de le couper.
3. **Paludéenne** : des marais.

490 qui compliquent inutilement les choses – et murée vers l'Est par la très longue chaîne qui longeait la côte depuis très haut dans le continent asiatique, suivant une courbe descendante jusqu'au golfe de Siam où elle se noyait et réapparaissait encore en une multitude d'îles de plus en plus petites, mais toutes pareillement gonflées de la 495 même sombre forêt tropicale, ce dont ils mouraient, ce n'était pas des tigres, c'était de la faim, des maladies de la faim et des aventures de la faim. La piste traversait l'étroite plaine dans toute sa longueur. Elle avait été faite en principe pour drainer les richesses futures de la plaine jusqu'à Ram, mais la plaine était tellement misérable 500 qu'elle n'avait guère d'autres richesses que ses enfants aux bouches roses toujours ouvertes sur leur faim. Alors la piste ne servait en fait qu'aux chasseurs, qui ne faisaient qu'y passer, et aux enfants, qui s'y rassemblaient en meutes affamées et joueuses : la faim n'empêche pas les enfants de jouer.

505 – J'y vais cette nuit, déclara tout à coup Joseph.

La mère cessa de s'agiter auprès du réchaud et vint se planter devant lui.

– Tu n'iras pas, je te le dis moi que tu n'iras pas.

– J'y vais, dit Joseph, il y a rien à faire, j'y vais.

510 Quand Joseph restait trop longtemps sur la véranda, face à la forêt, il ne pouvait pas résister à l'envie de chasser.

– Emmène-moi, dit Suzanne, emmène-moi, Joseph.

La mère gueulait.

– J'emmène pas de femme dans une chasse de nuit et toi, si tu 515 gueules, j'y vais tout de suite.

Il alla s'enfermer dans sa chambre pour préparer son Mauser[1] et ses cartouches. La mère, tout en geignant, retourna dans la salle à manger et continua à préparer le repas. Suzanne n'avait pas bougé de la véranda. Les soirs où Joseph chassait elles se couchaient tard. 520 La mère en profitait pour « faire ses comptes », comme elle disait. On se demandait quels comptes, d'ailleurs. Pendant ces nuits-là,

---

1. **Mauser** : modèle particulier de fusil.

en tout cas, elle ne dormait pas. Elle quittait de temps en temps ses comptes, allait sur la véranda écouter les bruits de la forêt, essayait d'apercevoir le halo de la lampe de Joseph. Puis elle allait se remettre à ses comptes, « ses comptes de cinglée », comme disait Joseph.

– À table, dit la mère.

Il y avait encore de l'échassier et du riz. La femme du caporal monta quelques poissons grillés.

– Encore une nuit sans dormir, dit la mère.

Elle paraissait plus pâle à la lueur phosphorescente de la lampe. Les pilules commençaient à faire leur effet. Elle bâilla.

– T'en fais pas maman, je rentrerai tôt, dit gentiment Joseph.

– C'est pour vous que j'ai peur, quand j'ai peur d'avoir une crise.

Elle se leva, alla prendre dans le buffet une boîte de beurre salé et une boîte de lait condensé qu'elle posa devant ses enfants. Suzanne mit sur son riz une grande rasade de lait condensé. La mère se fit quelques tartines de beurre et les trempa dans un bol de café noir. Joseph mangeait de l'échassier. C'était une belle chair sombre et saignante.

– Ça pue le poisson, dit Joseph, mais c'est nourrissant.

– C'est ce qu'il faut, dit la mère. Tu seras prudent, Joseph.

Quand il s'agissait de les gaver, elle était toujours douce avec eux.

– T'en fais pas, je serai prudent.

– C'est pas ce soir qu'on ira à Ram, dit Suzanne.

– On ira demain, dit Joseph, et c'est pas à Ram que tu trouveras, ils sont tous mariés, il y a qu'Agosti.

– Jamais je ne la donnerai à Agosti, dit la mère, quand bien même il me supplierait.

– Il ne te demande rien, dit Suzanne. En attendant c'est pas ici qu'on trouvera.

– Il ne demanderait pas mieux, dit la mère, je sais ce que je dis, mais il peut toujours courir.

– Il ne pense même pas à elle, dit Joseph. Ce sera difficile. Il y en a qui se marient sans argent, mais il faut qu'elles soient très jolies, et encore, c'est rare.

– En attendant, dit Suzanne, ce que je dis pour Ram, c'est pas seulement pour ça, il y a du mouvement à Ram le jour du courrier, il y a l'électricité et un phono formidable à la cantine.

– Nous emmerde plus avec Ram, dit Joseph.

560 La mère mit devant eux le pain de riz qu'apportait le car tous les trois jours, de Kam. Puis elle se mit à défaire sa natte. Entre ses doigts abîmés, ses cheveux crissaient comme de l'herbe sèche. Elle avait fini de manger et regardait ses enfants. Quand ils mangeaient, elle s'asseyait en face d'eux et suivait tous leurs gestes. Elle aurait
565 voulu que Suzanne grandisse encore et Joseph aussi. Elle croyait que c'était encore possible. Pourtant Joseph avait vingt ans et il était déjà bien plus grand qu'elle.

– Prends de l'échassier, dit-elle à Suzanne, ce lait condensé, ça ne te nourrit pas.

570 – Puis ça pourrit les dents, dit Joseph, moi, ça m'a pourri toutes mes dents du fond. Même que ça doit continuer en douce.

– Quand on aura de l'argent, on te fera remettre d'autres dents, dit la mère. Prends de l'échassier, Suzanne.

Suzanne prit un petit morceau d'échassier. Ça l'écœurait et elle
575 mangeait par petites bouchées.

Joseph avait fini et déjà il chargeait sa lampe de chasse. Tout en continuant à se natter les cheveux, la mère lui faisait chauffer une tasse de café. Une fois sa lampe remplie, Joseph l'alluma et l'ajusta sur son casque dont il se coiffa. Après quoi, il sortit sur la
580 véranda pour vérifier son angle de visibilité. Pour la première fois de la soirée, il devait avoir oublié son cheval. Mais c'est à ce moment qu'il l'aperçut de nouveau, dans le champ de la lampe à acétylène.

– Merde, cria Joseph, ce coup-ci, il est crevé.

La mère et Suzanne accoururent près de Joseph. En plein dans
585 le champ lumineux de la lampe elles virent elles aussi le cheval. Il s'était enfin couché de tout son long. Sa tête passait par-dessus le talus et ses naseaux, enfouis dans les jeunes semis, effleuraient l'eau grise.

– C'est terrible, dit la mère.

590   Elle porta la main à son front dans un geste d'accablement et elle resta immobile près de Joseph.

– Tu devrais aller voir de près, dit-elle enfin, s'il est vraiment mort.

Joseph descendit lentement l'escalier et se dirigea vers le talus précédé par le feu de la lampe qu'il avait toujours sur le front. Avant
595 qu'il n'eût atteint le cheval, Suzanne rentra dans le bungalow, reprit sa place à table et essaya de finir son morceau d'échassier. Mais le peu d'appétit qu'elle avait s'en était allé. Elle renonça à manger et retourna au salon. Là, elle se recroquevilla dans un fauteuil de rotin et tourna le dos à la direction du cheval.

600   – Pauvre bête, geignait la mère, et dire qu'il a encore fait le chemin depuis Banté aujourd'hui même.

Suzanne l'entendait geindre sans la voir. Elle devait être sur la véranda et suivre Joseph des yeux. La semaine précédente un enfant était mort dans le hameau qui se trouvait derrière le bungalow. La
605 mère l'avait veillé toute la nuit et lorsqu'il était mort, au matin, elle avait geint de la même façon.

– Quel malheur ! cria la mère. Alors, Joseph ?

– Il respire encore.

La mère revint dans la salle à manger.

610   – Qu'est-ce qu'on pourrait faire ? Suzanne, va prendre la vieille couverture à carreaux dans l'auto.

Suzanne descendit sous le bungalow en évitant de regarder dans la direction du cheval. Elle prit la couverture sur le siège arrière de la B. 12, remonta et la tendit à la mère. Celle-ci descendit rejoindre
615 Joseph et quelques minutes après elle remonta avec lui.

– C'est terrible, dit-elle, il nous a regardés.

– Assez avec ce cheval, dit Suzanne, demain on va à Ram.

– Quoi ? dit la mère.

– C'est Joseph qui l'a dit, dit Suzanne.

620   Joseph enfilait ses sandales de tennis. Il partit, l'air hargneux. La mère commença à desservir puis elle se mit à ses comptes. « Ses comptes de cinglée », comme disait Joseph.

Quand ils allaient à Ram, la mère relevait sa natte et se chaussait. Mais elle gardait sa robe de cotonnade grenat, qu'elle ne quittait d'ailleurs jamais que pour dormir. Quand elle venait de la laver, elle se couchait et dormait pendant que la robe séchait. Suzanne aussi se chaussait, de la seule paire de souliers qu'elle eût, des souliers de bal en satin noir qu'elles avaient trouvés en solde à la ville. Mais elle changeait de vêtements pour l'occasion, quittait son pantalon malais et passait une robe. Joseph, lui, restait comme d'habitude. Le plus souvent, il ne se chaussait même pas. Cependant, quand c'était le jour du courrier du Siam, il enfilait ses sandales de tennis pour pouvoir danser avec les passagères.

En arrivant à la cantine de Ram, ils virent, stationnée dans la cour, une magnifique limousine[1] à sept places, de couleur noire. À l'intérieur, en livrée, un chauffeur attendait patiemment. Aucun d'eux ne l'avait encore vue. Ce ne pouvait être une auto de chasseur. Les chasseurs n'avaient pas de limousine mais des torpédos[2] décapotables. Joseph bondit de la B. 12. Il s'approcha et, lentement, fit deux fois le tour de l'auto. Puis il se posta devant le moteur et l'examina longuement sous l'œil étonné du chauffeur. « Talbot ou Léon Bollée », dit Joseph. N'ayant pas pu décider de la marque, il se résolut à monter dans le bar de la cantine avec Suzanne et la mère.

---

1. Limousine: automobile luxueuse où seules les places arrière étaient protégées.
2. Torpédos: automobiles anciennes décapotables, de forme allongée.

Il y avait là les trois fonctionnaires du poste, quelques officiers
645 de marine attablés avec des passagères, le fils Agosti qui jamais ne
ratait un courrier et enfin, seul à sa table, jeune, inespéré, le propriétaire présumé de la limousine.

Le père Bart se leva, se déplaça lentement de sa caisse et vint
vers la mère. Il y avait vingt ans qu'il était titulaire de la cantine de
650 Ram. Il ne l'avait jamais quittée. Il y avait vieilli et grossi. C'était
maintenant un homme d'une cinquantaine d'années, apoplectique[1]
et obèse, imbibé de pernod. Quelques années plus tôt, le père Bart
avait adopté un enfant de la plaine qui le déchargeait de tout le
service de la cantine et qui, à ses moments perdus, l'éventait der-
655 rière le comptoir, où il se retirait pour cuver son pernod dans une
immobilité bouddhique. À quelque heure qu'on le vît, le père Bart
était en nage, un pernod en train, non loin de lui. Il ne se déplaçait
que pour accueillir ses clients. Il ne faisait rien d'autre. Il allait vers
eux avec une lenteur de monstre marin sorti de son élément, sans
660 presque soulever ses pieds du sol tant le gênait son ventre inou-
bliable, véritable barrique d'absinthe. Il ne faisait pas que la boire.
Il vivait d'en faire la contrebande, et en était riche. On venait lui
en chercher de très loin, depuis les plantations du Nord. Il était
sans enfants, sans famille, et pourtant tenait tellement à son argent
665 qu'il n'avait jamais accepté d'en prêter, ou à des taux si élevés que
personne de la plaine n'avait eu la folie, ou l'astuce, d'accepter.
C'était ce qu'il souhaitait, persuadé que l'argent prêté dans la plaine
était de l'argent perdu. Il était pourtant le seul blanc dans la plaine
dont on pût dire qu'il aimait la plaine. Il est vrai qu'il y avait trouvé
670 un moyen d'en vivre en même temps qu'une raison de vivre : le
pernod. On le disait bon parce qu'il avait adopté un enfant. Et si
l'enfant l'éventait on se disait qu'après tout, l'enfant était mieux là
à l'éventer qu'à garder les buffles sous le soleil de la plaine. Cette
action généreuse, et la réputation qu'elle lui valait, l'assurait d'une
675 parfaite tranquillité dans son activité de contrebande. Elles étaient

---

1. **Apoplectique** : sujet à l'apoplexie, c'est-à-dire à des attaques cérébrales.

sans doute pour beaucoup dans l'attribution que lui avait faite le gouvernement général de la colonie, de la Légion d'honneur, pour avoir tenu, vingt ans, dans le souci constant du prestige français, la cantine de Ram, « poste éloigné ».

680   – Comment vont les affaires ? demanda le père Bart à la mère en lui serrant la main.

      – Ça va, ça va, dit la mère sans insister.

      – Vous avez de chics clients, dit Joseph, merde, cette limousine…

      – C'est à un type des caoutchoucs du Nord, c'est autrement
685 riche que par ici.

      – C'est pas vous qui avez à vous plaindre, dit la mère, trois courriers par semaine, c'est beau. Et il y a le pernod.

      – Il y a des risques, chaque semaine maintenant ils rappliquent, il y a des risques, c'est la corrida chaque semaine.

690   – Montrez-nous ce planteur du Nord, dit la mère.

      – C'est le type près d'Agosti, dans le coin. Il revient de Paris.

Ils l'avaient déjà vu à côté d'Agosti. Il était seul à sa table. C'était un jeune homme qui paraissait avoir vingt-cinq ans, habillé d'un costume de tussor[1] grège[2]. Sur la table il avait posé un feutre[3] du
695 même grège. Quand il but une gorgée de pernod ils virent à son doigt un magnifique diamant, que la mère se mit à regarder en silence, interdite.

      – Merde, quelle bagnole, dit Joseph. Il ajouta : Pour le reste, c'est un singe.

700   Le diamant était énorme, le costume en tussor, très bien coupé. Jamais Joseph n'avait porté de tussor. Le chapeau mou sortait d'un film : un chapeau qu'on se posait négligemment sur la tête avant de monter dans sa quarante chevaux et d'aller à Longchamp[4] jouer la moitié de sa fortune parce qu'on a le cafard à cause d'une femme.

---

1. Tussor : étoffe de soie légère.
2. Grège : couleur de la soie brute (beige).
3. Un feutre : chapeau fabriqué à partir d'une étoffe nommée « le feutre ».
4. Longchamp : l'hippodrome de Longchamp est un terrain consacré aux courses hippiques et fréquenté par la haute société.

705 C'était vrai, la figure n'était pas belle. Les épaules étaient étroites, les bras courts, il devait avoir une taille au-dessous de la moyenne. Les mains petites étaient soignées, plutôt maigres, assez belles. Et la présence du diamant leur conférait une valeur royale, un peu déliquescente. Il était seul, planteur, et jeune. Il regardait Suzanne.
710 La mère vit qu'il la regardait. La mère à son tour regarda sa fille. À la lumière électrique ses taches de rousseur se voyaient moins qu'au grand jour. C'était sûrement une belle fille, elle avait des yeux luisants, arrogants, elle était jeune, à la pointe de l'adolescence, et pas timide.

715 – Pourquoi tu fais une tête d'enterrement ? dit la mère. Tu ne peux pas avoir une fois l'air aimable ?

Suzanne sourit au planteur du Nord. Deux longs disques passèrent, fox-trot, tango. Au troisième, fox-trot, le planteur du Nord se leva pour inviter Suzanne. Debout il était nettement mal foutu. Pendant
720 qu'il avançait vers Suzanne, tous regardaient son diamant : le père Bart, Agosti, la mère, Suzanne. Pas les passagers, ils en avaient vu d'autres, ni Joseph parce que Joseph ne regardait que les autos. Mais tous ceux de la plaine regardaient. Il faut dire que ce diamant-là, oublié sur son doigt par son propriétaire ignorant, valait à lui seul
725 à peu près autant que toutes les concessions de la plaine réunies.

– Vous permettez, madame ? demanda le planteur du Nord en s'inclinant devant la mère.

La mère dit mais comment donc je vous en prie et rougit. Déjà, sur la piste, des officiers dansaient avec des passagères. Le fils Agosti,
730 avec la femme du douanier.

Le planteur du Nord ne dansait pas mal. Il dansait lentement, avec une certaine application académique, soucieux peut-être de manifester ainsi à Suzanne, son tact, sa classe, et sa considération.

– Est-ce que je pourrai être présenté à madame votre mère ?
735 – Bien sûr, dit Suzanne.

– Vous habitez la région ?

– Oui, on est d'ici. C'est à vous l'auto qui est en bas ?

– Vous me présenterez sous le nom de M. Jo.

— Elle vient d'où ? elle est formidable.

740 — Vous aimez les autos tellement que ça ? demanda M. Jo en souriant.

Sa voix ne ressemblait pas à celle des planteurs ou des chasseurs. Elle venait d'ailleurs, elle était douce et distinguée.

— Beaucoup, dit Suzanne. Ici, il n'y en a pas ou bien c'est des
745 torpédos.

— Une belle fille comme vous doit s'ennuyer dans la plaine… dit doucement M. Jo non loin de l'oreille de Suzanne.

Un soir, il y avait deux mois, le fils Agosti l'avait entraînée hors de la cantine où le pick-up¹ jouait *Ramona* et, sur le port, il lui avait
750 dit qu'elle était une belle fille, puis il l'avait embrassée. Une autre fois, un mois plus tard, un officier du courrier lui avait proposé de lui faire visiter son bateau, et dès le début de la visite l'avait entraînée dans une cabine de première classe où il lui avait dit qu'elle était une belle fille puis il l'avait embrassée. Elle s'était seulement
755 laissé embrasser. C'était donc la troisième fois qu'on le lui disait.

— Quelle marque c'est ? demanda Suzanne.

— C'est une Maurice Léon Bollée. C'est ma marque préférée. Si ça vous amuse on pourra faire un tour avec. N'oubliez pas de me présenter à madame votre mère.

760 — Ça fait combien de chevaux ?

— Je crois, vingt-quatre, dit M. Jo.

— Combien ça coûte une Maurice Léon Bollée ?

— C'est un modèle spécial, commandé spécialement à Paris. Celle-ci m'a coûté cinquante mille francs.

765 La B. 12 avait coûté dans les quatre mille francs et la mère avait mis quatre ans à la payer.

— C'est formidable ce que c'est cher, dit Suzanne.

M. Jo regardait de plus en plus près les cheveux de Suzanne, et de temps en temps ses yeux baissés, et sous ses yeux, sa bouche.

---

1. Pick-up : phonographe électrique.

770   – Si on avait une auto comme ça, on viendrait tous les soirs à
Ram, ça nous changerait. À Ram, et partout ailleurs.

– La richesse ne fait pas le bonheur, dit nostalgiquement M. Jo,
comme vous avez l'air de le croire.

La mère proclamait: « Il n'y a que la richesse pour faire le bon-
775 heur. Il n'y a que des imbéciles qu'elle ne fasse pas le bonheur. » Elle
ajoutait: « Il faut, évidemment, essayer de rester intelligent quand
on est riche. » Encore plus péremptoirement qu'elle, Joseph affir-
mait que la richesse faisait le bonheur, il n'y avait pas de question.
La limousine de M. Jo à elle seule aurait fait le bonheur de Joseph.

780   – Je ne sais pas, dit Suzanne. Nous j'ai l'impression qu'on se
débrouillerait pour que ça nous le fasse, le bonheur.

– Vous êtes si jeune, dit-il d'une voix susurrée. Ah, vous ne pouvez pas savoir.

– C'est pas parce que je suis jeune, dit Suzanne. C'est vous qui
785 êtes trop riche.

M. Jo la serrait maintenant très fort contre lui. Lorsque le fox-
trot fut terminé il le regretta.

– J'aurais bien continué cette danse…

Il suivit Suzanne jusqu'à leur table.

790   – Je te présente M. Jo, dit Suzanne à la mère.

La mère se leva pour dire bonjour à M. Jo et lui sourit. En
conséquence, Joseph ne se leva pas et ne sourit pas.

– Asseyez-vous à notre table, dit la mère, prenez quelque chose
avec nous.

795   Il s'assit à côté de Joseph.

– C'est moi qui invite, dit-il. Il se tourna vers le père Bart:

– Du champagne bien frappé[1], demanda-t-il. Depuis mon retour
de Paris je n'ai pas réussi à en boire du bon.

– Il y en a chaque soir de courrier, dit le père Bart, vous m'en
800 direz des nouvelles.

---

1. **Champagne frappé**: qui a été refroidi dans de la glace pilée.

M. Jo souriait de toutes ses dents qui étaient belles. Joseph les remarqua et, de M. Jo tout entier, ne regarda que ces dents. Il avait l'air un peu dépité : les siennes étaient abîmées et il ne pouvait pas les faire arranger. Il y avait, avant ses dents, tellement de choses à 805 arranger, que parfois il doutait qu'ils y arriveraient un jour.

– Vous revenez de Paris ? demanda la mère.

– Je débarque. Je suis à Ram pour trois jours. Je suis venu surveiller un embarquement de latex.

La mère, rougissante, souriante, buvait les paroles de M. Jo. 810 Celui-ci s'en apercevait et il avait l'air d'en être très satisfait. Ça devait être assez rare qu'on l'écoute dans l'émerveillement. Il soignait la mère du regard et il évitait encore de prêter une trop grande attention à ce qui l'intéressait : Suzanne. Il n'avait pas encore pris garde au frère, pas encore. Il remarquait seulement que Suzanne, 815 elle, n'avait d'yeux que pour ce frère qui se contentait de fixer soit ses dents, soit la piste d'un air morne et furieux.

– Son auto, dit Suzanne, c'est une Maurice Léon Bollée.

Elle se sentait très près de Joseph, toujours, devant un tiers, et surtout quand il était aussi visiblement emmerdé que ce soir. Joseph 820 parut se réveiller. Il demanda d'un ton maussade :

– Ça fait combien de chevaux une bagnole comme ça ?

– Vingt-quatre, dit négligemment M. Jo.

– Merde, vingt-quatre chevaux... Quatre vitesses sans doute ?

– Oui, quatre.

825 – On démarre en seconde comme on veut, non ?

– Oui, si on veut, mais ça esquinte le changement de vitesse.

– Ça tient la route ?

– À quatre-vingts dans un fauteuil. Mais celle-là, je ne l'aime pas, j'ai un roadster[1] deux places et avec ça j'arrive à cent sans aucun mal.

830 – Combien de litres au cent ?

– Quinze sur route. Dix-huit en ville. Vous avez quelle marque vous autres ?

---

1. **Roadster** : automobile décapotable à deux places.

Joseph regarda Suzanne l'air ahuri et, tout à coup, il rit.

– C'est pas la peine d'en parler...

835 – C'est une Citroën, dit la mère. Une bonne vieille Citroën qui nous a rendu bien des services. Pour la piste, elle est bien suffisante.

– On voit que tu la conduis pas souvent, dit Joseph.

La musique avait recommencé. M. Jo battait discrètement la mesure en tapotant la table de son doigt endiamanté. Ses réponses 840 étaient suivies de longs et puissants silences de la part de Joseph. Mais sans doute M. Jo n'osait-il pas changer de sujet de conversation. Tout en répondant à Joseph, il ne quittait plus Suzanne des yeux. Il le pouvait en toute tranquillité. Suzanne était si attentive aux réactions de Joseph qu'elle ne regardait plus que lui.

845 – Et le roadster ? demanda Joseph.

– Comment ?

– Combien au cent, le roadster ?

– Plus, dit M. Jo. Dix-huit sur route. Ça fait trente chevaux.

– Merde, dit Joseph.

850 – Les Citroën consomment moins, non ?

Joseph rit très fort. Il termina sa coupe de champagne et s'en versa une autre. Il avait tout à coup l'air décidé à se marrer.

– Vingt-quatre, dit-il.

– Psst ! fit M. Jo.

855 – Mais ça s'explique, dit Joseph.

– C'est beaucoup.

– Au lieu de douze, dit Joseph, mais ça s'explique... Le carburateur, c'est plus un carburateur, c'est une passoire.

Le fou rire de Joseph était contagieux. C'était un rire étouffant, 860 encore enfantin, qui sortait avec une fougue irrésistible. La mère devint rouge, essaya de se retenir mais sans y arriver.

– S'il n'y avait que ça, dit Joseph, ce serait rien.

La mère rit de toute sa gorge.

– C'est vrai, dit-elle, s'il n'y avait que le carburateur...

865 Suzanne rit aussi. Elle n'avait pas le même rire que Joseph, le sien était un peu sifflant, plus aigu. C'était arrivé en quelques

secondes. M. Jo paraissait décontenancé. Il devait se demander si son succès ne se trouvait pas un peu compromis et comment parer à ce risque.

870 — Et le radiateur! dit Suzanne.

— Un record, dit Joseph, vous n'avez jamais vu ça.

— Dis combien, Joseph, dis-le…

— Il a fait, avant que je le répare un peu, jusqu'à cinquante litres au cent.

875 — Ah! s'esclaffa la mère, c'est rare, ça, cinquante litres au cent.

— Et encore, dit Joseph, s'il n'y avait que ça, le carburateur et le radiateur…

— C'est vrai, dit la mère, s'il n'y avait que ça… ce ne serait rien.

M. Jo essaya de rire. Il se forçait un tout petit peu. Peut-être
880 qu'ils allaient l'oublier. Ils avaient l'air un peu sonnés.

— Et nos pneus! dit Joseph, nos pneus… Ils…

Joseph riait tellement qu'il ne pouvait plus former ses mots. Le même rire invincible et mystérieux secouait la mère et Suzanne.

— Devinez avec quoi on roule dans nos pneus, dit Joseph, devinez…

885 — Allez-y, dit Suzanne, devinez…

— Il peut toujours courir, dit Joseph, pour trouver.

L'enfant adoptif avait apporté une deuxième bouteille de champagne sur la demande de M. Jo. Agosti les écoutait et riait ferme. Les officiers et les passagères qui n'y comprenaient pourtant rien
890 s'étaient mis à rire à leur tour, mais doucement.

— Cherchez, dit Suzanne, allez-y. Remarquez, c'est pas toujours, heureusement…

— Je ne sais pas moi, avec des chambres à air de moto, dit M. Jo de l'air de celui qui a trouvé comment on danse sur cet air-là.

895 — Pas du tout, vous n'y êtes pas du tout, dit Suzanne.

— Des feuilles de bananier, dit Joseph, on les bourre…

M. Jo rit franchement pour la première fois. Mais pas si fort qu'eux, c'était sans doute une question de tempérament. Joseph avait atteint un tel degré d'hilarité qu'il en perdait la respiration
900 et que son rire, silencieux, le mettait au point mort du paroxysme.

M. Jo avait renoncé à inviter Suzanne. Il attendait patiemment que ça se passe.

– C'est original, c'est marrant, comme on dit à Paris.

Ils ne l'écoutaient pas.

905 – Nous, quand on part en voyage… dit Joseph, on attache le caporal sur le garde-boue avec un arrosoir à côté de lui…

Il hoquetait entre chaque mot.

– À la place du phare… il sert aussi de phare… le caporal c'est notre radiateur et c'est notre phare, dit Suzanne.

910 – Ah ! j'étouffe… tais-toi… tais-toi… dit la mère.

– Et les portières, dit Joseph, les portières, elles tiennent au fil de fer…

– Je ne me rappelle plus, dit la mère, je ne me rappelle même plus comment elles pouvaient être les poignées de nos portières…

915 – Avec nous, dit Joseph, pas besoin de poignées, on saute dedans, hop ! à condition de s'y prendre du côté où il y a un marchepied. Suffit d'avoir l'habitude.

– Mais ça, on l'a, l'habitude, dit Suzanne.

– Tais-toi, dit la mère, je vais avoir une crise.

920 Elle était très rouge. Elle était vieille, elle avait eu tant de malheurs, et si peu l'occasion d'en rire, que le rire en effet, s'emparant d'elle, l'ébranlait dangereusement. La force de son rire ne semblait pas venir d'elle et gênait, faisait douter de sa raison.

– Nous, pas besoin de phares…, dit Joseph. Une lampe de chasse,
925 c'est aussi bien.

M. Jo les regardait avec l'air de quelqu'un qui se demande si ça va finir un jour. Mais il écoutait patiemment.

– C'est agréable de tomber sur des gens comme vous, aussi gais que vous, dit-il, essayant sans doute de les détacher de l'inépuisable
930 B. 12 et de sortir de ce labyrinthe.

– Aussi gais que nous ?… dit la mère interloquée.

– Qu'est-ce qu'il dit, qu'on est gais ?… reprit Suzanne.

– Ah ! s'il savait, merde, s'il savait… dit Joseph.

Mais lui, Joseph, en voulait, décidément.

935   – Et encore, dit-il, s'il n'y avait que ça, le réservoir, les phares…
s'il n'y avait que ça…

La mère et Suzanne le regardaient intensément. Quel rebondis-
sement avait encore trouvé Joseph ? Elles ne devinaient pas encore,
mais le rire qui avait commencé à faiblir recommença à les secouer.

940   – Les fils de fer, continua Joseph, les feuilles de bananier, s'il
n'y avait que ça…

    – C'est vrai, s'il n'y avait que ça…, dit Suzanne d'un air inter-
rogateur.

    – S'il n'y avait que l'auto, dit Joseph.

945   – Ce ne serait rien, dit la mère, rien du tout…

Impatient, en avance sur le leur, le rire de Joseph les gagnait.

    – Il n'y a pas que l'auto. On avait des barrages… des barrages…

La mère et Suzanne poussèrent un cri aigu d'intense satisfaction. À son tour Agosti pouffa de rire. Et le sourd glouglou qui
950 s'élevait du côté de la caisse signifiait que le père Bart lui aussi
s'en mêlait.

    – Ah ! les crabes… les crabes…, s'exclama la mère.

    – Les crabes nous les ont bouffés, dit Joseph.

    – Même les crabes…, dit Suzanne, qui s'y sont mis.

955   – C'est vrai… même les crabes, dit la mère, ils sont contre nous…

Certains clients avaient recommencé à danser. Agosti continua
à se marrer parce qu'il connaissait bien leur histoire, aussi bien que
la sienne. Ç'aurait pu être la sienne, celle de chacun des concessionnaires de la plaine. Les barrages de la mère dans la plaine, c'était
960 le grand malheur et la grande rigolade à la fois, ça dépendait des
jours. C'était la grande rigolade du grand malheur. C'était terrible
et c'était marrant. Ça dépendait de quel côté on se plaçait, du côté
de la mer qui les avait fichus en l'air, ces barrages, d'un seul coup
d'un seul, du côté des crabes qui en avaient fait des passoires, ou au
965 contraire, du côté de ceux qui avaient mis six mois à les construire
dans l'oubli total des méfaits pourtant certains de la mer et des
crabes. Ce qui était étonnant c'était qu'ils avaient été deux cents à
oublier ça en se mettant au travail.

Tous les hommes des villages voisins de la concession auprès 970 desquels la mère avait délégué le caporal étaient venus. Et après les avoir rassemblés aux abords du bungalow, la mère leur avait expliqué ce qu'elle voulait d'eux.

– Si vous le voulez, nous pouvons gagner des centaines d'hectares de rizières et cela sans aucune aide des chiens du cadastre. Nous 975 allons faire des barrages. Deux sortes de barrages : les uns parallèles à la mer, les autres, etc.

Les paysans s'étaient un peu étonnés. D'abord parce que depuis des millénaires que la mer envahissait la plaine ils s'y étaient à ce point habitués qu'ils n'auraient jamais imaginé qu'on pût l'empêcher de 980 le faire. Ensuite parce que leur misère leur avait donné l'habitude d'une passivité qui était leur seule défense devant leurs enfants morts de faim ou leurs récoltes brûlées par le sel. Ils étaient revenus pourtant trois jours de suite et toujours en plus grand nombre. La mère leur avait expliqué comment elle envisageait de construire 985 ces barrages. Ce qu'il fallait d'après elle c'était les étayer avec des troncs de palétuviers. Elle savait où s'en procurer. Il y en avait des stocks aux abords de Kara qui, une fois la piste terminée, étaient restés sans emploi. Des entrepreneurs lui avaient offert de les lui céder au rabais. Elle seule d'ailleurs prendrait ces frais-là à sa charge.

990 Il s'en était trouvé une centaine qui avaient accepté dès le début. Mais ensuite, quand les premiers avaient commencé à descendre dans les barques qui partaient du pont vers les emplacements désignés pour la construction, d'autres s'étaient joints à eux en grand nombre. Au bout d'une semaine tous à peu près s'étaient mis à la 995 construction des barrages. Un rien avait suffi à les faire sortir de leur passivité. Une vieille femme sans moyens qui leur disait qu'elle avait décidé de lutter les déterminait à lutter comme s'ils n'avaient attendu que cela depuis le commencement des temps.

Et pourtant la mère n'avait consulté aucun technicien pour savoir 1000 si la construction des barrages serait efficace. Elle le croyait. Elle en était sûre. Elle agissait toujours ainsi, obéissant à des évidences et à une logique dont elle ne laissait rien partager à personne. Le

fait que les paysans aient cru ce qu'elle leur disait l'affermit encore
dans la certitude qu'elle avait trouvé exactement ce qu'il fallait
1005 faire pour changer la vie de la plaine. Des centaines d'hectares
de rizières seraient soustraits aux marées. Tous seraient riches, ou
presque. Les enfants ne mourraient plus. On aurait des médecins.
On construirait une longue route qui longerait les barrages et des-
servirait les terres libérées.

1010 Une fois les rondins achetés il se passa trois mois pendant lesquels il fallut attendre que la mer fût complètement retirée, et la
terre assez sèche pour commencer les travaux de terrassement.

C'est pendant cette période d'attente que la mère avait vécu
l'espoir de sa vie. Toutes ses nuits elle les passa alors à rédiger et
1015 à améliorer la rédaction des conditions de la future participation
des paysans à l'exploitation des cinq cents hectares prochaine-
ment cultivables. Mais son impatience était telle qu'il ne lui suffit
pas de faire ainsi des plans en attendant que vienne le moment.
Avec ce qui lui restait d'argent, une fois les rondins payés, sans
1020 attendre, elle fit bâtir trois cases qu'elle baptisa village de guet à
l'embouchure du rac. Les paysans avaient cru si nombreux à sa
réussite qu'elle y croyait désormais sans une ombre. Pas un instant
elle ne soupçonna que peut-être ils l'avaient crue parce qu'elle se
montrait si sûre d'elle. Et pourtant elle leur avait parlé avec tant
1025 de certitude qu'un agent cadastral lui-même aurait pu se laisser
convaincre. Une fois son village construit, la mère y installa trois
familles, leur donna du riz, des barques et de quoi vivre jusqu'à la
récolte des terres libérées.

Le moment propice à la construction des barrages arriva.

1030 Les hommes avaient charrié les rondins depuis la piste jusqu'à
la mer et ils s'étaient mis au travail. La mère descendait avec eux à
l'aube et revenait le soir en même temps qu'eux. Suzanne et Joseph
avaient beaucoup chassé pendant ce temps-là. Ç'avait été pour eux
aussi une période d'espoir. Ils croyaient à ce qu'entreprenait leur
1035 mère : dès que la récolte serait terminée, ils pourraient faire un long
voyage à la ville et d'ici trois ans quitter définitivement la plaine.

Le soir, parfois, la mère faisait distribuer de la quinine et du tabac aux paysans et à cette occasion elle leur parlait des changements prochains de leur existence. Ils riaient avec elle, à l'avance, de la tête que feraient les agents cadastraux devant les récoltes fabuleuses qu'ils auraient bientôt. Point par point elle leur racontait son histoire et leur parlait longuement de l'organisation du marché des concessions. Pour mieux encore soutenir leur élan, elle leur expliquait aussi comment les expropriations, dont beaucoup avaient été victimes au profit des poivriers[1] chinois, étaient elles aussi explicables par l'ignominie des agents de Kam. Elle leur parlait dans l'enthousiasme, ne pouvant résister à la tentation de leur faire partager sa récente initiation et sa compréhension maintenant parfaite de la technique concussionnaire des agents de Kam. Elle se libérait enfin de tout un passé d'illusions et d'ignorance et c'était comme si elle avait découvert un nouveau langage, une nouvelle culture, elle ne pouvait se rassasier d'en parler. Des chiens, disait-elle, ce sont des chiens. Et les barrages, c'était la revanche. Les paysans riaient de plaisir.

Pendant la construction des barrages aucun agent n'était passé. Elle en était quelquefois un peu surprise. Ils ne pouvaient pas ignorer l'importance des barrages et ne pas s'en inquiéter. Cependant, elle-même n'avait pas osé leur écrire, de crainte de les alerter et de se voir interdire la poursuite d'une initiative malgré tout encore officieuse. Elle n'osa le faire qu'une fois les barrages terminés. Elle leur annonça qu'un immense quadrilatère de cinq cents hectares qui englobait la totalité de la concession allait être mis en culture. Le cadastre n'avait pas répondu.

La saison des pluies était arrivée. La mère avait fait de très grands semis près du bungalow. Les mêmes hommes qui avaient construit les barrages étaient venus faire le repiquage[2] du paddy[3] dans le grand quadrilatère fermé par les branches des barrages.

---

1. **Poivriers** : cultivateurs de poivre.
2. **Repiquage** : activité consistant à mettre en terre de jeunes plants pour qu'ils finissent leur croissance.
3. **Paddy** : riz non décortiqué.

Deux mois avaient passé. La mère descendait souvent pour voir verdir les jeunes plants. Ça commençait toujours par pousser jusqu'à la grande marée de juillet.

1070 Puis, en juillet, la mer était montée comme d'habitude à l'assaut de la plaine. Les barrages n'étaient pas assez puissants. Ils avaient été rongés par les crabes nains des rizières. En une nuit, ils s'effondrèrent.

Les familles que la mère avait installées dans son village de guet 1075 étaient parties avec les jonques[1], les vivres, vers une autre partie de la côte. Les paysans des villages limitrophes de la concession étaient retournés à leurs villages. Les enfants avaient continué de mourir de faim. Personne n'en avait voulu à la mère.

L'année suivante, la petite partie des barrages qui avait tenu 1080 s'était à son tour écroulée.

– L'histoire de nos barrages, c'est à se taper le cul par terre, dit Joseph.

Et, en faisant marcher ses deux doigts, il imita, sur la table, la marche du crabe, la marche d'un crabe vers leurs barrages, dans 1085 la direction de M. Jo. Toujours aussi patient, M. Jo se désintéressait de la marche du crabe et dévisageait Suzanne qui, la tête levée, les yeux pleins de larmes, riait.

– Vous êtes drôles, dit M. Jo, vous êtes formidables.

Il battait la mesure du fox que l'on jouait, peut-être pour inciter 1090 Suzanne à danser.

– Il n'y en a pas deux, d'histoires comme celle de nos barrages, dit Joseph. On avait pensé à tout mais pas à ces crabes.

– On leur a coupé la route, dit Suzanne.

– … Mais ça les a pas gênés, reprit Joseph, ils nous attendaient 1095 au tournant, de deux coups de pince, vlan ! les barrages en l'air.

– Des petits crabes couleur de boue, dit Suzanne, inventés pour nous…

– Il aurait fallu, dit la mère, du ciment armé… Mais où le trouver ?

----

1. **Jonques** : bateaux à trois mâts typiques des régions asiatiques.

Joseph lui coupa la parole. Le rire se calmait.

1100   – Il faut vous dire, dit Suzanne, que c'est pas de la terre, ce qu'on a acheté…

– C'est de la flotte, dit Joseph.

– C'est de la mer, le Pacifique, dit Suzanne.

– C'est de la merde, dit Joseph.

1105   – Une idée qui ne serait venue à personne… dit Suzanne.

La mère cessa de rire et redevint tout à coup très sérieuse.

– Tais-toi, dit-elle à Suzanne, ou je te fous une gifle.

M. Jo sursauta mais il fut le seul.

– C'est de la merde, parfaitement, dit Joseph, de la merde ou 1110 de la flotte, c'est comme vous voudrez. Et nous on est là à attendre comme des cons que la merde se retire.

– Ça arrivera certainement un jour, dit Suzanne.

– Dans cinq cents ans, dit Joseph, mais nous on a le temps…

– Si c'était de la merde, dit Agosti, dans le fond du bar, ce serait 1115 mieux…

– Du riz de merde, dit Joseph en riant de nouveau, ce serait mieux que pas de riz du tout…

Il alluma une cigarette. M. Jo sortit un paquet de 555 de sa poche et en offrit à Suzanne et à la mère. La mère, sans rire, écoutait 1120 passionnément Joseph.

– Quand on l'a acheté, on a cru qu'on serait millionnaires dans l'année, continua Joseph. On a fait le bungalow et on a attendu que ça pousse.

– Ça commence toujours par pousser, dit Suzanne.

1125   – Puis la merde est montée, dit Joseph. Alors on a fait ces barrages… Voilà. On est là à attendre comme des cons, on ne sait même plus quoi…

– On attend dans notre maison, cette maison… continua Suzanne.

– Cette maison qui n'est même pas finie, dit Joseph.

1130 La mère essaya de parler.

– Ne les écoutez pas, c'est une bonne maison, solide. Si je la vendais j'en tirerais un bon prix… Trente mille francs…

– Tu peux toujours courir, dit Joseph, qui achèterait ça ? À moins d'un coup de veine, à moins de tomber sur des cinglés comme nous.

1135 Il se tut tout à coup. Il y eut un bref silence.

– C'est vrai qu'on doit être un peu fous… dit Suzanne rêveusement.

Joseph sourit doucement à Suzanne.

– Complètement fous…, dit-il.

Et puis la conversation s'arrêta toute seule.

1140 Suzanne suivait des yeux les danseurs. Joseph se leva, il alla inviter la femme du douanier. Il avait couché avec elle pendant des mois mais maintenant il en était dégoûté. C'était une petite femme brune, maigre. Depuis, elle couchait avec Agosti. M. Jo invita Suzanne, à chaque disque. La mère était seule à sa table.

1145 Elle bâillait.

Puis les officiers du courrier et les passagères donnèrent le signal du départ. M. Jo fit encore une danse avec Suzanne.

– Vous ne voulez pas essayer mon auto ? Je pourrais vous raccompagner chez vous et revenir à Ram. Ça me ferait plaisir.

1150 Il la serrait étroitement contre lui. C'était un homme propre et soigné. S'il était laid, son auto, elle, était admirable.

– Peut-être que Joseph pourrait la conduire ?

– C'est délicat, dit M. Jo, hésitant.

– Joseph peut conduire toutes les autos, dit Suzanne.

1155 – Si vous le permettez, une autre fois, dit M. Jo, très poliment.

– On va demander à ma mère, dit Suzanne. Joseph partirait devant et on partirait après lui.

– Vous… Vous voulez que madame votre mère nous accompagne ?

Suzanne s'écarta de M. Jo et le regarda. Il était déçu et ça ne

1160 l'avantageait pas. La mère, seule à sa table, n'arrêtait pas de bâiller. Elle était très fatiguée parce qu'elle avait eu beaucoup de malheurs et qu'elle était vieille et qu'elle n'avait plus l'habitude de rire, c'est ce rire qui l'avait fatiguée.

– Je voudrais, dit Suzanne, que ma mère essaie votre auto.

1165 – Je pourrais vous revoir ?

– Quand vous voudrez, dit Suzanne.

– Merci.

Il serra Suzanne encore plus fort.

Il était vraiment très poli. Elle le regarda avec une certaine
1170 compassion. Peut-être que Joseph ne pourrait pas le supporter s'il
venait souvent au bungalow.

Quand la danse fut finie, la mère était debout, prête à partir.
La proposition de M. Jo de reconduire la mère et Suzanne convint
à tout le monde. M. Jo paya le père Bart et ils descendirent tous
1175 ensemble dans la cour de la cantine. Tandis que le chauffeur de
M. Jo descendait et écartait la portière, Joseph s'engouffra dans la
Léon Bollée, mit le moteur en marche et pendant cinq minutes,
il essaya les vitesses. Puis il sortit en jurant et, sans dire au revoir à
M. Jo, il se fixa la lampe de chasse autour de la tête, mit la B. 12 en
1180 marche à la manivelle et partit seul en avant. La mère et Suzanne
le regardèrent partir le cœur serré. M. Jo semblait s'être déjà accou-
tumé à ses manières et ne s'étonna pas.

La mère et Suzanne montèrent à l'arrière de la limousine et
M. Jo, à côté de son chauffeur. Ils eurent vite fait de rattraper Joseph.
1185 Suzanne n'aurait pas voulu qu'on le dépasse mais elle n'en dit rien
à M. Jo parce qu'il n'aurait sans doute pas compris. À la lueur des
phares puissants de la Léon Bollée ils le virent comme en plein
jour : il avait baissé ce qu'il restait du pare-brise et faisait rendre
à la B. 12 tout ce qu'elle pouvait donner. Il avait l'air de plus sale
1190 humeur encore qu'au départ et ne jeta pas un seul regard à la Léon
Bollée lorsqu'elle le dépassa.

Un peu avant d'arriver au bungalow la mère s'endormit. Pendant
toute une partie du trajet, complètement indifférente à la marche de
l'auto, elle avait dû penser à cette aubaine, à M. Jo. Mais même cette
1195 aubaine n'avait pas eu raison de sa fatigue et elle s'était endormie.
Elle s'endormait partout, même dans le car, même dans la B. 12
qui était découverte, sans pare-brise ni capote.

Une fois arrivés au bungalow, M. Jo réitéra sa demande. Pouvait-il
revenir voir ces gens avec lesquels il avait passé une si délicieuse
1200 soirée ? La mère à moitié réveillée dit cérémonieusement à M. Jo

que sa maison lui était ouverte et qu'il pouvait revenir quand il le voudrait. Peu après que M. Jo fut parti, Joseph s'amena. Il claqua la porte du salon et ne desserra pas les dents. Il s'enferma dans sa chambre et comme chaque fois qu'il en avait marre il démonta tous 1205 les fusils et les graissa jusque tard dans la nuit.

Voilà donc quelle avait été leur rencontre.

M. Jo était le fils unique d'un très riche spéculateur dont la fortune était un modèle de fortune coloniale. Il avait commencé par spéculer sur les terrains limitrophes de la plus grande ville de 1210 la colonie. L'extension de la ville avait été si rapide qu'en cinq ans il avait réalisé des bénéfices suffisants pour investir à nouveau ses gains. Au lieu de spéculer sur ses nouveaux terrains, il les avait fait bâtir. Il avait fait construire des maisons de location à bon marché dites «compartiments pour indigènes» qui avaient été les premières 1215 du genre dans la colonie. Ces compartiments étaient mitoyens et donnaient tous, d'une part sur de petites cours également mitoyennes et, d'autre part, sur la rue. Ils étaient peu coûteux à construire et ils répondaient alors aux besoins de toute une classe de petits commer- çants indigènes. Ils connurent une grande vogue. Au bout de dix 1220 ans, la colonie pullula de compartiments de ce genre. L'expérience démontra d'ailleurs qu'ils se prêtaient très bien à la propagation de la peste et du choléra. Mais comme il n'y avait que les propriétaires pour avoir été avertis du résultat des études que les dirigeants de la colonie avaient fait entreprendre, il y eut des locataires de com- 1225 partiments en toujours plus grand nombre.

Le père de M. Jo s'intéressa ensuite aux planteurs de caoutchouc du Nord. L'essor du caoutchouc était tel que beaucoup s'étaient improvisés planteurs, du jour au lendemain, sans compétence. Leurs plantations périclitèrent. Le père de M. Jo veillait sur elles. Il les 1230 rachetait. Comme elles étaient en mauvais état, il les payait très peu de chose. Puis il les mettait en gérance, les remontait. Le caoutchouc faisait gagner beaucoup, mais trop peu à son gré. Un ou deux ans plus tard, il les revendait à prix d'or à de nouveaux venus, choisis

de préférence parmi les plus inexpérimentés. Dans la plupart des
1235 cas, il put les racheter dans les deux ans.

M. Jo était l'enfant dérisoirement malhabile de cet homme inventif.
Sa très grosse fortune n'avait qu'un héritier, et cet héritier n'avait
pas une ombre d'imagination. C'était là le point faible de cette vie,
le seul définitif. on ne spécule pas sur son enfant. On croit couver
1240 un petit aigle et il vous sort de dessous le bureau un serin[1]. Et qu'y
faire ? Quel recours a-t-on contre ce sort injuste ?

Il l'avait envoyé en Europe faire des études auxquelles il n'était
pas destiné. La bêtise a sa clairvoyance : il se garda de les poursuivre.
Lorsqu'il l'apprit, son père le fit revenir et tenta de l'intéresser à
1245 quelques-unes de ses affaires. M. Jo essayait honnêtement de réparer
l'injustice dont son père était victime. Mais il arrive qu'on ne soit
destiné à rien de précis, même pas à cette oisiveté à peine déguisée.
Pourtant il s'y efforçait honnêtement. Car, honnête, il l'était ; de la
bonne volonté, il en avait. Mais là n'était pas la question. Et peut-être
1250 ne serait-il pas devenu aussi bête que son père même se résignait à
le croire s'il n'avait pas été élevé à contresens. Seul, sans père, sans
le handicap de cette étouffante fortune, peut-être aurait-il remédié
avec plus de succès à sa nature. Mais son père n'avait jamais pensé
que M. Jo pouvait être victime d'une injustice. Il n'avait jamais vu
1255 d'injustice que celle qui l'avait frappé, lui, en son fils. Et cette fatalité étant organique, irrémédiable, il ne pouvait que s'en attrister.
Il n'avait jamais découvert la cause de l'autre injustice dont son fils
était victime. Et à celle-là, pourtant, il aurait pu sans doute remédier.
Il lui aurait suffi peut-être de déshériter M. Jo ; et M. Jo échappait
1260 à cette hérédité trop lourde qu'était pour lui l'héritage. Mais il n'y
avait pas pensé. Pourtant, il était intelligent. Mais l'intelligence a
ses habitudes de pensée, qui l'empêchent d'apercevoir ses propres
conditions.

Ce fut là l'amoureux qui échut à Suzanne, un soir à Ram. On
1265 peut dire qu'il échut tout aussi bien à Joseph et à la mère.

---

1. **Serin** : petit oiseau au plumage généralement jaune vif.

Pour comprendre l'essentiel

Un cadre historique : l'Indochine coloniale

❶ Le roman se déroule en Indochine française. En vous aidant des indications géographiques données (p. 28-29), cherchez à quel(s) pays actuel(s) ce pays correspond désormais et quels en sont ses caractéristiques (climat, végétation).

❷ L'Indochine française n'existe plus aujourd'hui car ce pays est lié à une période révolue de notre histoire, la colonisation. Recherchez ce terme sur Internet et expliquez-en le principe en quelques lignes. Relevez ensuite, des pages 13 à 52, tous les éléments du quotidien propres à cette époque.

❸ Même si le narrateur n'intervient pas directement, on devine ce qu'il pense de la période coloniale. Explicitez son point de vue et analysez notamment l'expression « vampirisme colonial » (p. 23).

Un triangle familial

❹ Le premier chapitre (p. 13-32) met en scène le triangle familial qui est au cœur de l'ensemble du roman. Identifiez les trois personnages de ce triangle et précisez leur nom s'il est donné. Analysez les relations qui unissent chacun des membres de la famille.

❺ Même s'il est peu décrit, le personnage de la mère est omniprésent au début de la première partie. Relevez et analysez ses caractéristiques.

❻ Bien que le récit suive dans l'ensemble une progression linéaire, le narrateur opère à plusieurs endroits des retours en arrière. Relevez, des pages 13 à 52, ceux qui concernent le personnage de la mère et expliquez leur rôle.

Une rencontre déterminante

❼ L'annonce de la rencontre avec M. Jo est faite au début du texte. Relevez-la et expliquez sa fonction.

❽ M. Jo se distingue immédiatement des autres personnages par sa position sociale. Montrez-le et analysez l'effet qu'il produit sur les autres personnages.

❾ Pendant la soirée à la cantine de Ram, toute la famille se met à rire devant les remarques de Joseph. Dites ce qu'exprime ce rire. Analysez la façon dont se comporte M. Jo durant cette scène.

Rappelez-vous !

• **L'incipit** a pour fonction de mettre en place, au début du roman, le cadre spatio-temporel, et de présenter les personnages et l'intrigue. Ces informations permettent d'instaurer un **pacte avec le lecteur**, tout en cherchant à susciter sa curiosité afin de l'inciter à lire la suite du récit. L'incipit a donc une double fonction : informer et plaire.

• Un récit suit généralement une progression chronologique, mais l'auteur peut introduire des ruptures. Les **retours en arrière** ou **analepses** consistent à évoquer un épisode passé (la jeunesse de la mère, p. 21-26) qui apporte un éclairage sur un personnage ou sur un événement. L'**anticipation** ou **prolepse** annonce ce qui va se produire (la rencontre avec M. Jo, p. 13) dans le but d'attiser la curiosité du lecteur.

Vers l'oral du Bac

Analyse des lignes 1-30, p. 13-14

☞ Montrer que l'incipit est surprenant et déroutant

Conseils pour la lecture à voix haute

− La lecture du texte est un moment important de votre oral. Entraînez-vous à lire vos textes en pensant à articuler et à adopter un ton calme et posé.

− L'extrait étudié est composé de phrases brèves et de périodes plus amples. Mettez en évidence ces changements de rythme. Appuyez les anaphores qui structurent certaines phrases («même si», «comme quoi»). Pensez à marquer un arrêt à la fin du deuxième paragraphe, après la virgule, pour souligner l'effet de rupture («puis il creva», l. 16).

Analyse du texte

▦ *Introduction rédigée*

Publié en 1950, *Un barrage contre le Pacifique* est le troisième roman de Marguerite Duras. Présenté comme une pure fiction par l'auteur, il s'inspire en fait d'une partie de sa vie et notamment de son enfance en Indochine. En effet, le roman se déroule dans cette région, gouvernée alors par l'administration coloniale française, et met en scène une famille modeste: Joseph, sa sœur Suzanne, et leur mère. Notre extrait se situe au tout début du roman. L'incipit a traditionnellement pour fonction de présenter le cadre spatio-temporel, les personnages et l'intrigue; pourtant, notre texte ne semble pas complètement remplir ce rôle informatif. On se demandera donc en quoi cet incipit est surprenant et déroutant. Tout d'abord, les informations apportées par l'extrait restent souvent allusives. Par ailleurs, l'incipit met en scène une voix narrative et une écriture originales, et dessine en filigrane les thèmes principaux du roman.

▨ *Analyse guidée*

I. Une ouverture déconcertante

a. Quelques précisions sont apportées sur le cadre spatio-temporel. Relevez ces informations et analysez les caractéristiques du cadre où se situe l'action.

b. Les personnages du cercle familial sont introduits mais ils sont à peine ébauchés. Analysez les rares informations données et montrez que les personnages sont volontairement présentés de façon collective, en étudiant notamment les pronoms.

c. L'incipit suscite l'attente du lecteur. Montrez de quelle façon.

II. Une voix narrative originale

a. Dans la majeure partie de l'extrait, le narrateur adopte un point de vue interne. Montrez que ce choix permet de mettre en évidence la solitude et le désespoir absolus de la famille.

b. Le narrateur intervient au présent à la fin de l'extrait pour commenter l'action. Analysez la vision qu'il offre de la vie à travers sa conception des bonnes ou mauvaises « idées ».

c. La voix narrative s'appuie sur une écriture originale, qui joue sur les contrastes (rythme, niveau de langue). Analysez-les et précisez leur fonction.

III. Un incipit efficace

a. L'incipit annonce de façon synthétique ce qui va se produire dans les chapitres qui suivent. Montrez-le en vous appuyant notamment sur l'analyse des temps verbaux.

b. Les thèmes de l'échec et de la mort sont omniprésents dans le passage. Montrez que cela laisse présager la suite du roman.

c. L'extrait annonce l'arrivée d'un événement capital. Analysez la façon dont est faite cette prolepse.

▨ *Conclusion rédigée*

Bien que l'incipit d'*Un barrage contre le Pacifique* apporte quelques informations sur le cadre spatio-temporel et les personnages, ces dernières demeurent vagues et incomplètes, et l'écrivain entretient volontairement le flou autour de son intrigue. C'est pourquoi cet incipit paraît déroutant, d'autant plus que la voix narrative mise en scène se distingue par son originalité : elle commente l'action de manière inattendue et s'appuie sur une écriture qui joue sur les contrastes. Enfin, cet incipit annonce de façon détournée les principaux thèmes du roman. La curiosité du lecteur se trouve ainsi aiguisée, ce qui l'invite à lire la suite du roman pour découvrir les personnages et leur histoire.

Les trois questions de l'examinateur

Question 1. L'incipit d'*Un barrage contre le Pacifique* est un incipit *in medias res*. Expliquez le sens de cette expression et dites pourquoi les écrivains y ont souvent recours.

Question 2. Dans l'incipit, la famille est présentée de façon collective et forme un tout indissociable. En sera-t-il de même dans la suite du roman ?

Question 3. L'incipit accorde une place importante au cheval, qui devient presque un personnage à part entière. À votre avis, que symbolise-t-il ?

La rencontre de M. Jo fut d'une importance déterminante pour chacun deux. Chacun mit à sa façon son espoir en M. Jo. Dès les premiers jours, dès qu'il fut évident qu'il reviendrait régulièrement au bungalow, la mère lui fit entendre qu'elle attendait sa demande en mariage. M. Jo ne déclina pas l'invite pressante de la mère. Il la tint en haleine par des promesses et surtout par divers cadeaux qu'il fit à Suzanne tout en essayant de profiter de ce répit, à la faveur du rôle avantageux qu'il pensait jouer ainsi à leurs yeux.

La première chose d'importance qu'il lui donna, un mois après leur rencontre, fut un phonographe. En apparence il le donna avec facilité comme l'on fait d'une cigarette, mais il ne négligea pas d'en tirer quelque faveur auprès de Suzanne. C'est lorsqu'il fut certain que Suzanne ne s'intéresserait jamais à sa seule personne qu'il essaya de jouer de sa fortune et des facilités qu'elle lui donnait, la première de ces facilités étant évidemment, pour lui, d'ouvrir dans leur monde prisonnier la brèche sonore, libératrice, d'un phonographe neuf. Ce jour-là M. Jo fit son deuil de l'amour de Suzanne. Et, à part le choix qu'il fit plus tard, du diamant, ce fut là le seul éclair de lucidité qui traversa sa pâle figure durant le temps qu'il la connut.

Ce n'était pas elle qui avait parlé du phonographe ni même qui y avait pensé. C'était lui, M. Jo.

Ils étaient seuls dans le bungalow, comme d'habitude, lorsqu'il lui en parla. Leur tête-à-tête durait trois heures chaque jour, temps que Joseph et la mère passaient à s'occuper de choses et d'autres

dehors, en attendant l'heure d'aller à Ram dans la Léon Bollée.
M. Jo arrivait après la sieste ; il enlevait son chapeau, s'asseyait non-
chalamment dans un fauteuil et, trois heures durant, il attendait et
attendait de Suzanne un quelconque signe d'espoir, un encourage-
1295 ment si mince fût-il, qui lui eût donné à croire qu'il avait effectué
un progrès sur la veille. Ces tête-à-tête enchantaient la mère. Plus
ils duraient et plus elle espérait. Et si elle exigeait qu'ils laissent la
porte du bungalow ouverte, c'était pour ne laisser à M. Jo aucune
autre issue que le mariage à l'envie très forte qu'il avait de coucher
1300 avec sa fille. C'était là-dessus que cette porte restait grande ouverte.
Toujours affublée de son chapeau de paille et suivie de son caporal
armé d'une binette, elle passait et repassait devant le bungalow
entre les rangs des bananiers qui bordaient la piste. De temps en
temps elle regardait la porte du salon d'un air satisfait : le travail
1305 qui se faisait derrière cette porte était autrement efficace que celui
qu'elle se donnait l'air de faire auprès des bananiers. Joseph, lui,
ne montait jamais au bungalow tant que M. Jo y était. Depuis que
son cheval était mort, il s'affairait interminablement auprès de la
B. 12. Quand celle-ci n'avait aucun mal et ne nécessitait aucune
1310 réparation, il la lavait. Lui ne regardait jamais le bungalow. Quand
il se lassait de la B. 12, il s'en allait dans la campagne pour chercher
un autre cheval, disait-il. Quand il ne cherchait pas un autre cheval,
il allait à Ram pour rien, pour mieux fuir le bungalow.

Ainsi, Suzanne et M. Jo étaient-ils seuls toute une partie de l'après-
1315 midi, jusqu'à l'heure d'aller à Ram. De temps en temps, fidèle
aux leçons de la mère et pour l'entretenir sans trop de conviction
dans d'honnêtes dispositions à son égard, Suzanne demandait à
M. Jo quelque précision supplémentaire sur leur mariage. C'était
tout ce qu'on pouvait demander à M. Jo. Lui ne demandait rien.
1320 Il se contentait de regarder Suzanne avec des yeux troublés, de la
regarder encore, d'accroître son regard d'une vue supplémentaire,
comme d'habitude on fait lorsque la passion vous étouffe. Et quand
il arrivait à Suzanne de s'assoupir de fatigue et d'ennui à force
d'être regardée ainsi, elle le retrouvait à son réveil, la regardant

1325 encore avec des yeux encore plus débordants. Et cela n'en finissait
vraiment pas. Et si au début de leurs relations il n'avait pas déplu
à Suzanne d'éveiller en M. Jo de tels sentiments, elle en avait fait
depuis, hélas, plusieurs fois le tour.

Pourtant ce n'était pas elle qui avait parlé du phonographe. Si
1330 inattendu que cela fût, ç'avait été lui, M. Jo, qui en avait parlé. Ce
jour-là d'ailleurs il était arrivé avec un drôle d'air et dans ses yeux il
y avait une mobilité inhabituelle, une lueur significative qui pouvait
faire croire que, une fois n'est pas coutume, M. Jo avait peut-être
une idée en tête.

1335 – Qu'est-ce que c'est que ce phono-là ? demanda-t-il en désignant
le vieux phono de Joseph.

– Vous voyez bien, dit Suzanne, c'est un phono. C'est à Joseph.

Suzanne et Joseph l'avaient toujours connu. Il avait été acheté par
leur père un an avant sa mort et la mère ne s'en était jamais séparée.
1340 Avant de partir pour la concession elle avait vendu ses vieux disques
et avait chargé Joseph d'en acheter de nouveaux. De ceux-là, il n'en
restait que cinq que Joseph gardait jalousement dans sa chambre. Il
se réservait l'usage du phono pour lui tout seul et personne d'autre
que lui n'avait le droit de le faire marcher ni même de toucher à ses
1345 disques. Suzanne n'aurait d'ailleurs jamais fait ce coup-là à Joseph,
mais quand même il était méfiant et chaque soir, après s'en être servi
il emportait les disques dans sa chambre et les rangeait.

– C'est drôle qu'il aime tellement ce phono, disait la mère.
Quelquefois elle regrettait de l'avoir emmené à la concession parce
1350 que la musique surtout donnait à Joseph l'envie de tout plaquer.
Suzanne ne partageait pas ce point de vue, elle ne croyait pas que
ce phono était mauvais pour Joseph. Et lorsqu'il avait fait jouer tous
ses disques et qu'il déclarait invariablement : « Je me demande ce
qu'on fout dans ce bled », elle l'approuvait pleinement, même si
1355 la mère gueulait. Avec *Ramona*[1], c'était inévitable, l'espoir que les

---

1. *Ramona* : romance nostalgique écrite à l'origine en anglais, traduite en français
et chantée en 1927 par Saint-Granier.

autos qui devaient les emmener loin, ne tarderaient plus à s'arrêter, devenait plus vivace. Et, disait Joseph de ce phono, « quand on
n'a pas de femmes, pas de cinéma, quand on n'a rien du tout, on
s'emmerde un peu moins avec un phono ». La mère disait qu'il
1360 mentait. Il avait en effet couché avec toutes les femmes blanches
de Ram en âge de coucher. Avec toutes les plus belles indigènes de
la plaine de Ram à Kam. Quelquefois, quand il faisait son service
de transport, il couchait avec ses clientes dans la carriole. « Je peux
pas m'empêcher, s'excusait Joseph, je crois que je pourrais coucher
1365 avec toutes les femmes du monde. » Mais quand même, ce n'étaient
pas ces femmes de la plaine, si belles qu'elles aient été, qui auraient
pu le faire se passer de phono.

— Il est vieux, dit M. Jo, c'est un très vieux modèle. Je m'y connais
en phono. Chez moi j'ai un phono électrique que j'ai rapporté de
1370 Paris. Vous ne le savez peut-être pas mais j'adore la musique.

— Nous aussi. Mais votre phono électrique c'est bon quand on a
l'électricité et comme nous on l'a pas je m'en fiche qu'il en existe.

— Il n'y a pas que les phonos électriques, dit M. Jo d'un air plein
de sous-entendus, il y en a d'autres qui ne sont pas électriques mais
1375 qui sont aussi bons.

Il avait l'air ravi. Il avait déjà donné à Suzanne une robe, un
poudrier, du vernis à ongles, du rouge à lèvres, du savon fin et de
la crème de beauté. Mais d'habitude il lui apportait les choses,
spontanément sans les annoncer à l'avance. Il s'amenait, sortait un
1380 petit paquet de sa poche et le tendait à Suzanne : « Devinez ce que
je vous apporte », disait-il avec malice. Suzanne prenait, ouvrait.
« C'est une drôle d'idée », disait-elle. Voilà, en général, comment
ça se passait. Mais ce jour-là, non. Il y avait du nouveau ce jour-là.

Du nouveau, il y en eut en effet. Après leur entretien sur les
1385 phonographes et leurs différents mérites, M. Jo demanda à Suzanne
de lui ouvrir la porte de la cabine de bains afin qu'il puisse la voir
toute nue, moyennant quoi il lui promit le dernier modèle de LA
VOIX DE SON MAÎTRE et des disques en plus, les dernières-nou-
veautés-de-Paris. En effet, tandis que Suzanne se douchait comme

chaque soir avant d'aller à Ram, il frappa discrètement à la cabine de bains.

– Ouvrez-moi, dit M. Jo, très doucement. Je ne vous toucherai pas, je ne ferai pas un pas, simplement je vous regarderai, ouvrez-moi.

Suzanne s'immobilisa et fixa la porte de la cabine obscure derrière laquelle se tenait M. Jo. Aucun homme ne l'avait vue vraiment nue, sauf Joseph qui montait quelquefois se laver les pieds au moment où elle prenait son bain. Mais comme ça n'avait jamais cessé de se produire depuis qu'ils étaient tout petits, ça ne pouvait pas compter. Suzanne se regarda bien, des pieds à la tête, regarda longuement ce que M. Jo lui demandait de regarder à son tour. Surprise, elle se mit à sourire sans répondre.

– Rien que le temps de vous voir, soupira M. Jo, Joseph et votre mère sont de l'autre côté. Je vous en supplie.

– Je ne veux pas, dit faiblement Suzanne.

– Pourquoi ? Pourquoi ma petite Suzanne ? J'ai tellement envie de vous voir à force de rester près de vous toute la journée. Rien qu'une seconde.

Immobile, Suzanne attendait toujours de savoir s'il le fallait. Le refus était sorti d'elle machinalement. Ç'avait été non. D'abord, non, impérieusement. Mais M. Jo suppliait encore tandis que ce non lentement s'inversait et que Suzanne, inerte, emmurée, se laissait faire. Il avait très envie de la voir. Quand même c'était là l'envie d'un homme. Elle, elle était là aussi, bonne à être vue, il n'y avait que la porte à ouvrir. Et aucun homme au monde n'avait encore vu celle qui se tenait là derrière cette porte. Ce n'était pas fait pour être caché mais au contraire pour être vu et faire son chemin de par le monde, le monde auquel appartenait quand même celui-là, ce M. Jo. Mais c'est lorsqu'elle fut sur le point d'ouvrir la porte de la cabine obscure pour que pénètre le regard de M. Jo et que la lumière se fasse enfin sur ce mystère, que M. Jo parla du phonographe.

– Demain vous aurez votre phonographe, dit M. Jo. Dès demain. Un magnifique VOIX DE SON MAÎTRE. Ma petite Suzanne chérie, ouvrez une seconde et vous aurez votre phono.

¹⁴²⁵ C'est ainsi qu'au moment où elle allait ouvrir et se donner à voir au monde, le monde la prostitua. La main sur le loquet de la porte elle arrêta son geste.

– Vous êtes une ordure, dit-elle faiblement. Joseph a raison, une ordure.

Je vais lui cracher à la figure. Elle ouvrit et le crachat lui resta
¹⁴³⁰ dans la bouche. Ce n'était pas la peine. C'était la déveine[1], ce M. Jo, la déveine, comme les barrages, le cheval qui crevait, ce n'était personne, seulement la déveine.

– Voilà, dit-elle, et je vous emmerde avec mon corps nu.

Joseph disait : « Et je l'emmerde avec ma B. 12 » et chaque fois
¹⁴³⁵ qu'il passait près de la Léon Bollée il lui foutait des coups de pied dans les pneus. M. Jo, accroché au chambranle de la porte, la regardait. Il était rouge et respirait mal comme s'il venait d'être frappé et qu'il allait tomber. Suzanne referma la porte. Il resta à la même place pendant un petit moment, devant la porte fermée, silen-
¹⁴⁴⁰ cieux, puis elle l'entendit s'en retourner au salon. Elle se rhabilla très vite comme elle devait le faire chaque fois, par la suite, après s'être donnée à voir inutilement à M. Jo qui n'avait pas le regard qui convenait.

Le lendemain, avec cette ponctualité que M. Jo prenait pour
¹⁴⁴⁵ une des formes les plus sûres de la dignité : « Quand je dis quelque chose, je le fais », il lui apporta le phonographe.

Elle le vit arriver ou plutôt elle vit arriver, calé sous son bras, un énorme paquet de carton. Elle, elle savait que c'était le phonographe. Elle resta sur son fauteuil, clouée par le plaisir quasi divin et
¹⁴⁵⁰ clandestin de celui qui voit l'événement par lui suscité, se produire et provoquer l'étonnement. Car elle n'était pas seule à l'avoir vu. La mère et Joseph aussi l'avaient vu. Et pendant qu'il passait dans le chemin, porté par M. Jo, ils l'avaient regardé fixement et ils continuaient à fixer la porte par laquelle il venait d'entrer comme

---

1. Déveine : malchance persistante.

s'ils en attendaient quelque signe qui leur permettrait d'en déceler le contenu. Mais Suzanne savait que ni l'un ni l'autre, surtout Joseph, ne se dérangerait pour savoir ce que c'était, eût-il été de la grosseur d'une automobile. Montrer la moindre curiosité à propos d'une chose donnée ou apportée ou simplement montrée par M. Jo, non, aucun des deux ne s'y serait laissé aller. Jusqu'ici, il est vrai, les paquets que M. Jo apportait à Suzanne étaient plutôt petits et tenaient dans sa poche ou dans sa main, mais de celui-ci, Joseph devait logiquement se dire que, vu ses dimensions, il contenait sans doute un objet d'un intérêt plus général que les précédents. Aucun d'eux ne se souvenait d'en avoir vu un de cette taille et destiné à eux, arriver par quelque moyen que ce fût jusqu'au bungalow. À part les rondins de palétuviers, les rares lettres du cadastre ou de la banque, la visite du fils Agosti, personne ni rien de nouveau ni de neuf n'était arrivé jusque-là depuis six ans. Que cela ait été amené par M. Jo n'empêchait pas que cela vînt de bien plus loin que lui, d'une ville, d'un magasin, et que cela était neuf et n'allait servir qu'à eux seuls. Cependant, ni Joseph ni la mère ne daignaient monter. Et le comportement inhabituel de M. Jo qui leur avait crié bonjour d'une voix assurée et qui était passé nu-tête dans le chemin, sans crainte d'attraper une insolation, ne leur avait pas suffi pour qu'ils s'écartent à leur tour de leur habituelle réserve.

M. Jo arriva haletant près de Suzanne. Il posa le paquet sur la table du salon et poussa un soupir de soulagement. Ça devait être lourd. Suzanne ne bougea pas et considéra le paquet et seulement lui, ne pouvant se rassasier du mystère qu'il était encore pour eux deux là-bas, qui regardaient.

— C'est lourd, dit M. Jo. C'est le phono. Je suis comme ça, je fais ce que je dis. J'espère que vous apprendrez à me connaître, ajouta-t-il pour asseoir sa victoire, et au cas où Suzanne ne se serait pas fait cette réflexion à elle-même.

D'une part, il y avait ce phono, sur la table. Dans le bungalow. Et d'autre part, il y avait dans le cadre de la porte ouverte, la mère et Joseph, aussi assoiffés de voir que des prisonniers derrière

1490 une grille. C'était grâce à elle qu'il était maintenant là, sur la table. Elle avait ouvert la porte de la cabine de bains, le temps de laisser le regard malsain et laid de M. Jo pénétrer jusqu'à elle et maintenant le phonographe reposait là, sur la table. Et lui il était parfaitement sain et parfaitement beau. Et elle trouvait qu'elle méritait ce phonographe. Qu'elle méritait de le donner à Joseph.

1495 Car c'était naturellement à Joseph que revenaient les objets du genre du phonographe. Pour elle, il lui suffisait de l'avoir, par ses seuls moyens, extrait de M. Jo.

Frémissant, triomphant, M. Jo se dirigea vers le paquet. D'un bond, Suzanne fut près de lui et lui interdit d'approcher. Interloqué,

1500 il laissa tomber ses bras et la regarda sans comprendre.

– Il faut les attendre, dit Suzanne.

On ne pouvait ouvrir le paquet que devant Joseph. Le phono-graphe ne pouvait apparaître, sortir de l'inconnu qu'en présence de Joseph. Mais c'était aussi impossible de l'expliquer à M. Jo que

1505 de lui expliquer qui était Joseph.

M. Jo se rassit et réfléchit puissamment. Son front se rida sous l'effort de sa pensée, ses yeux s'agrandirent et il fit claquer sa langue.

– J'ai pas de veine, déclara-t-il.

M. Jo se décourageait vite.

1510 – C'est comme si j'avais craché dans l'eau, reprit-il. Rien ne vous touche, même pas mes intentions les plus délicates. Ce que vous aimez c'est les types du genre de…

Ah ! cette tête que va faire Joseph devant le phono. Maintenant, ils ne pouvaient plus tarder à monter. M. Jo était venu plus tard

1515 que d'habitude sans doute à cause du phonographe et maintenant l'heure approchait où ils ne pourraient plus ne pas savoir. Quant à M. Jo, du moment qu'il avait donné le phonographe, il inexistait d'autant. Et, délesté de son auto, de son costume de tussor, de son chauffeur, peut-être serait-il devenu dune transparence de vitrine

1520 vide, parfaite.

– Du genre de qui ?

– Du genre d'Agosti et… de Joseph, dit timidement M. Jo.

Suzanne sourit très largement à M. Jo et celui-ci, pour une fois, le coup du phono aidant, soutint ce sourire.

1525 – Eh! oui, dit-il courageusement, je dis bien, du type de Joseph.

– Vous pourriez m'en donner dix, de phonos, ce sera toujours comme ça.

M. Jo baissa la tête, effondré.

– J'ai pas de veine, voilà qu'à cause de ce phono vous me dites
1530 des méchancetés.

Sur le chemin Joseph et la mère revenaient. M. Jo qui observait le silence de la dignité offensée ne les vit pas arriver.

– Les voilà, dit Suzanne.

Elle se leva et s'approcha de M. Jo.

1535 – Faites pas cette gueule-là.

Il en fallait peu à M. Jo pour reprendre courage. Il se leva, attira Suzanne contre lui et l'enlaça vivement.

– Je suis fou de vous, déclara-t-il sombrement. Je ne sais vraiment pas ce qui m'arrive, j'ai jamais éprouvé ça pour personne.

1540 – Faudra rien leur dire, dit Suzanne.

Elle se dégagea machinalement de l'étreinte de M. Jo mais sans cesser de sourire à Joseph, à l'avenir qui approchait.

– De vous avoir vue toute nue hier soir j'ai pas fermé l'œil de la nuit.

1545 – Quand ils demanderont ce que c'est, c'est moi qui leur dirai.

– Je suis moins que rien pour vous, dit M. Jo, de nouveau découragé, je le sens chaque jour davantage.

Joseph et la mère montèrent l'escalier du bungalow, Joseph en avant, et firent irruption dans le salon. Ils étaient poussiéreux et
1550 suants, leurs pieds étaient couverts de boue séchée.

– Bonjour, dit la mère, vous allez bien ?

– Bonjour madame, fit M. Jo, je vous remercie. Et vous-même ?

Se lever, s'incliner devant la mère qu'il détestait, ça M. Jo savait le faire et très bien encore.

1555 – Nous, il faut bien que ça aille, maintenant que je me suis mis en tête cette plantation de bananiers, ça me fait durer un peu plus.

Une fois de plus M. Jo fit deux pas dans la direction de Joseph et abandonna la partie. Joseph ne disait jamais bonjour à M. Jo, c'était inutile d'insister.

1560 Ils ne pouvaient pas ne pas avoir vu le paquet sur la table. C'était impossible. Cependant, rien ne pouvait révéler qu'ils l'avaient vu sauf l'air qu'ils avaient d'éviter de le voir, de contourner la table de loin afin de ne pas avoir à le faire de trop près, comme s'ils ne voyaient rien. Sauf aussi une espèce de sourire contenu sur le 1565 visage de la mère qui ce soir ne gueulait pas, ne se plaignait pas de sa fatigue et la supportait allégrement.

Joseph traversa la salle à manger pour aller vers la cabine de bains. La mère alluma la lampe à alcool et appela le caporal. Elle hurlait pour l'appeler alors que c'était parfaitement inutile, elle le 1570 savait bien, et que c'était sa femme qu'elle aurait dû appeler pour qu'elle le prévienne. D'où qu'elle se trouvât, celle-ci courait alors à bride abattue vers son mari et lui donnait une claque dans le dos. À cette heure-là, accroupi sur le terre-plein, le caporal jouissait du répit que lui laissait enfin la mère et attendait religieusement le 1575 deuxième passage du car. Il surveillait la piste pendant tout le temps dont il disposait, parfois pendant une heure, lorsqu'ils allaient à Ram, jusqu'à ce qu'il le voie surgir de la forêt, silencieux, à la vitesse de soixante à l'heure.

— Il est de plus en plus sourd, dit la mère, il devient de plus en 1580 plus sourd.

Elle alla à la réserve, et revint dans la salle à manger, les yeux toujours baissés. Pourtant le paquet était plus visible à lui seul que tout le reste du bungalow.

— Je me suis toujours étonné que vous ayez pris un sourd, dit 1585 M. Jo, du ton ordinaire de la conversation, ça ne manque pas les domestiques dans la plaine.

D'habitude quand ils décidaient de ne pas aller à Ram, il partait quelques minutes après le retour de Joseph et de la mère. Mais ce soir, debout, adossé à la porte du salon, il attendait manifestement 1590 son heure, celle du phonographe.

– C'est vrai que ça ne manque pas, dit la mère. Mais celui-là, il a reçu tellement de coups que quand je vois ses jambes je me dis que je l'aurai sur le dos tout le reste de ma vie...

Si on ne leur disait pas assez vite le contenu du paquet ça allait peut-être mal finir. Joseph, excédé par sa curiosité, était capable de fiche un coup de pied dans la table de rotin[1] et de s'en aller à Ram tout seul, dans la B. 12. Mais Suzanne qui avait pourtant une certaine habitude des débordements de Joseph, se taisait toujours, rivée à son fauteuil. Le caporal monta, vit le paquet, le regarda longuement, puis posa le riz sur la table et commença à mettre le couvert. Quand il eut fini, la mère regarda M. Jo avec l'air de se dire qu'est-ce-qu'il-fout-là-celui-là-à-cette-heure-ci. L'heure d'aller à Ram était passée et il n'avait pas l'air de s'en douter.

– Vous pouvez rester dîner, si vous voulez, dit-elle à son adresse. Elle n'avait pas l'habitude d'être aussi aimable avec lui. Son invitation cachait sans doute l'intention sourde de faire durer le supplice de Joseph et de Suzanne. Il y avait ainsi chez elle des foyers mal éteints de jeunesse, des sursauts d'une humeur encore joueuse.

– Je vous remercie, dit M. Jo, je ne demande pas mieux,

– Il n'y a rien à bouffer, dit Suzanne, je vous préviens, toujours cette saloperie d'échassier.

– Vous ne me connaissez pas, dit M. Jo, non sans malice cette fois, j'ai des goûts simples.

Joseph revint de la cabine de bains et regarda M. Jo avec l'air de se dire qu'est-ce-qu'il-fout-là-celui-là-à-cette-heure-ci. Puis, voyant qu'il y avait quatre assiettes sur la table et qu'il fallait en passer par là, il s'assit, décidé à se nourrir coûte que coûte. Le caporal monta une seconde fois et alluma la lampe à acétylène. Dès lors, ils furent environnés par la nuit et enfermés dans le bungalow avec le paquet.

– Merde, j'ai faim, déclara Joseph. Toujours cette saloperie d'échassier?

– Asseyez-vous, dit la mère à M. Jo.

---

1. **Table de rotin**: table faite à partir de tiges de palmiers appelés «rotin».

Joseph était déjà assis, seul à table. M. Jo fumait avidement sa cigarette comme il faisait toujours en présence de Joseph. Il en avait une peur irraisonnée. Il s'assit instinctivement du côté de la table opposé au sien. La mère lui donna un morceau d'échassier et dit gentiment à Joseph, sans doute pour l'amadouer :

– Je me demande ce qu'on mangerait si tu n'étais pas là pour en tuer. Ça sent un peu le poisson mais c'est bon et c'est nourrissant, ajouta-t-elle à l'adresse de M. Jo.

– C'est peut-être nourrissant, dit Suzanne, mais c'est de la saloperie.

Les moments où ses enfants se nourrissaient trouvaient toujours la mère indulgente et patiente.

– C'est tous les soirs la même histoire, ils ne sont jamais contents.

Ils parlaient d'échassier et c'était comme si ces oiseaux avaient un rapport secret, jusque-là ignoré, avec le paquet qui reposait toujours, énorme, vierge autant qu'une bombe pas encore éclatée, sur la table de rotin. Joseph qui mangeait à toute vitesse et à pleines dents, encore plus grossièrement que d'habitude, ravalait en fait sa colère.

– C'est tous les soirs la même chose, continua Suzanne, parce que c'est tous les soirs qu'on mange de l'échassier. Y a jamais rien d'autre.

Et voilà que ce fut la mère qui trouva l'issue vers l'avenir.

Dans un sourire adorable de malice contenue, elle dit :

– C'est rare, il est vrai, qu'il y ait du nouveau dans la plaine, à tous les points de vue.

Suzanne sourit. Joseph ne consentit pas encore à avoir entendu.

– Quelquefois ça arrive, dit Suzanne.

Ravi d'avoir compris, M. Jo se mit à manger son échassier à pleines dents, contrairement à la façon très parisienne qu'il avait, au début du repas, de goûter à ce mets nouveau pour lui.

– C'est un phonographe, dit Suzanne.

Joseph s'arrêta net de manger. Sous ses paupières à demi levées, ses yeux apparurent, éclatants. Chacun le regardait, même M. Jo.

– On en a déjà un, dit Joseph, de phono.

– Je crois, dit M. Jo, que celui-ci est, comment dire? plus moderne.

Suzanne quitta la table, alla vers le paquet. Elle déchira les bandes de papier collant et ouvrit la boîte de carton. Puis elle prit le phonographe avec précaution et le déposa sur la table de la salle à manger. Il était noir, en peau granitée avec une poignée chromée. Joseph avait cessé de manger. Il fumait et la regardait faire, fasciné. La mère était un peu déçue: le phono, comme la chasse, c'était une calamité imposée par Joseph. Suzanne souleva le couvercle et l'intérieur du phonographe apparut: un disque de drap vert, un bras en métal chromé, éblouissant. Sur la face interne du couvercle, il y avait une petite plaque de cuivre sur laquelle un petit fox-terrier était représenté assis devant un pavillon trois fois gros comme lui. Au-dessous de la plaque il y avait écrit: LA VOIX DE SON MAÎTRE. Joseph leva les yeux, regarda la petite plaque d'un air faussement connaisseur et essaya de manœuvrer le bras chromé. Puis, l'ayant regardé, ayant touché le phono avec ses mains, il oublia complètement et Suzanne, et M. Jo, et que le phono venait de M. Jo, et qu'ils étaient tous là en train de jouir de son bonheur, et les promesses qu'il avait dû se faire de n'en montrer aucune surprise, de ce phono. Il le remonta comme un somnambule, vissa une aiguille sur le bras chromé, le mit en marche, l'arrêta, le remit en marche. Suzanne retourna vers le paquet, sortit une enveloppe de disques et la lui apporta. Ils étaient tous anglais sauf un intitulé: *Un soir à Singapour.* Joseph les regarda les uns après les autres.

– C'est des conneries, déclara-t-il à voix basse, mais ça fait rien.

– J'ai choisi les nouveautés de Paris, dit timidement M. Jo un peu décontenancé devant ce déchaînement de Joseph et l'indifférence totale dans laquelle on le reléguait. Mais Joseph n'insista pas. Il s'empara du phono, le posa sur la table du salon et s'assit auprès de lui. Il prit ensuite un disque, le mit sur le plateau recouvert de drap vert et posa l'aiguille sur le disque. Une voix s'éleva, d'abord insolite, indiscrète, presque impudique au milieu de la réserve silencieuse de tous.

1690
> *Un soir, à Singapour,*
> > *Un soir,*
> > *d'amour.*
> *Un soir, sous les palmiers,*
> > *Un soir,*
1695
> > *d'été.*

À la fin du disque la glace était fondue. Joseph se marrait. Suzanne se marrait. Et même la mère : « C'est beau », dit-elle. M. Jo éclatait de l'envie de voir son cas reconsidéré. Il allait de l'un à l'autre, cherchant à être enfin admis comme le bienfaiteur de la famille. 1700 Mais en vain. Pour personne autour de lui il n'y avait de relation entre le phonographe et son donateur. Après *Un soir à Singapour,* Joseph fit passer les autres disques neufs, les uns après les autres, indifféremment, pour la bonne raison qu'il ne comprenait pas l'anglais. D'ailleurs ce soir on ne pouvait pas savoir s'il était sensible à 1705 la musique ou seulement au maniement du phonographe et à sa marche mécaniquement idéale.

M. Jo finit par s'en aller. Une fois qu'il fut parti, la mère demanda à Suzanne si elle savait le prix du phonographe. Suzanne avait oublié de le demander à M. Jo. La mère un peu déçue demanda machinale- 1710 ment à Joseph de cesser de jouer. Mais ce soir, autant lui demander de cesser de respirer. La mère sans trop insister s'enferma dans sa chambre. Une fois qu'elle fut sortie, Joseph dit : « On va jouer *Ramona.* » Il alla chercher ses vieux disques dont *Ramona* était le plus précieux.

> *Ramona, j'ai fait un rêve merveilleux.*
1715
> *Ramona, nous étions partis tous les deux.*
> *Nous allions*
> *Lentement*
> *Loin de tous les regards jaloux*
> *Et jamais deux amants*
1720
> *N'avaient connu de soirs plus doux…*

Jamais Joseph ni Suzanne n'en chantaient les paroles. Ils en fredonnaient l'air. Pour eux c'était ce qu'ils avaient entendu de plus beau, de plus éloquent. L'air coulait, doux comme du miel. M. Jo prétendait que *Ramona* ne se chantait plus à Paris depuis des années déjà, mais peu leur importait. Lorsque Joseph le faisait jouer, tout devenait plus clair, plus vrai ; la mère qui n'aimait pas ce disque paraissait plus vieille et eux ils entendaient leur jeunesse frapper à leurs tempes comme un oiseau enfermé. Parfois, lorsque la mère ne gueulait pas trop et qu'ils pouvaient revenir du bain sans trop se presser, Joseph le sifflait. Lorsqu'ils partiraient ce serait cet air-là, pensait Suzanne, qu'ils siffleraient. C'était l'hymne de l'avenir, des départs, du terme de l'impatience. Ce qu'ils attendaient c'était de rejoindre cet air né du vertige des villes pour lequel il était fait, où il se chantait, des villes croulantes, fabuleuses, pleines d'amour. Il donnait à Joseph l'envie d'une femme de la ville si radicalement différente de celles de la plaine qu'elle pouvait à peine s'imaginer. À Ram, le père Bart avait aussi *Ramona* parmi ses disques et il était moins usé que celui de Joseph. C'était après avoir dansé avec elle sur cet air-là qu'un soir Agosti l'avait entraînée brusquement hors de la cantine jusqu'au port. Il lui avait dit qu'elle était devenue une belle fille et il l'avait embrassée. « Je sais pas pourquoi, tout d'un coup, j'ai eu envie de t'embrasser. » Ils étaient revenus ensemble au bungalow. Joseph avait regardé Suzanne d'un drôle d'air et puis il lui avait souri avec tristesse et compréhension. Depuis, le fils Agosti avait sans doute oublié et Suzanne n'y pensait guère mais il n'en restait pas moins que la chose était liée à l'air de *Ramona*. Et chaque fois que Joseph le jouait, le souvenir du baiser de Jean Agosti était dans l'air.

Quand le disque fut fini, Suzanne demanda :

– Comment tu le trouves ce phono ?

– Il est formidable, puis il y a presque pas à le remonter.

Et au bout d'un moment :

– Tu lui avais demandé ?

– J'ai rien demandé du tout.

1755 – Il te l'a donné… comme ça?

Suzanne hésita à peine:

– Il me l'a donné comme ça.

Joseph rit silencieusement et il déclara:

– C'est un con. Mais le phono, il est formidable.

1760   C'est peu après que M. Jo leur eut donné le phonographe qu'un soir, à Ram, Joseph prit le parti de lui parler.

    M. Jo avait décidé de prolonger son séjour dans la plaine sous prétexte qu'il avait à surveiller des chargements de poivre et de latex. Il avait pris une chambre à la cantine de Ram et une autre

1765 chambre à Kam, couchant tantôt dans l'une tantôt dans l'autre afin sans doute de déjouer la surveillance de son père. Quelquefois il allait à la ville passer un jour ou deux, mais revenait, et chaque après-midi passait faire un tour à la concession. Après avoir beaucoup espéré de l'effet que ferait sa fortune sur Suzanne, il commençait

1770 à en désespérer et peut-être, cette déception aidant, commença-t-il à s'en éprendre sincèrement. La vigilance de la mère et de Joseph ne fit sans doute qu'exaspérer encore ce qu'il pensa bientôt être un grand sentiment.

    Au début, le motif un peu simpliste de ses visites était de les

1775 emmener danser et s'amuser un peu à Ram.

    – Je vous emmène prendre l'air, annonçait-il, sportif.

    – L'air, c'est pas ça qui manque, disait Joseph, c'est comme la flotte.

    Mais bientôt, cette habitude de se faire trimbaler à Ram chaque

1780 fin d'après-midi, parut leur devenir si naturelle que M. Jo négligea de les y inviter. C'était d'ailleurs Suzanne qui, en général, annonçait l'heure d'aller à Ram. Joseph y allait avec eux, malgré sa répugnance. D'abord parce qu'on y allait en une demi-heure en Léon Bollée au lieu d'une heure en B. 12 et que cette performance à elle seule

1785 aurait pu le décider, ensuite parce que ça ne lui déplaisait pas de boire et même quelquefois de dîner aux frais de M. Jo. C'est alors que Joseph découvrit qu'on peut aimer boire.

Cependant il n'échappait à personne que ces sorties n'étaient proposées par M. Jo que pour éluder chaque fois, au même titre 1790 que les cadeaux, ce qu'on attendait de lui. Elles s'accomplirent d'ailleurs très rapidement dans une atmosphère de dégoût et de colère que n'arrivèrent plus à éclaircir l'amabilité et la générosité de M. Jo. Les choses ne devenaient supportables que lorsqu'ils avaient suffisamment bu, surtout Joseph, pour négliger M. Jo jusqu'à ne 1795 plus l'apercevoir. Comme aucun des trois n'avait, et pour cause, l'habitude du champagne, l'effet désiré ne se faisait pas attendre. Même la mère qui n'aimait pas précisément boire, buvait. Elle buvait, prétendait-elle, « pour noyer sa honte ».

– Après deux coupes de champagne, j'oublie pourquoi je suis 1800 venue à Ram et il me semble que c'est moi qui le roule plutôt que lui.

M. Jo, lui buvait peu. Il avait beaucoup bu, disait-il, et l'alcool ne lui faisait presque plus d'effet. Sauf celui cependant de le rendre vis-à-vis de Suzanne d'une ferveur encore plus mélancolique. Il la regardait en dansant de façon si languissante que parfois, lorsque 1805 la cantine n'offrait pas d'autres distractions, Joseph le suivait des yeux avec intérêt.

– Il fait son Rudolph Valentino[1], disait-il, mais ce qui est triste c'est qu'il a une tête plutôt dans le genre tête de veau.

Cette expression ravissait la mère et elle riait. Suzanne, tout en 1810 dansant, se doutait bien de ce qui les faisait rire, mais M. Jo non, ou plutôt renonçait-il prudemment à chercher les causes de leurs accès de gaieté.

– C'est beau, un veau, reprenait la mère sur le ton encourageant.

Les comparaisons de Joseph étaient sans doute ces soirs-là d'un 1815 goût douteux mais cela importait peu à la mère. Elle, elle les trouvait

---

1. Rudolph Valentino (1895-1926) : acteur italien qui triomphe aux États-Unis dans les années 1920, dans des rôles de séducteur.

parfaites. Au comble du dégoût, affranchie, elle prenait son verre et le levait.

— En attendant…, disait-elle.

— Tu parles, approuvait Joseph en s'esclaffant.

— Ils boivent à notre santé, disait de loin Suzanne à M. Jo, tout en dansant.

— Ça m'étonnerait, répondait M. Jo. Ils ne le font jamais quand on y est…

— C'est la timidité, disait Suzanne en souriant.

— Vous avez un sourire affolant… disait tout bas M. Jo.

— En attendant, reprenait la mère, j'ai jamais autant bu de champagne.

Joseph aimait voir la mère dans cet état d'hilarité vulgaire et assouvissante qu'il était seul à pouvoir provoquer chez elle. Parfois, quand il s'ennuyait trop, il faisait durer la plaisanterie toute la soirée et, de façon moins directe, même en présence de M. Jo. Par exemple, lorsque celui-ci ne dansait pas et qu'il chantonnait à voix basse, tout en regardant Suzanne, des chansons qu'il trouvait d'une équivoque appropriée : *Paris je t'aime, je t'aime,* je t'aime… Joseph reprenait la chanson : *Je t'aime, je t'aîmme…* à la manière qu'il pensait être celle d'un veau. Ce qui faisait rire tout le monde, mais seulement sourire, et combien péniblement, M. Jo.

Cependant, la plupart du temps, Joseph dansait, buvait, et ne s'occupait guère de M. Jo. Quelquefois il allait bavarder avec Agosti, ou sur le port regarder charger le courrier, ou encore il allait se baigner sur la plage. Dans ce cas il l'annonçait à Suzanne et à la mère qui le suivaient, elles-mêmes suivies, mais à distance, par M. Jo. Quand il avait un peu trop bu, Joseph prétendait vouloir nager jusqu'à l'île la plus proche de la côte, à trois kilomètres de là. C'était un projet dont il ne parlait jamais à jeun mais ces soirs-là il se croyait de taille à l'accomplir. En réalité il aurait coulé bien avant d'arriver à l'île. Mais la mère se mettait à gueuler. Elle ordonnait à M. Jo de mettre la Léon Bollée en marche. Seul le ronronnement du moteur pouvait faire oublier son projet à Joseph. M. Jo, qui n'était

1850 pas sans trouver intéressant le projet de son bourreau, obéissait manifestement à regret.

Ce fut au cours d'une des soirées passées ainsi à la cantine de Ram que Joseph parla à M. Jo de Suzanne et qu'il lui exprima une fois pour toutes son point de vue. Après quoi il ne lui adressa plus
1855 la parole, sauf bien plus tard, et il le tint dans un royal dédain.

Suzanne dansait avec M. Jo comme d'habitude. Et la mère les regardait tristement. Parfois, surtout lorsqu'elle n'en buvait pas suffisamment, le champagne la faisait s'attrister davantage à la vue de M. Jo. Bien qu'il y eût du monde à la cantine ce soir-là et en
1860 particulier des passagères, Joseph ne dansait pas. Peut-être en avait-il assez de danser tous les soirs ou peut-être sa décision de parler à M. Jo lui en enlevait-elle le désir. Il le regardait qui dansait avec Suzanne de façon plus libre que d'habitude.

– C'est ce qu'on appelle un raté, commença-t-il tout à coup.
1865 La mère n'en était pas sûre.

– Ça ne veut rien dire. Moi aussi je suis ce qu'il y a de plus raté.
Elle s'assombrit encore.

– La preuve en est que la seule solution pour moi est de marier ma fille à ce raté-là.

1870 – Ce n'est pas la même chose, dit Joseph, tu n'as pas eu de veine.
Puis au fond tu as raison, ça ne veut rien dire. Ce qui compte c'est qu'il se décide. On en a marre d'attendre.

– J'ai trop attendu, geignit la mère. Pour la concession, pour les barrages. Et rien que pour cette hypothèque des cinq hectares,
1875 ça fait deux ans que j'attends.

Joseph la regarda, comme illuminé.

– On fait que ça, attendre, mais il suffit de décider qu'on ne veut plus attendre. Je vais lui parler.

M. Jo revint de danser avec Suzanne. Pendant qu'il traversait
1880 la piste, la mère dit :

– Quelquefois, quand je le regarde c'est comme si je regardais ma vie et c'est pas beau à voir.

Dès que M. Jo se fut assis, Joseph commença.

– On s'emmerde, déclara-t-il.

M. Jo avait pris l'habitude du langage de Joseph.

– Je m'excuse, dit-il. On va commander une autre bouteille de champagne.

– C'est pas ça, dit Joseph, c'est à cause de vous qu'on s'emmerde.

M. Jo rougit jusqu'aux yeux.

– On parlait de vous, dit la mère, et on a trouvé qu'on s'ennuyait. Il y a déjà trop longtemps que ça dure et on voit très bien où vous voulez en venir. Vous avez beau nous trimbaler tous les soirs à Ram, ça ne trompe personne. ·

– On se disait aussi que ce n'était pas sain d'avoir envie de coucher comme ça avec ma sœur depuis plus d'un mois. Moi je pourrais jamais le supporter.

M. Jo baissa les yeux. Suzanne se dit que peut-être il allait se lever et partir. Mais sans doute avait-il si peu d'imagination qu'il n'y pensa pas. Joseph n'avait pas tellement bu, il parlait sous le coup d'une tristesse et d'un dégoût, jusque-là tellement retenus qu'on ne pouvait éviter d'être soulagé de les lui entendre enfin exprimer.

– Je ne cache pas, dit M. Jo d'une voix très basse, que j'éprouve pour votre sœur un sentiment profond.

Il parlait tous les jours à Suzanne des sentiments qu'il éprouvait pour elle. Moi si je l'épouse, ce sera sans avoir aucun sentiment pour lui. Moi je me passe de sentiments. Elle se sentait du côté de Joseph plus fortement que jamais.

– À d'autres, dit la mère, grossière tout à coup et pour tenter de prendre le ton de Joseph.

– C'est possible, dit Joseph, mais ça n'a rien à voir. Tout ce qui compte c'est que vous l'épousiez.

Il désigna la mère.

– Pour elle. Moi je crois que plus je vous connais, moins ça me plaît.

M. Jo s'était un peu repris. Il baissait les yeux obstinément. Tous regardaient cette tête close, ce personnage aussi aveugle que le cadastre, la banque, le Pacifique et contre les millions de laquelle ils pouvaient aussi peu que contre ces forces-là. Si M. Jo savait peu de choses il savait qu'il ne pouvait pas épouser Suzanne.

1920 – On ne se décide pas, dit-il d'une voix timide, à épouser quelqu'un en quinze jours.

Joseph sourit. C'était vrai en général.

– Dans certains cas particuliers, dit-il, on peut se décider en quinze jours. C'est le cas.

1925 M. Jo leva les yeux une seconde. Il ne comprenait pas. Joseph aurait dû essayer de s'expliquer mais c'était difficile, il n'y parvint pas.

– Si on était riches, dit la mère, ce serait différent. Chez les gens riches on peut attendre deux ans.

– Tant pis si vous ne comprenez pas, dit Joseph, c'est ça ou rien.

1930 Il attendit un peu et dit d'une voix lente et ponctuée.

– C'est pas qu'on l'empêche de coucher avec qui elle veut, mais vous, si vous voulez coucher avec elle, faut que vous l'épousiez. C'est notre façon à nous de vous dire merde.

M. Jo leva la tête une seconde fois. Sa stupéfaction devant tant 1935 de scandaleuse franchise était telle qu'il en oubliait de s'en formaliser. D'ailleurs ce langage le concernait d'assez loin. On aurait pu se demander si Joseph n'avait pas seulement parlé pour lui seul, pour s'entendre dire ce qu'il venait de découvrir : le mot de la fin en matière des monsieurs Jo.

1940 – Il y a longtemps que je voulais vous le dire, ajouta Joseph.

– Vous êtes durs, dit M. Jo. Je n'aurais pas cru le premier soir…

Il mentait. Il y avait bien une semaine que chacun s'y attendait.

– On ne vous force pas à l'épouser, dit la mère sur un ton de conciliation. Simplement on vous prévient.

1945 M. Jo encaissait. La simplicité de M. Jo aurait sans doute touché bien des gens.

– Puis, dit Joseph en riant tout à coup, même si on accepte tout, les phonos, le champagne, ça ne vous avancera pas.

La mère eut un regard de vague pitié vers M. Jo.

1950 – Nous sommes des gens très malheureux, dit-elle, sur le ton de l'explication.

M. Jo leva enfin les yeux vers la mère et trouva qu'il méritait, vu le sort injuste qu'on lui faisait, une explication.

– Je n'ai jamais été heureux moi non plus, dit-il, on m'a toujours forcé à faire des choses que je ne voulais pas faire. Depuis quinze jours je faisais un peu ce que j'aime faire et voilà que…

Joseph ne prenait plus garde à lui.

– Avant de partir, j'ai envie de faire une danse avec toi, dit-il à Suzanne.

Il demanda au père Bart de mettre *Ramona*. Ils s'en allèrent tous les deux danser. Joseph ne dit pas un mot à Suzanne de la conversation avec M. Jo. Il lui parla de *Ramona*.

– Quand j'aurai un peu plus d'argent, j'achèterai un nouveau disque de *Ramona*.

La mère, de la table, les regardait danser. M. Jo, assis en face d'elle, jouait à retirer et à remettre son diamant.

– S'il est grossier quelquefois, ce n'est pas de sa faute, dit la mère, il n'a reçu aucune éducation.

– Elle se fiche de moi, dit M. Jo à voix basse, elle n'a pas dit un mot.

– Du moment que vous êtes si riche…, dit-elle.

– Ça n'a rien à voir, au contraire.

Peut-être était-il un peu moins sot qu'il n'en avait l'air.

– Faut que je me défende, déclara-t-il.

La mère regarda ce dont il lui fallait se défendre. Ils valsaient sur l'air de *Ramona*. C'était de beaux enfants. Tout compte fait, elle avait quand même fait de beaux enfants. Ils avaient l'air heureux de danser ensemble. Elle trouva qu'ils se ressemblaient. Ils avaient les mêmes épaules, ses épaules à elle, le même teint, les mêmes cheveux un peu roux, les siens aussi, et dans les yeux, la même insolence heureuse. Suzanne ressemblait de plus en plus à Joseph. Elle croyait mieux connaître Suzanne que Joseph.

– Elle est jeune, dit M. Jo d'un ton accablé.

– Pas tellement, dit la mère en souriant. Moi, à votre place, je l'épouserais.

La danse prit fin. Joseph ne daigna pas s'asseoir.

– On fout le camp, dit-il.

De ce jour, il n'adressa plus la parole à M. Jo.

Leurs rapports furent de plus en plus distants. Et réellement, ils usèrent vis-à-vis de lui d'une liberté de paroles et de manières encore plus grande qu'avant.

Toujours dans le salon et toujours couvé du regard par la mère, M. Jo apprenait à Suzanne l'art de se vernir les ongles. Suzanne était assise en face de lui. Elle portait une belle robe de soie bleue qu'il lui avait apportée, parmi d'autres choses, depuis le phonographe. Sur la table, étaient disposés trois flacons de vernis à ongles de couleur différente, un pot de crème et un flacon de parfum.

– Quand vous m'avez enlevé les peaux, ça me pique, grogna Suzanne.

M. Jo n'était pas tellement pressé d'en finir afin sans doute de garder le plus longtemps possible la main de Suzanne dans la sienne. Il avait déjà fait trois essais.

– C'est celui-ci qui vous va le mieux, dit-il enfin, contemplant son œuvre en connaisseur.

Suzanne leva sa main pour mieux la voir. Le vernis choisi par M. Jo était d'un rouge un peu orangé, qui faisait paraître sa peau plus brune. Elle n'avait pas d'avis très défini sur la question. Elle donna son autre main à vernir à M. Jo qui la prit et en embrassa l'intérieur.

– Faut se dépêcher, dit Suzanne, si on va à Ram, il y a encore l'autre main.

Dans le champ de la porte ouverte ils voyaient Joseph qui, aidé du caporal, essayait de remettre d'aplomb le petit pont de bois du chemin. Il faisait un soleil torride. De temps en temps, Joseph lançait des injures manifestement destinées à M. Jo mais que celui-ci, déjà fait sans doute à ce genre de traitement, n'avait pas l'air de prendre pour lui.

– Enfant de salaud, avec sa vingt-quatre chevaux, je l'emmerde.

– C'est vrai, disait Suzanne, c'est vous qui avez esquinté le pont, faut laisser votre auto sur la piste.

Après les ongles des mains, M. Jo lui vernit les ongles des pieds. Il avait presque fini. Elle avait posé un pied sur la table pour que le vernis sèche et il lui faisait sur l'autre les derniers «raccords».

– Ça suffit comme ça, dit Suzanne, oubliant qu'il n'était pas du pouvoir de M. Jo, quelque envie qu'il en ait eue, de lui en vernir davantage.

M. Jo soupira, abandonna le pied de Suzanne et s'adossa au fauteuil. Il avait terminé. Il transpirait légèrement.

– Si on dansait un peu au lieu d'aller à Ram? demanda M. Jo, si on dansait avec le nouveau phono?

– Joseph ne veut pas qu'on y touche, dit Suzanne. Puis j'en ai marre de danser.

M. Jo soupira encore et prit un air suppliant.

– Ce n'est pas de ma faute si j'ai envie de vous serrer dans mes bras…

Suzanne regarda ses pieds et ses mains avec satisfaction.

– Moi j'ai envie d'être dans les bras de personne.

M. Jo baissa la tête.

– Vous me faites beaucoup souffrir, dit-il d'un ton accablé.

– Je vais m'habiller pour aller à Ram. Restez là. Si elle vous voit pas c'est moi qu'elle engueulera.

– N'ayez crainte, dit M. Jo en souriant très tristement.

Suzanne alla sur la véranda et appela.

– Joseph, on va à Ram.

– On ira si je veux, gueula la mère, c'est si je le veux seulement qu'on ira!

Suzanne se retourna vers M. Jo.

– Elle dit ça mais elle ne demande pas mieux.

M. Jo se désintéressait du débat. Il regardait les jambes de Suzanne qui se dessinaient par transparence dans sa robe de soie.

– Vous êtes encore toute nue sous votre robe, dit-il, et moi j'ai jamais droit à rien.

2050 Il paraissait parfaitement découragé et il alluma une cigarette.

– Je ne sais plus ce qu'il faut faire pour que vous m'aimiez, poursuivit-il. Je crois que si on se mariait je serais horriblement malheureux.

Au lieu d'aller s'habiller, Suzanne s'assit devant lui et le regarda avec une certaine curiosité. Mais elle se mit à se distraire de lui
2055 presque aussitôt, tout en continuant à le regarder sans le voir, comme s'il eût été transparent, et qu'il lui fallait passer par ce visage pour entrevoir les promesses vertigineuses de l'argent.

– Si on se mariait, je vous enfermerais, conclut M. Jo avec résignation.

2060 – Quelle auto j'aurai, si on se marie?

C'était la trentième fois peut-être qu'elle posait la question. Mais de ce genre de questions elle ne se lassait jamais. M. Jo prit un air faussement indifférent.

– Celle que vous voudrez, je vous l'ai déjà dit.

2065 – Et Joseph?

– Je ne sais pas si je donnerai une auto à Joseph, dit précipitamment M. Jo, ça je ne peux pas vous le promettre. Je vous l'ai déjà dit.

Le regard de Suzanne cessa d'explorer les régions fabuleuses de la fortune pour revenir vers cet obstacle qui l'empêchait de s'y
2070 perdre. Son sourire s'effaça. Son visage changea tellement que M. Jo reprit presque aussitôt:

– Ça dépend de vous, vous le savez bien, de votre attitude à mon égard.

– Vous pourriez lui offrir une auto à elle, dit Suzanne avec une
2075 douceur persuasive, ce serait pareil.

– Il n'a jamais été question d'offrir une auto à votre mère, dit M. Jo d'un air désespéré, je ne suis pas aussi riche que vous le croyez.

– Pour elle ça irait encore mais si Joseph n'a pas d'auto, vous pouvez garder toutes vos autos, la mienne y compris et puis épouser
2080 qui vous voudrez.

M. Jo s'empara de la main de Suzanne pour la retenir de glisser dans la cruauté. Il avait une expression suppliante, comme près des larmes.

2085 – Vous savez bien que Joseph aura son auto, vous me faites devenir méchant.

Suzanne se retourna vers Joseph qui avait fini de réparer le petit
pont de bois. Maintenant il consolidait les piliers avec des pierres
qu'il allait chercher sur la piste. Il râlait toujours.

2090 – On leur fera réparer la prochaine fois, à ces salauds, et s'ils
recommencent, on leur foutra du sable dans leur carburateur, ça
manque pas ici, le sable.

Depuis quelque temps, chaque fois que Suzanne pensait à Joseph,
elle avait le cœur serré, sans doute parce que Joseph n'avait encore
personne et qu'elle, elle avait quand même M. Jo.

2095 – Rien que de tenir votre main, dit celui-ci, d'une voix altérée,
ça me fait un effet formidable.

Elle lui avait laissé sa main. Quelquefois elle lui laissait sa main
un petit moment. Par exemple lorsqu'il était question de l'auto
qu'il donnerait à Joseph s'ils se mariaient.

2100 Il la regardait, il la respirait, il l'embrassait et en général, ça
l'entretenait dans d'excellentes dispositions.

– Même si j'étais pas sa sœur ça me ferait un plaisir formidable
de donner une auto à Joseph.

– Ma petite chérie, ça me fait plaisir, soyez-en sûre.

2105 – Je crois qu'il deviendra fou si on lui donne une auto, dit Suzanne.

– Il l'aura, ma petite Suzanne, il l'aura, mon petit trésor.

Suzanne souriait. J'amènerais l'auto sous le bungalow, la nuit,
pendant qu'il chasserait et sur le volant je pendrais un petit carton
sur lequel j'écrirais : Pour Joseph.

2110 M. Jo serait venu jusqu'à promettre une auto au caporal pour
mieux profiter de la distraction radieuse de Suzanne. Il en était vers
l'avant-bras, un peu plus haut que le coude. Suzanne s'en rendit
compte tout à coup.

– Je vais m'habiller, dit-elle en retirant son bras.

2115 Elle se leva et alla s'enfermer dans la cabine de bains. Un moment
après M. Jo frappa à la porte. Depuis le phonographe, il en avait
pris l'habitude et elle aussi. C'était comme ça tous les soirs.

– Ouvrez-moi, Suzanne, ouvrez-moi.

– Je voudrais bien qu'elle monte en ce moment, ça ce que je le voudrais...

– Une seconde, le temps de vous voir...

– Elle ou Joseph. Il est fort Joseph. D'un coup de pied il envoie les gens dans la rivière.

M. Jo n'écoutait pas.

– Simplement un petit peu, une petite seconde.

M. Jo n'ignorait pas ce qu'il risquait. Mais il entendait le bruit de l'eau qui tombait sur Suzanne et sa terreur de Joseph elle-même n'y résistait pas. De toutes ses forces il appuyait sur la porte.

– Dire que vous êtes toute nue, dire que vous êtes toute nue, répétait-il d'une voix sans timbre.

– Vous parlez d'une affaire, dit Suzanne. Si vous étiez à ma place j'aurais pas envie de vous voir.

Quand elle évoquait M. Jo, sans son diamant, son chapeau, sa limousine, en train par exemple de se balader en maillot sur la plage de Ram, la colère de Suzanne grandissait d'autant.

– Pourquoi vous ne vous baignez pas à Ram ?

M. Jo reprit un peu de sang-froid et appuya moins fort.

– Les bains de mer me sont interdits, dit-il avec toute la fermeté qu'il pouvait.

Heureuse, Suzanne se savonnait. Il lui avait acheté du savon parfumé à la lavande et depuis, elle se baignait deux et trois fois par jour pour avoir l'occasion de se parfumer. L'odeur de la lavande arrivait jusqu'à M. Jo et en lui permettant de mieux suivre les étapes du bain de Suzanne rendait son supplice encore plus subtil.

– Pourquoi les bains vous sont-ils interdits ?

– Parce que je suis de faible constitution et que les bains de mer me fatiguent. Ouvrez, ma petite Suzanne... une seconde...

– C'est pas vrai, c'est parce que vous êtes mal foutu.

Elle le devinait, collé contre la porte, encaissant tout ce qu'elle lui disait parce qu'il était sûr de gagner.

– Une seconde, rien qu'une seconde...

Elle se souvint de ce que lui avait dit Joseph à Ram. «C'est pas que je l'empêche de coucher avec qui elle veut mais vous, si vous voulez coucher avec elle, faut l'épouser. C'est notre façon à nous 2155 de vous dire merde.»

— Joseph a raison quand il dit…

M. Jo poussait sur la porte de tout son poids.

— Je me fous de ce que dit Joseph.

— C'est pas vrai, vous avez peur de Joseph, et même une trouille 2160 pas banale.

Il se tut à nouveau et il se décolla légèrement de la porte.

— Je crois, dit-il à voix basse, que je n'ai jamais vu quelqu'un d'aussi méchant que vous.

Suzanne s'arrêta de se rincer. La mère le disait aussi. Était-ce 2165 vrai ? Elle se regarda dans la glace et chercha sans le trouver un signe quelconque qui l'eût éclairée. Joseph, lui, disait que non, qu'elle n'était pas méchante mais dure et orgueilleuse, il rassurait la mère. Mais de se l'entendre dire, et même d'entendre M. Jo le dire, lui donnait une sorte d'effroi. Quand M. Jo le lui disait, elle 2170 lui ouvrait la porte. Aussi le lui disait-il de plus en plus souvent.

— Allez voir s'ils sont toujours de l'autre côté.

Elle l'entendit bondir dans le salon. Il alla se camper sur la porte d'entrée et alluma une cigarette. Il s'efforçait d'être calme mais ses mains tremblaient. Joseph et le caporal n'avaient pas fini 2175 de consolider les piliers du pont. Ils n'avaient pas l'air de vouloir rentrer tout de suite. La mère était venue se joindre à eux et paraissait très absorbée comme chaque fois qu'elle suivait un travail fait par Joseph. M. Jo revint vers la cabine de bains.

— Ils sont toujours là-bas, vite Suzanne !

2180 Suzanne entrouvrit la porte. M. Jo fit un bond vers elle. Suzanne ferma la porte brutalement. M. Jo resta derrière.

— Maintenant allez dans le salon, dit Suzanne.

Elle commença de se rhabiller. Elle faisait vite, sans se regarder. La veille, il lui avait dit que si elle consentait à faire un petit voyage 2185 à la ville avec lui, il lui donnerait une bague avec un diamant. Elle lui avait demandé le prix du diamant, il ne le lui avait pas précisé mais il lui avait dit qu'il valait bien le bungalow. Elle n'en avait pas parlé à Joseph. Il lui avait dit que ce diamant était déjà chez lui, qu'il attendait qu'elle se décide pour le lui donner. Suzanne enfila sa robe. Ce n'était plus suffisant qu'elle lui ouvre la cabine de bains. Ç'avait été suffisant pour le phonographe mais ce n'était pas suffisant pour le diamant. Le diamant valait dix, vingt phonographes. Trois jours à la ville, je ne vous toucherai pas, on irait au cinéma. Il ne lui en avait parlé qu'une seule fois, la veille au soir, en dansant à Ram, tout bas. Un diamant qui valait à lui seul le bungalow.

Suzanne ouvrit la porte et alla se farder à la lumière, sur la véranda. Ensuite elle alla retrouver M. Jo au salon. C'était la seule minute de la journée où elle se demandait confusément s'il ne méritait pas tout de même quelque sympathie : après la scène de la cabine de bains on l'aurait dit écrasé, absolument accablé d'avoir à supporter, de toute sa faiblesse, un tel poids, un tel ouragan de désir. Qu'il eût été désigné pour subir une telle épreuve, cela lui rendait quelque chose d'humain. Mais Suzanne avait beau chercher, elle ne trouvait pas comment le lui dire d'une façon qui ne l'eût pas trompé. Elle l'abandonnait donc. C'était d'ailleurs à cette heure-là que la promenade à Ram, chaque soir, se décidait et ça devenait vite plus important que tout le reste. Joseph avait fini de réparer le pont mais la mère lui parlait toujours d'elle ne savait quoi.

– Vous êtes belle, dit M. Jo sans relever la tête.

Déjà on entendait les cris des enfants qui jouaient dans le rac. La mère ne se souciait pas d'aller à Ram. Elle était vieille, elle. Elle était cinglée et méchante. Il y avait des hommes qui venaient à Ram, des chasseurs, des planteurs, mais elle, qu'en aurait-elle fait ? Un jour Suzanne quitterait la plaine et la mère en même temps. Elle regarda M. Jo. Peut-être que ce serait quand même avec celui-là, parce qu'elle était si pauvre et que la plaine était si loin de toutes les villes où se trouvaient les hommes.

– Vous êtes belle et désirable, dit M. Jo.

Suzanne sourit à M. Jo.

2220 – Je n'ai que dix-sept ans, je deviendrai encore plus belle.

M. Jo releva la tête.

– Quand je vous aurai sortie d'ici, vous me quitterez, j'en suis sûr.

La mère et Joseph remontaient l'escalier. Ils avaient très chaud. Joseph s'essuyait le front avec un mouchoir. La mère avait enlevé 2225 son chapeau de paille et une marque rouge barrait ses tempes.

– Te voilà bien, dit Joseph à Suzanne, tu sais pas te farder, on dirait une vraie putain.

– Elle ressemble à ce qu'elle est, dit la mère. Quel besoin de lui apporter tout ça ?

2230 Elle s'affala dans un fauteuil pendant que Joseph, dégoûté, allait dans sa chambre.

– On va à Ram ? demanda Suzanne.

– Qu'est-ce que vous avez foutu tous les deux ? demanda la mère à M. Jo.

2235 – Madame, je respecte trop votre fille…

– Si jamais je m'aperçois de quelque chose je vous force à l'épouser dans les huit jours.

M. Jo se leva et s'adossa à la porte. Comme toujours en présence de la mère ou de Joseph, il fumait sans arrêt et ne restait jamais assis.

2240 – On n'a rien fait, dit Suzanne, on s'est même pas touché, t'en fais pas, je suis pas assez bête, je sais bien…

– Tais-toi. T'as rien compris du tout.

M. Jo sortit sur la véranda. Suzanne ne se demanda plus s'ils iraient à Ram. Avec la mère on ne pouvait pas savoir. Il ne fallait 2245 pas compter sur Joseph qui éprouvait à l'égard de M. Jo une telle répugnance qu'il ne parlerait pas de Ram malgré son envie quotidienne d'y aller. La mère attira à elle un fauteuil et allongea ses jambes. On voyait le dessous de ses pieds qui rappelaient un peu ceux du caporal, la peau en était dure et rongée par les cailloux 2250 du terre-plein. De temps en temps elle soupirait fortement et elle s'épongeait le front. Elle était rouge et congestionnée[1].

---

1. Congestionnée : signifie que sa peau est rougie en raison de l'afflux de sang, dû à la chaleur et aux efforts fournis.

– Donne-moi du café.

Suzanne se leva et alla prendre le litre de café froid sur le buffet. Elle en versa dans une tasse et le lui porta. La mère geignit doucement en prenant la tasse des mains de Suzanne.

– Je n'en peux plus, donne-moi mes pilules.

Suzanne alla chercher les pilules et les lui rapporta. Elle obéissait en silence. Le mieux c'était ça, obéir en silence : la colère de la mère fondait toute seule. M. Jo était toujours sur la véranda. Joseph prenait sa douche : on entendait le bruit de la boîte qui cognait la jarre dans la cabine de bains. Le soleil était presque couché. Les enfants sortaient du rac et couraient déjà vers les cases.

– Donne-moi mes lunettes.

Suzanne alla chercher les lunettes dans la chambre et les lui ramena. Elle pouvait lui demander encore bien des choses, son livre de comptes, son sac. Il fallait lui obéir. C'était son plaisir d'éprouver la patience de ses enfants, c'était sa douceur. Quand elle eut ses lunettes, elle les mit et commença à examiner Suzanne à la dérobée, avec beaucoup d'attention. Suzanne, assise face à la porte, savait qu'elle la regardait. Elle savait aussi ce qui s'ensuivrait et elle essayait d'éviter son regard. Elle ne pensait plus à Ram.

– Est-ce que tu lui as parlé ? demanda-t-elle enfin.

– Je lui en parle tout le temps. Je crois que c'est à cause de son père qu'il ne se décide pas.

– Faudra que tu lui demandes une bonne fois. S'il est pas décidé d'ici trois jours je lui parlerai et je lui donnerai une semaine pour se décider.

– C'est pas qu'il veuille pas mais c'est son père. Son père voudrait qu'il se marie avec une fille riche.

– Il peut courir, tout riche qu'il est, une fille riche, qui a le choix, ne voudra pas de lui. Faut être dans notre situation pour qu'une mère donne sa fille à un homme pareil.

– Je lui parlerai, t'en fais pas.

La mère se tut. Elle continuait à regarder Suzanne.

– T'as rien fait avec lui, c'est vrai ?

– Rien. D'abord, j'en ai pas envie.

La mère soupira, puis, timidement, à voix basse :

– Comment feras-tu s'il marche ?

Suzanne se retourna et la regarda en souriant. Mais la mère ne souriait pas et les coins de sa bouche tremblaient. Peut-être qu'elle allait encore chialer.

– Je me débrouillerai bien, dit Suzanne, tu parles comme je me débrouillerai…

– Si c'est plus fort que toi, je préfère que tu restes ici. Tout ça c'est de ma faute…

– Tais-toi, dit Suzanne, dis pas de bêtises, c'est la faute de personne.

– C'est vrai, c'est pourtant vrai.

– Tais-toi, supplia Suzanne, tais-toi. Allons à Ram.

– Oui, allons-y, c'est toujours ça de pris, si ça vous fait tant plaisir.

La mère changea d'avis : elle décida qu'ils ne devaient plus rester seuls à l'intérieur du bungalow, même avec la porte ouverte. Sans doute trouvait-elle que ce n'était plus suffisant pour exaspérer l'impatience de M. Jo. Du moment que celui-ci attendait toujours on ne savait quoi, disait-elle, alors qu'elle le savait fort bien, pour faire sa demande en mariage, ce n'était plus suffisant.

C'était donc sur les talus qui bordaient le rac, à l'ombre du pont, que Suzanne recevait M. Jo. Tous attendaient qu'il se décide. La mère lui avait parlé et lui avait donné huit jours pour le faire. M. Jo avait accepté le délai. Il avoua à la mère que son père avait pour lui d'autres projets et que bien qu'il y eût peu de jeunes filles, dans cette colonie, de fortune digne de la sienne, il y en avait quand même suffisamment pour qu'il lui soit très difficile de faire fléchir son père. Il lui promit cependant d'employer toutes ses forces pour y arriver. Mais tandis que les jours passaient pendant lesquels il disait tout tenter auprès de son père, il parlait de plus en plus, mais à Suzanne seule, du diamant. Il valait à lui seul tout le bungalow. Il le lui donnerait si elle consentait à faire avec lui un petit voyage de trois jours à la ville.

Suzanne le recevait à l'endroit où, quelques semaines plus tôt, elle guettait les autos des chasseurs.

– J'ai jamais été traité comme ça, dit M. Jo.

Suzanne rit. Elle aussi elle préférait recevoir M. Jo là, elle était d'accord avec la mère. Puis maintenant elle prenait son bain en toute tranquillité pendant que M. Jo l'attendait sous le pont. Il

2325 devenait ainsi un personnage d'un ridicule presque irrésistible, et elle le supportait mieux.

– Si je disais ça à mes amis, on ne me croirait pas, poursuivit M. Jo.

L'après-midi était encore brûlant et le soleil était haut dans le ciel. Les plus petits enfants faisaient encore la sieste à l'ombre
2330 des manguiers. Les plus grands surveillaient les buffles, les uns perchés sur leur dos, les autres tout en pêchant dans les marigots. Tous chantaient. Leurs petites voix s'élevaient, perçantes, dans l'air calme et brûlant.

La mère taillait ses bananiers. Le caporal les buttait[1] et les arro-
2335 sait derrière elle.

– Il y a déjà trop de bananiers dans la plaine, dit ironiquement M. Jo, ici, on les donne aux cochons.

– Faut la laisser faire, dit Suzanne.

La mère feignait de croire que ses bananiers, exceptionnellement
2340 soignés, donneraient des fruits exceptionnellement beaux et qu'elle pourrait les vendre. Mais surtout elle aimait planter, n'importe quoi et jusqu'à des bananiers dont la plaine regorgeait. Même depuis l'échec des barrages, il ne se passait pas de jour sans qu'elle plante quelque chose, n'importe quoi qui pousse et qui donne du bois ou
2345 des fruits ou des feuilles, ou rien, qui pousse simplement. Il y avait quelques mois elle avait planté un guau. Les guaus mettent cent ans à devenir des arbres et servent alors à l'ébénisterie. Elle l'avait planté un jour de tristesse où sans doute elle désespérait tout à fait de l'avenir et où elle se trouvait à court d'idées. Une fois qu'elle
2350 l'eut planté elle considéra le guau en pleurant et en se lamentant de ne pouvoir laisser de traces plus utiles de son passage sur la terre qu'un guau dont elle ne verrait même pas les premières fleurs. Le lendemain elle chercha la place du guau mais en vain : Joseph l'avait arraché et jeté à la rivière. La mère se mit en colère. « Les
2355 trucs qui mettent cent ans à pousser, expliqua Joseph, moi ça me fait

---

1. Buttait : amoncelait de la terre au pied des arbres pour faciliter leur développement.

chier de les voir tout le temps. » La mère s'était inclinée et depuis
elle se rabattait sur les plantes à croissance rapide. « T'as assez de
raisons de chialer, lui avait dit Joseph, sans en chercher d'autres.
T'as qu'à planter des bananiers. » C'était ce qu'elle avait fait, elle
2360 s'était rabattue en particulier sur les bananiers.

Quand ce n'était pas aux plantes, c'était aux enfants que la
mère s'intéressait.

Il y avait beaucoup d'enfants dans la plaine. C'était une sorte de
calamité. Il y en avait partout, perchés sur les arbres, sur les barrières,
2365 sur les buffles, qui rêvaient, ou accroupis au bord des marigots, qui
pêchaient, ou vautrés dans la vase à la recherche des crabes nains
des rizières. Dans la rivière aussi on en trouvait qui pataugeaient,
jouaient ou nageaient. Et à la pointe des jonques qui descendaient
vers la grande mer, vers les îles vertes du Pacifique, il y en avait aussi
2370 qui souriaient, ravis, enfermés jusqu'au cou dans de grands paniers
d'osier, qui souriaient mieux que personne n'a jamais souri au monde.
Et toujours avant d'atteindre les villages du flanc de la montagne,
avant même d'avoir aperçu les premiers manguiers, on rencontrait les
premiers enfants des villages de forêt, tout enduits de safran contre
2375 les moustiques et suivis de leurs bandes de chiens errants. Car partout
où ils allaient, les enfants traînaient derrière eux leurs compagnons,
les chiens errants, efflanqués[1], galeux[2], voleurs de basses-cours, que
les Malais chassaient à coups de pierre et qu'ils ne consentaient à
manger qu'en période de grande famine, tant ils étaient maigres et
2380 coriaces. Seuls les enfants s'accommodaient de leur compagnie. Et
eux n'auraient sans doute eu qu'à mourir s'ils n'avaient pas suivi
ces enfants, dont les excréments étaient leur principale nourriture.

Dès le coucher du soleil les enfants disparaissaient à l'intérieur
des paillotes[3] où ils s'endormaient sur les planchers de lattes de
2385 bambous, après avoir mangé leur bol de riz. Et dès le jour ils envahissaient de nouveau la plaine, toujours suivis par les chiens errants

---

1. Efflanqués : maigres.
2. Galeux : atteints d'une maladie appelée « la gale ».
3. Paillotes : huttes couvertes de paille.

qui les attendaient toute la nuit, blottis entre les pilotis des cases, dans la boue chaude et pestilentielle[1] de la plaine.

Il en était de ces enfants comme des pluies, des fruits, des inondations. Ils arrivaient chaque année, par marée régulière, ou si l'on veut, par récolte ou par floraison. Chaque femme de la plaine, tant qu'elle était assez jeune pour être désirée par son mari, avait son enfant chaque année. À la saison sèche, lorsque les travaux des rizières se relâchaient, les hommes pensaient davantage à l'amour et les femmes étaient prises naturellement à cette saison-là. Et dans les mois suivants les ventres grossissaient. Ainsi, outre ceux qui en étaient déjà sortis il y avait ceux qui étaient encore dans les ventres des femmes. Cela continuait régulièrement, à un rythme végétal, comme si d'une longue et profonde respiration, chaque année, le ventre de chaque femme se gonflait d'un enfant, le rejetait, pour ensuite reprendre souffle d'un autre.

Jusqu'à un an environ, les enfants vivaient accrochés à leur mère, dans un sac de coton ceint au ventre et aux épaules. On leur rasait la tête jusqu'à l'âge de douze ans, jusqu'à ce qu'ils soient assez grands pour s'épouiller[2] tout seuls et ils étaient nus à peu près jusqu'à cet âge aussi. Ensuite ils se couvraient d'un pagne de cotonnade. À un an la mère les lâchait loin d'elle et les confiait à des enfants plus grands, ne les reprenant que pour les nourrir, leur donner, de bouche à bouche, le riz préalablement mâché par elle. Lorsqu'elle le faisait par hasard devant un blanc, le blanc détournait la tête de dégoût. Les mères en riaient. Qu'est-ce que ces dégoûts-là pouvaient bien représenter dans la plaine ? Il y avait mille ans que c'était comme ça qu'on faisait pour nourrir les enfants. Pour essayer plutôt d'en sauver quelques-uns de la mort. Car il en mourait tellement que la boue de la plaine contenait bien plus d'enfants morts qu'il n'y en avait eu qui avaient eu le temps de chanter sur les buffles. Il en mourait tellement qu'on ne les pleurait plus et que depuis longtemps

---

1. **Pestilentielle** : qui dégage une odeur infecte.
2. **S'épouiller** : enlever leurs poux.

déjà on ne leur faisait pas de sépulture. Simplement, en rentrant du travail, le père creusait un petit trou devant la case et il y couchait son enfant mort. Les enfants retournaient simplement à la terre comme les mangues sauvages des hauteurs, comme les petits singes de l'embouchure du rac. Ils mouraient surtout du choléra[1] que donne la mangue verte, mais personne dans la plaine ne semblait le savoir. Chaque année, à la saison des mangues, on en voyait, perchés sur les branches, ou sous l'arbre, qui attendaient, affamés, et les jours qui suivaient, il en mourait en plus grand nombre. Et d'autres, l'année d'après, prenaient la place de ceux-ci, sur ces mêmes manguiers et ils mouraient à leur tour car l'impatience des enfants affamés devant les mangues vertes est éternelle. D'autres se noyaient dans le rac. D'autres encore mouraient d'insolation ou devenaient aveugles. D'autres s'emplissaient des mêmes vers que les chiens errants et mouraient étouffés.

Et il fallait bien qu'il en meure. La plaine était étroite et la mer ne reculerait pas avant des siècles, contrairement à ce qu'espérait toujours la mère. Chaque année, la marée qui montait plus ou moins loin, brûlait en tout cas une partie des récoltes et, son mal fait, se retirait. Mais qu'elle montât plus ou moins loin, les enfants, eux, naissaient toujours avec acharnement. Il fallait bien qu'il en meure. Car si pendant quelques années seulement, les enfants de la plaine avaient cessé de mourir, la plaine en eût été à ce point infestée que sans doute, faute de pouvoir les nourrir, on les aurait donnés aux chiens, ou peut-être les aurait-on exposés aux abords de la forêt, mais même alors, qui sait, les tigres eux-mêmes auraient peut-être fini par ne plus en vouloir. Il en mourait donc et de toutes les façons, et il en naissait toujours. Mais la plaine ne donnait toujours que ce qu'elle pouvait de riz, de poisson, de mangues, et la forêt, ce qu'elle pouvait aussi de maïs, de sangliers, de poivre. Et les bouches roses des enfants étaient toujours des bouches en plus, ouvertes sur leur faim.

---

1. **Choléra** : maladie contagieuse et mortelle.

2450   La mère en avait toujours eu un ou deux chez elle pendant les premières années de son séjour dans la plaine. Mais maintenant elle en était un peu dégoûtée. Car avec les enfants non plus elle n'avait pas eu de chance. Le dernier dont elle s'était occupée était une petite fille d'un an qu'elle avait achetée à une femme qui passait sur la

2455   piste. La femme qui avait un pied malade avait mis huit jours pour venir de Ram ; tout le long de la route elle avait essayé de donner son enfant. Dans les villages où elle s'était arrêtée on lui avait dit : « Allez jusqu'à Banté, il y a là une femme blanche qui s'intéresse aux enfants. » La femme avait réussi à arriver jusqu'à la concession.

2460   Elle expliqua à la mère que son enfant la gênait pour retourner dans le Nord et qu'elle ne pourrait jamais la porter jusque-là. Une plaie terrible lui avait dévoré le pied à partir du talon. Elle disait qu'elle aimait tellement son enfant qu'elle avait fait trente-cinq kilomètres en marchant sur la pointe du pied malade pour venir

2465   la lui apporter. Mais elle n'en voulait plus. Elle voulait essayer de trouver une place sur le toit d'un car et rentrer chez elle dans le Nord. Elle venait de Ram où elle avait fait du portage[1] pendant un an. La mère avait gardé la femme pendant quelques jours et essayé de lui soigner le pied. Pendant trois jours la femme avait dormi sur

2470   une natte à l'ombre du bungalow, ne se levant que pour manger et se rendormant aussitôt après, sans demander des nouvelles de son enfant. Puis elle avait fait ses adieux à la mère. Celle-ci lui avait donné un peu d'argent pour prendre le car une partie du chemin vers le Nord. Elle avait voulu lui rendre son enfant, mais la

2475   femme était encore jeune et belle et voulait vivre. Elle avait refusé avec obstination. La mère avait gardé l'enfant. C'était une petite fille d'un an à laquelle on aurait donné trois mois. La mère, qui s'y connaissait, avait vu dès le premier jour qu'elle ne pourrait pas vivre longtemps. Cependant on ne sait pourquoi il lui avait pris la

2480   fantaisie de lui faire construire un petit berceau qu'elle avait placé dans sa chambre et elle lui avait fait des vêtements.

---

1. Portage : transport sur le dos de charges lourdes.

La petite fille vécut trois mois. Puis un matin en effet, tandis qu'elle la déshabillait pour la laver, la mère s'aperçut que ses petits pieds étaient enflés. La mère ne la lava pas ce jour-là, elle la recoucha et l'embrassa longuement : « C'est la fin, dit-elle, demain ça sera ses jambes et après ça sera son cœur. » Elle la veilla pendant les deux jours et la nuit qui précédèrent sa mort. L'enfant étouffait et rendait des vers qu'elle lui retirait de la gorge en les enroulant autour de son doigt. Joseph l'avait enterrée dans une clairière de la montagne, dans son petit lit. Suzanne avait refusé de la voir. Ç'avait été bien pire que pour le cheval, pire que tout, pire que les barrages, que M. Jo, que la déveine. La mère, qui pourtant s'y attendait, avait pleuré des jours et des jours, elle s'était mise en colère, elle avait juré de ne plus s'occuper d'enfants, « ni de près ni de loin ».

Puis, comme pour le reste, elle avait recommencé. Maintenant, pourtant, elle n'en prenait plus chez elle.

– Faut la laisser faire, dit Suzanne, personne peut l'empêcher de faire ce qu'elle veut.

En attendant, elle les forçait à rester dehors.

– Non, vraiment, j'ai jamais été traité comme ça, répéta M. Jo.

Et il lorgna la mère d'un regard plein de haine. Maintenant, chaque jour il risquait sa peau à cause d'elle. Il n'y avait pas toujours de l'ombre sous le pont et il se sentait guetté par les insolations. Lorsqu'il le lui avait fait entendre, la mère lui avait répondu : « Raison de plus pour vous dépêcher de l'épouser. »

– En ce moment, dit-il, les programmes de cinéma sont très bons.

Suzanne, pieds nus, jouait à attraper des brins d'herbe entre ses orteils. Sur le talus, en face d'elle, un buffle paissait lentement et sur son échine il y avait un merle qui se délectait de ses poux. C'était là tout le cinéma qu'il y avait dans la plaine. Ça et puis les rizières et encore les rizières qui s'étalaient toutes pareilles depuis Ram jusqu'à Kam, sous un ciel gris fer.

– Elle voudra jamais, dit Suzanne.

M. Jo ricana. Dans son milieu à lui, M. Jo, il était entendu que les filles se gardaient vierges jusqu'au mariage. Mais il savait bien qu'ailleurs, dans d'autres milieux, ce n'était pas le cas. Il trouvait que ceux-là, étant donné le leur, de milieu, manquaient pour le moins de naturel.

– C'est pas une jeunesse que vous avez, dit-il, elle a oublié la sienne elle, c'est pas possible.

Il est vrai qu'elle en avait assez de la plaine, de ces enfants qui mouraient toujours, de cet éternel soleil-roi, de ces espaces liquides et sans fin.

– C'est pas la question, elle veut pas que je couche avec vous.

Il ne répondit pas. Suzanne attendit un moment :

– On irait tous les soirs au cinéma ?

– Tous les soirs, confirma M. Jo.

Il avait mis un journal sous lui pour ne pas se salir. Il transpirait beaucoup mais peut-être n'était-ce pas tant à cause de la chaleur qu'à force de regarder la nuque de Suzanne qui lentement naissait sous ses cheveux. Jamais il ne l'avait touchée. Les autres veillaient férocement.

– Tous les soirs au cinéma ?

– Tous les soirs, répéta M. Jo.

Pour Suzanne comme pour Joseph, aller chaque soir au cinéma, c'était, avec la circulation en automobile, une des formes que pouvait prendre le bonheur humain. En somme, tout ce qui portait, tout ce qui vous portait, soit l'âme, soit le corps, que ce soit par les routes ou dans les rêves de l'écran plus vrais que la vie, tout ce qui pouvait donner l'espoir de vivre en vitesse la lente révolution d'adolescence, c'était le bonheur. Les deux ou trois fois qu'ils étaient allés à la ville ils avaient passé leurs journées presque entières au cinéma et ils parlaient encore des films qu'ils avaient vus avec autant de précision que s'il se fût agi de souvenirs de choses réelles qu'ils auraient vécues ensemble.

– Et après le cinéma ?

– On irait danser, tout le monde vous regarderait. Vous seriez la plus belle de toutes.

– C'est pas forcé. Et après ?

550 Jamais la mère n'accepterait. Et même si elle acceptait, Joseph, lui, n'accepterait jamais.

– On irait se coucher, dit M. Jo, je ne vous toucherais pas.

– C'est pas vrai.

Elle ne croyait plus à ce voyage. D'ailleurs, elle pensait avoir
2555 épuisé toutes les surprises que pouvait réserver M. Jo et ça lui était devenu égal. Depuis quelques jours elle en était revenue machinalement à guetter les autos des chasseurs en même temps qu'elle parlait avec lui de la ville, de cinémas, de mariage.

– Quand est-ce qu'on se marie? demanda-t-elle, non moins
2560 machinalement, il vous reste pas beaucoup de jours.

– Je vous le répète, dit M. Jo avec lenteur, quand vous m'aurez donné une preuve de votre amour. Si vous acceptez de faire ce voyage, au retour je ferai ma demande à votre mère.

Suzanne rit encore et se tourna vers lui. Il baissa les yeux.

2565 – C'est pas vrai, dit-elle.

M. Jo rougit.

– Il n'est pas encore temps d'en parler, reprit-il, ce serait inutile.

– Votre père vous déshériterait, dites pas le contraire.

La mère lui avait répété la conversation qu'elle avait eue avec lui.

2570 – Votre père c'est un con fini, comme dit Joseph, lui il le dit de vous.

M. Jo ne répondit pas. Il alluma une cigarette, il avait l'air d'attendre que ça se passe. Suzanne bâilla. C'était la mère qui lui demandait de lui poser tous les jours la question. Elle était très pressée.
2575 Une fois Suzanne mariée, M. Jo lui donnerait de quoi reconstruire ses barrages (qu'elle prévoyait deux fois plus importants que les autres et étayés par des poutres de ciment), terminer le bungalow, changer la toiture, acheter une autre auto, faire arranger les dents de Joseph. Maintenant elle trouvait que Suzanne était responsable
2580 du retard apporté à ses projets. Ce mariage était nécessaire, disait-elle. Il était même leur seule chance de sortir de la plaine. S'il ne se faisait pas, ce serait un échec de plus, au même titre que les barrages. Joseph, lui, la laissait dire puis concluait: « Il marchera

jamais et c'est tant mieux pour elle. » Suzanne savait que ce mariage
2585 ne se ferait jamais. Elle n'avait plus rien à dire à M. Jo. Cent fois il
lui avait décrit sa fortune et les autos qu'elle aurait une fois qu'ils
seraient mariés. Maintenant c'était inutile qu'ils en parlent. Comme
du reste d'ailleurs, comme de ce petit voyage et de ce diamant.

Elle s'ennuya tout à coup davantage. Elle aurait voulu que M. Jo
2590 s'en aille et que Joseph revienne pour se baigner avec lui dans le
rac. Depuis que M. Jo venait, elle ne voyait presque plus son frère,
d'abord parce qu'il disait ne pas «pouvoir respirer» auprès de M. Jo,
ensuite parce qu'il était dans le plan de la mère de les laisser seuls,
elle et M. Jo, le plus longtemps possible chaque jour. Suzanne ne
2595 voyait Joseph qu'à la cantine de Ram où quelquefois il l'invitait à
danser et où il leur arrivait de se baigner dans la mer. Mais comme
M. Jo ne se baignait pas, la mère trouvait maladroit de le forcer
à s'isoler. Elle craignait que ça ne le rende méchant. Et en effet
quand ils se baignaient à Ram, M. Jo regardait Joseph avec un regard
2600 d'assassin. Mais d'un coup de poing Joseph aurait fracassé M. Jo.
C'était tellement évident lorsqu'on les voyait l'un près de l'autre
que M. Jo lui-même devait se rassurer, il était trop faible, trop léger
pour Joseph, et il pouvait le détester en toute tranquillité.

– Je les ai apportés, dit M. Jo avec calme.
2605 Suzanne sursauta.

– Quoi ? les diamants ?

– Les diamants. Vous pouvez choisir, vous pouvez toujours choisir,
on ne sait jamais.

Elle le regarda, sceptique. Mais déjà il avait sorti de sa poche un
2610 petit paquet entouré de papier de soie et il le dépliait lentement.
Trois papiers de soie tombèrent à terre. Trois bagues s'étalèrent dans
le creux de sa main. Suzanne n'avait jamais vu de diamants que sur
les doigts des autres et encore, de tous les gens qu'elle avait vus en
porter, elle n'avait approché que M. Jo. Les bagues étaient là, avec
2615 leurs anneaux vides dans la main tendue de M. Jo.

– Ça vient de ma mère, dit M. Jo, avec sentiment, elle les aimait
à la folie.

Que ça vienne d'où que ça veuille. Ses doigts à elle étaient vides de bagues. Elle approcha sa main, prit la bague dont la pierre était la plus grosse, la leva en l'air et la regarda longuement avec gravité. Elle baissa sa main, l'étala devant elle et enfila la bague dans son annulaire. Ses yeux ne quittaient pas le diamant. Elle lui souriait. Lorsqu'elle était une petite fille et que son père vivait encore elle avait eu deux bagues d'enfant, l'une ornée d'un petit saphir, l'autre d'une perle fine. Elles avaient été vendues par la mère.

– Combien elle vaut?

M. Jo sourit comme quelqu'un qui s'y attendait.

– Je ne sais pas, peut-être vingt mille francs.

Instinctivement Suzanne regarda la chevalière de M. Jo: le diamant était trois fois plus gros que celui-ci. Mais alors l'imagination se perdait... C'était une chose d'une réalité à part, le diamant; son importance n'était ni dans son éclat, ni dans sa beauté mais dans son prix, dans ses possibilités, inimaginables jusque-là pour elle, d'échange. C'était un objet, un intermédiaire entre le passé et l'avenir. C'était une clef qui ouvrait l'avenir et scellait définitivement le passé. À travers l'eau pure du diamant l'avenir s'étalait en effet, étincelant. On y entrait, un peu aveuglé, étourdi. La mère devait quinze mille francs à la banque. Avant d'acheter la concession elle avait donné des leçons à quinze francs l'heure, elle avait travaillé à l'Éden chaque soir pendant dix ans à raison de quarante francs par soirée. Au bout de dix ans, avec ses économies faites chaque jour sur ces quarante francs, elle avait réussi à acheter la concession. Suzanne connaissait tous ces chiffres: le montant des dettes à la banque, le prix de l'essence, le prix d'un mètre carré de barrage, celui d'une leçon de piano, d'une paire de souliers. Ce qu'elle ne savait pas jusque-là c'était le prix du diamant. Il lui avait dit, avant de le lui montrer, qu'il valait à lui seul le bungalow entier. Mais cette comparaison ne lui avait pas été aussi sensible qu'en ce moment où elle venait de l'enfiler, minuscule, à l'un de ses doigts. Elle pensa à tous les prix qu'elle connaissait en comparaison de celui-ci et tout à coup, elle fut découragée. Elle se renversa sur le talus et ferma les yeux sur ce qu'elle venait d'apprendre. M. Jo s'étonna. Mais il devait commencer à en avoir l'habitude, de s'étonner, car il ne lui dit rien.

— C'est celle-là qui vous plairait le plus ? demanda-t-il doucement
2655 au bout d'un moment.

— Je ne sais pas, c'est la plus chère que je voudrais, dit Suzanne.

— Vous ne pensez qu'à ça, dit M. Jo.

Et ce disant, il rit un peu cyniquement.

— C'est la plus chère, répéta Suzanne avec sérieux.
2660 M. Jo se dépita.

— Si vous m'aimiez…

— Même si je vous aimais. C'est impossible, si jamais vous me la donniez on la vendrait.

Au loin sur la piste, Joseph arrivait. Il était décidé à trouver un
2665 autre cheval et il courait de village en village depuis huit jours. Dès qu'elle l'aperçut, Suzanne se dressa. Elle eut un rire joyeux, strident. Elle l'appela et alla vers lui.

— Joseph, viens voir !

Joseph vint à sa rencontre sans se presser. Il portait une che-
2670 mise kaki et un short de même couleur. Son casque était posé tout en arrière de sa tête. Il était pieds nus comme toujours. Depuis qu'elle connaissait M. Jo, Suzanne le trouvait beaucoup plus beau qu'autrefois. Quand Joseph fut tout près, Suzanne tendit la main et au-dessus des doigts tendus, Joseph vit le diamant. Il ne marqua
2675 aucune surprise. C'était trop petit peut-être un diamant. Une auto l'aurait sûrement impressionné mais un diamant ne l'impressionnait pas. Joseph ne savait rien encore de ces choses sur les diamants. Suzanne le regretta. Il allait les apprendre à son tour.

Après avoir regardé distraitement la bague, Joseph lui parla de
2680 son cheval.

— Pas moyen d'en trouver un à moins de cinq cents francs. C'est pas un pays pour les chevaux, même pas pour les chevaux, ils sont tous crevés.

Suzanne, debout près de lui, lui montrait sa main tendue.
2685 — Regarde !

Joseph regarda encore.

– C'est une bague, dit-il.

– Un diamant, dit Suzanne, ça vaut vingt mille francs.

Joseph regarda encore.

2690 – Vingt mille francs ? Merde ! dit Joseph.

Il commença par sourire. Puis il réfléchit. Puis, résolu tout à coup à vaincre sa répugnance, il se dirigea vers M. Jo qui était à cinquante mètres de là, sous le pont. Suzanne le suivit. Il s'approcha très près de M. Jo, s'assit près de lui et se mit à le regarder fixement.

2695 – Pourquoi que vous lui avez donné ça ? demanda-t-il au bout d'un petit moment.

M. Jo, très pâle, regardait ses pieds. Suzanne intervint.

– Il me l'a pas donné, dit Suzanne tout en regardant à son tour M. Jo.

2700 Joseph paraissait ne pas comprendre.

– Il me l'a prêtée, comme ça, pour me la faire essayer.

Joseph fit une moue et cracha dans le rac. Puis il fixa de nouveau M. Jo qui s'était mis à fumer et l'ayant bien regardé, il cracha de nouveau dans le rac. Cela dura. Joseph réfléchissait et ponctuait

2705 ses réflexions de crachats dans le rac.

– Si c'est pas pour lui donner, dit-il enfin, c'est pas la peine.

– Ça ne presse pas, dit M. Jo d'une voix blanche.

– Faut lui rendre, dit Joseph à Suzanne.

Puis, se tournant de nouveau vers M. Jo :

2710 – Vous lui avez apporté comme ça, rien que pour lui montrer ?

M. Jo fit un effort mais il ne trouva sans doute pas quoi répondre. Joseph, en face de lui, avait l'air de se retenir de faire quelque chose. Sa voix était rêche, rapide, pas du tout criarde. M. Jo pâlissait de plus en plus. Suzanne se leva d'un bond, fit face à M. Jo et

2715 commença à son tour à le regarder. Si elle ne disait pas tout de suite à Joseph qui était M. Jo, jamais plus elle ne pourrait le lui dire. D'ailleurs c'était déjà à moitié fait. M. Jo ne se relèverait plus jamais de ce coup-là. Et puis elle en avait assez, il fallait bien que tout ça finisse un jour.

2720 – Il me la donnera si je pars avec lui, dit Suzanne.

M. Jo fit un geste de la main comme pour arrêter Suzanne. Il pâlit encore davantage.

– Partir où ? demanda Joseph.

– À la ville.

2725 – Pour toujours ?

– Pour huit jours.

M. Jo battit l'air de sa main dans un geste de dénégation. On l'aurait dit prêt à s'évanouir.

– Suzanne s'exprime mal…, dit-il d'une voix suppliante.

2730 Joseph n'écoutait plus. Il s'était tourné vers le rac. À son air, Suzanne sut que maintenant c'était tout à fait sûr, qu'elle ne partirait plus jamais avec M. Jo, mariée ou pas.

– Si tu la rends pas tout de suite, je la fous dans la rivière, dit calmement Joseph.

2735 Suzanne sortit la bague de son doigt et la tendit à M. Jo, derrière le dos de Joseph. Tout de même, on ne pouvait pas laisser Joseph s'emparer de la bague et la jeter dans la rivière. Sur ce point, Suzanne se sentait complice de M. Jo : il fallait sauver le diamant. M. Jo prit la bague et l'enfouit dans sa poche. Joseph se retourna et le vit. Il

2740 se leva et se dirigea vers le bungalow.

– Maintenant c'est foutu, dit M. Jo au bout d'un moment.

– C'était couru, dit Suzanne, puis, c'est toujours comme ça.

– Quel besoin de lui dire ?

– Je lui aurais dit un jour ou l'autre, j'aurais pas pu m'empêcher

2745 de lui parler du diamant.

Ils restèrent un moment sans rien se dire. La veille, ils étaient restés tard à Ram et Suzanne découvrit qu'elle avait sommeil.

M. Jo paraissait effondré. Son auto stationnait de l'autre côté du chemin, au-delà du pont. C'était vraiment une magnifique limousine.

2750 Elle allait s'en retourner dans le Nord, d'où elle était venue et M. Jo s'en irait avec elle. Peut-être n'avait-il pas compris.

– Je crois que c'est pas la peine de revenir, dit Suzanne.

– C'est terrible, affirma M. Jo. Quel besoin de lui dire ?

– J'avais jamais vu de diamant, j'ai pas pu m'empêcher, fallait pas me le montrer, vous pouvez pas comprendre.

– C'est terrible, répéta M. Jo.

Dans le ciel volaient des sarcelles[1] et des corbeaux affamés. Parfois une sarcelle descendait et dansait sur l'eau trouble du rac. Voilà tout ce que je verrai du monde pendant des mois, des mois encore.

– Un jour je trouverai bien un chasseur de passage, dit Suzanne, ou bien un planteur de par ici, ou bien un chasseur de métier qui viendra s'installer à Ram, peut-être Agosti, s'il se décide.

– Je ne peux pas, c'est impossible, geignit M. Jo.

Il avait l'air de se débattre contre une image insupportable. Il trépignait.

– Je ne peux pas, je ne peux pas, répétait-il.

S'il foutait le camp, j'irais me baigner avec Joseph.

– Suzanne! cria M. Jo aussi fort que si elle était déjà partie.

Il s'était levé et paraissait délivré, exultant, génial. Il avait trouvé.

– Je vous la donne tout de même! cria-t-il, allez le dire à Joseph.

Suzanne se leva à son tour. Il avait sorti la bague et la tendait à Suzanne. Elle la regarda encore. Elle était à elle. Elle la prit, ne la passa pas à son doigt mais l'enferma dans sa main et, sans dire au revoir à M. Jo, elle courut vers le bungalow.

---

1. Sarcelles: oiseaux sauvages et aquatiques, plus petits que le canard.

2775   Suzanne était arrivée en courant au bungalow. Joseph n'y était
pas. Mais elle avait trouvé la mère en train de préparer le dîner,
debout près du réchaud. Elle avait brandi la bague.

– Regarde, une bague. Vingt mille francs. Et il me l'a donnée.

La mère avait regardé, d'un peu loin. Et elle n'avait rien dit.

2780   M. Jo avait attendu sous le pont que Suzanne revienne mais
comme elle n'était pas revenue, il s'en était allé.

Une heure après, un peu avant qu'ils se mettent à table, la mère
avait demandé gentiment à Suzanne de la lui confier pour qu'elle
la voie mieux. Joseph qui était assis dans le salon à ce moment-là,
2785   avait pu l'entendre la lui demander.

– Donne-la-moi, avait-elle dit gentiment, je l'ai à peine regardée.

Suzanne avait tendu la bague. Elle l'avait prise et elle l'avait longuement considérée dans le creux de sa main. Puis, sans s'expliquer,
elle était allée dans sa chambre et elle avait refermé la porte sur elle.

2790   À son air entre tous reconnaissable, faussement courroucé[1] tout à
coup lorsqu'elle était sortie de la salle à manger, Joseph et Suzanne
avaient compris : elle était allée cacher la bague. Elle cachait tout,
la quinine[2], les conserves, le tabac, tout ce qui pouvait se vendre
ou s'acheter. Elle l'avait cachée dans la crainte superstitieuse de la
2795   voir s'échapper des mains trop jeunes de Suzanne. Maintenant la
bague devait être entre deux lattes de la cloison ou dans un sac de

---

1. Courroucé : en colère.
2. Quinine : composant utilisé de nos jours contre le paludisme.

riz, ou dans le matelas de son lit, ou bien attachée par une ficelle autour de son cou, sous sa robe.

Il n'en avait plus été question jusqu'au dîner. Suzanne et Joseph s'étaient mis à table. Mais elle, non. Elle s'était assise à l'écart de la table, le long du mur, sur un fauteuil.

– Mange, dit Joseph.

– Laisse-moi tranquille. Sa voix était mauvaise.

Elle ne mangeait pas, même pas une tartine et elle ne réclamait même pas son café habituel. Joseph la surveillait d'un regard inquiet. Elle non, elle ne regardait rien, elle fixait le plancher sans le voir, d'un air de haine. Qu'elle fût comme ça assise à l'écart, contre le mur, pendant qu'ils mangeaient, pour quelque raison que ce fût, n'importe laquelle, Joseph ne pouvait pas le supporter.

– Pourquoi tu fais cette gueule-là ? demanda Joseph.

Elle devint toute rouge et cria :

– Ce type me dégoûte, me dégoûte et il ne la reverra pas sa bague.

– On te parle pas de ça, dit Joseph, on te demande de manger.

Elle tapa du pied et toujours en criant :

– Et d'ailleurs, qu'est-ce que c'est ? tout le monde à notre place la garderait.

Puis de nouveau elle se tut. Un moment passa. Joseph recommença :

– Faut que tu boives ton café, bois au moins ton café.

– Je ne boirai pas mon café parce que je suis vieille et que je suis fatiguée et que j'en ai marre, marre d'avoir des enfants comme j'en ai…

Elle hésita. De nouveau elle rougit très fort et ses yeux s'embuèrent.

– Une saleté de fille comme j'ai là…

Puis elle reprit sa nouvelle rengaine.

– Il n'y a rien de plus dégoûtant qu'un bijou. Ça sert à rien, à rien. Et ceux qui les portent n'en ont pas besoin, moins besoin que n'importe qui.

Elle se taisait de nouveau et si longtemps qu'on aurait pu la croire calmée si ce n'avait été cette raideur de tout son corps. Joseph n'avait plus insisté pour qu'elle mange. C'était la première fois de sa vie que la mère avait eu entre les mains une chose d'une valeur de vingt mille francs. « Donne-la-moi », avait-elle dit gentiment. Suzanne l'avait donnée. Elle l'avait regardée longuement et elle était devenue saoule. Vingt mille francs, deux fois l'hypothèque du bungalow. Joseph, pendant qu'elle regardait, avait détourné la tête. Sans dire un mot, elle était allée la cacher dans sa chambre. C'était difficile de manger.

– Un pareil dégénéré, lui donner sa bague, ce serait une honte, une honte. Après les saletés qu'il est venu faire ici.

Ni Suzanne ni Joseph n'osaient la regarder ni lui répondre. Elle était malade d'avoir pris la bague comme elle l'avait prise, et de l'avoir gardée. Car il lui était déjà impossible de la rendre, c'était sûr. Elle répétait comme une idiote les mêmes choses, les yeux au plancher, honteuse. C'était difficile de la regarder. Qu'avait donc fait Suzanne en lui montrant la bague ? Quelle jeunesse, quelle vieille ardeur refoulée, quel regain de quelle concupiscence[1] jusque-là insoupçonnée s'étaient donc réveillés en elle à la vue de la bague ? Déjà, elle avait décidé de la garder.

Ç'avait éclaté lorsque Suzanne était sortie de table. Elle s'était enfin levée. Elle s'était jetée sur elle et elle l'avait frappée avec les poings de tout ce qui lui restait de force. De toute la force de son droit, de toute celle, égale, de son doute. En la battant, elle avait parlé des barrages, de la banque, de sa maladie, de la toiture, des leçons de piano, du cadastre, de sa vieillesse, de sa fatigue, de sa mort. Joseph n'avait pas protesté et l'avait laissée battre Suzanne.

Il y avait bien deux heures que ça durait. Elle se levait, se jetait sur Suzanne et ensuite elle s'affalait dans son fauteuil, hébétée[2] de fatigue, calmée. Puis elle se levait encore et se jetait encore sur Suzanne.

– Dis-le-moi et je te laisserai.

– J'ai pas couché avec lui, il me l'a donnée comme ça, je lui ai même pas demandé, il me l'a montrée et il me l'a donnée comme ça, pour rien.

---

1. **Concupiscence** : désir très vif de posséder quelque chose.
2. **Hébétée** : qui a l'air abasourdi, ahuri.

Elle frappait encore, comme sous la poussée d'une nécessité qui ne la lâchait pas. Suzanne à ses pieds, à demi nue dans sa robe déchirée, pleurait. Lorsqu'elle tentait de se lever, la mère la renversait du pied et elle criait :

– Mais dis-le-moi donc, bon Dieu, et je te laisserai.

Ce qu'elle ne pouvait pas supporter, semblait-il, c'était de la voir se relever. Dès que Suzanne faisait un geste, elle frappait. Alors, la tête enfouie dans ses bras, Suzanne ne faisait plus que se protéger patiemment. Elle en oubliait que cette force venait de sa mère et la subissait comme elle aurait subi celle du vent, des vagues, une force impersonnelle. C'était lorsque la mère retombait dans son fauteuil qu'elle lui faisait peur à nouveau, à cause de son visage hébété par l'effort.

– Dis-le-moi, répétait-elle, et quelquefois d'une voix presque tranquille.

Suzanne ne répondait plus. La mère se lassait, oubliait. Parfois elle bâillait et d'un seul coup ses paupières se fermaient, sa tête chavirait. Mais au moindre mouvement de Suzanne ou simplement lorsqu'elle ouvrait les yeux, réveillée par le chavirement de sa tête, et qu'elle l'apercevait à ses pieds, elle se levait et frappait encore. Joseph feuilletait *Hollywood-Cinéma*, le seul livre, vieux de six ans, qu'il y ait eu dans la famille et dont il ne s'était jamais lassé. Quand la mère frappait, il s'arrêtait de feuilleter l'album. À un moment donné, tout d'un coup, il dit :

– Merde, tu le sais bien qu'elle a pas couché avec lui, je comprends pas pourquoi tu insistes.

– Et si je veux la tuer ? si ça me plaît de la tuer ?

Joseph restait parce qu'il ne voulait pas la laisser seule avec la mère dans cet état, c'était sûr. Peut-être même n'était-il pas tout à fait rassuré. Après qu'il ait crié, elle avait encore frappé mais moins fort et chaque fois moins longtemps. Alors Joseph, chaque fois, avait recommencé à l'engueuler.

– Et puis même si elle a couché avec lui, tu t'en fous pas complètement ?

Oui, elle frappait avec moins d'assurance. Il y avait bien deux ans qu'elle ne frappait plus Joseph. Dans le temps elle l'avait beaucoup frappé lui aussi, jusqu'au jour où il l'avait prise par le bras et l'avait doucement immobilisée. D'abord stupéfaite, elle avait fini par se marrer avec lui, heureuse au fond de le voir devenu si fort. Depuis elle ne l'avait plus frappé, non sans doute parce qu'elle le craignait mais aussi parce que Joseph lui avait dit qu'il ne le supporterait plus. Joseph trouvait qu'il fallait battre les enfants, surtout les filles, mais sans exagération et seulement en dernier recours. Mais depuis l'écroulement des barrages et depuis qu'elle ne battait plus Joseph, la mère battait Suzanne bien plus souvent qu'autrefois : « Quand elle aura plus personne à qui foutre des gnons, disait Joseph, elle s'en foutra sur sa gueule à elle. »

Joseph resterait tant que la mère ne se serait pas couchée, c'était sûr. Suzanne était tranquille.

– Et même si elle avait couché avec lui pour la bague, dit-il, tu parles d'une affaire !

Très profondément satisfaite et tranquille. La mère avait beau faire. La bague était là, dans la maison. Il y avait vingt mille francs dans la maison. C'était ce qui comptait. Elle devait déjà savoir ce qu'elle allait en faire. Ce n'était pas possible de le lui demander ce soir mais dès demain ils pourraient sans doute en parler librement. La rendre était déjà impossible. D'habitude Suzanne supportait mal qu'elle la batte, mais ce soir, elle trouvait que c'était mieux que si la mère, après avoir pris la bague, s'était mise à table tranquillement, comme d'habitude.

– Une bague, qu'est-ce que c'est au fond ? On a le devoir de garder une bague dans certains cas.

– Et comment qu'on l'a ! dit Joseph.

Qui aurait pu être de l'avis contraire ? Peut-être qu'ils allaient pouvoir acheter une nouvelle auto et recommencer une partie des barrages. Et peut-être qu'à partir de cette bague, ils deviendraient riches d'une richesse qui n'aurait rien à voir avec celle de M. Jo. Elle avait beau gueuler.

2930   Ce soir était un grand soir. De M. Jo, on avait pu soutirer cette bague et maintenant elle était là, quelque part dans la maison et aucune force au monde ne pouvait déjà plus l'en faire sortir. Ce soir-là avait tardé à venir mais ça y était, il était arrivé. Depuis des années que les projets échouaient les uns après les autres ce n'était
2935 pas trop tôt. Leur première réussite. Non pas une chance mais une réussite. Car depuis des années qu'ils attendaient, ils avaient bien gagné, rien qu'à attendre, cette bague-là. Ç'avait été long mais ça y était, elle était de leur côté ; de ce côté-ci du monde. On la tenait. Ç'avait été pour pouvoir l'approcher, simplement l'approcher encore
2940 à l'ombre du pont, que l'autre l'avait lâchée. Mais cette victoire-là, qui résistait à tous les coups, elle ne pouvait la partager avec personne, même pas avec Joseph.

    – Une bague, c'est rien. La refuser dans mon cas serait un crime.

    Qui aurait pu être de l'avis contraire ? Qui, au monde, aurait
2945 pu être de l'avis contraire ? N'en pas vouloir alors qu'elle vous était offerte était simplement inimaginable. Il y en avait assez qui reposaient stériles dans de beaux coffrets, de ces pierres, alors que le monde en avait tant besoin. Celle qu'ils tenaient commençait son chemin, délivrée, féconde désormais. Et, pour la première fois
2950 depuis que les mains ensanglantées d'un noir l'avaient extraite du lit pierreux d'une de ces rivières de cauchemar du Katanga[1], elle s'élançait, enfin délivrée, hors des mains concupiscentes et inhumaines de ses geôliers.

    Elle avait cessé de frapper. Distraite, toute à ses pensées, elle
2955 réfléchissait sans doute à ce qu'elle allait en faire.

    – Peut-être qu'on pourra changer l'auto, dit doucement Suzanne.

    Joseph abandonna *Hollywood-Cinéma* et le posa sur la table. Lui aussi réfléchissait. Mais la mère jeta un coup d'œil à sa fille et recommença à gueuler.

---

1. Katanga : région de la République démocratique du Congo connue pour ses mines de diamant.

2960   – On ne changera pas l'auto, on paiera la banque, le Crédit Foncier, et peut-être on changera la toiture. On fera ce que je voudrai.

     Ce n'était donc pas fini comme on aurait pu le croire. Il fallait attendre encore.

     – On paiera le Crédit Foncier, dit Suzanne, et on fera remettre
2965 une toiture.

     Pourquoi, de la voir sourire fit qu'elle recommença à frapper ? Elle se leva, se jeta sur elle et la renversa.

     – Je n'en peux plus, je devrais être au lit…

     Suzanne releva la tête et la regarda.

2970   – J'ai couché avec lui, dit-elle, et il me l'a donnée.

     La mère s'affala dans son fauteuil. «Elle va me tuer, pensa Suzanne, et même Joseph pourra pas l'empêcher.» Mais la mère fixa Suzanne, les deux bras levés, comme prête à bondir, puis, elle laissa retomber ses bras et calmement, elle dit :

2975   – C'est pas vrai. Tu es une menteuse.

     Joseph s'était levé et s'était approché de la mère.

     – Si tu y touches encore, lui dit-il doucement, une seule fois encore, je fous le camp avec elle à Ram. Tu es une vieille cinglée. Maintenant, j'en suis tout à fait sûr.

2980   La mère regarda Joseph. Peut-être que s'il avait ri elle aurait ri avec lui. Mais il ne riait pas. Alors, elle resta dans son fauteuil, hébétée, méconnaissable de tristesse. Suzanne, allongée de tout son long à côté du fauteuil de Joseph, pleurait. Pourquoi avait-elle recommencé ? Peut-être qu'elle était folle. La vie était terrible et
2985 la mère était aussi terrible que la vie. Joseph s'était rassis et c'était elle, Suzanne, qu'il regardait maintenant. La seule douceur de la vie c'était lui, Joseph. Ayant découvert cette douceur-là, si réservée, enfouie sous tant de dureté, Suzanne découvrit du même coup, tout ce qu'il avait fallu de coups et de patience, tout ce qu'il en faudrait
2990 encore sans doute pour la forcer à se montrer. Et alors elle pleura.

     Bientôt la mère s'endormit tout à fait. Et tout d'un coup, la tête ballante, la bouche entrouverte, complètement en allée dans le lait du sommeil, elle flotta, légère, dans la pleine innocence. On

ne pouvait plus lui en vouloir. Elle avait aimé démesurément la vie
et c'était son espérance infatigable, incurable, qui en avait fait ce
qu'elle était devenue, une désespérée de l'espoir même. Cet espoir
l'avait usée, détruite, nudifiée à ce point, que son sommeil qui l'en
reposait, même la mort, semblait-il, ne pouvait plus le dépasser.

Suzanne rampa jusqu'à la porte de la chambre de Joseph et elle
attendit de voir ce qu'il allait faire.

Il resta un long moment à regarder la mère endormie, les mains
crispées sur les bras de son fauteuil, les sourcils froncés. Puis il se
leva et alla vers elle.

– Va te coucher, tu seras mieux dans ton lit.

La mère se réveilla en sursaut et chercha dans la pièce.

– Où est-elle ?

– Va te coucher… Elle a pas couché avec lui.

Il l'embrassa sur le front. Suzanne ne l'avait vu l'embrasser que
lorsqu'elle était dans le coma qui suivait ses crises et qu'il croyait
qu'elle allait mourir.

– Hélas ! dit la mère en pleurant, hélas ! je le sais bien.

– Faut plus t'en faire pour la bague, on va la vendre.

La tête dans ses mains, elle pleurait.

– Hélas ! je suis une vieille cinglée…

Joseph la souleva et la conduisit dans sa chambre. Puis Suzanne
ne vit plus rien. Elle alla s'asseoir sur le lit de Joseph. Sans doute
l'aidait-il à se coucher. Au bout d'un moment il revint dans la salle
à manger, prit la lampe et rejoignit sa sœur. Il posa la lampe sur le
plancher et s'assit sur un sac de riz, au pied de son lit.

– Elle est couchée, dit-il, vas-y aussi.

Suzanne préférait attendre. Elle allait rarement dans la chambre
de Joseph. C'était la pièce la moins meublée du bungalow. Il n'y
avait aucun meuble à part le lit de Joseph. Par contre les cloisons
étaient tapissées de fusils et de peaux qu'il tannait lui-même et qui
pourrissaient lentement en dégageant une odeur fade et écœu-
rante. Dans le fond, du côté du rac, donnait la réserve que la mère
avait fait aménager en cloisonnant la véranda. Depuis six ans, elle

y empilait les conserves, le lait condensé, le vin, la quinine, le tabac et elle en portait la clef sur elle, nuit et jour, attachée à son cou par une ficelle. Peut-être la bague y était-elle déjà, à l'ombre d'une boîte de lait condensé.

Suzanne ne pleurait plus. Elle pensait à Joseph. Il était assis sur un sac de riz, au milieu de ces choses auxquelles il tenait encore plus qu'à tout : ses fusils et ses peaux. C'était un chasseur, Joseph, et rien d'autre. Il faisait encore plus de fautes d'orthographe qu'elle. La mère avait toujours dit qu'il n'était pas fait pour les études, qu'il n'avait l'intelligence que de la mécanique, des autos, de la chasse. C'était possible qu'elle eût raison. Mais peut-être le disait-elle seulement pour se justifier de ne pas lui avoir fait poursuivre ses études. Depuis qu'ils étaient arrivés à la plaine, Joseph chassait. À quatorze ans, il avait commencé à chasser de nuit, il se construisait des miradors et partait sans un seul pisteur, pieds nus, en cachette de la mère. Il n'y avait rien au monde qu'il aimait tant qu'attendre le tigre noir à l'embouchure du rac. Il pouvait l'attendre des nuits, des jours, tout seul, par n'importe quel temps, à plat ventre dans la vase. Une fois il avait attendu trois jours et deux nuits et il était revenu avec une panthère noire de deux ans. Il l'avait mise en proue[1] à la pointe de sa barque et tous les paysans s'étaient assemblés sur les berges du rac pour le voir arriver.

Quand il réfléchissait comme ce soir, avec difficulté et avec dégoût, on ne pouvait pas s'empêcher de le trouver très beau et de l'aimer très fort.

– Vas-y, répéta Joseph, t'en fais pas…

Il avait l'air fatigué, il lui disait de s'en aller et tout de suite après il oubliait visiblement qu'elle était là.

– T'en as marre ? demanda Suzanne.

Il leva les yeux et la découvrit, assise sur le bord de son lit, dans sa robe déchirée.

– C'est rien. Elle t'a fait mal ?

---

1. **Proue** : partie avant d'un navire.

3060 – C'est pas ça…

– T'en as marre, toi?

– Je ne sais pas.

– De quoi que t'as marre?

– De tout, dit Suzanne, comme toi. Je ne sais pas.

3065 – Merde, dit Joseph, faut penser à elle aussi, elle est vieille, on se rend pas compte, puis elle en a marre plus que nous. Puis pour elle c'est fini…

– Fini quoi?

– De rigoler. Elle a jamais beaucoup rigolé, elle rigolera plus 3070 jamais, trop vieille pour ça, elle n'a plus de temps… Allez, va te coucher, je veux me coucher.

Suzanne se leva. Alors qu'elle sortait, Joseph lui demanda:

– T'as couché avec lui ou t'as pas couché avec lui?

– Non, j'ai pas couché avec lui.

3075 – Je te crois. C'est pas pour ce qui est de coucher mais faut pas que ce soit avec lui, c'est un salaud. Faudra que tu lui dises demain de plus jamais revenir.

– Plus jamais?

– Plus jamais.

3080 – Et alors?

– Je sais pas, dit Joseph, on verra.

Le lendemain M. Jo revint comme d'habitude. Suzanne l'attendait à la hauteur du pont.

Dès qu'elle entendit le klaxon de la Léon Bollée, la mère s'arrêta
3085 de travailler à ses bananiers et regarda la piste. Elle avait encore
l'espoir que tout s'arrangerait. Joseph qui, de l'autre côté du pont,
lavait l'auto au bord d'un marigot, se releva et, le dos tourné à la
piste, fixa la mère pour l'empêcher de bouger, d'aller vers M. Jo.

Suzanne, pieds nus, portait une de ses anciennes robes en coton-
3090 nade bleue, faite dans une vieille robe de la mère. Elle avait caché celle
que lui avait donnée M. Jo. Il n'y avait guère que ses pieds et ses mains
aux ongles rouges qui portaient encore la trace de leur rencontre.

C'est au déjeuner de midi que Joseph avait annoncé sa décision
d'en finir avec M. Jo et ses visites à Suzanne.

3095 – Plus la peine qu'il vienne, avait dit Joseph, faut que Suzanne
lui dise une bonne fois.

Ç'avait été difficile. Dès son réveil, la mère était frémissante
de projets. C'était elle, prétendait-elle, qui avait décidé d'aller à la
ville pour vendre la bague. Ça, Joseph l'avait accepté volontiers. Il
3100 n'avait pas parlé dès le matin de la rupture avec M. Jo et, seule à
seule avec Suzanne, peu après s'être levée la mère avait redemandé
le prix de la bague. Vingt mille francs, avait répondu Suzanne.
Puis elle en était venue à lui demander si elle croyait que M. Jo en
avait beaucoup d'autres dont il pouvait disposer aussi facilement.
3105 Suzanne lui avait raconté qu'il lui avait donné à choisir entre trois
bagues aussi belles bien que moins importantes que celle-là, mais

qu'il ne lui avait pas fait entendre qu'il pourrait donner les deux autres. Il lui avait toujours parlé d'une seule.

3110 – Avec ces trois bagues, on serait sauvés, si tu lui expliques bien, il comprendrait et on serait sauvés.

– Il s'en fout, qu'on soit sauvés.

Elle ne pouvait pas arriver à le croire.

– Si tu lui expliques bien, avec des chiffres, c'est impossible qu'il ne comprenne pas. Pour lui, qu'est-ce que c'est? il ne peut tout
3115 de même pas les porter toutes à la fois, et nous on serait sauvés.

Suzanne avait prévenu Joseph mais il avait persisté dans sa décision de rompre avec M. Jo. C'était au déjeuner qu'il l'avait annoncé.

– Fini? avait demandé la mère, de quoi te mêles-tu?

Joseph avait répondu calmement:
3120 – Fini. Si c'est pas elle qui lui dit, c'est moi qui lui dirai.

Elle avait rougi très fort, elle était sortie de table. Elle avait interrogé Suzanne du regard. Sans doute aurait-elle voulu qu'elle lui dise quelque chose. Mais Suzanne, les yeux baissés, mangeait. Alors elle avait deviné leur complicité et s'était désespérée. Debout
3125 entre eux deux, défaite d'un seul coup, elle avait gueulé mais moins violemment que d'habitude, avec timidité.

– Et alors? qu'est-ce qu'on va devenir?

– Faudra voir, avait dit Joseph avec douceur. Lorsque les chasseurs débarquent ils sont sans femmes. Sur les plateaux c'est plein
3130 de chasseurs, dans le Nord aussi. Faudra voir, peut-être y aller. En tout cas c'est fini avec M. Jo.

Elle avait résisté. Bien qu'au ton de Joseph il fût clair que c'était inutile.

– Les chasseurs crèvent de faim, avec lui j'aurais été plus tranquille.
3135 Joseph lui avait fait face, toujours avec douceur. Il s'était levé et s'était approché d'elle. Suzanne, les yeux baissés, n'osait pas les regarder.

– Écoute, tu l'as jamais regardé ce type? Ma sœur couchera pas avec lui. Même si elle a rien, je veux pas que ce soit avec lui
3140 qu'elle couche.

Elle s'était rassise. Elle avait essayé de tricher.

– Moi je ne crois pas que ce soit tout de suite qu'elle doit rompre. Faudrait attendre un peu. Qu'est-ce que tu en penses, Suzanne?

Joseph s'était fait plus dur, mais toujours sans parler de la bague.

3145 – Ce sera tout de suite. Ne lui demande pas ce qu'elle pense, elle a jamais couché avec personne, elle peut pas savoir ce que ce serait.

– Faut qu'elle donne son avis.

– J'aime mieux un chasseur, dit Suzanne.

3150 – Toujours vos chasseurs de misère. On n'en sortira jamais.

Personne n'avait répondu. Puis on n'en avait plus parlé.

Et à l'heure habituelle, M. Jo déboucha du pont, assis à l'arrière de sa magnifique limousine. Il avait plu dans la nuit et l'auto était toute crottée. Mais M. Jo faisait par tous les temps une cinquantaine

3155 de kilomètres par jour pour aller voir Suzanne. Dès qu'il l'aperçut, il fit stopper sa voiture près du pont. Suzanne s'avança jusqu'à la portière et M. Jo descendit aussitôt, vêtu de son costume de tussor. Jamais Joseph n'avait eu de costume de tussor. Tous les costumes de M. Jo étaient en tussor. Lorsqu'ils étaient un peu défraîchis,

3160 M. Jo les donnait à son chauffeur. Il disait que le tussor était plus frais que le coton et qu'il ne pouvait supporter rien d'autre parce qu'il avait la peau fragile. Il y avait vraiment de grandes différences entre eux et M. Jo.

– Vous m'attendiez? dit M. Jo, c'est gentil…

3165 Suzanne se tenait debout près de lui. Il lui prit la main et l'embrassa. Il n'avait pas encore vu la mère et Joseph qui, immobiles, attendaient. D'habitude, quand ils le voyaient arriver ils travaillaient avec plus d'ardeur pour ne pas avoir à répondre à son salut. Suzanne retira sa main de celle de M. Jo et resta debout.

3170 – Je suis venue vous dire de ne plus venir me voir.

M. Jo changea d'air. Il souleva son feutre puis il le remit tout en fixant Suzanne d'un air égaré.

– Qu'est-ce que vous racontez?

Sa voix s'était assourdie tout à coup. Il s'assit sur le talus, sans
crainte de se salir, sans sortir son journal de sa poche pour l'étendre
par terre comme il faisait d'habitude. Suzanne, toujours debout
près de lui, attendait qu'il comprenne. De loin, la mère et Joseph
attendaient aussi. M. Jo avait fini par les apercevoir. La mère espérait
sans doute encore que tout s'arrangerait et que M. Jo, cette menace
aidant, reviendrait encore, mais les poches pleines de diamants
pour mieux s'amender. Joseph, à cause de la mère, espérait que
M. Jo comprendrait très vite.

– Faut plus venir, dit Suzanne, faut plus venir du tout.

Il paraissait mal entendre. Il s'était mis à transpirer et continuait à enlever et à remettre son feutre comme si désormais, il
n'avait plus su faire d'autre geste que celui-là. Son regard passait de
Suzanne à la mère, de la mère à Joseph, de Suzanne à Joseph, sans
s'arrêter. Égaré dans des hypothèses, il cherchait à comprendre.
On lui annonçait qu'il ne pourrait plus revenir, le lendemain du
jour où il leur avait donné le diamant. Alors il continuait à enlever
et remettre son feutre et il était clair qu'il ne s'arrêterait de le faire
que lorsqu'il aurait compris.

– Qui a décidé ça? demanda-t-il d'une voix raffermie.

– C'est elle, dit Suzanne.

– Votre mère? demanda encore M. Jo, tout à coup sceptique.

– C'est elle. Joseph est d'accord.

M. Jo jeta un nouveau coup d'œil vers la mère. Elle le regardait
toujours avec les yeux de l'amour. Ce ne pouvait pas être elle.

– Qu'est-ce qui est arrivé?

S'il foutait le camp, j'irais rejoindre Joseph. Il était aujourd'hui
comme son auto et son auto était comme lui, ils se valaient. Hier
encore cette auto n'était pas indifférente du moment qu'il n'était
pas tout à fait impossible qu'on l'ait un jour. Mais aujourd'hui elle
se trouvait par rapport à Suzanne dans un grand éloignement.
Aucun fil, si mince fût-il, ne la rattachait plus à cette auto. Et l'auto
en devenait encombrante, laide.

– Vous leur plaisez pas. Et aussi à cause de la bague.

M. Jo enleva son feutre. Il réfléchit encore.

– Puisque je vous l'avais donnée, comme ça, pour rien…

3210 – C'est difficile à expliquer.

M. Jo remit son feutre, sans résultat. Il ne saisissait pas. Il n'avait pas l'air décidé à partir, il attendait qu'on lui explique. Il avait le temps. Tandis qu'elle, non : à voir se prolonger l'entretien, l'espoir de la mère devait se raffermir de minute en minute.

3215 – C'est terrible, dit M. Jo, c'est injuste.

Il avait l'air de beaucoup souffrir. Mais il en était de sa souffrance comme de son auto, elle était plus encombrante et plus laide que d'habitude et aucun fil, si mince fût-il, ne pouvait vous retenir à elle.

– Faut que vous partiez, dit Suzanne.

3220 Tout à coup, cynique, il se mit à rire d'un rire forcé.

– Et la bague ?

Suzanne à son tour se mit à rire. S'il s'avisait de vouloir reprendre la bague ça risquait d'être plutôt marrant. M. Jo était un innocent. Tout riche qu'il était, à côté d'eux, un petit innocent. il croyait qu'ils

3225 étaient capables de rendre cette bague. Suzanne rit avec fraîcheur et naturel.

– C'est moi, c'est moi qui l'ai, dit Suzanne.

– Et alors, dites voir un peu, dit M. Jo dont le cynisme s'accrut d'une certaine malice, dites voir un peu ce que vous comptez en faire ?

3230 Suzanne rit encore. Les millions de M. Jo n'altéraient en rien sa native innocence. Car cette bague, elle était autant à eux maintenant et aussi difficile à reprendre que s'ils l'avaient mangée, digérée, et que si elle était déjà diluée dans leur propre chair.

– Demain on va à la ville pour la vendre.

3235 M. Jo fit « tiens, tiens, tiens » sans discontinuer, comme si tout s'éclairait et dans un ricanement peut-être, qui sait ? significatif. Puis il ajouta :

– Et si je la reprenais ?

– Vous pourriez pas. Maintenant faut que vous partiez.

3240 Il cessa de rire. Il la regarda longuement et rougit fortement. Il n'avait rien compris. Il enleva son feutre et, d'une voix changée, triste.

– Vous ne m'aimiez pas. Ce que vous vouliez c'était la bague.

– Je voulais pas la bague spécialement, j'y avais jamais pensé, c'est vous qui en avez parlé. Je voulais beaucoup plus que ça. Mais maintenant qu'on l'a, plutôt que de vous la rendre, je crois que j'aimerais mieux la jeter dans le rac.

Il ne pouvait se résoudre à partir. Il réfléchit encore et si longuement, que Suzanne lui rappela :

– Faut que vous partiez.

– Vous êtes profondément immoraux, dit M. Jo d'un ton de conviction profonde.

– On est comme ça. Faut que vous partiez.

Il se leva péniblement. Il mit la main sur la poignée de l'auto, attendit un moment et déclara, menaçant.

– Ça ne finira pas comme ça, demain je serai aussi à la ville.

– C'est pas la peine, ça servirait à rien.

Il monta enfin dans l'auto et dit quelque chose à son chauffeur. Celui-ci commença à faire tourner l'auto sur place. La piste était étroite et c'était long et difficile. D'habitude l'auto tournait en deux temps, en empruntant le chemin qui menait au bungalow. Aujourd'hui elle évitait dignement le chemin. Quand même, du bord de la mare, Joseph surveillait la manœuvre. La mère, toujours immobile, crucifiée[1], regardait s'accomplir le départ irrémédiable de M. Jo. Avant que son auto ait complètement tourné, elle rentra précipitamment dans le bungalow. Suzanne partit dans la direction de Joseph. Au moment où l'auto la croisait, elle aperçut fugitivement M. Jo qui, à travers la vitre, lui jeta un regard suppliant. Elle obliqua par la rizière pour arriver plus vite auprès de Joseph.

Il avait terminé le lavage de l'auto. Maintenant il regonflait un pneu.

– Ça y est, dit Suzanne.

– C'est pas trop tôt…

Le pneu que réparait Joseph était troué en trois endroits. La chambre à air était encore bonne et Joseph avait mis des morceaux

---

1. Crucifiée : qui souffre beaucoup (ici).

de vieux pneus entre la chambre à air et le pneu pour le renforcer.
3275 Il gonflait à plein pour que les pièces ne glissent pas. Suzanne s'assit
sur le bord de la mare et le regarda gonfler le pneu.

– T'en as pour longtemps? demanda Suzanne.

– Pour une demi-heure. Pourquoi?

– Pour rien.

3280 Il faisait très chaud. Suzanne cessa de suivre le travail de Joseph,
elle pivota sur elle-même, releva sa robe et se trempa les jambes dans
la mare. Puis, avec les mains elle s'aspergea les jambes jusqu'aux
cuisses. C'était délicieux. Il y avait un mois, lui apparut-il tout à
coup, qu'elle attendait de pouvoir impunément relever sa robe et
3285 se tremper les jambes dans la mare. Son geste rida toute la surface
de l'eau et effaroucha les poissons. Elle avait une vague envie d'aller
chercher une ligne dans le bungalow mais elle n'osait pas y retourner
sans Joseph. Une fois le premier pneu terminé, Joseph s'attaqua au
pneu de secours qui était crevé. Il dégageait la chambre à air du
3290 pneu. On ne pouvait jamais aider Joseph quand il s'occupait de la
B. 12. De temps en temps, il jurait.

– Saloperie de saloperie, putain de bagnole!

Dans la mare, la montagne se dessinait, ondulante, sur un ciel
gris-blanc. Il allait encore pleuvoir dans la nuit. Du côté de la mer
3295 montaient de gros nuages violets. Demain il ferait frais après l'orage
de nuit. On arriverait à la ville tard dans la soirée à condition de
ne pas trop crever en route. Ils vendraient la bague le lendemain
matin. Ce serait la première chose qu'ils feraient. La ville était pleine
d'hommes. «Quelle est donc cette belle fille-là? Elle vient du Sud,
3300 personne ne la connaît.» La mère avait beau dire, il se trouvait
sûrement un homme pour elle, Suzanne, dans la ville. Peut-être
un chasseur, peut-être un planteur, mais il y en avait sûrement bien
un pour elle.

Joseph avait fini de remonter le pneu.

3305 – On va à la montagne? On va chercher des poulets pour bouffer en route?

Suzanne se releva et rit à Joseph.

– Allons-y, allons-y tout de suite, Joseph.

– Je mets la bagnole sous le bungalow et on y va.

3310 Il y avait aussi très longtemps que Joseph n'était pas allé à la ville et il était content.

Joseph gara l'auto sous le bungalow mais évita de monter. C'était sans doute encore trop tôt après le départ de M. Jo. D'habitude il n'allait jamais dans la forêt sans son fusil.

3315 Ils traversèrent la partie de la plaine qui séparait le bungalow de la piste et de la montagne. Le terrain commença à monter en pente douce et les rizières disparurent, faisant place à un chaume dur et très haut, dit «herbe à tigre», à travers lequel les fauves descendaient le soir. Il fallait un quart d'heure de marche pour arriver à la forêt.

3320 – Qu'est-ce qu'il t'a dit? demanda Joseph.

– Il m'a dit qu'il allait à la ville lui aussi.

Joseph se mit à rire. On le sentait heureux.

Le chemin se rétrécit, la pente du terrain se fit plus raide et la forêt s'annonça par une clairière où paissaient des chèvres et des 3325 porcs. Ils traversèrent un village très misérable composé de quelques cases. Et après, la forêt commença, suivant la ligne parfaitement nette du défrichement[1]. Les habitants de la plaine n'avaient jamais défriché au-delà de cette ligne, c'était inutile : les terrains propices aux poivrières[2] se trouvaient beaucoup plus haut dans la montagne 3330 et ils n'avaient pas tellement besoin de prairies pour les quelques chèvres qu'ils possédaient.

– Et pour la bague? demanda encore Joseph.

Suzanne hésita une seconde.

– Il m'a rien dit.

3335 Dès qu'ils pénétrèrent dans la forêt le chemin devint un sentier étroit de la largeur d'une poitrine d'homme et pareil à un tunnel au-dessus duquel la forêt se refermait, dense, sombre.

---

1. Défrichement: fait de débroussailler la terre pour la rendre cultivable.
2. Poivrières: lieux où l'on plante des poivriers, qui sont des plantes tropicales grimpantes présentant des baies rouges.

– C'est un con, dit Joseph. Pas méchant, mais vraiment trop con.

Les lianes et les orchidées, en un envahissement monstrueux,
3340 surnaturel, enserraient toute la forêt et en faisaient une masse compacte aussi inviolable et étouffante qu'une profondeur marine. Des lianes de plusieurs centaines de mètres de long amarraient les arbres entre eux, et à leurs cimes, dans l'épanouissement le plus libre qui se puisse imaginer, d'immenses «bassins» d'orchidées, face au
3345 ciel, éjectaient de somptueuses floraisons dont on n'apercevait que les bords parfois. La forêt reposait sous une vaste ramification de bassins d'orchidées pleins de pluie et dans lesquels on trouvait ces mêmes poissons des marigots de la plaine.

– Il m'a dit qu'on était immoraux, dit Suzanne.
3350 Joseph rit encore une fois.

– Oh, c'est sûr qu'on l'est.

De toute la forêt montait l'énorme bruissement des moustiques mêlé au pépiement incessant, aigu des oiseaux. Joseph marchait en avant et Suzanne le suivait à deux pas. À mi-chemin entre la plaine et
3355 le village des bûcherons, Joseph ralentit le pas. Quelques mois plus tôt, à cet endroit, il avait tué une panthère mâle. C'était une petite clairière où les fauves laissaient se faisander[1] leurs proies au grand soleil. Des nuages de mouches dansaient sur l'herbe jaune de la clairière au milieu d'amoncellements de plumes séchées et puantes.
3360 – Peut-être que j'aurais dû lui expliquer moi-même, dit Joseph. Il doit rien y comprendre du tout.

– Expliquer quoi?

– Pourquoi on ne voulait pas que tu couches avec lui. C'est difficile à comprendre quand on est plein de fric comme lui.
3365 Peu après le rac qui traversait la clairière, ils commencèrent à sentir l'odeur résineuse des manguiers et à entendre les cris des enfants. Il n'y avait plus de soleil dans cette partie de la montagne. Et déjà le parfum du monde sortait de la terre, de toutes les fleurs, de toutes les espèces, des tigres assassins et de leurs proies innocentes

---

1. **Se faisander**: se décomposer, pourrir.

3370 aux chairs mûries par le soleil, unis dans une indifférenciation de
commencement de monde.

On leur donna quelques mangues. Ils aidèrent les enfants à
attraper les poulets et, tandis que les femmes les égorgeaient, Joseph
demanda aux hommes si la chasse était bonne en ce moment. Tout
3375 le monde était content de leur visite. Les hommes connaissaient bien
Joseph pour avoir souvent chassé avec lui. Ils leur demandèrent des
nouvelles de la mère. C'étaient les hommes de ce village qui leur
avaient procuré le bois du bungalow. Ils étaient tous bûcherons.
Ils avaient fui la plaine pour venir s'installer dans cette partie de
3380 la forêt non encore cadastrée par les blancs, afin de ne pas payer
d'impôts et de ne pas risquer l'expropriation[1].

Les enfants accompagnèrent Suzanne et Joseph jusqu'au rac.
Complètement nus et enduits de safran des pieds à la tête, ils avaient
la couleur et la lisseur des jeunes mangues. Peu avant le rac, Joseph
3385 frappa dans ses mains pour les faire se sauver et ils étaient si sauvages
qu'ils s'enfuirent en poussant des cris stridents qui rappelaient les cris
de certains oiseaux dans les champs de riz. Il en mourait tellement
dans ces villages infestés de paludisme que la mère avait renoncé à
y aller, depuis déjà deux ans. Et ceux-là mouraient le plus souvent
3390 sans connaître les joies de la piste, avant d'avoir la force de traverser
sans aide les deux kilomètres de forêt qui les en séparaient.

La mère, assise dans la salle à manger n'avait pas encore allumé
la lampe à acétylène. Elle se tenait dans l'ombre, près du réchaud
sur lequel mijotait un ragoût d'échassier. Sans doute les avait-elle vus
3395 partir pour la montagne et avait-elle remarqué que Joseph n'avait
pas son fusil. Depuis une heure elle devait guetter leur retour. Et
si elle n'avait pas allumé c'était sûrement pour les voir arriver de
loin sans être gênée par l'éclat de la lampe. Mais lorsque Suzanne
et Joseph entrèrent, elle ne leur adressa pas la parole.
3400   – On est allé prendre des poulets pour le voyage, dit Joseph.

---

1. Expropriation : fait de dépouiller quelqu'un de sa propriété.

Elle ne répondit pas. Joseph alluma la lampe et descendit les poulets au caporal pour qu'il les fasse cuire. Il remonta en sifflant *Ramona*. Suzanne à son tour se mit à siffler *Ramona*. La mère, éblouie par la lumière, cligna des yeux et sourit à ses enfants.

3405   Joseph lui sourit à son tour. Il était visible qu'elle n'était plus du tout en colère et qu'elle était simplement triste parce que le diamant qu'elle avait caché serait le seul de sa vie et que la source en était tarie.

— On est allé chercher des poulets pour bouffer en route, répéta

3410   Joseph.

— Tu vois où ? au village qui est après le rac, dit Suzanne, le deuxième après la clairière.

— Il y a longtemps que je n'y suis pas allée, dans ce village, dit la mère, mais je vois.

3415   — Ils ont demandé de tes nouvelles, dit Joseph.

— Vous étiez sans fusil, reprit la mère, c'est pas prudent, ça…

— Pour y aller plus vite, dit Joseph.

Joseph alla au salon et commença à remonter le phonographe de M. Jo. Suzanne le suivit. La mère se leva et mit deux assiettes

3420   sur la table. Elle avait des gestes lents comme si sa longue attente dans le noir l'avait ankylosée jusqu'à l'âme. Elle éteignit le réchaud et posa un bol de café noir entre les deux assiettes. Suzanne et Joseph la suivaient des yeux, pleins d'espoir, comme ils avaient suivi des yeux le vieux cheval. On aurait pu croire qu'elle souriait mais

3425   c'était plutôt la lassitude qui lui adoucissait les traits, la lassitude et le renoncement.

— Venez manger, c'est prêt.

Elle posa le ragoût d'échassier sur la table et s'assit pesamment devant le bol de café. Puis elle bâilla longuement, silencieusement,

3430   comme chaque soir à ce moment-là. Joseph se servit d'échassier et ensuite Suzanne. La mère se mit à défaire ses nattes et à les refaire pour la nuit. Elle n'avait pas l'air d'avoir faim. Tout était si calme ce soir qu'on entendait les craquements sourds des planches des cloisons qui jouaient. La maison était solide, on ne pouvait pas dire, elle tenait bien debout, mais la mère avait été trop pressée de la construire et le bois avait été travaillé trop vert. Beaucoup de planches s'étaient fendues et elles s'étaient disjointes les unes des autres si bien que maintenant, de son lit, on pouvait voir le jour se lever, et que la nuit, lorsque les chasseurs revenaient de Ram, leurs phares balayaient les murs des chambres. Mais la mère était seule à se plaindre de cet inconvénient. Suzanne et Joseph préféraient qu'il en soit ainsi. Du côté de la mer le ciel s'allumait de grands éclairs rouges. Il allait pleuvoir. Joseph mangeait voracement.

– C'est fameux.

– C'est bon, dit Suzanne, c'est formidable.

La mère sourit. Quand ils mangeaient avec appétit elle était toujours heureuse.

– J'y ai mis une goutte de vin blanc, c'est pourquoi.

Elle avait fait le ragoût en attendant qu'ils reviennent de la montagne. Elle avait dû aller à la réserve, déboucher une bouteille de vin blanc et en verser religieusement dans le ragoût. Lorsqu'elle avait été trop dure avec Suzanne ou bien lorsqu'elle en avait un peu trop marre, ou bien encore lorsqu'elle était un peu trop triste, elle préparait un tapioca[1] au lait condensé ou bien des beignets de bananes ou encore un ragoût d'échassier. Elle se gardait toujours en réserve pour les mauvais jours, ce plaisir-là.

– Si vous l'aimez, j'en referai.

Ils reprirent chacun de l'échassier. Alors elle se détendit tout à fait.

– Qu'est-ce que tu lui as dit?

Joseph ne broncha pas.

– Je lui ai expliqué, dit Suzanne sans lever les yeux.

– Il n'a rien dit?

– Il a compris.

Elle réfléchit.

– Et pour la bague?

– Il a dit qu'il la donnait. Pour lui, une bague, c'est rien du tout.

---

1. **Tapioca**: fécule extraite de la racine de manioc utilisée en cuisine.

Elle attendit encore un peu.

– Qu'est-ce que tu en penses, Joseph ?

Joseph hésita puis déclara d'une voix ferme, inattendue.

3470 – Elle peut avoir qui elle veut. Autrefois je le croyais pas mais maintenant j'en suis sûr. Faut plus t'en faire pour elle.

Suzanne considéra Joseph avec stupéfaction. On ne pouvait jamais savoir ce qu'il avait décidé. Peut-être ne parlait-il pas seulement pour rassurer la mère.

3475 – Qu'est-ce que tu racontes ? demanda Suzanne.

Joseph ne leva pas les yeux vers sa sœur. Ce n'était pas à elle qu'il s'adressait.

– Elle sait y faire. Qui elle veut et quand elle veut.

La mère regarda Joseph avec une intensité presque douloureuse
3480 puis, brusquement elle se mit à rire.

– C'est peut-être vrai ce que tu dis là.

Suzanne s'arrêta de manger, s'adossa à son fauteuil et, à son tour, considéra son frère.

– Faut voir comme elle l'a eu, dit la mère.

3485 – Suffit qu'elle veuille, dit Joseph.

Suzanne se releva et rit.

– Ni pour Joseph, dit-elle, faut plus que tu t'en fasses comme ça tout le temps.

La mère redevint grave et songeuse l'espace d'une minute.

3490 – C'est vrai que je m'en fais tout le temps…

Et aussitôt après, une douce frénésie s'empara d'elle.

– Il n'y en a pas que pour les riches, cria-t-elle, heureusement. Faut pas se laisser faire par le premier riche venu.

– Merde, dit Joseph, y a pas que les riches, y a les autres, il y a
3495 nous, nous aussi on est riches…

La mère était fascinée.

– Nous riches ? Riches ?

Joseph donna un coup de poing sur la table.

– Si on veut, on est riches, affirma Joseph, si on veut on est aussi
3500 riches que les autres, merde, suffit de vouloir, puis on le devient.

Ils riaient. Joseph tapait à grands coups de poing sur la table. La mère se laissait faire.

Joseph c'était le cinéma.

– C'est peut-être vrai, dit-elle, si on veut vraiment, on sera riches.

– Merde, dit Joseph et alors, les autres, on les écrasera sur les routes, partout où on les verra on les écrasera.

Ainsi, quelquefois, Joseph passait par cet étrange état. Lorsque ça lui arrivait, rarement il est vrai, c'était peut-être encore mieux que le cinéma.

– Ah ! pour ça oui, dit la mère, on les écrasera, on leur dira ce qu'on pense et on les écrasera…

Puis on s'en foutra de les écraser, dit Suzanne. On leur montrera tout ce qu'on a, mais nous, on leur donnera pas.

Pour comprendre l'essentiel

Le diamant, un objet de fascination

❶ L'exhibition des diamants par M. Jo (p. 102) est précédée d'une description des enfants de la plaine. Analysez le message que cherche à faire passer l'auteur à travers ce contraste.

❷ Suzanne est fascinée par le diamant, cette « clé qui ouvrait l'avenir et scellait définitivement le passé » (p. 103). Expliquez cette expression.

❸ Joseph demande à sa sœur de rendre le diamant à M. Jo. Expliquez pour quelle raison.

La mère ou la folie du désespoir

❹ Une fois le diamant en sa possession, la mère se met à battre Suzanne sans relâche. Expliquez, selon vous, ce que signifie cette violence inattendue et quels sentiments elle traduit.

❺ La mère est obsédée par l'argent. Montrez-le.

❻ En raison de sa personnalité complexe, il est difficile de juger la mère et de la condamner sans appel. Le narrateur la qualifie de « désespérée de l'espoir même » (p. 115). Expliquez cette expression et dites si elle correspond à l'image que vous vous faites de ce personnage.

Le départ de M. Jo

❼ Quand M. Jo revient voir Suzanne, cette dernière lui demande de partir définitivement (p. 121). Analysez la réaction de M. Jo à cette annonce.

❽ Le départ de M. Jo suscite des sentiments variés. Analysez l'état d'esprit de chacun des membres de la famille.

❾ Le départ de M. Jo et l'acquisition du diamant ouvrent de nouvelles perspectives à la fin de la première partie. Détaillez-les.

Rappelez-vous !

• Élément symbolique significatif, le **diamant** joue ici un rôle de révélateur : il fait ressortir les **inégalités** sur lesquelles repose la société coloniale. La description des enfants faméliques des plaines permet d'introduire directement le thème de la **pauvreté** qui sera repris et développé au début de la seconde partie.

• Pour rapporter les propos de ses personnages, Marguerite Duras privilégie le **discours direct** qui reproduit entre guillemets, avec exactitude, les paroles prononcées. Il existe deux autres types de discours rapportés : le **discours indirect**, qui intègre les paroles des personnages au récit, et le **discours indirect libre**, mélange de discours direct et de discours indirect.

Vers l'oral du Bac

Analyse des lignes 2402-2449, p. 96-97

☞ Montrez en quoi le ton volontairement neutre du narrateur est une arme de dénonciation

Conseils pour la lecture à voix haute

– Le texte est descriptif. Évitez par conséquent toute lecture monotone et pensez à l'animer. Repérez la ponctuation et respectez les pauses imposées par les points ou les virgules. En effet, le passage présente aussi bien des phrases brèves que des phrases longues entrecoupées de virgules.

– Faites attention à la prononciation de certaines expressions : « qu'il n'y en avait eu » (soyez vigilant à l'allitération en [n]), « choléra » (le graphème *ch* se prononce ici [k]).

Analyse du texte

■ Introduction rédigée

Pour écrire *Un barrage contre le Pacifique*, Marguerite Duras s'est inspirée de sa propre vie et notamment de sa jeunesse. En effet, le roman se déroule en Indochine française, où elle a vécu jusqu'à l'âge de dix-neuf ans. Alors que le récit était essentiellement consacré jusqu'ici aux personnages de la mère et de ses deux enfants, les pages 95 à 99 s'intéressent plus largement aux habitants de la plaine, et notamment aux enfants qui y naissent en grand nombre. Cette région de l'Indochine est marquée par la pauvreté et le dénuement absolu de sa population. Dans notre extrait, le narrateur décrit de façon factuelle la vie quotidienne de ces enfants qui meurent par centaines chaque année. On se demandera en quoi le choix de ce ton neutre rend plus insoutenable encore la situation décrite et comment la résignation feinte du narrateur traduit en fait son écœurement et sa révolte.

▓ *Analyse guidée*

I. Un ton volontairement neutre

a. Le début de l'extrait énumère les étapes de la vie des enfants de la plaine. Montrez que cette description factuelle est organisée de façon méthodique et qu'elle met en avant le dénuement des enfants.

b. Le narrateur adopte un ton détaché en apparence qui ne manifeste pas d'émotion particulière. Dans cette perspective, analysez la façon dont sont présentés les enfants, assimilés tantôt à une masse indéfinie, tantôt à des animaux.

c. La mort des enfants est présentée comme un événement triste mais sans importance, obéissant à un cycle naturel. En vous appuyant sur le temps des verbes et la structure des phrases, relevez les éléments qui le montrent dans l'attitude des parents et dans le discours du narrateur.

II. Une dénonciation implicite mais virulente

a. L'extrait comporte de nombreuses répétitions ou anaphores. Montrez que ces figures de style traduisent la résignation du narrateur face à une situation présentée comme une fatalité, ou du moins comme l'accomplissement d'un cycle inévitable.

b. Le détachement du narrateur n'est qu'apparent ; il éprouve en réalité de la compassion pour ces familles démunies. Analysez les éléments qui en témoignent. Montrez aussi qu'il critique l'attitude des « blancs », quand ils sont mentionnés dans le texte.

c. Dans le dernier paragraphe, le narrateur tend à démontrer que la mort des enfants est un mal nécessaire. Relevez les connecteurs logiques qui articulent son raisonnement et montrez que l'auteur reprend ici de façon ironique l'argumentation des colons pour mieux la dénoncer.

▓ *Conclusion rédigée*

Le narrateur décrit de façon factuelle et avec un détachement apparent l'extrême pauvreté des habitants de la plaine dont les enfants meurent par centaines chaque année. Ces morts innombrables sont présentées comme le résultat d'un cycle naturel inévitable qui lie de façon indissociable mort et naissance. Cependant, cette notion de fatalité est à nuancer ; en effet, elle ne résulte pas d'une volonté divine, mais elle découle de la politique mise en place par l'administration coloniale française. La critique, bien qu'implicite, est néanmoins très présente, et la compassion éprouvée par le narrateur à l'égard de ces familles traduit clairement sa position. Au début de la seconde partie du roman, l'implicite disparaît et le narrateur dénonce avec virulence les inégalités inacceptables instaurées par le système colonial.

Les trois questions de l'examinateur

Question 1. Les enfants deviennent dans le roman le symbole de la pauvreté et incarnent les victimes du système colonial. À l'inverse, par quels personnages et quels objets la richesse et les gagnants de ce système sont-ils symbolisés ?

Question 2. Le narrateur explique dans le dernier paragraphe que les enfants doivent mourir car la terre régulièrement inondée ne peut les nourrir tous. En quoi cette justification est-elle insupportable ?

Question 3. Mettez en relation cet extrait avec les deux photographies reproduites au verso de la couverture, en début d'ouvrage. Quelle(s) image(s) de l'Indochine donnent-elles et dans quel but ?

Deuxième partie

C'était une grande ville de cent mille habitants qui s'étendait de part et d'autre d'un large et beau fleuve.

Comme dans toutes les villes coloniales il y avait deux villes dans cette ville; la blanche et l'autre. Et dans la ville blanche il y avait
5 encore des différences. La périphérie du haut quartier, construite de villas, de maisons d'habitation, était la plus large, la plus aérée, mais gardait quelque chose de profane[1]. Le centre, pressé de tous les côtés par la masse de la ville, éjectait des buildings chaque année plus hauts. Là ne se trouvaient pas les Palais des Gouverneurs, le
10 pouvoir officiel, mais le pouvoir profond, les prêtres de cette Mecque, les financiers.

Les quartiers blancs de toutes les villes coloniales du monde étaient toujours, dans ces années-là, d'une impeccable propreté. Il n'y avait pas que les villes. Les blancs aussi étaient très propres. Dès
15 qu'ils arrivaient, ils apprenaient à se baigner tous les jours, comme on fait des petits enfants, et à s'habiller de l'uniforme colonial, du costume blanc, couleur d'immunité et d'innocence. Dès lors, le premier pas était fait. La distance augmentait d'autant, la différence première était multipliée, blanc sur blanc, entre eux et les autres,
20 qui se nettoyaient avec la pluie du ciel et les eaux limoneuses[2] des fleuves et des rivières. Le blanc est en effet extrêmement salissant.

---

1. **Profane**: qui n'a pas de caractère religieux, sacré.
2. **Limoneuses**: qui contient du limon (dépôt de terre) et qui est donc de couleur marron.

Aussi les blancs se découvraient-ils du jour au lendemain plus blancs que jamais, baignés, neufs, siestant à l'ombre de leurs villas, grands fauves à la robe fragile.

25 Dans le haut quartier n'habitaient que les blancs qui avaient fait fortune. Pour marquer la mesure surhumaine de la démarche blanche, les rues et les trottoirs du haut quartier étaient immenses. Un espace orgiaque[1], inutile était offert aux pas négligents des puissants au repos. Et dans les avenues glissaient leurs autos caoutchoutées,
30 suspendues, dans un demi-silence impressionnant.

Tout cela était asphalté[2], large, bordé de trottoirs plantés d'arbres rares et séparés en deux par des gazons et des parterres de fleurs le long desquels stationnaient les files rutilantes des taxis-torpédos. Arrosées plusieurs fois par jour, vertes, fleuries, ces rues étaient
35 aussi bien entretenues que les allées d'un immense jardin zoologique où les espèces rares des blancs veillaient sur elles-mêmes. Le centre du haut quartier était leur vrai sanctuaire. C'était au centre seulement qu'à l'ombre des tamariniers[3] s'étalaient les immenses terrasses de leurs cafés. Là, le soir, ils se retrouvaient entre eux.
40 Seuls les garçons de café étaient encore indigènes[4], mais déguisés en blancs, ils avaient été mis dans des smokings, de même qu'auprès d'eux les palmiers des terrasses étaient en pots. Jusque tard dans la nuit, installés dans des fauteuils en rotin derrière les palmiers et les garçons en pots et en smokings, on pouvait voir les blancs, suçant
45 pernods, whisky-soda, ou martel-perrier, se faire, en harmonie avec le reste, un foie bien colonial.

La luisance des autos, des vitrines, du macadam[5] arrosé, l'éclatante blancheur des costumes, la fraîcheur ruisselante des parterres de fleurs faisaient du haut quartier un bordel magique où la race
50 blanche pouvait se donner, dans une paix sans mélange, le spectacle

---

1. **Orgiaque** : ici, excessif.
2. **Asphalté** : recouvert d'asphalte, c'est-à-dire d'un revêtement lisse en bitume.
3. **Tamariniers** : grands arbres tropicaux.
4. **Indigènes** : originaires du pays où ils se trouvent, par opposition aux colons.
5. **Macadam** : type de revêtement des routes, constitué de pierre et de sable.

sacré de sa propre présence. Les magasins de cette rue, modes, parfumeries, tabacs américains, ne vendaient rien d'utilitaire. L'argent même, ici, devait ne servir à rien. Il ne fallait pas que la richesse des blancs leur pèse. Tout y était noblesse.

55 C'était la grande époque. Des centaines de milliers de travailleurs indigènes saignaient les arbres des cent mille hectares de terres rouges, se saignaient à ouvrir les arbres des cent mille hectares des terres qui par hasard s'appelaient déjà rouges avant d'être la possession des quelques centaines de planteurs blancs aux colossales fortunes.
60 Le latex coulait. Le sang aussi. Mais le latex seul était précieux, recueilli, et, recueilli, payait. Le sang se perdait. On évitait encore d'imaginer qu'il s'en trouverait un grand nombre pour venir un jour en demander le prix.

Le circuit des tramways évitait scrupuleusement le haut quartier.
65 Ç'aurait été inutile d'ailleurs qu'il y eût des tramways dans ce quartier-là de la ville, où chacun roulait en auto. Seuls les indigènes et la pègre[1] blanche des bas quartiers circulaient en tramways. C'était même, en fait, les circuits de ces tramways qui délimitaient strictement l'éden[2] du haut quartier. Ils le contournaient hygiéniquement
70 suivant une ligne concentrique dont les stations se trouvaient toutes à deux kilomètres au moins du centre.

C'était encore à partir de ces trams bondés qui, blancs de poussière, et sous un soleil vertigineux se traînaient avec une lenteur moribonde, dans un tonnerre de ferraille, qu'on pouvait avoir une
75 idée de l'autre ville, celle qui n'était pas blanche. Anciens hors-service de la métropole, conditionnés par conséquent pour les pays tempérés, ces trams avaient été rafistolés et remis en service par la mère patrie dans ses colonies. L'indigène qui les conduisait arborait au petit matin sa tenue de conducteur, se l'arrachait du
80 corps vers les dix heures, la posait à côté de lui et finissait invaria-

---

1. Pègre : groupe de voleurs, d'escrocs. L'expression est ici employée de façon ironique.
2. Éden : lieu paradisiaque (en référence au jardin d'Éden décrit dans la Bible).

blement son service torse nu, ruisselant de sueur, et à raison d'un grand bol de thé vert à chaque station. Cela afin de transpirer et de se rafraîchir au courant d'air qu'il s'était assuré en brisant avec sang-froid, dès les premiers jours de sa prise de service, toutes les vitres de sa cabine. De même étaient d'ailleurs tenus de faire les voyageurs avec les vitres de leur wagon pour en sortir vivants. Ces précautions une fois prises, les trams fonctionnaient. Nombreux, toujours combles, ils étaient le symbole le plus évident de l'essor colonial. Le développement de la zone indigène, et son recul toujours croissant, expliquait l'incroyable succès de cette institution. De ce fait, aucun blanc digne de ce nom ne se serait risqué dans un de ces trams sous peine, s'il y avait été vu, d'y perdre sa face, sa face coloniale.

C'était dans la zone située entre le haut quartier et les faubourgs indigènes que les blancs qui n'avaient pas fait fortune, les coloniaux indignes, se trouvaient relégués. Là, les rues étaient sans arbres. Les pelouses disparaissaient. Les magasins blancs étaient remplacés par des compartiments indigènes, par ces compartiments dont le père de M. Jo avait trouvé la magique formule. Les rues n'y étaient arrosées qu'une fois par semaine. Elles étaient grouillantes d'une marmaille joueuse et piaillante et de vendeurs ambulants qui criaient à s'égosiller dans la poussière brûlée.

L'Hôtel Central où descendirent la mère, Suzanne et Joseph se trouvait dans cette zone, au premier étage d'un immeuble en demi-cercle qui donnait d'une part sur le fleuve, d'autre part sur la ligne du tramway de ceinture, et dont le rez-de-chaussée était occupé par des restaurants mixtes à prix fixes, des fumeries d'opium et des épiceries chinoises.

Cet hôtel avait un certain nombre de clients à demeure : des représentants de commerce, deux putains installées à leur compte, une couturière, et, en plus grand nombre, des employés subalternes des douanes et des postes. Les clients de passage étaient ces mêmes fonctionnaires qui se trouvaient en instance de rapatriement, des chasseurs, des planteurs, et aussi, à chaque courrier, des officiers

115 de marine et surtout des putains de toutes nationalités qui venaient faire à l'hôtel un stage plus ou moins long avant de s'encaserner soit dans les bordels du haut quartier, soit dans les pulluleux bordels du port où se déversaient par marées régulières tous les équipages des lignes du Pacifique.

120 Une vieille coloniale, Mme Marthe, de soixante-cinq ans, venue en droite ligne d'un bordel du port, tenait l'Hôtel Central. Elle avait une fille, Carmen, elle n'avait jamais pu savoir de qui et, n'ayant pas voulu lui réserver un sort pareil au sien, elle avait fait pendant les vingt ans de sa carrière de putain des économies suffisantes pour 125 acheter à la Société de l'Hôtellerie coloniale la part d'actions qui lui avait valu la gérance de l'hôtel.

Carmen avait maintenant trente-cinq ans. On l'appelait Mlle Carmen, sauf les habitués qui l'appelaient par son prénom tout court. C'était une brave et bonne fille, pleine de respect pour sa mère qu'elle déchargeait maintenant, complètement et à elle seule, de la délicate gérance de l'Hôtel Central. Carmen était assez grande, bien tenue, elle avait des yeux petits mais d'un bleu franc et limpide. Elle n'aurait pas été si mal de sa figure, si le hasard malheureux qui avait présidé à sa naissance ne l'avait dotée d'une mâchoire très 135 proéminente, en partie rachetée d'ailleurs par une dentition large et saine, si évidente qu'elle lui donnait en fin de compte l'air de vouloir la montrer sans cesse, et lui faisait la bouche goulue, carnassière, et sympathique. Mais ce qui faisait que Carmen était Carmen, ce qui faisait sa personne irremplaçable, et irremplaçable le charme de sa 140 gérance, c'était ses jambes. Carmen avait en effet des jambes d'une extraordinaire beauté. Et si elle avait eu le visage de ces jambes-là, comme il eût été souhaitable, il y aurait eu belle lurette qu'on eût assisté à ce délectable spectacle de la voir installée dans le haut quartier par un directeur de banque ou un riche planteur du Nord, 145 couverte d'or, mais surtout de la gloire du scandale, qu'elle aurait très bien su porter, et en restant elle-même. Mais non, Carmen n'avait pour elle que ses jambes, et elle assurerait probablement jusqu'à la fin de ses jours la gérance de l'Hôtel Central.

Carmen passait le plus clair de ses journées à se déplacer
dans le très long couloir de l'hôtel qui donnait à une extrémité
sur la salle à manger, à l'autre sur une terrasse ouverte, et de
chaque côté duquel s'alignaient les chambres. Ce couloir, ce long
tuyau nu éclairé seulement à ses extrémités, était naturellement
destiné aux jambes nues de Carmen et ces jambes y profilaient
toute la journée durant leur galbe[1] magnifique. Ce qui faisait
qu'aucun des clients de l'Hôtel Central ne pouvait les ignorer
complètement, l'eût-il voulu de toutes ses forces, et qu'un certain nombre de ces clients vivaient constamment en compagnie
de l'image harcelante de ces jambes. D'autant que Carmen, par
esprit de revanche contre le reste de sa personne, lequel d'ailleurs
n'altérait en rien la fraîcheur de son caractère, portait des robes
si courtes que de ses jambes on voyait aussi le genou dans son
entier. Elle l'avait parfait, lisse, d'une rondeur, d'une souplesse,
d'une délicatesse de bielle[2]. On pouvait coucher avec Carmen
rien que pour ces jambes-là, pour leur beauté, leur intelligente
manière de s'articuler, de se plier, de se déplier, de se poser, de
fonctionner. D'ailleurs on le faisait. Et à cause d'elles et de la
façon si persuasive qu'elle avait de s'en servir, Carmen avait des
amants en quantité suffisante pour dédaigner d'aller en chercher
dans le haut quartier. Et sa gentillesse qui n'était pas sans tenir
à la satisfaction d'être pourvue de telles jambes était si réelle, si
constante, que ses amants devenaient tous par la suite des clients
fidèles qui, parfois après deux ans de voyage dans le Pacifique,
revenaient toujours à l'Hôtel Central. L'hôtel prospérait. Carmen
avait de la vie sa philosophie qui n'était pas amère, elle acceptait
son sort, si l'on peut dire, d'un pied léger et elle se défendait
farouchement de tout attachement qui aurait nui à son humeur.
C'était une vraie fille de putain faite aux arrivées et aux départs
incessants de ses compagnons, à la dureté du gain, à l'habitude

---

1. Galbe : aspect courbe et rebondi.
2. Bielle : pièce de moteur.

180 d'une indépendance forcenée. Ce qui ne l'empêchait pas d'avoir ses préférences, ses amitiés et sans doute aussi ses amours, mais d'en accepter l'aléatoire avec grâce.

Carmen avait de l'amitié pour la mère et aussi du respect. À chacun de ses séjours elle lui réservait une chambre tranquille 185 du côté du fleuve et la lui faisait payer le prix d'une chambre côté tram. Et une fois, il y avait deux ans de cela, elle lui avait dépucelé Joseph dans un noble élan sans doute pas tout à fait gratuit. Depuis d'ailleurs à chacun des passages de Joseph, elle passait avec lui plusieurs nuits d'affilée. Elle avait dans ce cas la 190 délicatesse de ne pas lui compter le prix de sa chambre, voilant ainsi sa générosité par le plaisir qu'elle prenait avec lui.

Cette fois, Carmen fut naturellement chargée par la mère de l'aider à vendre le diamant de M. Jo. La mère alla la trouver le soir de son arrivée et lui demanda si elle croyait pouvoir le vendre à 195 un client de l'Hôtel Central. Carmen s'étonna qu'une bague de cette valeur fût entre ses mains.

– C'est un certain M. Jo, dit fièrement la mère, qui l'a donnée à Suzanne. Il voulait l'épouser mais elle n'a pas voulu parce qu'il ne plaisait pas à Joseph.

200 Carmen comprit immédiatement que leur voyage à la ville n'était motivé que par la vente du diamant. Elle saisit toute l'importance de la démarche de la mère et elle l'aida. Les clients de l'hôtel dans l'ensemble ne lui semblaient pas très indiqués pour l'achat d'une bague de cette valeur, dit-elle, néanmoins 205 elle essaierait de la leur refiler. Dès le lendemain elle en parla à quelques-uns. De plus, elle mit dans le bureau de l'hôtel, bien en vue, accrochée au-dessus de sa table, la pancarte suivante : « À vendre magnifique diamant. Occasion exceptionnelle. S'adresser au bureau de l'hôtel. »

210 Mais pendant les jours qui suivirent personne à l'hôtel ne s'en soucia. Carmen dit qu'elle s'y attendait, qu'il n'en fallait pas moins laisser la pancarte, que les officiers de marine qui venaient en escale, eux, étaient susceptibles de faire des folies. Mais elle

conseilla à la mère d'essayer de son côté de le vendre soit à un
215 bijoutier soit à un diamantaire, de s'en charger le jour et de le
lui rendre le soir pour ne pas perdre les chances qu'elles avaient
de le vendre à l'hôtel.

Toute cette stratégie n'avait pourtant donné au bout de trois
jours aucun résultat.

220 Munie de la bague enfermée dans son sac et toujours envelop-
pée du même papier de soie dans lequel l'avait mise M. Jo, la mère
commença à parcourir la ville pour essayer de la vendre le prix que
M. Jo avait dit qu'elle valait : vingt mille francs. Mais le premier
diamantaire auquel elle le proposa en offrit dix mille francs. Il lui
225 annonça que le diamant avait un défaut grave, un « crapaud », qui
en diminuait considérablement la valeur. La mère tout d'abord ne
crut pas au prétendu crapaud dont parlait le diamantaire. Elle en
voulait vingt mille francs. Pourtant lorsqu'elle en vit un deuxième
et qu'il lui reparla du crapaud, elle commença à douter. Elle n'avait
230 jamais entendu dire qu'il pouvait y avoir des « crapauds » égarés
dans les diamants, même dans les plus purs, pour la bonne raison
qu'elle n'avait jamais eu de diamant avec ou sans crapaud. Mais
après qu'un quatrième diamantaire lui eut encore parlé de crapaud,
elle ne manqua pas de commencer à trouver une relation obscure
235 entre ce défaut au nom si évocateur et la personne de M. Jo. Après
trois jours de démarches, elle commença à la formuler, d'une façon
assez vague il est vrai.

– Ça ne m'étonne pas, disait-elle, fallait s'y attendre.

Et bientôt cette relation fut si profonde que lorsqu'elle parlait
240 de M. Jo il lui arrivait de se tromper de nom et de le confondre,
dans une même appellation, avec son diamant.

– J'aurais dû m'en méfier dès le premier jour de ce crapaud, dès
que je l'ai vu pour la première fois à la cantine de Ram.

Ce diamant à l'éclat trompeur, c'était bien le diamant de l'homme
245 dont les millions pouvaient faire illusion, qu'on aurait pu prendre
pour des millions qui se donneraient sans réticence. Et son dégoût
était aussi fort que si M. Jo les avait volés.

– Crapaud pour crapaud, disait-elle, ils se valent. Elle les confon-
dait décidément dans la même abomination.

250 Pourtant elle en voulait toujours vingt mille francs et «pas un
sou de moins». Elle s'acharnait. Elle s'était toujours acharnée, d'un
acharnement curieux, qui augmentait en raison directe du nombre
de ses échecs. Moins on lui offrait du diamant, moins elle démordait
de ce chiffre de vingt mille francs. Pendant cinq jours elle courut
255 chez les diamantaires. D'abord chez les blancs. Elle entrait avec l'air
le plus naturel qu'elle pouvait avoir et racontait qu'elle voulait se
débarrasser d'un bijou de famille désormais sans utilité pour elle.
On demandait à voir, elle sortait la bague, on prenait la loupe, on
examinait le diamant et on trouvait le crapaud. On lui en offrait
260 huit mille francs. On lui en offrait onze mille francs. Puis six mille,
etc. Elle remettait le diamant dans son sac, ressortait en vitesse et en
général elle engueulait Suzanne qui, avec Joseph, l'attendait dans
la B. 12. Des trois diamants que lui avait offerts M. Jo, Suzanne avait
naturellement pris le plus «mauvais» comme par un fait exprès.

265 Mais elle s'acharnait toujours : mauvais ou bon elle en voulait
vingt mille francs.

Après avoir fait tous les diamantaires et bijoutiers blancs, elle
commença à aller trouver les autres, ceux qui ne l'étaient pas, les
jaunes, les noirs. Ceux-ci ne lui offrirent jamais plus de huit mille
270 francs. Comme ils étaient plus nombreux que les autres, elle mit
beaucoup plus de temps à les épuiser. Mais si sa déception allait
croissant ainsi que sa colère et son dégoût, ils ne diminuaient en
rien ses exigences. Ce qu'elle voulait coûte que coûte, c'était avoir
vingt mille francs.

275 Une fois qu'elle eut couru chez tous les diamantaires de la ville
blancs ou non, elle se dit que peut-être sa tactique n'était pas la
bonne. Alors, un soir, elle dit à Suzanne que la seule façon d'en

sortir, c'était de retrouver M. Jo. Elle ne parla de ce projet qu'à
Suzanne seule ; Joseph, disait-elle, tout intelligent qu'il était, avait
280 aussi sa bêtise et, comme il ne pouvait pas tout comprendre, il ne
fallait pas tout lui dire. Il fallait être habile, revoir M. Jo sans lui
faire soupçonner qu'on l'avait recherché, et reprendre avec lui les
relations anciennes. Prendre son temps. Les renouer, ces relations,
à s'y tromper et jusqu'à provoquer de nouveau en lui un désir
285 rémunérateur. L'essentiel, c'était ça, c'était de l'affoler, d'obscurcir
sa raison au point qu'il en revienne, de nouveau désespéré, à lui
abandonner les deux autres diamants ou même un seul.

Suzanne lui promit de renouer avec M. Jo si jamais elle le rencontrait mais elle refusa de le rechercher. La mère se chargea de
290 cette partie de la besogne. Mais comment retrouver M. Jo dans la
ville ? Il n'avait pas, et pour cause, donné son adresse. En même
temps qu'elle courait chez les diamantaires qu'elle avait omis de
voir, elle se mit à le rechercher. Elle l'attendit à la sortie des cinémas,
elle explora les terrasses de cafés, les rues, les magasins de luxe, les
295 hôtels, avec autant d'ardeur et de passion qu'une jeune amoureuse.

Suzanne et Joseph commencèrent par l'accompagner dans ses interminables courses chez les diamantaires. Mais leur zèle ne résista pas à l'histoire du crapaud. Au bout de deux jours, ayant décrété ces courses parfaitement inutiles, Joseph s'en alla tout seul de son
300   côté, avec, bien sûr, la B. 12. La mère fut bien obligée d'accepter. Elle savait par expérience que les regrets qu'aurait eus plus tard Joseph de ne pas avoir profité pleinement de son séjour à la ville lui auraient valu une amertume plus grande encore que celle qui lui venait lorsque seule, à pied ou en tram, elle affrontait la clairvoyance
305   démoniaque des diamantaires. D'ailleurs, ensuite, lorsqu'elle eut décidé de rechercher M. Jo, elle transforma la défection de Joseph en une aubaine inespérée. Ce ne fut que lorsque à son tour elle abandonna M. Jo que cette absence la désespéra tout à fait et la fit se coucher et dormir toute la journée comme elle avait fait après
310   l'écroulement des barrages.

Pendant quelques jours Joseph rentra encore chaque soir chez Carmen et chaque matin, si peu que ce soit, la mère l'apercevait encore. Mais bientôt, et ce fut là le fait le plus marquant de leur séjour à la ville, Joseph ne rentra plus du tout. Il disparut complètement
315   avec la B. 12. Il avait réussi à vendre quelques peaux fraîchement tannées à quelques clients de passage à l'hôtel et, muni de ce seul argent, il disparut. Carmen réussit à cacher la chose à la mère, du moins pendant que celle-ci était à ce point occupée par ses démarches chez les diamantaires ou ensuite sa recherche de M. Jo,
320   qu'elle ne s'inquiétait pas autrement de ne pas voir Joseph chaque

matin et qu'elle se contentait encore de croire Suzanne ou Carmen qui disaient le voir tous les après-midi pendant qu'elle était sortie.

Dès le jour où Suzanne trouva superflu de se faire engueuler à la sortie de chaque bijouterie elle fut naturellement la proie des soins de Carmen. Lorsque celle-ci fut sûre que Joseph ne reviendrait pas de si tôt, elle prit passionnément Suzanne en charge, allant même, afin de la soustraire à l'acharnement désespérant de la mère et comme si vraiment chacun d'eux lui inspirait indifféremment un même dévouement, jusqu'à la faire coucher dans sa propre chambre. Ainsi, après avoir découvert Joseph, Carmen découvrit Suzanne, et pendant ce séjour-là ce fut surtout Suzanne qu'elle essaya, comme elle le disait, d'«éclairer».

Elle lui décrivit son propre sort qu'elle jugeait très malheureux et tenta de l'en persuader avec des mots amers. Elle savait, disait-elle, que l'idée fixe de la mère était de la marier au plus vite, pour se retrouver seule et enfin libre de mourir. Ce n'était pas une solution. Ce n'en était pas une quand on était encore, comme Suzanne, au stade de l'imbécillité de l'âge. Or, disait Carmen, «on est toutes, au départ, des imbéciles». Ce ne pouvait être une solution que si Suzanne se mariait avec un homme à la fois si bête et si riche qu'il lui aurait donné les conditions matérielles de se libérer de lui. Joseph lui avait parlé de M. Jo et elle regrettait un peu que ça n'ait pas marché avec lui parce qu'il paraissait être l'idéal du genre. «Tu l'aurais trompé au bout de trois mois, puis ça aurait marché tout seul…» Mais M. Jo, ou plutôt, le père de M. Jo ne s'était pas laissé faire. Et Carmen expliqua à Suzanne la difficulté qu'il y aurait pour elle à trouver un mari, même ici, à la ville, surtout un mari du type idéal, du type de M. Jo. Les mariages d'amour, à dix-sept ans, étant exclus de toute façon. Le mariage d'amour avec le douanier du coin qui te fera tes trois gosses en trois ans… Non, Suzanne avait fait preuve jusqu'ici, avec la mère, d'une trop grande docilité.

Et c'était là la chose importante: il fallait avant tout se libérer de la mère qui ne pouvait pas comprendre que dans la vie, on pouvait gagner sa liberté, sa dignité, avec des armes différentes

355 de celles qu'elle avait crues bonnes. Carmen connaissait bien la mère, l'histoire des barrages, l'histoire de la concession, etc. Elle la faisait penser à un monstre dévastateur. Elle avait saccagé la paix de centaines de paysans de la plaine. Elle avait voulu même venir à bout du Pacifique. Il fallait que Joseph et Suzanne fassent attention

360 à elle. Elle avait eu tellement de malheurs que c'en était devenu un monstre au charme puissant et que ses enfants risquaient, pour la consoler de ses malheurs, de ne plus jamais la quitter, de se plier à ses volontés, de se laisser dévorer à leur tour par elle.

Il n'y avait pas deux façons, pour une fille, d'apprendre à quitter
365 sa mère.

Si ça gênait un peu Suzanne d'entendre dire cela de la mère, c'était vrai, finalement. Depuis les barrages surtout, la mère était dangereuse. Pour le reste, ce n'était sûrement pas le douanier du coin qu'il lui fallait mais pas non plus M. Jo. Là, Carmen simplifiait.

370 Carmen la coiffa, l'habilla, lui donna de l'argent. Elle lui conseilla de se promener dans la ville en lui recommandant toutefois de ne pas se laisser faire par le premier venu. Suzanne accepta de Carmen ses robes et son argent.

La première fois que Suzanne se promena dans le haut quartier, ce fut donc un peu sur le conseil de Carmen.

Elle n'avait pas imaginé que ce devait être un jour qui compterait dans sa vie que celui où, pour la première fois, seule, à dix-sept ans, elle irait à la découverte d'une grande ville coloniale. Elle ne savait pas qu'un ordre rigoureux y règne et que les catégories de ses habitants y sont tellement différenciées qu'on est perdu si l'on n'arrive pas à se retrouver dans l'une d'elles.

Suzanne s'appliquait à marcher avec naturel. Il était cinq heures. Il faisait encore chaud mais déjà la torpeur[1] de l'après-midi était passée. Les rues, peu à peu, s'emplissaient de blancs reposés par la sieste et rafraîchis par la douche du soir. On la regardait. On se retournait, on souriait. Aucune jeune fille blanche de son âge ne marchait seule dans les rues du haut quartier. Celles qu'on rencontrait passaient en bande, en robe de sport. Certaines, une raquette de tennis sous le bras. Elles se retournaient. On se retournait. En se retournant, on souriait. « D'où sort-elle cette malheureuse égarée sur nos trottoirs ? » Même les femmes étaient rarement seules. Elles marchaient en groupe. Suzanne les croisait. Les groupes étaient tous environnés du parfum des cigarettes américaines, des odeurs fraîches de l'argent. Elle trouvait toutes les femmes belles, et que leur élégance estivale était une insulte à tout ce qui n'était pas elles. Surtout elles marchaient comme des reines, parlaient, riaient, faisaient des

---

1. Torpeur : ralentissement des activités, inaction.

gestes en accord absolu avec le mouvement général, qui était celui d'une aisance à vivre extraordinaire. C'était venu insensiblement, depuis qu'elle s'était engagée dans l'avenue qui allait de la ligne du tram au centre du haut quartier, puis cela s'était confirmé, cela avait augmenté jusqu'à devenir, comme elle atteignait le centre du haut quartier, une impardonnable réalité : elle était ridicule et cela se voyait. Carmen avait tort. Il n'était pas donné à tout le monde de marcher dans ces rues, sur ces trottoirs, parmi ces seigneurs et ces enfants de rois. Tout le monde ne disposait pas des mêmes facultés de se mouvoir. Eux avaient l'air d'aller vers un but précis, dans un décor familier et parmi des semblables. Elle, Suzanne, n'avait aucun but, aucun semblable, et ne s'était jamais trouvée sur ce théâtre.

Elle essaya en vain de penser à autre chose.

On la remarquait toujours.

Plus on la remarquait, plus elle se persuadait qu'elle était scandaleuse, un objet de laideur et de bêtise intégrales. Il avait suffi qu'un seul commence à la remarquer, aussitôt cela s'était répandu comme la foudre. Tous ceux qu'elle croisait maintenant semblaient être avertis, la ville entière était avertie et elle n'y pouvait rien, elle ne pouvait que continuer à avancer, complètement cernée, condamnée à aller au-devant de ces regards braqués sur elle, toujours relayés par de nouveaux regards, au-devant des rires qui grandissaient, lui passaient de côté, l'éclaboussaient encore par-derrière. Elle n'en tombait pas morte mais elle marchait au bord du trottoir et aurait voulu tomber morte et couler dans le caniveau. Sa honte se dépassait toujours. Elle se haïssait, haïssait tout, se fuyait, aurait voulu fuir tout, se défaire de tout. De la robe que Carmen lui avait prêtée, où de larges fleurs bleues s'étalaient, cette robe d'Hôtel Central, trop courte, trop étroite. De ce chapeau de paille, personne n'en avait un comme ça. De ces cheveux, personne n'en portait comme ça. Mais ce n'était rien. C'était elle, elle qui était méprisable des pieds à la tête. À cause de ses yeux, où les jeter ? À cause de ces bras de plomb, ces ordures, à cause de ce cœur, une bête indécente, de ces jambes incapables. Et qui trimbale un pareil sac à main, un vieux

sac à elle, cette salope, ma mère, ah ! qu'elle meure ! Elle eut envie
de le jeter dans le caniveau, pour ce qu'il y avait dedans… Mais on
ne jette pas son sac à main dans le caniveau. Tout le monde serait
accouru, l'aurait entourée. Mais, bien. Elle alors se serait laissée
435 mourir doucement, allongée dans le caniveau, son sac à main près
d'elle, et ils auraient bien été obligés de cesser de rire.

Joseph. À ce moment-là, il rentrait encore chaque soir à l'hôtel.
Le haut quartier n'était pas si grand. Et où aurait été Joseph sinon
dans le haut quartier ? Suzanne se mit à le chercher dans la foule.
440 La sueur ruisselait sur son visage. Elle enleva son chapeau et le tint
à la main avec son sac. Elle ne trouva pas Joseph, mais tout à coup
une entrée de cinéma, un cinéma pour s'y cacher. La séance n'était
pas commencée. Joseph n'était pas au cinéma. Personne n'y était,
même pas M. Jo.

445 Le piano commença à jouer. La lumière s'éteignit. Suzanne se
sentit désormais invisible, invincible et se mit à pleurer de bonheur.
C'était l'oasis, la salle noire de l'après-midi, la nuit des solitaires,
la nuit artificielle et démocratique, la grande nuit égalitaire du
cinéma, plus vraie que la vraie nuit, plus ravissante, plus consolante
450 que toutes les vraies nuits, la nuit choisie, ouverte à tous, offerte
à tous, plus généreuse, plus dispensatrice de bienfaits que toutes
les institutions de charité et que toutes les églises, la nuit où se
consolent toutes les hontes, où vont se perdre tous les désespoirs,
et où se lave toute la jeunesse de l'affreuse crasse d'adolescence.

455 C'est une femme jeune et belle. Elle est en costume de cour. On
ne saurait lui en imaginer un autre, on ne saurait rien lui imaginer
d'autre que ce qu'elle a déjà, que ce qu'on voit. Les hommes se
perdent pour elle, ils tombent sur son sillage comme des quilles et
elle avance au milieu de ses victimes, lesquelles lui matérialisent son
460 sillage, au premier plan, tandis qu'elle est déjà loin, libre comme un
navire, et de plus en plus indifférente, et toujours plus accablée par
l'appareil immaculé[1] de sa beauté. Et voilà qu'un jour de l'amertume

---

1. Immaculé : sans tache et donc parfait.

lui vient de n'aimer personne. Elle a naturellement beaucoup d'argent. Elle voyage. C'est au carnaval de Venise que l'amour l'attend.

465 Il est très beau l'autre. Il a des yeux sombres, des cheveux noirs, une perruque blonde, il est très noble. Avant même qu'ils se soient fait quoi que ce soit on sait que ça y est, c'est lui. C'est ça qui est formidable, on le sait avant elle, on a envie de la prévenir. Il arrive tel l'orage et tout le ciel s'assombrit. Après bien des retards, entre

470 deux colonnes de marbre, leurs ombres reflétées par le canal qu'il faut, à la lueur d'une lanterne qui a, évidemment, d'éclairer ces choses-là, une certaine habitude, ils s'enlacent. Il dit je vous aime. Elle dit je vous aime moi aussi. Le ciel sombre de l'attente s'éclaire d'un coup. Foudre d'un tel baiser. Gigantesque communion de la

475 salle et de l'écran. On voudrait bien être à leur place. Ah! comme on le voudrait. Leurs corps s'enlacent. Leurs bouches s'approchent, avec la lenteur du cauchemar. Une fois qu'elles sont proches à se toucher, on les mutile de leurs corps. Alors, dans leurs têtes de décapités, on voit ce qu'on ne saurait voir, leurs lèvres les unes en face des

480 autres s'entrouvrir, s'entrouvrir encore, leurs mâchoires se défaire comme dans la mort et dans un relâchement brusque et fatal des têtes, leurs lèvres se joindre comme des poulpes, s'écraser, essayer dans un délire d'affamés de manger, de se faire disparaître jusqu'à l'absorption réciproque et totale. Idéal impossible, absurde, auquel

485 la conformation des organes ne se prête évidemment pas. Les spectateurs n'en auront vu pourtant que la tentative et l'échec leur en restera ignoré. Car l'écran s'éclaire et devient d'un blanc de linceul.

Il était tôt encore. Une fois sortie du cinéma, Suzanne remonta l'avenue principale du haut quartier. La nuit était venue pendant la

490 séance et c'était comme si ç'avait été la nuit de la salle qui continuait, la nuit amoureuse du film. Elle se sentait calme et rassurée. Elle se remit à chercher Joseph mais pour d'autres raisons que tout à l'heure, parce qu'elle ne pouvait se résoudre à rentrer. Et aussi parce que jamais encore elle n'avait eu un tel désir de rencontrer Joseph.

495 Ce fut une demi-heure après sa sortie du cinéma qu'elle le rencontra. Elle aperçut la B. 12 qui descendait l'avenue dans laquelle

elle se trouvait et qui se dirigeait vers les quais. L'auto roulait très lentement. Suzanne se posta sur le trottoir et attendit qu'elle soit à sa hauteur pour appeler Joseph.

500   Entassées à côté de lui, il y avait deux femmes. Celle qui était contre lui le tenait enlacé. Joseph avait un drôle d'air. Il avait l'air saoul et heureux.

Au moment où la B. 12 allait la croiser, Suzanne se précipita sur le bord du trottoir et cria : « Joseph ! » Joseph n'entendit pas. Il

505 parlait à la femme qui l'enlaçait.

Cependant la rue était encombrée et Joseph roulait très lentement.

« Joseph ! » cria de nouveau Suzanne. Plusieurs personnes s'étaient arrêtées. Suzanne courait le long du trottoir pour essayer de suivre l'auto. Mais Joseph n'entendait pas et ne la voyait pas. Alors, après

510 l'avoir par deux fois de suite appelé, elle se mit à crier sans interruption : « Joseph ! Joseph ! »

« S'il ne m'entend pas la prochaine fois, je me jette sous l'auto pour le forcer à s'arrêter. »

Joseph s'arrêta. Suzanne s'arrêta et lui sourit. Elle était aussi

515 étonnée et heureuse de l'avoir rencontré que s'il y avait eu très longtemps qu'elle ne l'avait vu, quelque chose comme depuis leur enfance. Joseph se rangea le long du trottoir. La B. 12 n'avait pas changé. Toujours les mêmes portières attachées par des fils de fer et l'armature à nu et rouillée de la capote qu'un jour, dans un accès

520 de rage, Joseph avait arrachée.

    – Qu'est-ce que tu fous là ? demanda Joseph.

    – Je me promène.

    – Merde, t'es drôlement fringuée.

    – C'est Carmen qui m'a prêté une robe.

525   – Qu'est-ce que tu fous là ? redemanda Joseph.

L'une des femmes demanda quelque chose à Joseph et il dit :

    – C'est ma sœur.

La deuxième femme demanda à la première :

    – Qui c'est ?

530   – C'est sa frangine, dit la première.

Elles souriaient toutes deux à Suzanne avec une complaisance un peu timide. Elles étaient très fardées et portaient des robes collantes, l'une verte et l'autre bleue. Celle qui tenait Joseph enlacé était la plus jeune. Quand elle souriait on voyait qu'il lui manquait
535 une dent sur le côté. Elles devaient venir toutes deux d'un bordel du port et Joseph avait dû les ramasser on ne savait pas où, peut-être aux «avancées» d'un cinéma.

Joseph restait dans l'auto, l'air ennuyé. Suzanne attendait qu'il lui propose de monter. Mais Joseph, visiblement, n'en avait pas
540 l'intention.

– Et maman? demanda-t-il encore pour demander quelque chose, pourquoi que t'es seule?

– Je ne sais pas, dit Suzanne.

– Et le diam? demanda encore Joseph mettant ainsi immédia-
545 tement en usage son nouveau vocabulaire.

– Pas vendu, dit immédiatement Suzanne.

Elle se tenait accoudée à l'auto, à côté de Joseph. Elle n'osait pas monter. Joseph le voyait bien et il avait l'air de plus en plus embêté. Les deux femmes n'avaient pas l'air de se douter de ce qui se passait.
550 – Alors au revoir, dit enfin Joseph.

Suzanne retira brusquement son bras de la portière.

– Au revoir.

Joseph la regarda, embarrassé. Il hésita.

– Où c'est que tu vas comme ça?…
555 – Je m'en fous où je vais, dit Suzanne, je vais où je veux.

Joseph hésita encore. Suzanne s'éloigna.

– Suzanne! cria faiblement Joseph.

Suzanne ne répondit pas. Joseph démarra lentement sans l'avoir appelée une seconde fois.
560 Suzanne remonta l'avenue jusqu'à la place de la Cathédrale. Elle haïssait Joseph. Maintenant elle ne remarquait plus du tout les regards qu'elle soulevait sur son passage et peut-être la remarquait-on moins aussi à cause de la nuit. Si au moins la mère avait pu passer. Mais c'était inutile d'espérer. La mère ne passait jamais

565 par là parce que c'était un lieu de promenade ; elle courait la ville avec son crapaud, son diamant. Puis elle cherchait M. Jo, elle chassait M. Jo. C'était une sorte de vieille putain qui s'ignorait, perdue dans la ville. Autrefois elle courait les banques, maintenant c'était les diamantaires. Ils la mangeront. Longtemps, à la voir rentrer
570 tellement exténuée que la plupart du temps elle se couchait sans manger, en pleurant, on aurait pu croire qu'elle pouvait en effet mourir soit des banques soit des diamantaires. Mais quand même, elle en était toujours ressortie et toujours, elle recommençait à se livrer à son vice, quémander[1] l'impossible, ses « droits », comme
575 elle disait.

Suzanne s'assit sur un banc du square qui longeait la cathédrale. Elle n'avait pas envie de rentrer tout de suite. La mère gueulerait encore soit contre Joseph soit contre elle-même. Bientôt c'en serait fini de Joseph, il s'en irait. C'était un peu l'agonie de Joseph qui
580 bientôt irait se perdre dans le commun, dans la monstrueuse vulgarité de l'amour. Plus de Joseph. Il avait beau dire, il ne se chargerait plus de la mère bien longtemps et déjà il préparait son assassinat. C'était un menteur. Il y avait beaucoup de menteurs. Dont Carmen en particulier.

---

1. Quémander : demander avec insistance.

585 C'était au cinéma que Joseph l'avait rencontrée. Elle fumait
cigarette sur cigarette et comme elle n'avait pas de feu, Joseph lui
en avait donné. Alors chaque fois elle avait offert une cigarette à
Joseph. Lui non plus n'avait pas cessé de fumer. C'était des cigarettes très bonnes et très chères, les plus chères, sans doute les
590 fameuses « 555 ». Ils étaient sortis ensemble du cinéma et depuis ils
ne s'étaient pas quittés. Du moins c'était la version sommaire que
donnait Carmen de l'histoire de Joseph.

   – Il en était à un tel point qu'il a suffi des cigarettes, ajoutait-elle.
   Elle prétendait avoir rencontré Joseph dans le haut quartier et
595 qu'il lui avait tout raconté lui-même. Mais comment savoir avec Carmen si elle disait la vérité ? Elle avait ses sources de renseignements
à elle, ses filets. Elle devait même savoir où se trouvait Joseph mais
elle se serait bien gardée de le dire. Et pendant huit jours et huit
nuits Joseph ne reparut pas à l'Hôtel Central.

600 La mère en avait presque terminé avec les diamantaires et les
bijoutiers. Elle ne comptait plus que sur les clients de l'hôtel, sur
Carmen. De temps en temps, dans un sursaut, elle allait encore chez
un diamantaire qu'elle avait négligé mais elle ne passait plus ses
journées à courir par la ville. Elle ne cherchait même plus M. Jo. Elle
605 l'avait trop cherché et elle en était dégoûtée, comme d'un amant.
Elle disait que dès le retour de Joseph, elle retournerait chez le
premier diamantaire qu'elle avait vu, celui qui lui avait offert onze
mille francs du « crapaud » et qu'elle repartirait dans la plaine.
Maintenant le plus clair de son temps, elle le passait à attendre le

retour de Joseph. Elle avait payé sa chambre et sa pension jusqu'au jour où Joseph avait disparu. Ensuite elle avait décidé de ne plus le faire. Elle disait à Carmen qu'elle n'avait plus d'argent. Elle se doutait que Carmen savait parfaitement où se trouvait Joseph mais qu'elle ne le dirait jamais et que par conséquent elle acceptait tacitement de ne pas être payée le temps qu'il dépendait d'elle de laisser Joseph se satisfaire autant qu'il le voudrait. Cependant, elle ne prenait plus qu'un seul repas par jour, et on ne savait pas si c'était par scrupule ou pour essayer naïvement par ce chantage de fléchir Carmen. Suzanne, elle, mangeait à la table de Carmen et dormait dans sa chambre. Elle ne voyait plus la mère qu'au repas du soir. Toute la journée en effet celle-ci dormait. Elle prenait ses pilules et elle dormait. Toujours, dans les périodes difficiles de sa vie elle avait dormi comme ça. Lorsque les barrages s'étaient écroulés, il y avait deux ans, elle avait dormi quarante-huit heures d'affilée. Ses enfants s'étaient faits à ses manières et ne s'en inquiétaient pas outre mesure.

Depuis sa première tentative de promenade dans le haut quartier, Suzanne ne suivit plus aussi à la lettre les conseils de Carmen. Si elle y allait encore chaque après-midi, c'était pour se rendre directement dans un cinéma. Le matin en général elle restait au bureau de l'hôtel et quelquefois il lui arrivait de remplacer Carmen. Il y avait à l'Hôtel Central six chambres dites « réservées » et qui donnaient beaucoup de travail. Elles étaient louées à l'heure la plupart du temps par des officiers de marine et des putains nouvellement arrivées. Carmen avait obtenu une licence étendue à cet effet. C'était le plus gros rapport de sa gérance. Mais elle prétendait que ce n'était pas pour ça qu'elle l'avait demandée mais par une inclination véritable. Elle se serait ennuyée, prétendait-elle, dans un hôtel bien famé.

Quelquefois les putains restaient un mois en attendant que leur sort se décide. Elles y étaient parfaitement traitées. Il arrivait que certaines d'entre elles, les plus jeunes en général, partent avec des chasseurs ou des planteurs de rencontre, mais il était rare qu'elles se fassent à la vie des hauts plateaux ou de la brousse et, au bout de

quelques mois, elles revenaient et réintégraient les bordels. Outre
645 les nouvelles qui venaient directement de la capitale, il en arrivait
d'autres de Shanghai, de Singapour, de Manille, de Hong Kong.
Celles-là étaient les grandes aventureuses, les plus bourlingueuses[1]
de toutes. Elles faisaient régulièrement tous les ports du Pacifique
et ne restaient jamais plus de six mois dans aucun. C'étaient les
650 plus grandes fumeuses d'opium du monde, les initiatrices de tous
les équipages du Pacifique.

– C'est des cloches, disait Carmen, mais c'est celles que je préfère.

Elle ne s'expliquait pas longuement. Elle disait qu'elle aimait
bien les putains, qu'elle-même était fille de putain mais que ce
655 n'était pas seulement pour ça, mais parce que c'était encore ce qu'il
y avait de plus honnête, de moins salaud dans ce bordel colossal
qu'était la colonie.

Il va sans dire qu'à toutes celles qui venaient, Carmen conseillait
de se faire offrir le diamant. Dans toutes les chambres réservées elle
660 avait mis des doubles de la pancarte suspendue dans le bureau. Elle
allait même jusqu'à leur expliquer le cas de la mère.

– Mais quoi ! c'est pas à elles qu'on offre des diams, disait amère-
ment Carmen.

La mère partageait cette amertume. Pourtant l'hôtel restait le
665 seul endroit où il y avait une chance de le vendre le prix que la
mère en voulait. Là, pas de loupe pour déceler le « crapaud », disait
Carmen. Chez elle aussi la vente du diamant était devenue une
préoccupation constante, moins obsédante pourtant que chez la
mère. Carmen d'ailleurs ne se laissait obséder vraiment par rien.
670 Seul l'obsédait vraiment son besoin d'hommes nouveaux qui la
faisait régulièrement plaquer tout et sortir. C'était le plus souvent à
l'occasion de l'arrivée d'un bateau que ça la prenait. Après le dîner
elle s'habillait, se fardait et filait vers le port le long du fleuve. En
rentrant, un soir, elle alla jusqu'à dire à Suzanne, dans un mouve-
675 ment d'exubérance affectueuse :

---

1. Bourlingueuses : personnes qui voyagent, partent à l'aventure.

– Tu verras, c'est dehors qu'ils sont bien. Il ne faut pas enfermer les hommes. C'est dans la rue qu'ils sont le mieux.

– Mais comment, dans la rue ? dit Suzanne embarrassée.

Carmen riait.

Lorsqu'elle n'était pas dans le bureau de Carmen, Suzanne était dans les cinémas du haut quartier. Après le déjeuner elle quittait l'hôtel et se rendait directement dans un premier cinéma. Ensuite dans un second cinéma. Il y en avait cinq dans la ville et les programmes changeaient souvent. Carmen comprenait qu'on aime le cinéma et lui donnait de l'argent pour qu'elle y aille autant qu'il lui plairait. Il n'y avait pas tellement de différence, prétendait-elle en souriant, entre ses sorties le long du fleuve et celles de Suzanne dans les cinémas. Avant de faire l'amour vraiment, on le fait d'abord au cinéma, disait-elle. Le grand mérite du cinéma c'était d'en donner envie aux filles et aux garçons et de les rendre impatients de fuir leur famille. Et il fallait avant tout se débarrasser de sa famille quand c'était vraiment une famille. Suzanne ne comprenait évidemment pas très bien les enseignements de Carmen, mais elle était fière de la voir s'intéresser ainsi à elle.

Chaque soir en rentrant, Suzanne demandait à Carmen des nouvelles de Joseph et du diamant. Joseph ne rentrait pas. Le diamant ne se vendait pas. M. Jo ne réapparaissait pas. Mais c'était surtout Joseph qui ne rentrait pas. Plus le temps passait, plus Suzanne comprenait qu'elle comptait de moins en moins dans la vie de Joseph, pas plus peut-être à certains moments que si elle n'avait jamais existé. Il n'était pas impossible qu'il ne revienne jamais. Le sort de la mère ne posait plus de vrais problèmes, comme le disait Carmen. Si Joseph revenait, la mère vivrait, s'il ne revenait pas, elle mourrait. C'était moins important que ce qui était arrivé à Joseph, que ce qui était arrivé à Carmen il y avait longtemps déjà mais qui, semblait-il, l'avait marquée à jamais, que ce qui ne manquerait pas de lui arriver à elle un jour prochain. Déjà, ça menaçait. De chaque coin de rue, de chaque tournant de rue, de chaque heure du jour, de chaque image de chaque film, de chaque visage

710 d'homme entrevu, elle pouvait déjà dire qu'ils la rapprochaient de Carmen et de Joseph.

La mère ne lui posait aucune question sur son emploi du temps. Il n'y avait que Carmen qui s'intéressait à elle. Souvent, elle lui demandait, à défaut d'autre chose, de lui raconter les films qu'elle 715 avait vus. Elle lui donnait de l'argent pour le lendemain. Elle était inquiète à son propos et plus la disparition de Joseph se prolongeait, plus elle s'inquiétait. Parfois même elle s'angoissait. Qu'allait-elle devenir ? Il fallait, répétait-elle, il était indispensable que Suzanne sache quitter la mère, surtout si Joseph ne revenait plus.

720 — Ses malheurs, à la fin, c'est comme un charme, répétait-elle, il faudrait les oublier comme on oublie un charme. Je ne vois rien que sa mort ou un homme, qui pourrait te la faire oublier.

Suzanne trouvait Carmen un peu élémentaire dans son entêtement. Elle lui cachait qu'elle ne se promenait jamais plus dans le 725 haut quartier. Elle ne lui avait pas raconté sa première promenade, non pas qu'elle eût décidé de la taire mais parce qu'elle n'aurait pas pensé qu'elle pût être racontée. Aucun incident ne l'avait en effet marquée et Suzanne n'imaginait pas encore que l'on pût se faire confidence d'autre chose que d'événements concrets. Le reste était 730 honteux ou trop précieux, en tout cas, impossible à dire. Elle laissait dire Carmen qui ignorait encore, qui ignorait que la seule humanité qu'elle osait affronter était celle, mirobolante, rassurante, des écrans.

Lorsque Suzanne rentrait, Carmen l'entraînait dans sa chambre, et la questionnait. La chambre de Carmen était le point faible de 735 son existence. Elle avait résisté à bien des choses dans la vie, mais pas au charme des divans croulants sous des coussins peints à la main, aux pierrots et arlequins[1], vestiges de bals anciens, accrochés au mur, aux fleurs artificielles. Suzanne y étouffait un peu. Mais il était quand même préférable d'y coucher que de coucher dans la 740 chambre de la mère. Suzanne savait que c'était dans cette chambre que Joseph avait couché avec Carmen. Lorsque Carmen se déshabillait

---

1. **Pierrots et arlequins** : personnages types de la commedia dell'arte.

devant elle, elle y pensait chaque fois. Et cela faisait chaque fois une différence de plus, non avec Carmen, mais avec Joseph. Carmen était longue, elle avait un ventre plat, des petits seins un peu bas
745 et ses jambes étaient miraculeusement belles. Suzanne la détaillait chaque soir et chaque soir sa différence avec Joseph s'accentuait. Suzanne ne s'était déshabillée qu'une seule fois devant Carmen. Carmen l'avait enlacée. « T'es comme une amande. » Et elle avait essuyé une larme silencieusement. C'était ce même soir qu'elle lui
750 avait demandé de lui amener le premier homme qu'elle rencontrerait. Suzanne promit tout ce qu'elle voulut. Mais plus jamais elle ne se déshabilla devant Carmen.

Lorsque l'heure du dîner arrivait, Suzanne allait chercher la mère dans sa chambre. C'était toujours la même chose. Étendue sur son
755 lit la mère attendait Joseph. Elle était toujours dans le noir parce qu'elle n'avait même plus envie d'allumer. Sur sa table de nuit, à côté d'elle, sous un verre renversé, reposait le diamant. Lorsqu'elle se réveillait elle le regardait avec dégoût. Le « crapaud » disait-elle, lui donnait envie de mourir. C'était la déveine, ajoutait-elle, mais
760 qu'on n'aurait même pas pu inventer. Quelquefois, lorsqu'elle avait abusé de ses pilules, elle avait pissé au lit. Alors Suzanne allait à la fenêtre pour ne pas voir.

– Alors ? demandait-elle.

– Je l'ai pas vu, disait Suzanne.

765 Elle se mettait à pleurer. Elle redemandait une pilule. Suzanne la lui donnait et retournait à la fenêtre. Elle lui répétait ce que disait Carmen.

– Ça devait arriver tôt ou tard.

Elle disait qu'elle le savait mais que c'était tout de même ter-
770 rible de perdre Joseph si brusquement. Elle parlait du même ton de Joseph, du diamant et lorsqu'elle le cherchait encore, de M. Jo. Et quelquefois, lorsqu'elle disait : « Si au moins il revenait ! » on ne savait pas si c'était de Joseph ou de M. Jo qu'il s'agissait.

Elle se levait, titubante sous l'effet des pilules. Il fallait attendre
775 qu'elle soit habillée pour dîner. C'était long. Suzanne s'asseyait

contre la croisée[1]. Le bruit du tram arrivait assourdi jusque dans la chambre. Mais tout ce que Suzanne voyait de la ville, d'ici, c'était son grand fleuve à moitié recouvert par des nuées de grandes jonques qui venaient du Pacifique et par les remorqueurs du port. Carmen avait tort de s'inquiéter pour elle. Déjà, à force de voir tant de films, tant de gens s'aimer, tant de départs, tant d'enlacements, tant d'embrassements définitifs, tant de solutions, tant et tant, tant de prédestinations, tant de délaissements cruels, certes, mais inévitables, fatals, déjà ce que Suzanne aurait voulu c'était quitter la mère.

---

1. Croisée : désigne le cadre qui entoure une fenêtre.

La seule rencontre que Suzanne devait faire ce fut, à l'Hôtel Central, celle du représentant en fils d'une usine de Calcutta.

Il était de passage à la colonie et embarquait dans les huit jours qui suivaient, pour les Indes. Ses tournées duraient deux ans et il ne passait qu'une fois par tournée dans la colonie en question. À chacun de ses passages, il avait cherché à se marier avec une Française, très jeune et vierge si possible, mais il n'avait jamais réussi à la trouver.

– Il y a là un type qui pourrait peut-être aller, avait dit Carmen à Suzanne. T'aurais au moins une porte de sortie si jamais Joseph ne revient pas.

Barner était un type d'une quarantaine d'années, grand, à cheveux grisonnants, aux costumes de tweed[1], qui parlait calmement, souriait peu et qui avait dans la vie une allure en effet très représentative. Ce n'était pas impunément que depuis quinze ans, il visitait toutes les grandes usines de tissage du monde pour y vanter la qualité de ses fils. Il avait d'ailleurs, du monde, plusieurs fois fait le tour et il en avait une vision assez particulière, celle de sa capacité d'absorption, en kilomètres, de fils de coton de l'usine G.M.B. de Calcutta.

Carmen lui parla de Suzanne et le jour même il voulut la connaître. Il était pressé. Les présentations se firent dans la chambre de Carmen, tard après que la mère fut couchée. Suzanne se prêta au désir de Carmen comme elle le faisait toujours. Après la présentation,

---

1. **Tweed** : tissu de laine fabriqué en Écosse.

Barner parla de son métier, du commerce des fils dans le monde et de la consommation insoupçonnable qu'on en faisait. Ce fut
810 tout pour ce soir-là. Le lendemain, par l'intermédiaire de Carmen, il invita Suzanne à sortir avec lui, afin, dit-il, de faire plus ample connaissance. Suzanne le rejoignit après le dîner.

Ils allèrent au cinéma dans l'auto de Barner. Une drôle d'auto dont il était très fier. Une fois arrivés devant le cinéma, il se planta
815 devant Suzanne et lui fit une démonstration détaillée de ses extraordinaires perfectionnements. C'était une auto à deux places, peinte en rouge, dont le spider[1] avait été transformé en une espèce de grand coffre à tiroirs dans lesquels Barner mettait ses échantillons de fils. Les tiroirs étaient jaunes, bleus, verts, etc., de la couleur
820 exacte des fils qu'ils contenaient. Il y en avait bien une trentaine qui s'ouvraient sur toute la surface arrière du coffre et qui se fermaient et s'ouvraient tous automatiquement d'un seul tour de clef donné de l'intérieur. Il n'existait pas deux autos comme celle-là dans le monde, expliqua Barner, et c'était lui et lui tout seul qui avait eu
825 l'idée de la transformer ainsi. Il ajoutait que ce n'était pas encore aussi parfait qu'il l'aurait voulu : il arrivait que les clients, après avoir examiné les fils, se trompent de tiroir et ne les remettent pas dans ceux des couleurs correspondantes. C'était là un grave inconvénient mais il y remédierait. Il savait déjà comment : en fixant les bobines
830 au fond même du tiroir avec une attache plate que lui seul saurait dessertir[2]. Toujours, disait-il, il cherchait à perfectionner ses tiroirs, tout ça ne s'était pas fait d'un seul coup. Rien ne se faisait d'un seul coup, généralisait-il d'un air entendu. Une vingtaine de personnes s'étaient attroupées autour de l'auto et il parlait à voix haute afin
835 de les faire bénéficier de ses explications.

À voir cette auto et à l'entendre en parler, il n'y avait pas de doute possible. C'était encore la déveine. Tout ce qui reste à faire c'est de lui refiler le crapaud. Elle pensait à Joseph très fort.

---

1. Spider : espace ménagé à l'arrière des anciens cabriolets pour les bagages.
2. Dessertir : enlever de sa monture.

Après le cinéma, ils allèrent danser dans un dancing-piscine
840 qui se trouvait en dehors de la ville. Barner y alla sans hésiter et
il était clair qu'il avait dû suivre cet emploi du temps à chacun de
ses séjours à la colonie avec, chaque fois, une nouvelle préposée
de l'Hôtel Central.

C'était un bungalow peint en vert, au milieu d'un bois. À cause
845 des lanternes vénitiennes qui se balançaient en haut des arbres
on y voyait comme en plein jour. Le long du bungalow se trouvait
la fameuse piscine qui faisait à elle seule la célébrité du dancing.
C'était une grande vasque[1] de rochers alimentée par un ruisseau
dont on avait capté le cours en scellant l'ouverture de la vasque.
850 Ainsi, l'eau constamment renouvelée dans sa profondeur par un
faible courant restait très pure. Trois projecteurs éclairaient verti-
calement la piscine dont le fond ainsi que les parois étaient restés
dans leur état naturel, tapissés de longues herbes sous-marines
au travers desquelles apparaissait un fond de galets orange et
855 violets qui éclataient avec la splendeur de fleurs sous-marines.
L'eau était si claire et si calme que ce fond apparaissait dans son
détail précis, dans ses nuances les plus fines comme s'il eût été
figé dans le cristal. Outre les projecteurs, la piscine était éclairée par les lanternes vénitiennes qui, multicolores, mouvantes, se
860 balançaient dans le ciel vert du bois. De grandes pelouses rases
l'entouraient au milieu desquelles il y avait une rangée de cabines
de bains également vertes. Parfois l'une de ces cabines s'ouvrait
et un corps de femme ou d'homme apparaissait, totalement nu,
d'une surprenante blancheur et d'une matière si rayonnante que
865 l'ombre lumineuse du bois en était comme ternie. Le corps nu
traversait les pelouses à la course, se jetait dans la vasque, faisant
jaillir autour de lui une gerbe d'eau brillante. Puis la gerbe retombait et le corps apparaissait à l'intérieur de l'eau, bleuté et d'une
fluidité de lait. La musique du dancing cessait brusquement et
870 les lumières s'éteignaient pendant le temps que le corps nageait.

---

1. Vasque: bassin recevant normalement l'eau d'une fontaine.

Parfois les plus audacieux plongeaient et circulaient à travers les longues herbes du fond, en dérangeaient la solennelle immobilité et s'y perdaient dans une nage sous-marine, convulsive[1] et lente. Puis le corps réapparaissait à la surface dans un tourbillon glorieux
875 de bulles lumineuses.

Accoudés aux balcons du dancing, des hommes et des femmes regardaient en silence. Bien que ces bains aient été permis peu osaient se donner ainsi en spectacle. Une fois le nageur disparu, les lumières s'allumaient et l'orchestre recommençait à jouer.
880 – Distraction de millionnaires, dit John Barner.

Elle s'assit en face de lui. Tout autour d'eux, attablés ou en train de danser, se trouvaient tous les grands vampires de la colonie, du riz, du caoutchouc, de la banque, de l'usure[2].

– Je ne prends pas d'alcool, dit Barner, mais peut-être en pren-
885 drez-vous un ?

– Je voudrais un cognac, dit Suzanne.

Elle avait envie de lui déplaire mais elle lui sourit quand même. Sans doute aurait-elle désiré être là avec quelqu'un d'autre à qui elle n'aurait pas pris la peine de sourire. Maintenant que Joseph
890 était parti et que la mère désirait tant mourir, vraiment, chaque jour le besoin s'en faisait davantage sentir.

– Madame votre mère est souffrante ? demanda Barner pour demander quelque chose.

– Elle attend mon frère, dit Suzanne, ça la rend malade.
895 Suzanne avait cru Barner prévenu par Carmen.

– On sait pas où il est, il doit avoir rencontré une femme.

– Oh ! s'indigna Barner, ce n'est pas une raison. Jamais je ne laisserais ma mère. Il est vrai que ma mère, c'est une sainte.

La sainteté de sa mère faisait frémir.
900 – La mienne non, dit Suzanne. À la place de mon frère j'en ferais autant.

---

1. **Convulsive** : saccadée.
2. **Usure** : prêt d'argent à des taux abusifs, largement supérieurs aux taux légaux.

Suzanne se ressaisit: c'était le moment.

– Si vous pensez que c'est une sainte, faudrait lui prouver.

– Lui prouver? s'étonna Barner. Je le lui prouve. Je crois pouvoir
905 dire que je n'ai jamais manqué à ma mère.

– Faudrait lui faire un beau cadeau une fois pour toutes, après
vous seriez tranquille.

– Je ne comprends pas, fit Barner, toujours également étonné.
En quoi je serais plus tranquille.

910 – Si vous lui donnez une belle bague, après ce serait plus la
peine de rien lui donner.

– Une bague? Pourquoi une bague?

– Je dis par exemple une bague.

– Ma mère, dit Barner, n'aime pas les bijoux, elle est très simple.
915 Tous les ans je lui achète un petit terrain dans le Sud anglais, et
c'est ce qui lui fait le plus plaisir.

– Moi je préférerais les diams, dit Suzanne. Les terrains c'est
souvent de la merde.

– Oh! fit Barner, oh! quel est ce langage?

920 – C'est du français, dit Suzanne. Je voudrais bien danser.

Barner invita Suzanne à danser. Il dansait très correctement.
Suzanne était bien plus petite que lui et en dansant ses yeux lui
arrivaient à hauteur de la bouche.

– Les Françaises c'est la meilleure et la pire des choses, débuta-
925 t-il, tout en dansant.

Mais bien que sa bouche arrivât à la hauteur des yeux et des
cheveux de la Française, pas une fois, de sa bouche, il ne frôla ces
cheveux.

– Quand on les prend jeunes, on peut en faire les compagnes
930 les plus dévouées, les collaboratrices les plus sûres, continua-t-il.

Il repartait dans huit jours pour deux ans et il était pressé. Ce
qu'il aurait voulu précisément c'était une jeune fille de dix-huit ans,
qu'aucun homme n'aurait encore approchée, non pas parce qu'il
avait un préjugé quelconque à l'égard de celles qu'on avait appro-
935 chées (il en fallait bien, disait-il), mais parce que son expérience

lui avait appris que c'était les premières qu'on formait le mieux et le plus rapidement.

– Toute ma vie j'ai cherché cette jeune Française de dix-huit ans, cet idéal. C'est un âge merveilleux, dix-huit ans. On peut les
940 façonner et en faire d'adorables petits bibelots[1].

Joseph dirait : « Des bibelots comme ça, je les ai au cul, les jeunes filles, elles m'emmerdent toutes. »

– Moi, dit Suzanne, mon genre ce serait plutôt Carmen.

– Oh ! fit Barner.

945 Sans doute avait-il essayé de coucher avec Carmen mais de ce gibier-là Carmen ne voulait pas. Quand même, elle essayait de le lui refiler.

– Carmen, mais en mieux, dit Suzanne.

– Vous ne comprenez pas, dit Barner, on ne peut pas épouser
950 une femme comme Carmen.

Il rit avec attendrissement de tant de naïveté.

– Ça dépend qui, dit Suzanne, tout le monde pourrait pas.

Quand ils furent dans l'auto, arrivés devant l'hôtel, Barner dit, comme il avait dû le dire déjà bien souvent à des spécimens du genre :
955 – Voulez-vous être cette jeune fille que je cherche depuis si longtemps ?

– Faut en parler à ma mère, dit Suzanne, mais moi je vous préviens, mon genre ça serait plutôt Carmen.

Il fut entendu néanmoins que dès le lendemain, après le dîner,
960 il rencontrerait la mère.

---

1. **Bibelots** : petits objets de décoration.

– Je suis un des plus gros représentants et un des plus réputés de cette usine, dit Barner.

La mère le regarda avec une très faible curiosité.

– Vous avez de la veine d'avoir réussi, dit-elle, tout le monde ne peut pas en dire autant. Alors vous vendez du fil ?

– Ça n'a l'air de rien, dit Barner, mais c'est une industrie d'une importance considérable. Il se consomme dans le monde des longueurs inimaginables de fil et on en vend pour des sommes non moins inimaginables.

La mère restait sceptique. Elle n'avait manifestement jamais pensé que l'on pût vivre largement d'une pareille industrie. Barner lui parla de sa richesse qui commençait, prétendait-il, à être importante. Chaque année il achetait un terrain dans le Sud anglais où il comptait se retirer. La mère écoutait distraitement. Non pas qu'elle eût mis en doute les paroles de Barner mais elle ne voyait pas le sens d'un placement dans le Sud anglais. C'était trop loin. Tout de même au mot « placement » il passa dans ses yeux comme le reflet du diamant mais ce fut très fugitif et elle ne releva pas. Elle avait l'air fatiguée et rêveuse. Pourtant la chose était d'importance. Et en fin de compte c'était bien la première fois qu'on lui demandait Suzanne en mariage. Elle s'efforçait visiblement à écouter Barner mais en réalité sa pensée était lointaine, près de Joseph.

– Il y a longtemps que vous cherchez comme ça ? demanda-t-elle.

985 – Il y a des années, dit Barner, je vois que Carmen vous a parlé de moi. Tout vient à point à qui sait attendre, comme vous dites en français.

– Vous le parlez bien, le français, dit la mère.

Comme ça, pensa Suzanne, ça en fait deux. Deux cons. Toujours

990 la déveine, comme pour le reste.

– Ça doit être fatigant, dit la mère rêveusement. Moi j'ai attendu pendant des années, mais ça m'a servi à rien. Puis j'attends encore, c'est jamais fini.

– J'aime pas ça, dit Suzanne, attendre. La patience, comme dit

995 Joseph, à la fin, ça me fait chier.

Barner sursauta un rien. La mère ne releva que le nom de Joseph.

– Peut-être qu'il est mort, dit-elle à voix basse, au fond, pourquoi ne serait-il pas mort…

– À force d'attendre comme ça, dit Suzanne, vous devez être de

1000 moins en moins difficile.

– Au contraire, de plus en plus difficile, dit Barner, flatteur.

– Sous un tram, dit la mère à voix basse. Quelque chose me dit qu'il est sous un tram.

– Penses-tu, dit Suzanne, tout ce que je peux te dire c'est qu'il

1005 n'est pas sous un tram.

Barner s'arrêta un moment de parler de lui. Il ne se formalisa pas de ce manque d'intérêt. Il devinait qu'il s'agissait de Joseph et de sa fugue et son sourire indiquait qu'il avait de ce genre d'aventures une certaine expérience.

1010 – Que non seulement il n'est pas sous un tram, dit Suzanne, mais qu'il est plus heureux que toi, t'en fais pas, mille fois plus heureux que toi.

La mère fixait la ligne concentrique du tram et l'avenue de l'Ouest, comme il lui arrivait de les regarder souvent, de la fenêtre

1015 de sa chambre, pour voir si la B. 12 arrivait.

– C'est ce qu'on appelle des fugues de jeune homme, dit enfin Barner d'une voix bien ponctuée, et il ajouta avec un sourire plein de profondeur : il est bon d'en passer par là mais il est encore mieux d'en être sorti.

1020   Il jouait avec son verre. Ses mains fluettes[1] et soignées rappelaient celles de M. Jo. Il portait lui aussi une chevalière mais sans diamant. Ses seules initiales l'ornaient : un J amoureusement entrelacé dans un B.

    – Chez Joseph ça passera jamais, affirma Suzanne.

1025   – Pour ça, dit la mère, je crois qu'elle a raison.

    – La vie se chargera de l'assagir, dit Barner non sans fierté, comme s'il savait, lui, ce que réservait la vie à des types comme Joseph.

    Suzanne se souvint des mains de M. Jo qui cherchaient à toucher ses seins. Celles de Barner sur mes seins ce sera pareil. Le même

1030 genre de mains.

    – La vie se chargera de rien du tout, dit Suzanne, Joseph c'est pas n'importe qui.

    Barner ne paraissait pas décontenancé. Il suivait son idée.

    – Ce n'est pas ce genre d'hommes qui rendent les femmes heu-

1035 reuses, croyez-moi.

    La mère se souvint de quelque chose.

    – Alors, dit la mère, vous voulez épouser ma fille ?

    Elle se retourna vers Suzanne et lui sourit d'une façon à la fois distraite et gentille. Barner rougit légèrement.

1040   – C'est exact. J'en serais très heureux.

    Joseph, Joseph. S'il était là il dirait elle couchera pas avec lui. Carmen m'a dit qu'il lui avait offert trente mille francs pour pouvoir m'emmener, dix mille de plus que le diam. Joseph dirait c'est pas une raison.

1045   – Vous vendez des fils ? demanda la mère.

    Barner s'étonna. C'était la troisième fois qu'il le disait.

    – C'est-à-dire, dit-il patiemment, que je représente une usine de filatures de Calcutta. Je prends d'énormes commandes dans le monde entier pour le compte de cette usine.

---

1. Fluettes : minces.

1050   La mère réfléchit tout en ne cessant de regarder la ligne concentrique du tram.

— Je ne sais pas si je vous la donne ou non. C'est curieux, je n'ai pas d'avis.

— Drôle de métier, souffla Suzanne.

1055   — La plupart du temps, dit Barner qui avait entendu mais qui faisait à l'« espièglerie » de Suzanne une part vraiment très large, je suis très libre. J'ai toujours affaire aux directeurs. Vous comprenez qu'à ce stade-là tout se règle sur le papier. Alors j'ai beaucoup de temps à moi.

1060   Comme ça, se dit Suzanne, j'aurais même pas l'occasion de fiche le camp avec un autre. Fichue, la porte de sortie, comme dit Carmen.

— Vous parlez bien le français, dit encore une fois la mère d'un drôle de ton.

Barner sourit, flatté.

1065   — Elle vous suivrait partout ? poursuivit la mère.

— La G.M.B. assure le transport de ses agents accompagnés de leurs épouses… et de leurs enfants, dit Barner avec à l'appui, ce qui lui restait d'effronterie juvénile.

On ne voyait vraiment pas ce que pouvait être la compagnie de
1070   Barner. Ça devait être l'avis de la mère qui, après un silence, dit brusquement :

— Au fond je ne suis ni pour ni contre. C'est ça qui est curieux.

— C'est souvent lorsqu'on y pense le moins que les choses arrivent, dit Barner qui avait l'encouragement facile.

1075   — C'est pas ce qu'elle veut dire, dit Suzanne.

La mère bâilla longuement sans se gêner. Elle en avait assez de concentrer une attention qui filait toujours.

— Le mieux c'est que j'y pense cette nuit, dit-elle.

Et lorsqu'elles furent seules :

1080   — T'as un avis sur lui ? demanda la mère.

— Je préfère un chasseur, dit Suzanne.

La mère ne répondit pas.

— Je partirais pour toujours, dit Suzanne.

La mère n'avait pas pris garde à cet aspect de la question.

1085 – Pour toujours?

– Pour trois ans.

La mère réfléchit encore.

– Si Joseph ne revient pas, ce serait tout de même mieux. C'est un drôle de métier, mais si Joseph ne revient pas?

1090 Les yeux fixes, la mère regardait sans le voir le carré de ciel noir qui se détachait dans la fenêtre ouverte. Suzanne savait, c'était toujours la même chose. «Elle va encore me rester sur les bras, pensait la mère, ça finira jamais.» Ce n'était pas à la somme de trente mille francs qu'elle pensait mais à sa mort.

1095 – Joseph reviendra, cria Suzanne, il reviendra tôt ou tard.

– C'est pas sûr, dit la mère.

– Et même... je préfère un chasseur.

La mère sourit, se détendit d'un seul coup. Elle caressa les cheveux de son enfant.

1100 – Pourquoi veux-tu toujours un chasseur?

– Je ne sais pas.

– T'en fais pas, quand même, un chasseur, tu pourrais l'avoir. Demain je lui parlerai. Je lui dirai que tu ne veux pas me quitter.

Et tout à coup, sur le ton de celle qui se souvient qu'elle a
1105 oublié l'essentiel:

– Et le diamant?

– J'ai essayé, dit Suzanne, ça sert à rien d'insister avec lui.

– Tous les mêmes, conclut la mère.

Pour la première fois depuis le départ de Joseph, la mère se leva
1110 tôt. Elle se rendit dans la chambre de Barner. Suzanne ne sut jamais ce qu'elle lui dit. Elle le revit au bureau l'après-midi même, alors qu'elle remplaçait Carmen à la caisse. Il avait l'air un peu dépité et dit à Suzanne que sa mère lui avait parlé.

– J'avoue que je suis un peu découragé. Il y a dix ans que je
1115 cherche. Vous paraissiez...

– Faut rien regretter, dit Suzanne.

Elle sourit. Lui, non.

– Pour ce qui est d'être vierge, c'est fini depuis longtemps.

– Oh ! fit Barner, pourquoi l'avoir caché ?

1120 – On ne va pas crier ces choses-là sur les toits.

– C'est horrible ! cria Barner.

– C'est comme ça.

Dans son désespoir Barner leva les yeux au ciel et ce faisant il tomba sur la pancarte de Carmen : «À vendre magnifique diamant…»

1125 – C'est… c'est à vous ce diamant ? demanda-t-il d'une voix défaillante.

– Bien sûr, dit Suzanne.

– Oh ! fit encore Barner, tous ses moyens coupés par tant d'immoralité.

– Vous, vous vendez bien du fil, dit Suzanne.

Suzanne fit cependant une deuxième rencontre, celle de M. Jo. Un après-midi, comme elle sortait de l'Hôtel Central, elle trouva sa limousine arrêtée devant l'entrée de l'hôtel. Dès qu'il aperçut Suzanne, M. Jo alla vers elle d'un pas apparemment tranquille.

– Bonjour, fit-il sur le ton triomphant, je vous ai trouvée.

Il était peut-être encore mieux fringué que d'habitude mais toujours aussi laid.

– On est venu vendre votre bague, dit Suzanne, ça sert à rien.

– Je m'en fous, dit M. Jo en se forçant à un rire sportif, je vous ai quand même retrouvée.

Il avait dû la chercher longtemps. Depuis trois jours, peut-être davantage. Ici, à la ville, loin de la surveillance de Joseph et de la mère, il avait l'air moins intimidé qu'au bungalow.

– Où allez-vous comme ça ?

– Je vais au cinéma. J'y vais tous les jours.

M. Jo la regarda, sceptique.

– Comme ça, toute seule ? fit-il. Une belle fille comme vous, comme ça, toute seule au cinéma ? ajouta-t-il avec son habituelle perspicacité.

– Belle ou pas, en tout cas, c'est comme ça.

M. Jo baissa les yeux, il resta silencieux un petit moment et déclara avec cette fois, une vraie timidité :

– Et si aujourd'hui vous y renonciez ? Pourquoi aller tellement au cinéma ? C'est malsain et ça vous donne des idées fausses sur l'existence.

1155 Suzanne regarda la limousine parfaitement astiquée. Le chauffeur impeccable, en livrée blanche, ressemblait à une des pièces de l'auto qu'il conduisait. Parfaitement impassible, il n'était attentif qu'à paraître aussi inattentif que possible. Mais quand même il devait savoir tout ce qui s'était passé entre elle et M. Jo. Elle essaya

1160 de lui sourire mais il resta aussi impassible que si elle avait souri à l'auto elle-même.

– Pour les idées fausses, dit Suzanne, vous repasserez, comme dit Joseph. Et pour le cinéma j'ai pas envie d'y renoncer comme vous dites.

1165 Il avait toujours son énorme diamant au doigt. Celui-là était au moins trois fois plus gros que l'autre et sans doute n'avait-il pas de crapaud. On pouvait se demander ce qu'il faisait là, sur ce doigt, comme on pouvait se demander de son propriétaire ce qu'il faisait de toute sa personne dans la ville, dans la vie.

1170 – Nous pourrions faire une promenade, dit-il en rougissant. J'aimerais parler avec vous de notre dernière entrevue... Vous savez, j'ai terriblement souffert.

– Peut-être, dit Suzanne, mais pour le cinéma j'ai quand même envie d'y aller.

1175 M. Jo la regardait des pieds à la tête. Pour la première fois depuis qu'il la connaissait il se trouvait avec elle sans autre témoin que son chauffeur et il avait un peu le même regard que lorsqu'elle se montrait à lui dans la cabine de bains. Il lui était déjà arrivé d'être regardée de cette façon par des hommes qu'elle croisait dans le

1180 haut quartier en allant au cinéma. Une fois ou deux, alors qu'elle rentrait à l'Hôtel Central, des soldats de la coloniale l'avaient abordée. Mais c'était sans doute à cause des robes de Carmen parce que les soldats de la coloniale n'abordaient que les putains. Elle en voyait pourtant qu'elle aurait sans doute accepté de suivre mais

1185 ceux-là ne l'abordaient pas. Au cinéma, une fois surtout, il y en avait eu un qu'elle aurait accepté de suivre. Souvent, pendant la séance, ils s'étaient regardés en silence, leurs coudes unis sur le bras du fauteuil. Il était avec un autre homme et à la sortie ils s'étaient

perdus tous les deux dans la foule. Elle s'était retrouvée seule. De
ce bras d'un inconnu lui était venue une sorte de chaleur consolante d'elle ne savait quelle tristesse qui lui rappela le baiser de
Jean Agosti. Depuis elle était plus sûre encore que c'était dans les
cinémas qu'on les rencontrait, dans l'obscurité féconde du cinéma.
C'était au cinéma que Joseph l'avait rencontrée. C'était là aussi, il y
avait trois ans, qu'il avait trouvé la première femme, après Carmen,
avec laquelle il avait couché. C'était là seulement, devant l'écran
que ça devenait simple. D'être ensemble avec un inconnu devant
une même image, vous donnait l'envie de l'inconnu. L'impossible
devenait à portée de la main, les empêchements s'aplanissaient et
devenaient imaginaires. Là au moins on était à égalité avec la ville
alors que dans les rues elle vous fuyait et on la fuyait.

– Si vous y allez, dit M. Jo, je vous accompagne.

Ils y allèrent dans la Léon Bollée. Le chauffeur les attendit devant
la porte. Durant toute la séance M. Jo regarda Suzanne pendant
que celle-ci regardait le film. Mais cela n'était pas plus gênant qu'à
la plaine. Dans un sens c'était même mieux d'être avec M. Jo et
sa limousine que seule une fois de plus. De temps en temps il lui
prenait la main, la serrait, se penchait et l'embrassait. Et là, dans
la nuit du cinéma c'était acceptable.

Après le cinéma M. Jo lui offrit l'apéritif dans un café du haut
quartier. Il avait toujours l'air aussi heureux et de mûrir des projets.
Il parlait de choses et d'autres, remettant sans doute à plus tard ce
qu'il aurait voulu lui dire. Ce fut Suzanne qui lui parla de la bague.

– On l'a vendue très cher, dit Suzanne, beaucoup plus cher que
ce que vous croyez.

M. Jo ne releva pas. Il avait fait son deuil de toute sentimentalité
attachée à la bague.

– Et Joseph ? demanda-t-il.

Il y avait dix jours que Joseph avait disparu.

– Il va très bien. Il doit être au cinéma. On profite de la ville
avant de partir. Jamais on n'a eu tant d'argent. Elle, elle a payé une
partie de ses dettes et elle est bien contente.

Ce que M. Jo aurait voulu savoir c'était si la mère et Joseph étaient revenus sur leur décision quant à lui.

1225 — Et même si elle voulait vous revoir, dit Suzanne, faudrait pas accepter. Elle vous dévaliserait. À la fin, ce qu'il lui faudrait c'est une bague par jour, pas moins. Maintenant qu'elle y a pris goût...

— Je sais, dit M. Jo en rougissant, mais pour vous voir qu'est-ce que je ne ferais pas...

1230 — Une bague par jour, quand même vous pourriez pas...

M. Jo éluda la question.

— Qu'allez-vous devenir ? demanda-t-il sur un ton de profonde compassion. C'est une dure vie que celle que vous avez à la plaine.

— Vous en faites pas, ça durera pas, dit Suzanne en fixant M. Jo
1235 qui, de nouveau, se mit à rougir très fort.

— Vous avez des... des projets ? demanda-t-il, au supplice.

— Peut-être, dit Suzanne en riant, que je m'installerai chez Carmen. Mais il faudra qu'on me paye très cher. Toujours à cause de Joseph.

— Si vous voulez je vous raccompagne en auto, dit M. Jo pour
1240 mettre fin à cet entretien dont il ne savait au juste que penser.

Suzanne accepta. Elle monta dans l'auto de M. Jo. On y était bien. M. Jo proposa à Suzanne de faire un tour. L'auto glissait dans la ville pleine de ses semblables, luisante. Lorsque la nuit fut venue l'auto glissait toujours dans la ville et tout d'un coup la ville s'éclaira
1245 pour devenir alors un chaos de surfaces brillantes et sombres, parmi lesquelles on s'enfonçait sans mal et le chaos chaque fois se défaisait autour de l'auto et se reformait seulement derrière elle... C'était une solution en soi que cette auto, les choses prenaient leur sens à mesure qu'elle avançait en elles, c'était aussi le cinéma. D'autant
1250 que le chauffeur roulait sans but, sans fin, comme on ne fait pas d'habitude dans la vie...

Lorsque la nuit était venue, M. Jo s'était rapproché de Suzanne et l'avait enlacée. L'auto roulait toujours dans le chaos brillant et obscur de la ville, les mains de M. Jo tremblaient. Suzanne ne voyait
1255 pas son visage. Il était arrivé insensiblement à s'accoler à elle et Suzanne le laissait faire. Elle était saoule de la ville. L'auto roulait,

seule réalité, glorieuse, et dans son sillage toute la ville chutait, s'écroulait, brillante, grouillante, sans fin. Parfois les mains de M. Jo rencontraient les seins de Suzanne. Et une fois, il dit :

1260   – Tu as de beaux seins.

La chose avait été dite tout bas. Mais elle avait été dite. Pour la première fois. Et pendant que la main était à nu sur le sein nu. Et au-dessus de la ville terrifiante, Suzanne vit ses seins, elle vit l'érection de ses seins plus haut que tout ce qui se dressait dans la ville, dont
1265 c'était eux qui auraient raison. Elle sourit. Puis, frénétiquement, comme s'il était urgent qu'elle le sache tout de suite, elle reprit les mains de M. Jo et les plaça autour de sa taille.

    – Et ça ?

    – Quoi ? dit M. Jo, stupéfait.

1270   – Comment elle est ma taille ?

    – Très belle.

Il la regardait de très près. Elle, en regardant la ville ne regardait qu'elle-même. Regardait solitairement son empire, où régneraient ses seins, sa taille, ses jambes.

1275   – Je t'aime, dit tout bas M. Jo.

Dans le seul livre qu'elle eût jamais lu, comme dans les films qu'elle avait vus depuis, les mots : je t'aime n'étaient prononcés qu'une seule fois au cours de l'entretien de deux amants qui durait quelques minutes à peine mais qui liquidait des mois d'attente,
1280 une terrible séparation, des douleurs infinies. Jamais Suzanne ne les avait encore entendus prononcer qu'au cinéma. Longtemps, elle avait cru qu'il était infiniment plus grave de les dire, que de se livrer à un homme après l'avoir dit, qu'on ne pouvait les dire qu'une seule fois de toute sa vie et qu'ensuite on ne le pouvait plus jamais,
1285 sa vie durant, sous peine d'encourir un abominable déshonneur. Mais elle savait maintenant qu'elle se trompait. On pouvait les dire spontanément, dans le désir et même aux putains. C'était un besoin qu'avaient quelquefois les hommes de les prononcer, rien que pour en sentir dans le moment la force épuisante. Et de les entendre était
1290 aussi quelquefois nécessaire, pour les mêmes raisons.

– Je t'aime, répéta M. Jo.

Il se pencha un peu plus sur son visage et, tout à coup, comme une gifle, elle reçut ses lèvres sur les siennes. Elle se dégagea et cria. M. Jo voulut la retenir dans ses bras. Elle s'élança vers la portière
1295 et l'ouvrit. Alors M. Jo s'éloigna d'elle et dit à son chauffeur de rentrer à l'hôtel. Pendant le parcours ils ne se dirent pas un seul mot. Lorsqu'ils furent arrivés à l'hôtel, Suzanne descendit de l'auto sans un regard pour M. Jo.

Une fois dehors, seulement, elle lui dit :
1300 – Je ne peux pas. C'est pas la peine, avec vous je ne pourrai jamais.

Il ne répondit pas.

C'est ainsi qu'il disparut de la vie de Suzanne. Mais personne n'en sut rien, même pas Carmen. Sauf la mère, mais beaucoup plus tard.

Un après-midi, Carmen entra précipitamment dans la chambre
de la mère en lui réclamant le diamant.

– C'est Joseph, cria Carmen, c'est Joseph qui a trouvé à le vendre !

La mère se leva comme un ressort et cria qu'elle voulait voir
Joseph. Carmen lui dit qu'il n'était pas venu à l'hôtel mais qu'il
lui avait téléphoné de venir le rejoindre immédiatement dans un
café du haut quartier. Il valait mieux qu'elle ne l'accompagne pas.
Joseph pourrait croire qu'elle venait pour le presser de les ramener
à la plaine. Or, d'après Carmen, il était clair que Joseph ne l'avait
pas encore décidé.

La mère se résigna et donna le diamant à Carmen qui courut
rejoindre Joseph en un lieu de rendez-vous inconnu.

Lorsque Suzanne revint du cinéma, le soir même, elle trouva la
mère tout habillée qui faisait les cent pas dans le couloir, devant sa
chambre. Elle avait dans sa main une liasse de billets de mille francs.

– C'est Joseph, annonça-t-elle triomphalement.

Et elle ajouta à voix plus basse.

– Vingt mille francs. Ce que j'en voulais.

Puis, aussitôt elle changea de ton et se plaignit. Elle dit qu'elle
en avait marre de rester au lit et qu'elle aurait voulu aller tout de
suite dans les banques pour payer les intérêts de ses dettes, mais
qu'elle avait eu l'argent trop tard, que maintenant les banques étaient
fermées et que c'était bien là sa déveine habituelle. Dès qu'elle
entendit la mère parler à Suzanne, Carmen sortit de sa chambre.
Elle paraissait très contente et elle embrassa Suzanne. Mais il n'y

avait pas moyen de calmer la mère. Carmen lui proposa de dîner
1330 très vite et de sortir après le dîner. La mère mangea à peine. Elle
parlait sans arrêt soit des mérites de Joseph, soit de ses projets.
Après le dîner, elle suivit Suzanne et Carmen dans un café du haut
quartier mais elle refusa d'aller au cinéma en prétextant qu'elle
devait se trouver à l'ouverture des banques le lendemain matin.

1335 Lorsqu'elles furent seules, Carmen apprit à Suzanne que c'était à
la femme qu'il avait rencontrée que Joseph avait vendu le diamant.
Elle l'avait vu très peu de temps. Il n'avait demandé des nouvelles ni
de la mère ni d'elle, Suzanne. Il paraissait tellement heureux, qu'elle
ne lui avait pas parlé de l'impatience de la mère. Elle était sûre que
1340 n'importe qui aurait agi de même. Personne n'aurait troublé le
bouleversant bonheur de Joseph. Lorsqu'ils s'étaient quittés, il lui
avait dit qu'il reviendrait très bientôt à l'hôtel pour les reconduire
à la plaine. Il ne savait pas exactement le jour. Carmen conseilla à
Suzanne de ne pas en parler à la mère. Elle disait que Joseph lui-
1345 même n'était pas sûr de revenir.

C'est ainsi que la mère eut, pendant quelques heures au moins,
la somme de vingt mille francs entre les mains.

Dès le lendemain, elle courut à la banque payer une partie de ses
dettes. Carmen le lui avait déconseillé mais elle ne l'avait pas écoutée.
1350 C'était, disait-elle, pour redonner confiance et pouvoir réemprunter,
par la suite, les sommes nécessaires à la construction de nouveaux
barrages. Une fois cela réglé, elle fit successivement deux sortes de
démarches. Les premières pour obtenir un rendez-vous du directeur de la banque afin de lui demander de nouveaux crédits, les
1355 employés subalternes acceptant bien de recevoir l'argent qu'elle tenait
à rembourser, mais se refusant à prendre l'initiative d'approuver sa
demande d'emprunt nouveau. Les secondes pour faire avancer le
rendez-vous qu'elle avait obtenu à la suite des premières, certes, mais
à une échéance si lointaine que l'attente aurait suffi à absorber le
1360 maigre reliquat[1] de la vente de la bague, une fois ses intérêts payés.

---

1. Reliquat : ce qui reste de la somme.

Les secondes démarches furent les plus longues et d'ailleurs parfaitement inutiles. Quand la mère le comprit, elle s'adressa à une seconde banque auprès de laquelle elle fit de nouveau deux séries de démarches. Et de nouveau, celles-ci s'avérèrent parfaitement inutiles à cause de la solidarité irréductible qui régnait entre les banques coloniales.

Les intérêts étaient beaucoup plus élevés que ce que la mère croyait. Et les démarches, beaucoup plus longues aussi.

Au bout de quelques jours, il ne restait plus à la mère que très peu d'argent. Alors elle se coucha, prit des pilules et dormit tout le jour. En attendant Joseph, dit-elle. Joseph, cause de tous ses maux.

Pour comprendre l'essentiel

Un nouveau cadre spatial: la ville

❶ La deuxième partie du roman se déroule dans la «grande ville».
La géographie de ce lieu est hiérarchisée avec soin en fonction du niveau
social des habitants (p. 139-142). Montrez-le.

❷ Dans cette ville, une partie de l'action prend place à l'Hôtel Central
tenu par Carmen. Retracez l'histoire de cette femme (p. 143-145) et dites
à quel milieu elle appartient.

Le triangle familial brisé

❸ La disparition de Joseph brise le triangle familial. Donnez la raison
de son départ.

❹ La mère doit faire face à deux déceptions: le «crapaud» que contient
le diamant et le départ de Joseph. Montrez comment son comportement
évolue selon une courbe descendante.

❺ Suzanne est également touchée par le départ de Joseph, même
si elle le montre peu. Explicitez les sentiments qu'elle semble éprouver.

L'émancipation de Suzanne

❻ Livrée à elle-même, Suzanne est prise en charge par Carmen (p. 151-153). Relevez les conseils qu'elle lui donne et dites si la jeune fille les suit.

❼ Suzanne se rend tous les jours au cinéma. Expliquez ce que représente cet endroit pour elle.

❽ Durant son séjour à la ville, elle revoit M. Jo et rencontre un autre homme (p. 167). Montrez que ces rencontres sont stériles et n'aboutissent à aucun changement.

Rappelez-vous !

• Le début de la seconde partie du roman se déroule dans une grande ville coloniale. Le ton du roman change alors et le narrateur se livre à une vive critique du système colonial, qui pratique la discrimination raciale. La tonalité devient **ironique** et **polémique**.

• La seconde partie s'ouvre sur un long passage descriptif. La **description** constitue une **pause** dans le récit. Dans un récit au passé, elle est rédigée à l'imparfait. Elle suit une progression logique et est structurée par différents **connecteurs spatiaux**. Ses **fonctions** sont diverses : documentaire (informer le lecteur), argumentative (convaincre le lecteur), esthétique.

Vers l'oral du Bac

Analyse des lignes 1-46, p. 139-140

☞ Montrer en quoi la description de la ville constitue une critique virulente du système colonial

Conseils pour la lecture à voix haute

– La description de la ville est organisée avec soin. Pensez à mettre en évidence cette structure en insistant notamment sur les indications spatiales ou temporelles placées en début de phrase (ex : « La périphérie », « Le centre », « Dès qu'ils arrivaient », etc.).

– Veillez à respecter les liaisons présentes entre certains mots tels que : « la plu**s a**érée », « dans ce**s a**nnées-là », « d'u**n i**mmense », « Tou**t y** était ».

– Entraînez-vous à lire de façon fluide les mots qui vous sont peut-être moins connus comme « caoutchoutées », « asphalté », « taxis-torpédos » ou « tamariniers ».

Analyse du texte

■ *Introduction rédigée*

La seconde partie du roman s'ouvre sur une description de la ville coloniale où Joseph, Suzanne et la mère ont décidé de se rendre pour vendre le diamant offert par M. Jo. Le nom de cette ville n'est pas précisé et le propos du narrateur reste volontairement général. Il ne s'agit pas de décrire une ville coloniale particulière mais d'en donner les caractéristiques universelles. La ville est décrite d'un point de vue extérieur : le narrateur détaille sa géographie hiérarchisée, qui reflète les inégalités profondes de la société. On analysera ainsi dans quelle mesure cette description constitue une critique virulente du système colonial.

Pour cela, on étudiera le réalisme du passage avant de mettre en évidence la dénonciation qu'il véhicule.

▧ *Analyse guidée*

I. La ville coloniale : une dimension universelle

a. L'extrait décrit avec précision la ville coloniale. Relevez les indices qui signalent que l'on a affaire à une description (temps verbal, présentatifs du type « c'est, il y a… »). Montrez ensuite que la description met en évidence une organisation reflétant la hiérarchie sociale.

b. Cette ville n'est jamais nommée. En vous appuyant sur divers indices, montrez que l'écrivain cherche à donner une dimension universelle à sa description.

c. Différents aspects de la « ville blanche » sont mis en avant. Relevez ses principales caractéristiques en analysant les adjectifs et les images utilisés.

II. Une dénonciation virulente du système colonial

a. En arrivant dans les « quartiers blancs », les colons sont soumis à une sorte de conversion. Mettez en évidence les étapes de cette conversion.

b. La « ville blanche » est refermée sur elle-même et pratique la discrimination. Montrez-le et analysez la façon dont le narrateur rend sa description ironique, en étudiant notamment les comparaisons employées.

c. Le narrateur insiste sur la blancheur de la ville et de ses habitants. Analysez cet effet d'insistance et expliquez ce qu'il signifie.

▧ *Conclusion rédigée*

Les passages descriptifs sont peu nombreux dans le roman : s'ils marquent une pause dans le récit, ils offrent également au narrateur l'occasion de dénoncer le système colonial. Au début de la seconde partie, ce dernier dresse un tableau réaliste de la ville coloniale, hiérarchisée selon une logique raciale. Le lieu est scindé en deux : la « ville blanche » fait face à « l'autre ville ». Le narrateur jette un regard ironique sur ces « quartiers blancs » qui se distinguent par leur luxe et leur propreté. Il critique la pratique officielle d'une discrimination raciale et sociale qui exclut de ces zones les personnes pauvres et/ou non blanches. Ainsi, Suzanne et sa famille n'appartiennent pas à cette élite et, dans la suite du roman, la jeune fille abandonnera rapidement ses incursions dans le quartier blanc, s'y sentant «ridicule» et «méprisable».

Les trois questions de l'examinateur

Question 1. À votre avis, quels sont les personnages qui incarnent cette «ville blanche» tout au long du roman?

Question 2. Lorsque Suzanne se promène dans les beaux quartiers, comment les habitants réagissent-ils? Quant à elle, que ressent-elle?

Question 3. Citez un autre passage du roman où le narrateur critique avec virulence le système colonial.

Joseph revint. Un matin, vers six heures, il frappa à la porte de Carmen et entra sans attendre.

– On fout le camp, dit-il à Suzanne. Lève-toi en vitesse.

Suzanne et Carmen, d'un bond, furent hors du lit. Suzanne s'habilla et suivit Joseph. Il entra sans frapper dans la chambre de la mère et se planta devant le lit.

– Si vous voulez partir c'est tout de suite, dit-il.

La mère se dressa sur son lit l'air égaré. Puis sans dire un mot elle commença à pleurer tout bas. Joseph ne lui jeta pas un regard. Il alla à la fenêtre, il ouvrit, s'accouda à la croisée et commença à attendre. Comme la mère ne bougeait pas, au bout de quelques minutes il se retourna et dit :

– C'est tout de suite ou rien, faut vous grouiller.

La mère, toujours sans répondre, sortit péniblement de son lit. Elle était à demi nue dans une vieille chemise de jour qui n'était plus très propre. Elle enfila sa robe, releva ses nattes, toujours en pleurant, puis elle retira deux valises de dessous le lit.

Joseph, toujours à la fenêtre, fumait sans arrêt des cigarettes américaines. Il avait maigri. Assise sur une chaise au milieu de la chambre, Suzanne ne pouvait regarder que lui. Il n'avait sans doute pas dormi depuis plusieurs nuits et il avait un peu la même tête que lorsqu'il revenait de chasser, au petit jour. Une sourde colère le contractait tout entier et l'empêchait de s'abandonner à la fatigue. Ce n'était certainement pas lui tout seul qui avait décidé de revenir les chercher. On avait dû lui dire, lui dire quelque chose comme : « Ramène-les tout de même », ou bien « il faut tout de même les ramener, je sais bien que c'est dur mais tu ne peux pas les laisser tomber comme ça. »

– Aide-moi, Suzanne, demanda la mère.

1400 – Je partirai si ça me plaît, dit Suzanne. Je me plais ici, jamais je me suis autant plu quelque part. Si je veux je reste ici.

Joseph ne se retourna pas. La mère se dressa et essaya maladroitement d'assener une gifle à Suzanne. Suzanne ne s'esquiva pas, elle attrapa sa main et l'immobilisa complètement. La mère la regarda,

1405 à peine surprise, puis elle dégagea sa main et, sans dire un mot, se remit à enfouir les affaires pêle-mêle dans les valises. Joseph n'avait rien vu, il ne regardait rien ni personne. Il continuait à fumer l'une après l'autre des cigarettes américaines. Alors, tout en faisant ses valises, la mère commença à raconter l'histoire du vendeur de Cal-

1410 cutta qui avait voulu, contre trente mille francs, épouser Suzanne.

– Figure-toi, dit-elle, qu'on nous l'a demandée en mariage pas plus tard qu'il y a trois jours.

Joseph n'écoutait pas.

– Si je veux, je reste. Carmen me gardera, dit Suzanne. Je n'ai

1415 pas besoin qu'on me ramène. Les gens qui se croient indispensables, je les emmerde, comme ils le disent si bien.

La mère ne réagit pas.

– Un vendeur de fil, reprit-elle. De Calcutta. Une belle situation.

– Je peux me passer de tout le monde moi aussi, dit Suzanne.

1420 – Je n'aime pas, dit la mère, ce genre de métier-là. On est indépendant sans l'être. Et puis ça doit abrutir de vendre tout le temps et tout le temps du fil.

– Il se fout de ton histoire, dit Suzanne. Tu ferais mieux de te grouiller.

1425 Joseph ne se retournait toujours pas. Encore une fois, la mère obliqua vers Suzanne puis changea d'avis et retourna à ses valises.

– Trente mille francs, continua-t-elle sans changer de ton. Il m'a offert trente mille francs. Qu'est-ce que c'est que trente mille francs ? La bague à elle seule en valait vingt mille. Comme si ça pouvait se

1430 comparer. Comme si on mangeait de ce pain-là.

On frappait à la porte. C'était Carmen. Elle apportait un plateau sur lequel il y avait trois tasses de café, des tartines et aussi un paquet ficelé.

– Faut boire du café avant de partir, dit Carmen. Je vous ai
1435 préparé des sandwiches.

Elle était décoiffée, en robe de chambre, elle souriait. La mère se releva de dessus ses valises et lui sourit aussi, les yeux encore pleins de larmes. Carmen se pencha, l'embrassa et sortit sans dire un mot, sur la pointe des pieds.

1440 Joseph n'écoutait rien, paraissait ne rien voir. Suzanne prit une tasse de café et commença à manger très lentement les tartines de Carmen. La mère but la sienne d'un trait, sans manger de tartines. Quand elle eut fini, elle prit la troisième tasse et la porta à Joseph.

– Tiens, dit-elle avec douceur, ton café.

1445 Joseph prit la tasse sans remercier, but son café avec une grimace de dégoût, comme si le café lui-même avait changé. Puis il posa la tasse vide sur la chaise et il dit :

– Quand on n'a pas le sou, faut pas s'amuser à faire le mariole[1] à la ville. Faut pas essayer, sans ça on est foutu. Y en a qui sont bons
1450 que pour traîner des boulets à leurs pieds, toujours les mêmes boulets. Peuvent pas faire un pas sans les traîner…

Suzanne ne reconnut pas tout à fait le langage de Joseph. Autrefois il ne parlait pas avec cette profondeur et il formulait rarement des jugements d'ordre général. Il répétait certainement quelque chose
1455 qu'il avait entendu dire et qui l'avait frappé. Mais s'il était revenu c'était parce que l'argent de la vente de ses peaux était épuisé, parce qu'il n'avait plus rien en poche. Ce n'était pas parce qu'on le lui avait conseillé. Ainsi, c'était différent de ce qu'on aurait pu croire.

Joseph ne dit pas un mot pendant toute une partie du trajet.
1460 La mère, par contre, parla interminablement de ses projets. Elle dit qu'elle avait obtenu des banques des assurances sérieuses sur la possibilité d'un prochain crédit et à un taux plus bas que l'ancien.

---

1. Faire le mariole : expression familière qui signifie « faire le malin ».

– J'ai fait une bonne affaire, disait-elle. Au lieu de cinq j'ai obtenu du deux pour cent pour les intérêts futurs. Et tous les arriérés d'in-
1465 térêts, je les ai liquidés. Comme ça ma situation est nette.

Joseph faisait rendre à la B. 12 tout ce qu'elle pouvait donner. Il ressemblait à un assassin qui fuit la ville où il a commis son crime. De temps en temps, il s'arrêtait, puisait de l'eau dans une rizière avec un seau, la versait dans le radiateur, pissait, crachait de dégoût
1470 d'on ne savait quoi, sans doute de les avoir toutes les deux là, encore une fois, et remontait dans la voiture sans un regard pour elles.

– J'ai toujours aimé les situations nettes. C'est comme ça que je m'en suis toujours tirée...

« – On est content de rentrer chez soi. Ce qu'il faudrait c'est
1475 que j'obtienne une bonne hypothèque. Pas sur les rizières, bien sûr, mais sur les cinq hectares du haut. Pour la maison, hélas ! c'est fait depuis longtemps.

Elle parlait pour Joseph. Cependant pour la première fois de sa vie elle ne lui fit aucun reproche. Pas une fois elle ne fit une allusion
1480 aux huit jours qu'elle avait passés à l'attendre à l'hôtel. À l'entendre ses affaires marchaient comme sur des roulettes.

– De payer d'un seul coup deux ans d'arriérés d'intérêts, ça fait le meilleur effet. Après ça il me faudrait une bonne hypothèque pour me tirer d'affaire. Ils pourraient me donner les cinq hectares
1485 en concession définitive, j'y ai droit puisqu'ils sont mis en culture tous les ans. On ne peut pas demander une hypothèque sur une terre qui ne vous appartient pas, c'est bien normal.

Elle parlait d'un ton léger, presque enjoué. Elle venait, à l'entendre, de faire la meilleure opération qui soit.
1490 – Ils le sauront bien au cadastre que tous mes intérêts sont payés. Je sais bien que ça les embête de me donner la pleine propriété de la maison et des terres du haut, de couper la concession en deux, mais que ça les embête ou non, c'est mon droit. Qu'est-ce que tu en penses Joseph ?
1495 – Fous-lui la paix, dit Suzanne, au bout de trois cents kilomètres, c'est peut-être ton droit mais tu l'auras pas, c'est comme toujours, tu crois que t'as droit à tout et t'as droit à rien.

La mère tenta un mouvement de main vers elle mais elle se souvint. C'était désormais inutile. Elle se reprit.

– Tu ferais mieux de te taire, dit-elle, tu ne sais même pas de quoi tu parles. Si c'est un droit, je l'aurai. Ce qu'il y a de malheureux avec ces hypothèques, c'est que les gens en abusent. Plus de la moitié de la plaine est hypothéquée. Les gens ne sont pas sérieux : ils se font d'abord hypothéquer par la banque ensuite par un particulier. Alors la banque les fait vendre. C'est comme ça que ça finira pour les Agosti…

Elle parla durant toute une partie de la journée, toute seule, sans obtenir de Suzanne ni de Joseph le moindre encouragement. Ce n'est que lorsqu'ils arrivèrent au dernier poste avant la piste que Joseph dit ses premiers mots. Il descendit, vérifia le moteur, alla au puits du village et fit une réserve d'eau de cinq bidons. Puis il jaugea[1] l'essence, en remit dans le réservoir, jaugea l'huile et en remit également. C'était nécessaire parce qu'avant d'arriver à la plaine ils ne traverseraient plus un seul village et qu'ils rouleraient en pleine forêt pendant deux cents kilomètres. Ensuite, n'ayant plus rien à faire, Joseph s'assit sur le marchepied et se passa les mains dans les cheveux, lentement, fortement, comme l'on fait quand on se réveille. Son impatience le quitta d'un seul coup et il n'avait plus l'air pressé de repartir. Suzanne et la mère le regardaient mais lui il ne les voyait pas. On le devinait dans une solitude nouvelle d'où elles avaient définitivement perdu le pouvoir de le tirer. Ou plutôt il n'était même plus solitaire. L'autre n'avait plus besoin d'être là pour qu'on sente qu'il était avec elle. Et Suzanne et sa mère n'avaient plus d'autre rôle à jouer que celui de témoins impuissants et vaguement indiscrets, de leur suffisance. Ses pensées étaient si lointaines et en même temps si particulières, si précises, que là, assis sur le marchepied de la B. 12, il leur était devenu aussi absent que dans le sommeil. « C'est si je meurs seulement qu'il me regardera. » Il conduisait depuis le matin. Il était six heures du soir. Autour

---

1. Jaugea : mesura la quantité d'essence (ici).

1530 de ses yeux il y avait de larges cernes de poussière blanche qui le fardaient et le rendaient encore plus étranger à elles. Il paraissait exténué de fatigue mais calme, sûr, arrivé. Ce fut une fois qu'il eut passé longuement ses mains dans ses cheveux et qu'il se fut frotté les yeux, qu'il bâilla en s'étirant, toujours comme au réveil.

1535 — J'ai faim, dit-il.

La mère déplia précipitamment le paquet de Carmen et elle en tira trois sandwiches. Elle en tendit deux à Joseph et un à Suzanne. Joseph en mangea un, remonta dans la B. 12, et tout en conduisant il engloutit le second en quelques bouchées. Pendant que 1540 ses enfants mangeaient, brusquement épuisée, la mère s'assoupit. Jusque-là peut-être avait-elle douté qu'elle eût encore à le nourrir. Lorsqu'elle se réveilla, une heure après, il faisait nuit. Ses pensées avaient repris leur cours normal et ancien.

— Peut-être, dit-elle, que je n'aurais pas dû payer mes arriérés 1545 comme je l'ai fait.

Et elle ajouta à voix basse, pour elle seule :

— Ils m'ont tout ratiboisé[1], tout.

Elle avait été prévenue par Carmen mais n'en avait tenu aucun compte.

1550 — C'est de l'honnêteté mal placée, Carmen avait raison. Pour eux, ce que je leur ai payé c'est une goutte d'eau dans la mer, encore moins que ça, et pour moi, pour moi... Je croyais qu'après ça ils me prêteraient une cinquantaine de mille francs, au moins.

Tout à coup, voyant qu'aucun ne répondait, elle se mit à pleurer.

1555 — Je leur ai tout payé, tout. Vous avez raison, je suis une imbécile, une vieille cinglée.

— Ça sert à rien de le dire, dit Suzanne, t'avais qu'à y penser avant de le faire.

— Je n'en étais pas sûre, se lamenta la mère, mais maintenant 1560 j'en suis sûre, je ne suis qu'une vieille cinglée. Quand je pense que Joseph a de si mauvaises dents...

---

1. **Ratiboisé** : pris, volé (terme populaire).

Joseph pour la deuxième fois, ouvrit la bouche.

– T'en fais pas pour mes dents. Dors.

Une deuxième fois, elle s'assoupit.

Il devait être deux heures du matin lorsqu'elle se réveilla. Elle prit la couverture qui se trouvait sous elle, sur la banquette et l'étendit sur elle. Elle avait froid. Ils étaient en pleine forêt. La B. 12 roulait régulièrement, l'accélérateur était à fond. Ils ne devaient plus être très loin de Kam. D'une voix pleurnicharde, la mère recommença.

– Au fond, si vous y tenez tant que ça, on peut tout vendre et s'en aller.

– Vendre quoi ? dit Joseph. Dors, ça sert à rien.

Il se mit à fouiller dans toutes ses poches tout en conduisant, trouva ce qu'il cherchait, le prit et le tendit à la mère d'une main, tout en continuant à conduire de l'autre. À la réverbération des phares, la chose apparut d'abord imprécise, petite et étincelante, puis tout à coup, indubitable. Le diamant.

– Tiens, dit Joseph, reprends-le.

La mère poussa un cri de terreur.

– Le même ! le crapaud !

Écrasée, elle regardait le diamant sans le prendre.

– Tu pourrais t'expliquer, dit Suzanne d'un ton neutre.

La main toujours en l'air avec le diamant au bout, Joseph attendait que la mère le prenne. Il ne s'impatientait pas. C'était bien le même diamant sauf qu'il n'était plus entouré de papier de soie.

– On me l'a rendu, dit-il enfin d'une voix fatiguée, après me l'avoir acheté. Cherche pas à comprendre.

La mère tendit la main, prit le diamant et le remit dans son sac. Puis, tout doucement, elle recommença à pleurer en silence.

– Pourquoi tu chiales ? demanda Suzanne.

– Ça va recommencer, il va falloir tout recommencer.

– Faut pas te plaindre, dit Suzanne.

– Je me plains pas, mais j'ai plus la force de recommencer encore une fois.

¹⁵⁹⁵ La mère avait engagé le caporal dès les premiers jours de son arrivée dans la plaine. Il y avait maintenant six ans qu'il était à son service. Personne ne savait l'âge de ce vieux Malais, lui-même l'ignorait. Il croyait qu'il devait avoir entre quarante et cinquante ans, il ne savait pas au juste, parce qu'il avait passé sa vie à chercher

¹⁶⁰⁰ du travail et que ça l'avait à ce point accaparé qu'il avait oublié de compter les années qui passaient. Ce qu'il savait, c'était qu'il y avait quinze ans qu'il était arrivé dans la plaine, pour la construction de la piste, et qu'il n'en était jamais sorti.

C'était un homme grand, aux jambes très maigres plantées dans
¹⁶⁰⁵ d'énormes pieds en raquette qui s'étaient aplatis et évasés ainsi à force de stagner dans la boue des rizières et dont on aurait pu espérer qu'ils le porteraient un jour jusque sur les eaux mêmes, mais hélas ! de cela il n'était pas question pour le caporal. Sa misère, lorsqu'un matin il était arrivé devant la mère pour lui demander l'aumône d'un
¹⁶¹⁰ bol de riz en contrepartie duquel il proposait de charger des troncs d'arbres toute la journée depuis la forêt jusqu'au bungalow, était totale, indépassable. Depuis la fin de la piste jusqu'à ce matin-là, le caporal, accompagné de sa femme et de sa belle-fille, avait passé sa vie à fouiller la plaine, les dessous des cases, les ordures des abords
¹⁶¹⁵ des villages pour essayer de trouver à manger. Pendant des années ils avaient dormi sous les cases de Banté, hameau dont dépendait la concession de la mère. Lorsqu'elle était plus jeune la femme du caporal avait fait la putain dans toute la plaine pour quelques sous ou un peu de poisson sec, à quoi le caporal n'avait jamais vu

1620 d'inconvénient. Depuis quinze ans qu'il traînait dans la plaine, il
ne voyait d'ailleurs d'inconvénient qu'à très peu de choses. Sauf à
une trop longue et trop ardente faim.

La grande affaire de sa vie c'était la piste. Il était arrivé pour sa
construction. On lui avait dit : « Toi qui es sourd, tu devrais aller
1625 construire la piste de Ram. » Il avait été engagé dès les premiers
jours. Le travail consistait à défricher, remblayer[1], empierrer[2] et
pilonner[3] avec des pilons à bras le tracé de la piste. C'eût été un
travail comme un autre s'il n'avait été effectué, à quatre-vingts pour
cent, par des bagnards et surveillé par les milices indigènes qui en
1630 temps ordinaire étaient affectées à la surveillance des bagnes de la
colonie. Ces bagnards, ces grands criminels, « découverts » par les
blancs à l'instar des champignons, étaient des condamnés à vie. Aussi
les faisait-on travailler seize heures par jour, enchaînés les uns aux
autres, quatre par quatre, en rangs serrés. Chaque rang était surveillé
1635 par un milicien vêtu de l'uniforme dit de la « milice indigène pour
indigènes » octroyé par les blancs. À côté des bagnards il y avait les
enrôlés[4] comme le caporal. Si au début on faisait encore une dis-
tinction entre les bagnards et les enrôlés, celle-ci finit par s'atténuer
insensiblement sauf en ceci que les bagnards ne pouvaient pas être
1640 renvoyés et que les enrôlés pouvaient l'être. Que les bagnards étaient
nourris et que les enrôlés ne l'étaient pas. Et qu'enfin les bagnards
avaient l'avantage d'être sans femme tandis que les enrôlés avaient
les leurs qui les suivaient installées en camps volants, à l'arrière
des chantiers, toujours en train d'enfanter et toujours affamées.
1645 Les miliciens tenaient à avoir des enrôlés pour pouvoir avoir des
femmes sous la main, même lorsqu'ils travaillaient des mois durant
dans la forêt, à des kilomètres des premiers hameaux. D'ailleurs, les
femmes, tout aussi bien que les hommes et les enfants, mouraient

---

1. **Remblayer** : mettre de la terre pour aplanir un terrain.
2. **Empierrer** : recouvrir, garnir de pierres.
3. **Pilonner** : frapper à coups de pilon, instrument qui ressemble à une massue.
4. **Enrôlés** : désigne ceux qui ont été recrutés pour une tâche.

de paludisme[1] suivant un rythme assez rapide pour permettre aux miliciens (qui, eux, avaient des distributions de quinine afin sans doute de préserver l'existence de leur autorité de jour en jour plus assurée, plus imaginative) d'en changer suffisamment souvent. Car la mort d'une femme d'enrôlé valait au mari son renvoi immédiat.

Ainsi, c'était pour beaucoup à cause de sa femme que le caporal, bien que très sourd, avait tenu le coup. Et aussi parce que, dès les premiers jours de son engagement, mû par un esprit de ruse encore intact, il avait compris qu'il allait de son intérêt de se fondre le plus possible avec les bagnards et de faire insensiblement oublier aux miliciens sa condition aléatoire d'enrôlé. Au bout de quelques mois, ceux-ci s'étaient à ce point habitués à lui qu'ils l'enchaînaient distraitement avec les autres bagnards, le battaient comme ils battaient les bagnards et qu'ils n'auraient pas plus songé à le renvoyer qu'un vrai grand criminel. Pendant ce temps comme toutes les femmes d'enrôlés, la femme du caporal enfantait sans arrêt et toujours des œuvres des seuls miliciens, seize heures de pilonnage à la trique[2] et sous le soleil retirant aux enrôlés comme aux bagnards toute faculté d'initiative, même la plus naturelle. Un seul de ses enfants avait survécu à la famine et au paludisme, une fille, que le caporal avait gardée avec lui. Combien de fois en six ans, la femme du caporal avait-elle accouché au milieu de la forêt, dans le tonnerre des pilons et des haches, les hurlements de miliciens et le claquement de leur fouet ? elle ne le savait plus très bien. Ce qu'elle savait c'est qu'elle n'avait jamais cessé d'être enceinte des miliciens et que c'était le caporal qui se levait la nuit pour creuser des petites tombes à ses enfants morts.

Le caporal disait qu'il avait été battu autant qu'un homme pouvait l'être sans mourir, mais que battu ou pas, pendant la construction de la piste, il avait mangé tous les jours. Lorsque la piste avait été finie, ç'avait été bien autre chose. Il avait fait ou essayé de faire

---

1. Paludisme : maladie transmise par les moustiques et présente dans les régions chaudes et humides.
2. Trique : gros bâton.

tous les métiers : ramasseur de poivre, déchargeur au port de Ram, bûcheron, pisteur, etc. Les seuls emplois un peu durables qu'il avait trouvés avaient été, à cause de sa surdité, des emplois ordinairement réservés aux enfants. Il avait été gardien de buffles et surtout il avait fait, chaque année, à la moisson, l'épouvantail à corbeaux dans les champs de riz mûr. Les pieds dans l'eau, le torse nu, le ventre creux, sous le soleil torride, pendant des années il avait contemplé son image pitoyable qui se reflétait entre les plants de riz, dans l'eau ternie des rizières, alors qu'il ruminait sa longue faim. À tant de misère, tant et tant, un seul des anciens désirs du caporal avait résisté, son plus grand désir, celui de devenir contrôleur sur les cars entre Ram et Kam. Mais malgré de nombreuses tentatives auprès des chauffeurs, il n'avait jamais été engagé à cause de sa surdité, incompatible avec un tel emploi. Et non seulement il n'avait jamais été engagé, même à l'essai, mais il n'était jamais monté dans un de ces cars qui, grâce à lui pourtant, roulaient sur la piste. Tout ce qu'il en savait c'était qu'ils roulaient et il les regardait passer, bringuebalants[1], cornants[2] et tonitruants, dans le silence. Depuis qu'il avait été engagé par la mère, Joseph l'emmenait dans la B. 12 lorsqu'il faisait des courses un peu longues afin qu'il assure la réserve d'eau du radiateur percé. Il l'attachait sur un garde-boue, lui donnait un arrosoir à tenir et le caporal devenait le plus heureux des hommes de la plaine, plus heureux que jamais il n'aurait cru pouvoir l'être ici-bas. Il ne s'attendait jamais à ces promenades qui dépendaient du bon vouloir de Joseph mais bientôt il les provoquait : lorsque Joseph sortait l'auto de dessous le bungalow, il allait chercher l'arrosoir, montait sur le garde-boue avant, à la place du phare absent et s'attachait lui-même avec une corde qu'il fixait à la poignée du capot. Lorsque l'auto roulait, il voyait, clignotant, se dérouler à soixante à l'heure, dans un émerveillement toujours égal, la piste qu'il avait mis six ans à construire.

---

1. Bringuebalants : soumis à des secousses.
2. Cornants : klaxonnants.

En temps ordinaire la femme et la fille du caporal pilaient le paddy, faisaient la cuisine, pêchaient, s'occupaient de là basse-cour. Le caporal, lui, assistait la mère dans toutes ses initiatives. Outre qu'il assurait le repiquage et la récolte des cinq hectares du haut, il se prêtait à toutes les fantaisies de la mère, empierrait, plantait, transplantait, taillait, arrachait, replantait tout ce qu'elle voulait. Et la nuit, lorsqu'elle écrivait au cadastre ou à la banque ou qu'elle faisait ses comptes, elle exigeait qu'il soit encore là, assis en face d'elle à la table de la salle à manger à l'assister de son silence toujours approbateur. Bien des fois, exaspérée par sa surdité, elle avait voulu le renvoyer mais elle ne l'avait jamais fait. Elle disait que c'était à cause de ses jambes, qu'elle ne pouvait à la fois les voir et le renvoyer. Le caporal avait été en effet tellement battu que la peau de ses jambes était bleue et mince comme de l'étamine[1]. À cause de ses jambes, quoi qu'il ait fait, si sourd qu'il devenait chaque année, elle l'avait toujours gardé.

Le caporal était le seul domestique à demeure qui restait à la mère. À leur retour de la ville elle lui annonça qu'elle ne pourrait plus le payer mais qu'elle le nourrirait. Il décida de rester et son zèle ne s'en relâcha pas pour autant. Il était conscient de la misère de la mère mais il n'arrivait pas à trouver une commune mesure entre la sienne et celle-ci. Chez la mère on mangeait quand même chaque jour et on dormait sous un toit. Il connaissait bien son histoire et celle de la concession. Bien souvent, pendant qu'il était en train de biner les bananiers, la mère la lui avait racontée en hurlant. Mais malgré ses efforts pour lui faire trouver une relation entre son sort à lui, pauvre caporal, et la mainmise du cadastre de Ram sur la plaine, elle n'avait jamais pu le guérir de son incurable incompréhension : il était misérable, disait-il, parce qu'il était sourd et fils de sourd, et il n'en voulait à personne, sauf aux agents de Kam, mais à cause du tort qu'ils avaient fait à la mère.

---

1. **Étamine** : tissu léger et souple.

Après leur retour le caporal n'eut presque plus rien à faire. La mère abandonna ses bananiers et elle ne planta plus rien. Elle dormait une grande partie de la journée. Ils étaient tous devenus très paresseux et parfois ils dormaient jusqu'à midi. Le caporal attendait patiemment qu'ils se lèvent pour leur apporter du riz et du poisson. Joseph ne chassa presque plus. Parfois cependant, il lui arrivait de tirer, de la véranda, sur un échassier qui s'était égaré jusqu'aux abords de la forêt. Alors le caporal reprenait espoir et courait le lui chercher. Mais Joseph ne chassait plus la nuit et le caporal qui ignorait que l'attente d'une femme pût vous empêcher de chasser se demandait sans doute de quelle maladie il pouvait être atteint. Pourtant, comme la mère lui avait acheté un nouveau cheval avec ce qui lui restait d'argent, l'après-midi, quelquefois, Joseph reprenait son service de transport. Il le faisait pour pouvoir s'acheter des cigarettes américaines, les plus chères, des 555. Le reste du temps il faisait marcher le phonographe de M. Jo. il avait changé d'avis sur les disques anglais et, à part *Ramona*, il n'aimait plus que ceux-là. Il dormait beaucoup, ou bien il fumait cigarette sur cigarette, allongé sur son lit. Il attendait cette femme.

La nuit, le caporal reprenait espoir. En effet, chaque nuit, en vertu d'une longue habitude, la mère faisait des comptes et des projets. Avant même d'en demander la concession définitive, elle aurait voulu savoir si une nouvelle hypothèque de ses terres du haut lui aurait suffi pour faire de nouveaux barrages, des «petits» cette fois et qu'elle aurait été seule à tenter. Le caporal veillait avec elle. C'est-à-dire qu'elle calculait tout haut et qu'il approuvait toujours : «S'il m'écoute, disait la mère, je suis encore plus sûre qu'il n'entend rien, mais au point où j'en suis c'est encore heureux que je l'aie.» Ce fut pendant ces nuits-là qu'elle écrivit sa dernière lettre au cadastre. C'était parfaitement inutile, disait-elle, mais elle tenait à le faire une dernière fois. «Ça me calme de les insulter.» Et pour la première fois elle tint parole : cette lettre fut sa dernière lettre aux agents de Kam. La chose nouvelle, c'est qu'après l'avoir envoyée, elle décida de ne faire de semis qu'en vue du repiquage des cinq hectares du haut. Jusque-là, et malgré ses échecs annuels, elle avait toujours ensemencé la partie de la concession la plus éloignée de la mer, à titre d'essai, disait-elle. Même depuis deux ans, depuis ses barrages, elle avait continué. Ç'avait été toujours à peu près complètement vain mais elle avait persisté. Cette année-là, elle abandonna. C'était définitivement inutile, décida-t-elle. D'ailleurs elle n'avait plus du tout d'argent.

Ainsi, depuis leur séjour à la ville, ils avaient pris leur parti de devenir raisonnables et ils paraissaient déterminés à vivre leur situation dans toute sa vérité et sans l'artifice coutumier d'un espoir imbécile. L'espoir de la mère, la seule qui en eût encore un sur la concession, était devenu minuscule et à brève échéance. Il consistait à recevoir une réponse quelconque des agents du cadastre ou, à défaut, à aller à Kam pour les insulter une dernière fois.

– Si j'y allais, disait-elle, je leur en dirais tellement que je suis sûre de les convaincre au moins pour les cinq hectares.

Si elle ne leur écrivait plus, une fois sa dernière lettre envoyée, elle notait interminablement chaque nuit les arguments et les raisons qui devaient justifier sa demande si un jour elle réussissait à aller à Kam. Pendant un temps elle espéra vaguement que Joseph lui donnerait les recettes de son service de transport. Elle les lui demanda. Mais Joseph refusa en prétextant que s'il n'avait plus de quoi s'acheter des 555 il partirait beaucoup plus tôt qu'il ne pensait. Elle s'inclina. Alors, insensiblement, elle commença à guigner[1] le phonographe de M. Jo.

– Pourquoi deux phonographes? qu'a-t-on besoin de deux phonographes lorsqu'on est dans notre situation?

Mais ni Suzanne, ni Joseph ne lui proposèrent de se charger de vendre le phonographe. Suzanne d'ailleurs n'y serait pas arrivée. Seul Joseph le pouvait. Et il était difficile de savoir si la mère disait qu'elle voulait vendre le phonographe pour essayer une dernière fois de manifester son pouvoir sur Joseph en réussissant à le mettre

---

1. **Guigner**: regarder avec convoitise.

en colère ou si elle avait vraiment l'intention avec l'argent d'aller à Kam pendant huit jours pour relancer pendant huit jours les agents du cadastre. Elle commença peu à peu à en parler comme si tous avaient été d'accord pour le liquider, la seule chose encore incertaine étant l'échéance qu'ils s'accordaient pour se priver du phonographe.

– On n'y avait jamais pensé, disait la mère, mais on a là deux phonographes alors que Joseph n'a même pas une seule bonne paire de sandales.

Et en trois jours elle prit l'habitude de tabler l'avenir sur la vente du phonographe comme elle l'avait fait sur l'hypothèque des cinq hectares, sur la bague de M. Jo et plus généralement et plus durablement, sur les barrages.

– Dans notre situation, un phono c'est déjà beaucoup, mais deux phonos, alors ça, personne ne le croirait... Le plus fort c'est qu'on n'y avait jamais pensé...

Bientôt d'ailleurs elle ne dit plus précisément ce qu'elle comptait faire de l'argent que le phonographe procurerait. Au début c'était, disait-elle, pour aller à Kam «leur en dire de toutes les couleurs». Mais très vite, cela fut dépassé. Elle dit que le phonographe était assez beau pour valoir à lui seul autant que la B. 12, la moitié au moins de la toiture du bungalow, ou le prix d'un séjour de quinze jours à l'Hôtel Central. Séjour, mais elle ne le disait pas, qui lui permettrait peut-être de vendre une deuxième fois le diamant de M. Jo.

Joseph, lui, n'avait aucun avis sur la vente du phonographe ni sur quoi que ce soit qui se trouvait de ce côté-là du monde. Il n'était ni pour ni contre sa liquidation. Pourtant un jour, peut-être à force d'en entendre parler par la mère, ou plutôt parce qu'il s'ennuyait, il décida d'aller le vendre à Ram. Pendant le déjeuner, peu avant de sortir de table, il annonça:

– Je vais liquider le phono.

La mère ne lui répondit pas mais elle le regarda avec des yeux épouvantés. S'il consentait à vendre le phonographe, c'était qu'il pouvait s'en passer, que son départ approchait irrémédiablement.

C'était qu'il savait la date de ce départ, qu'il la connaissait depuis son retour à l'Hôtel Central.

Joseph prit le phonographe, le mit dans un sac, mit le sac dans la carriole et s'en alla dans la direction de Ram sans avoir donné un mot d'explication sur la façon dont il pensait trouver à le vendre. Stupéfait, le caporal fut le seul qui regarda partir cet étrange instrument dont il n'avait jamais entendu le moindre son.

Ce fut ainsi que le phonographe quitta le bungalow sans soulever un mot de regret d'aucun d'eux. Joseph revint le soir avec le sac vide et au moment de se mettre à table il tendit un billet à la mère.

– Tiens, dit Joseph, je l'ai vendu à ce salaud de père Bart, il en vaut au moins le double mais j'ai pas pu faire autrement.

La mère prit le billet, s'en alla le ranger dans sa chambre et revint dans la salle à manger. Puis elle servit le dîner et tout se passa comme d'habitude sauf que la mère ne mangea rien. À la fin du repas elle déclara :

– Je n'irai pas à Kam voir ces chiens du cadastre parce que ça sera comme pour les banques, je vais les garder.

– C'est ce qu'il y a de mieux à faire, dit très doucement Joseph.

Elle faisait un effort pour parler calmement. Son front était couvert de sueur.

– Ça serait complètement inutile d'aller à Kam, reprit-elle, je vais les garder pour moi.

Et tout à coup, elle se mit à pleurer.

– Pour moi seule, pour une fois, pour moi seule.

Joseph se leva et se planta devant elle.

– Merde, tu vas encore recommencer. Sa voix était douce et basse, comme s'il eût parlé pour lui seul, Comme si la certitude irréductible de son départ, son bonheur, avaient un envers très dur, caché, et qu'elles ignoraient. Peut-être était-il à plaindre lui aussi. La mère parut surprise par le ton si doux de Joseph. Elle le regarda qui la fixait debout devant elle, avec insistance, tout à coup calmée.

– Pourquoi tu as vendu ce phonographe, Joseph ? demanda la mère.

– Pour qu'il y ait plus rien à vendre. Pour être sûr qu'il y a plus rien à vendre. Si je pouvais brûler le bungalow, merde et comment que je le brûlerais !

– Il y aura encore la B. 12, dit Suzanne.

1880 – Mais qui conduira la B. 12 ? demanda la mère.

Mais Joseph ne répondit pas.

– Et il y aura toujours le crapaud à vendre, reprit brutalement Suzanne, c'est pas parce qu'on n'en parle pas, il y a rien à faire, il y aura toujours ça à vendre encore.

1885 C'était la première fois depuis leur retour de la ville qu'ils abordaient le sujet du diamant. La mère cessa de pleurer et tira le diamant de son corsage. Depuis qu'elle était rentrée elle le portait passé dans la ficelle autour de son cou à côté de la clef de la réserve.

– Je ne sais pas pourquoi je le garde, dit-elle hypocritement, 1890 pour ce qu'il vaut !

– On peut te demander pourquoi tu mets une bague à ton cou ? demanda Joseph. Tu peux pas la mettre à ton doigt, comme tout le monde, non ?

– Je le verrais tout le temps, dit la mère, il me dégoûte trop.

1895 – C'est pas vrai, dit Suzanne.

Accroupi dans un coin de la salle à manger, le caporal vit le diamant pour la première fois. Et n'y comprenant décidément rien, il bâilla longuement. Ne se doutant pas qu'avec ce diamant-là, il était désormais leur seul bien.

1900 – J'étais allé au cinéma, dit Joseph à Suzanne. Je m'étais dit, je vais aller au cinéma pour chercher une femme. J'en avais marre de Carmen, c'était un peu comme si je couchais avec une sœur quand je couchais avec elle, surtout cette fois-ci. Depuis quelque temps, j'aimais moins le cinéma. Je m'en suis aperçu peu après notre arri-
1905 vée. Quand j'y étais, j'y étais bien, mais c'était pour me décider à y aller, je n'y allais plus comme autrefois. On aurait dit que j'avais toujours quelque chose de mieux à faire. Comme si j'y avais perdu mon temps et qu'il ne fallait plus que je le perde. Mais comme je ne trouvais pas ce que c'était cette chose que j'aurais dû faire au lieu
1910 d'aller au cinéma, je finissais toujours par y aller. Ça aussi, il faudra que tu lui dises, que j'aimais moins le cinéma. Et peut-être qu'à la fin, même elle, j'aurais fini par moins l'aimer. Quand j'étais dans la salle, j'espérais toujours, jusqu'à la dernière minute, que j'allais trouver ce qu'il aurait fallu que je fasse au lieu d'être là, et que je
1915 trouverais avant que le film commence. Mais je ne trouvais pas. Et quand les lumières s'éteignaient, que l'écran s'éclairait et que tout le monde la fermait, alors j'étais comme autrefois, je n'attendais plus rien, j'étais bien. Je te dis tout ça pour que tu te souviennes bien de moi et de ce que je te disais, quand je serai parti. Même si
1920 elle meurt. Je ne peux plus faire autrement.

« Je me suis trompé. C'est au cinéma que je l'ai rencontrée. Elle est arrivée en retard, quand les lumières étaient déjà éteintes. Je voudrais ne rien oublier et tout te dire, tout, mais je ne sais pas si j'y arriverai. Je ne l'ai pas bien vue tout de suite : « Tiens, voilà une

1925 femme, à côté de moi. » C'est tout ce que je me suis dit, comme d'habitude. Elle n'était pas seule. Il y avait un homme avec elle. Elle était à sa droite et moi à sa gauche. À ma gauche il n'y avait personne, j'étais au dernier fauteuil de la rangée. Maintenant je ne sais plus très bien, mais il me semble que pendant les Actualités et
1930 le début du film, pendant peut-être une demi-heure, je l'ai oubliée. J'ai oublié qu'il y avait une femme à côté de moi. Je me souviens très bien du début du film et presque pas de la seconde moitié. Quand je dis que je l'avais oubliée, ce n'est pas tout à fait vrai. Au cinéma, j'ai jamais pu oublier qu'une femme est à côté de moi. Je
1935 devrais dire qu'elle ne m'empêchait pas de voir le film. Combien de temps était-ce après que le film ait commencé ? Je te dis, peut-être une demi-heure. Comme je ne savais pas ce qui m'attendait je n'ai pas fait attention à ces détails et je le regrette parce que depuis qu'on est revenu dans ce bordel, ici, j'essaie tout le temps de me
1940 les rappeler. Mais c'est inutile, je n'y arrive pas.

« Voilà comment ça a commencé. Tout d'un coup j'ai entendu une respiration bruyante et régulière, tout près. Je me suis penché et je me suis tourné vers la rangée, d'où ça venait. C'était l'homme qui était arrivé avec elle. Il dormait, la tête renversée sur le fauteuil,
1945 la bouche entrouverte. Il dormait comme quelqu'un d'éreinté. Elle a vu que je regardais et elle s'est tournée vers moi en souriant. J'ai vu son sourire à la lueur de l'écran. « C'est toujours comme ça. » Elle m'a dit ça presque à haute voix, à voix assez haute pour pouvoir réveiller le type. Mais le type ne s'est pas réveillé. J'ai demandé :
1950 « Toujours comme ça ? » Elle m'a répondu : « Toujours. » Quand elle avait souri je l'avais trouvée jolie mais sa voix surtout était formidable. Tout de suite, quand je l'ai entendue dire « Toujours » j'ai eu envie de coucher avec elle. Elle a dit ce mot comme j'avais jamais entendu le dire, comme si j'avais jamais compris ce qu'il voulait dire avant
1955 de l'entendre prononcer par elle. C'est comme si elle m'avait dit, exactement, il n'y avait pas de différence : « Je vous attends depuis toujours. » On a continué à regarder le film elle et moi. C'est moi qui ai recommencé à lui parler : « Pourquoi ? – Oh, sans doute parce

que ça ne l'intéresse pas.» Je n'ai plus su quoi lui dire. Pendant un
moment je cherchais tellement que je ne suivais plus du tout le
film. Puis à la fin j'en ai eu marre de chercher et j'ai demandé ce
qui m'intéressait de savoir: «Qui c'est ce type?» Alors elle a ri plus
franchement, elle s'est tournée complètement vers moi, j'ai vu sa
bouche, ses dents, je me suis dit que quand elle sortirait du cinéma
avec le type je les suivrais. Elle réfléchit. Peut-être qu'elle n'était
pas sûre qu'il fallait me répondre, puis finalement elle l'a dit: «C'est
mon mari.» J'ai dit: «Merde alors, c'est votre mari?» Ça me paraissait répugnant, son mari, qu'il dorme au cinéma à côté d'elle. Même
elle qui est vieille et qui a tellement eu de malheurs elle ne s'endort
pas au cinéma. Au lieu de me répondre, elle a tiré un paquet de
cigarettes de son sac. C'était des 555. Elle m'en a offert une et elle
m'a demandé du feu. Tout de suite, j'ai été sûr qu'elle m'avait
demandé du feu pour mieux me voir à la lueur de l'allumette. Elle
aussi, elle a eu tout de suite envie de coucher avec moi. Sans l'avoir
vue, dès qu'elle m'a demandé du feu j'ai deviné qu'elle était une
femme bien plus âgée que moi, une femme qui n'a pas honte d'avoir
envie de coucher avec un type. Tout à coup, elle s'est mise à parler
à voix basse pour ne pas réveiller le type. «Vous avez peut-être du
feu?» alors qu'au début de la séance elle ne s'était pas gênée pour
risquer de le réveiller. J'ai allumé une allumette et je la lui ai tendue.
Alors j'ai vu ses mains, ses doigts qui étaient longs et luisants et ses
ongles vernis, rouges. J'ai vu aussi ses yeux: au lieu de fixer la cigarette pendant qu'elle l'allumait, elle me regardait. Sa bouche était
rouge, du même rouge que ses ongles. Ça m'a fait un choc de les
voir réunis si près. Comme si elle avait été blessée aux doigts et à
la bouche et que c'était son sang que je voyais, un peu l'intérieur
de son corps. Alors j'ai eu très envie de coucher avec elle et je me
suis dit que je les suivrais à la sortie, avec la B. 12, pour savoir où ils
habitaient et que s'il le fallait je la guetterais et que je l'attendrais
tout le reste de mon séjour à la ville. Ses yeux brillaient à la lueur
de l'allumette et pendant tout le temps qu'elle a brûlé ils m'ont
regardé sans aucune gêne. «Vous êtes jeune.» J'ai dit mon âge,

vingt ans. On s'est mis à parler à voix très basse. Elle m'a demandé
ce que je faisais. J'ai expliqué qu'on était à Ram, dans la merde
jusqu'au cou à cause d'une concession qu'on nous avait refilée.
Son mari était allé chasser à Ram mais elle, elle ne connaissait pas.
Il y avait peu de temps qu'elle était à la colonie, deux ans. J'ai posé
ma main sur la sienne qui était à plat sur le bras du fauteuil. Elle
s'est laissé faire. Son mari y avait fait des séjours plus longs mais
elle, il n'y avait que deux ans qu'elle était venue le rejoindre. D'abord
j'ai commencé par poser ma main sur la sienne. Avant de venir elle
était restée deux ans dans une colonie anglaise, je ne sais plus
laquelle. Puis j'ai commencé à caresser sa main qui était chaude à
l'intérieur et fraîche à l'extérieur. Elle s'ennuyait dans cette colonie,
beaucoup, beaucoup. Pourquoi s'ennuyait-elle ? À cause de la mentalité des gens. J'ai pensé aux agents du cadastre de Kam et je lui
ai dit que tous les coloniaux étaient des ordures. Elle m'a approuvé
en souriant. Je ne voyais plus rien du film, tout occupé que j'étais
avec sa main qui peu à peu, dans la mienne, devenait brûlante.
Pourtant je me souviens qu'un homme est tombé sur l'écran, frappé
au cœur par un autre qui attendait ça depuis le début du film. Il
m'a semblé reconnaître ces hommes mais comme s'il y avait très
longtemps que je les avais connus. Je n'avais jamais senti une telle
main dans la mienne. Elle était mince, j'en faisais le tour avec deux
doigts, elle était souple, souple, une nageoire. Sur l'écran une femme
s'est mise à pleurer à cause de l'homme mort. Couchée sur lui, elle
sanglotait. On ne pouvait plus se parler. On n'en avait plus la force.
Doucement, j'absorbais sa main dans la mienne. Elle était tellement
douce et soignée cette main qu'elle donnait envie de l'abîmer. Je
devais lui faire mal. Quand je serrais très fort elle se défendait un
peu. Le type à côté d'elle dormait toujours. Lorsque la femme a
sangloté sur l'homme mort, elle m'a dit tout bas : « C'est la fin du
film. – Alors ? – Vous êtes libre ce soir ? » Tu parles si je l'étais. Elle
m'a dit qu'il n'y avait qu'à la laisser faire, que je n'avais qu'à les
suivre. Je ne sais pas pourquoi alors je me suis dégonflé. J'ai eu peur
de la lumière qui allait s'allumer, peur de la voir après lui avoir

caressé la main comme je l'avais fait, dans le noir. « Je vais foutre le camp », je me suis dit. Tu ne peux pas t'imaginer ce que j'ai eu peur. C'était bien ça, la peur de la lumière, comme si elle allait nous faire cesser d'exister, ou rendre tout impossible. Je crois même que j'ai lâché sa main, j'en suis même sûr, puisqu'elle me l'a reprise : je l'avais posée sur le bras du fauteuil et la sienne, à son tour, s'est posée sur elle. Elle l'a prise, elle a essayé de la recouvrir, sans y arriver, naturellement. C'était comme un étau pourtant et je ne pouvais plus foutre le camp. Je me suis dit qu'elle devait avoir l'habitude de ramasser des types, comme ça, dans les cinémas et qu'il fallait la laisser faire. La lumière est revenue. Sa main s'est retirée. Je n'ai pas osé la regarder tout de suite. Mais elle, elle a osé, elle l'a fait, et moi, les yeux baissés, je l'ai laissée faire. Le type s'est réveillé brusquement alors qu'on était déjà debout tous les deux. Il était un peu plus âgé qu'elle, il était élégant, grand, costaud. Je l'ai trouvé assez beau. Il avait l'air indifférent et dispos[1], pas le moins du monde gêné d'avoir dormi. Tu sais, c'est ce genre d'hommes qu'on voit passer sur la piste, à toute allure, ils viennent dans des bagnoles formidables, ils commandent un mirador[2], ils y restent une nuit, juste le temps de tuer un tigre, ils ont avec eux trente pisteurs qu'on leur a commandés par téléphone au père Bart, d'un grand hôtel de la ville. Voilà, je me suis dit, le genre de type que c'est. « Pierre, a dit la femme, ce jeune homme est un chasseur de Ram. Tu connais Ram ? » Il a réfléchi : « J'ai dû y aller, il y a deux ans. » Je me sentais en sécurité. « Pierre, nous pourrions passer la soirée avec lui ? – Certainement ! » Ils ont dû se dire autre chose mais comme on se parlait le dos tourné je n'ai pas pu entendre. Je n'avais d'ailleurs pas envie de les entendre. Nous sommes sortis lentement du cinéma, en suivant la foule. J'étais derrière elle. Elle avait un corps bien droit, costaud aussi, une taille mince. Ses cheveux étaient courts, bizarrement coupés, d'une teinte ordinaire.

---

1. **Dispos** : en forme et prêt à agir.
2. **Mirador** : construction élevée servant de poste de surveillance.

«Nous nous sommes arrêtés près d'une auto magnifique, une torpédo Delage huit cylindres. Le type s'est retourné vers moi: «Vous montez?» J'ai dit que j'avais ma voiture et que je les suivais. Il était plutôt aimable. il avait l'air de trouver tout naturel que je sois là. Elle, pour le moment, elle ne me prêtait pas plus d'attention que si on s'était connus depuis toujours. Elle m'a dit: «Où est votre auto? Vous pourriez peut-être la laisser ici, on monterait tous dans la nôtre.» J'ai accepté. J'ai dit que j'allais la garer place du Théâtre parce que le stationnement devant les cinémas était interdit après les séances. La B. 12 était à quelques mètres de leur Delage. Quand il a vu que j'allais vers la B. 12, l'homme est venu me rejoindre: «Nom de Dieu, c'est celle-là?» Il a ajouté qu'il l'avait déjà remarquée en arrivant au cinéma et qu'il n'en avait jamais vu de pareille. Elle est venue nous rejoindre sans se presser. «Elle en a vu cette bagnole-là», a dit le type. Ils l'ont regardée tous les deux, lui, sérieusement, elle l'air rêveur. Ils auraient pu en rigoler, vraiment ils auraient pu parce que fallait voir quelle dégaine elle avait à côté de leur Delage, une vieille boîte de conserves. Mais non, ils n'ont pas rigolé. Il me semble même que le type est devenu plus gentil après qu'il l'eut vue. Je l'ai garée sur la place du Théâtre, je les ai rejoints, puis on est partis ensemble dans leur Delage.

«Ici commence la nuit la plus extraordinaire de ma vie.

«Je me suis assis à l'avant et elle a voulu venir aussi, entre nous deux. Je ne savais pas où on allait ni comment ça allait finir avec elle, du moment que lui était là. Mais j'étais assis à côté d'elle, l'auto filait, le type conduisait rudement bien. Je me suis dit qu'il fallait laisser faire. J'étais en short et en chemisette, avec mes sandales de tennis et eux ils étaient très bien habillés mais comme ils n'avaient pas l'air de le remarquer, ça ne me gênait pas. Ils avaient vu la B. 12 et ça devait être suffisant pour qu'ils comprennent le reste, par exemple que je n'avais pas de costume. C'était des gens qui devaient comprendre ce genre de choses.

«C'est une fois qu'on est sortis de la ville que j'ai commencé à avoir envie d'elle. Le type avait l'air pressé d'arriver, je ne savais toujours pas où. Il conduisait plus vite. Il ne faisait pas du tout attention à nous. J'ai senti contre moi son corps à elle, tendu. Elle avait les bras en croix, l'un autour de ses épaules, l'autre autour

2095 des miennes. Le vent plaquait sa robe et j'ai deviné la forme de ses seins presque aussi bien que si elle avait été nue. Elle avait vraiment l'air costaud. Elle avait de beaux seins, larges, bien accrochés. Un peu après qu'on soit sortis des lumières de la ville, de sa main, elle a pris mon épaule et elle l'a serrée. J'ai cru alors que je le ferais déjà,

2100 que j'allais me rabattre sur elle, d'un seul coup. On allait très vite, il y avait beaucoup de vent, tout paraissait facile, un peu comme au cinéma. Elle m'a retenu le bras de toutes ses forces avec sa main et lorsqu'elle a été sûre que je ne le ferais pas, elle l'a retirée. Toute la soirée elle devait se conduire de cette façon-là.

2105 « On s'est arrêtés dans une première boîte. « On va se taper un whisky », a dit le type. On est entrés dans un petit bar au fond d'un jardin. C'était plein. J'ai cru qu'on dînerait là. Il était dix heures. « Trois whiskies », a commandé le type. Dès qu'il a commencé à boire et à mesure qu'il buvait, il s'intéressait de moins en moins à

2110 nous. C'est quand je l'ai vu boire son whisky que j'ai commencé à comprendre. Pendant qu'on buvait les nôtres, il en a commandé deux autres pour lui tout seul. Il les a bus l'un après l'autre à la file. Nous, on n'avait pas fini le premier. Un assoiffé, un type qui n'aurait pas bu depuis trois jours. Elle a vu que j'en étais épaté et

2115 elle m'a souri. Puis tout bas : « Il ne faut pas y faire attention, c'est son plaisir à lui. » Le type était sympathique, il ne se donnait même pas la peine de parler, il se foutait de tout, d'elle, de moi, de tout, et il buvait avec un plaisir formidable. Tout le monde le regardait boire, on ne pouvait pas s'en empêcher. Elle aussi on la regardait.

2120 Elle était très belle. Elle était toute dépeignée par le vent. Elle avait des yeux très clairs, peut-être gris ou bleus, je ne sais pas. On aurait dit qu'elle était aveugle ou plutôt, qu'avec des yeux comme ceux-là, elle ne voyait pas tout ce que les autres voient, mais seulement une partie des choses. Lorsque ce n'était pas moi qu'elle regardait,

2125 elle paraissait ne rien voir. Lorsque c'était moi, sa figure s'éclairait d'un seul coup, puis presque aussitôt ses paupières se baissaient un peu comme si ç'avait été trop pour ses yeux. Lorsqu'elle m'a regardé en partant du bar, j'ai compris que j'allais coucher avec elle dans la nuit, quoi qu'il arrive et qu'elle en avait envie autant que le type, de boire.

« On est repartis. On ne se disait rien sauf elle, quelquefois, à lui : « Attention à ce carrefour », ou bien lui qui râlait tout seul parce qu'il y avait trop de circulation. On a retraversé une partie de la ville et il râlait autant que s'il y avait été obligé alors que, je m'en suis rendu compte par la suite, il pouvait parfaitement éviter de le faire. On est arrivés dans un autre bar du côté du port. Il a encore pris deux whiskies et nous, cette fois, un seul. Mais quand même ça faisait le troisième que je buvais et je commençais à être un peu saoul. Elle aussi, elle devait l'être un peu. Elle buvait avec plaisir. Je me suis dit que tous les soirs elle devait le suivre comme ça dans toutes les boîtes, quelquefois avec un type qu'elle avait trouvé, et boire avec lui. En sortant du bar, elle m'a dit tout bas : « Nous, il faut qu'on s'arrête. Il n'y a qu'à le laisser faire. » Elle devait avoir de plus en plus envie de coucher avec moi. Au moment où le type montait dans la bagnole avec difficulté, elle en a profité, elle s'est penchée sur moi et elle m'a embrassé sur la bouche. Alors j'ai cru que j'allais balancer le type, prendre le volant et filer avec elle. J'aurais voulu qu'on couche tout de suite ensemble. Encore une fois elle a dû le deviner, elle m'a bousculé et m'a poussé contre la portière.

« On est repartis. Le type commençait à être saoul et il devait s'en rendre compte. Déjà il conduisait moins vite, dressé contre le volant, pour mieux y voir, au lieu de s'adosser sur la banquette. Encore une fois on a retraversé la ville, J'ai eu envie de lui demander pourquoi il la traversait comme ça, sans arrêt, mais je crois qu'il ne le savait pas. Peut-être que c'était pour allonger le trajet. Peut-être qu'il ne connaissait pas les autres chemins, qu'il ne connaissait rien de la colonie que le centre de la ville et les bars qui l'entouraient. Ça commençait doucement à m'agacer surtout que maintenant il conduisait vraiment très lentement. Puis il disposait de nous, comme

2160 ça, sans nous demander si ça nous plaisait, il nous commandait des whiskies-sodas, simplement, parce que lui, il aimait ça. On s'est arrêtés dans un troisième bar. Cette fois, il a commandé trois Martels[1], encore une fois sans nous demander si c'était ça qu'on voulait boire. J'ai dit : «J'en ai marre, vous pouvez vous l'enfiler
2165 votre Martel.» J'avais comme une envie de rentrer dedans. Ça faisait une heure déjà qu'on avait quitté l'Éden et vraiment je ne voyais pas quand ça finirait. «Je m'excuse, a dit le type, j'aurais dû vous demander ce que vous désiriez.» Il a pris mon Martel et il l'a avalé. J'ai dit encore : «Et puis je me demande pourquoi vous ne
2170 les buvez pas tous au même bar.» Il a dit : «Vous êtes un enfant, vous n'y connaissez rien.» C'est là la dernière phrase sensée qu'il ait dite. Il a encore bu deux Martels après le mien. Puis après, son dos s'est courbé et il s'est lentement affaissé sur lui-même. Assis sur son tabouret, il attendait. Il paraissait parfaitement heureux.
2175 J'ai demandé à la femme de partir avec moi et de le laisser. Elle a dit qu'elle ne pouvait pas le faire parce qu'elle ne connaissait pas assez les patrons de ce bar-là et qu'elle n'était pas sûre qu'on le ramènerait chez lui le lendemain matin. J'ai insisté. Elle a refusé. Pourtant elle avait de plus en plus envie de coucher avec moi.
2180 Maintenant c'était aussi visible que si ç'avait été écrit sur sa figure. Elle est allée à lui, elle l'a secoué gentiment et elle lui a rappelé qu'on n'avait pas encore dîné, qu'il était près de onze heures. Il a pris un billet dans sa poche, il l'a posé sur le bar et sans attendre la monnaie il s'est levé et on est sortis.

2185   «Alors il a commencé à rouler très très lentement. Elle lui disait le chemin, où il fallait tourner, quelle route il fallait prendre. On roulait comme dans du sirop. Moi, pendant qu'elle lui disait le chemin j'ai soulevé sa robe et lentement, j'ai commencé à lui caresser tout le corps. Elle se laissait faire. Le type ne voyait rien. Il conduisait.
2190 C'était formidable, je la caressais, là, sous son nez et il ne voyait rien. Même s'il avait vu, je crois que j'aurais continué à la caresser

---

1. Martels : «Martel» est une marque de cognac.

parce que s'il avait dit quelque chose j'en aurais profité pour le balancer de la voiture. On est arrivés à une boîte de nuit, une sorte de bungalow haut sur pilotis dans lequel on dansait et on dînait.

2195 La piste des danseurs était d'un côté. De l'autre côté, il y avait des boxes pour les dîneurs. Il a garé la Delage sous le bungalow et on est montés. Elle le soutenait et elle l'aidait à monter les marches. Il était complètement saoul. À la lumière elle paraissait très défaite et épuisée. Mais moi je savais pourquoi, c'était parce qu'elle avait

2200 très envie de coucher avec moi et à cause de ce que je lui avais fait dans l'auto. Dès que j'ai vu les gens nous regarder d'un drôle d'air en paraissant se moquer de lui, mon envie de le balancer a cessé. J'étais pour lui contre tout le monde sauf elle. Et en même temps j'en avais marre, tu peux pas savoir à quel point. Elle était si douce

2205 avec lui et lui était lent, lent, il y avait bien trois quarts d'heure qu'on avait quitté le troisième bar. Et pendant tout ce temps je l'avais caressée. Ça n'en finissait pas. Elle a choisi un box qui donnait sur la piste, du côté opposé à l'entrée. Il s'est affalé sur la banquette, soulagé formidablement de ne plus avoir à conduire, de n'avoir

2210 plus rien à faire, même plus à marcher. Pendant une seconde je me suis demandé ce que je foutais là, avec ces gens-là mais déjà je n'aurais pas pu la laisser. Pourtant elle m'agaçait parce qu'elle était si douce avec lui, si patiente et lui, si lent, si lent. On avançait l'un vers l'autre comme noyés dans ce sirop, on n'en sortait pas.

2215 Depuis deux heures, depuis l'Éden, je la cherchais dans un tunnel au bout duquel elle se tenait et elle m'appelait de ses yeux, de ses seins, de sa bouche, sans que je puisse arriver à l'atteindre. On a joué *Ramona*. Alors, tout d'un coup, j'ai eu envie de bouger, de danser. Je crois que s'il n'y avait eu personne sur la piste j'aurais

2220 dansé tout seul sur *Ramona*. Jusque-là je croyais que je ne savais pas danser et tout d'un coup j'étais devenu un danseur. Peut-être que je serais arrivé à danser sur une corde raide. Il fallait que je danse ou que je balance le type. Et tu sais, *Ramona*, c'est encore bien plus beau que ce qu'on croit, dans certains cas. Je me suis levé. J'ai invité

2225 la première qui se trouvait là. Une petite, assez belle. En dansant, j'avais tellement envie de l'autre que je ne sentais pas la petite dans mes bras. Je dansais tout seul, avec, entre mes bras, une femme en plume. Quand je suis revenu dans le box j'ai compris que j'étais très saoul. Les yeux grand ouverts, brillants, elle me fixait. Plus tard

2230 elle m'a dit : « Quand je t'ai vu danser avec une autre, j'ai crié mais tu n'as pas entendu. » J'ai compris qu'elle était très mal à l'aise, malheureuse peut-être, mais je ne savais pas pourquoi. Je croyais que c'était à cause de lui, que peut-être, pendant que je dansais, il lui avait dit quelque chose, il lui avait fait des reproches. Il y avait

2235 trois œufs mayonnaise sur la table. Le type en a pris un entier avec sa fourchette, il l'a mis entier dans sa bouche et il l'a mâché. L'œuf lui coulait de la bouche, en rigoles[1], jusqu'à son menton mais il ne le sentait pas. J'ai pris le mien, comme lui, entier, la fourchette plantée dedans et, comme lui, je l'ai mis entier dans ma bouche.

2240 Elle s'est mise à rire. Le type aussi s'est mis à rire, autant qu'il le pouvait encore, et ça a été comme si on se connaissait depuis toujours tous les trois. Le type a dit lentement, la bouche pleine d'œuf : « Il me plaît ce type-là. » Et il a commandé du champagne. Depuis que j'avais dansé avec la petite, elle paraissait déterminée

2245 à quelque chose. J'ai compris ce que c'était quand le champagne est arrivé, à la façon qu'elle a eue de servir le type. Elle a rempli sa coupe à ras bords et, la bouteille à la main, elle a attendu qu'il l'ait bue. Il s'est jeté dessus. Alors elle s'est servie, elle m'a servi et l'a servi une deuxième fois. Puis, encore une fois, elle a attendu,

2250 la bouteille à la main, qu'il ait fini sa deuxième coupe. Puis elle l'a encore resservi mais cette fois, lui seul. Quatre fois de suite. Je la regardais sans pouvoir faire un geste. J'ai compris que le moment approchait où nous serions ensemble tout à fait.

« On a apporté trois soles frites avec des rondelles de citron

2255 dessus. Ça devait être, avec les œufs mayonnaise, tout ce qu'on nous servirait. Il était minuit. Les salles étaient tellement pleines qu'on ne servait plus qu'à boire. Le type a mangé la moitié de sa

---

1. Rigoles : filets de liquide qui coule.

sole puis il s'est endormi. J'ai bu mon champagne et je lui en ai redemandé. J'ai mangé toute ma sole et puis la sienne qu'elle m'a donnée. Depuis le commencement de ma vie je n'avais jamais eu aussi faim ni aussi soif ni autant envie d'une femme.

« Tout d'un coup ses yeux se sont agrandis et ses mains se sont mises à trembler légèrement. Elle s'est relevée, elle s'est penchée par-dessus la table sur laquelle il y avait la tête du type et nous nous sommes embrassés. Quand elle s'est redressée elle avait les lèvres pâlies et dans la bouche j'avais le goût d'amandes de son rouge à lèvres. Elle tremblait toujours. Pourtant le type dormait toujours.

« Nous nous penchions et je prenais sa bouche. « On nous regarde », a-t-elle dit. Je m'en foutais.

« Le type se réveillait. On pouvait prévoir quand il allait se réveiller : il grognait et se secouait tout entier, on avait le temps de se séparer avant qu'il relève la tête. « Qu'est-ce qu'on fout ici ? » Elle a répondu très doucement : « Ne t'inquiète pas, Pierre, tu t'en fais toujours. » Il a bu et il s'est rendormi. Nous nous penchions et nous nous embrassions par-dessus la table, par-dessus sa tête énorme aux yeux fermés. C'est-à-dire que tant qu'il dormait, on restait la bouche dans la bouche sans pouvoir se décrocher. Rien d'autre ne se touchait en nous que nos bouches. Et elle tremblait toujours. Même sa bouche dans la mienne, tremblait. Il se réveillait : « Si au moins on avait à boire. » Il parlait d'une voix très lente, ankylosée. Elle lui versait du champagne. Il était vraiment complètement ivre et quand il dormait on aurait dit qu'il se soulageait d'une douleur formidable, d'une douleur qui s'endormait en même temps que lui et qui recommençait dès qu'il ouvrait les yeux. Je me suis demandé s'il ne se doutait pas de ce qu'on faisait. Mais je ne crois pas, je crois que ce qu'il ne pouvait pas supporter c'était de se réveiller, ce qui lui était pénible c'était de revoir les lumières, d'entendre l'orchestre et de voir les gens danser sur la piste. Il se relevait, ouvrait les yeux pendant dix secondes, engueulait faiblement on ne savait qui et retombait la tête sur la table. « Pierre, tu es bien là. Qu'est-ce que tu veux de plus ? Dors et ne t'inquiète pas. » Alors peut-être il a souri :

«Tu as raison Lina, tu es gentille.» Elle s'appelait Lina, c'est lui qui me l'a appris. Elle lui parlait avec une douceur extraordinaire. Maintenant que je la connais je crois que ce n'était pas seulement pour qu'on soit tranquilles à s'embrasser mais parce qu'elle avait pour lui beaucoup d'amitié et peut-être même de l'amour encore. Chaque fois qu'il essayait de se réveiller, elle lui versait du champagne dans sa coupe. Il l'engouffrait. Ça pénétrait en lui comme dans du sable. Il ne buvait pas, il se versait le champagne dans le corps. Il retombait. Elle se penchait et on s'embrassait. Elle ne tremblait plus. Complètement décoiffée, les lèvres pâles, elle n'était plus belle que pour moi seul qui avais mangé son rouge et qui l'avais décoiffée. Elle était pleine d'un bonheur formidable, elle ne savait plus quoi en faire, elle en avait l'air insolent. Le type grognait. On se séparait. Le type se relevait: «C'est du whisky que j'aurais voulu.» Elle lui a dit, je m'en souviens très bien: «Tu demandes toujours l'impossible, Pierre. Je ne sais pas où est le garçon. Il faudrait que j'aille le chercher.» Le type a répondu: «Ne te dérange pas Lina, je suis un salaud.» Les gens nous regardaient. Je ne crois pas qu'il y en ait eu qui riaient. Ceux de la table à côté de la nôtre où se trouvait la petite avec laquelle j'avais dansé avaient cessé de se parler entre eux et ne faisaient plus que nous regarder.

«Le type a eu envie de pisser. Il s'est levé péniblement. Elle l'a pris par le bras et elle lui a fait traverser toute la salle. En traversant il a beaucoup gueulé. «Quel bordel!» tellement fort qu'on l'entendait à travers le bruit de l'orchestre. Elle lui parlait à l'oreille. Sans doute le calmait-elle. Pendant leur absence j'ai bu plusieurs coupes de champagne, peut-être quatre, je ne sais plus. J'avais très soif de l'avoir tellement embrassée. J'avais tellement envie d'elle que je brûlais.

«C'est là, tout seul, que je me suis dit que j'étais en train de changer pour toujours. J'ai regardé mes mains et je ne les ai pas reconnues: il m'était poussé d'autres mains, d'autres bras que ceux que j'avais jusque-là. Vraiment je ne me reconnaissais plus. Il me semblait que j'étais devenu intelligent en une nuit, que je comprenais

enfin toutes les choses importantes que j'avais remarquées jusque-là sans les comprendre vraiment. Bien sûr, je n'avais jamais connu de gens comme eux, comme elle et aussi comme lui. Mais ce n'était pas tout à fait à cause d'eux. Je savais bien que s'ils étaient aussi
330 libres, aussi pleins de liberté, c'était surtout parce qu'ils avaient beaucoup d'argent. Non, ce n'était pas à cause deux. Je crois que c'était d'abord parce que j'avais envie d'une femme comme jamais encore je n'avais eu envie d'une femme, et ensuite, parce que j'avais bu et que j'étais saoul. Toute cette intelligence que je me sentais,
335 je devais l'avoir en moi depuis longtemps. Et c'est ce mélange de désir et d'alcool qui l'a fait sortir. C'est le désir qui m'a fait me foutre des sentiments, même du sentiment qu'on a pour sa mère et qui m'a fait comprendre que ce n'était plus la peine d'en avoir peur, parce que, voilà, jusque-là, j'avais cru en réalité que j'étais
340 dans le sentiment Jusqu'au cou et j'en avais peur. Et c'est l'alcool qui m'a illuminé de cette évidence : j'étais un homme cruel. Depuis toujours, je me préparais à être un homme cruel, un homme qui quitterait sa mère un jour et qui s'en irait apprendre à vivre, loin d'elle, dans une ville. Mais j'en avais eu honte jusque-là tandis que
345 maintenant je comprenais que c'était cet homme cruel qui avait raison. Je me souviens, j'ai pensé qu'en la quittant j'allais la laisser aux agents de Kam. J'ai pensé aux agents de Kam. Je me suis dit qu'un jour il me faudrait les connaître de très près. Qu'il me faudrait un jour ne plus me contenter de les connaître comme à la
350 plaine, par leurs saloperies, mais qu'il me faudrait entrer dans leur combine, connaître cette saloperie sans en souffrir et garder toute ma méchanceté pour mieux les tuer. L'idée qu'il faudrait retourner à la plaine m'est revenue… Je me souviens, j'ai juré tout haut, pour être bien sûr que c'était bien moi qui étais là et je me suis dit
355 que c'était fini. J'ai pensé à toi, à elle, et je me suis dit que c'était fini, de toi et d'elle. Je ne pourrai plus jamais redevenir un enfant, même si elle meurt, je me suis dit, même si elle meurt, je m'en irai.

« Ils sont revenus. Elle lui tenait le bras et lui, épuisé par l'effort qu'il avait fait pour traverser et retraverser la salle, il titubait. Si

2360   quelqu'un s'était moqué de lui ou avait dit quoi que ce soit contre
lui, je lui aurais cassé la gueule. Je me sentais plus près de lui, qui
était si libre tout en étant si saoul, que de tous ceux qui étaient
là et qui ne s'étaient pas saoulés. Tout le monde avait l'air d'être
heureux, sauf lui. Elle, elle qui l'avait saoulé pour qu'on puisse être
2365   tranquilles à s'embrasser, elle le soutenait avec autant de douceur
et de compréhension que s'il avait été victime des autres, de ceux
qui n'étaient pas saouls. Quand elle est revenue, elle a tout de suite
vu que la bouteille était vide, elle s'est levée et elle est allée dire au
garçon qui se trouvait à l'autre bout du dancing d'en apporter une
2370   autre. Le garçon a tardé à venir. Elle a recommencé à trembler. Elle
avait peur qu'il ne soit dessaoulé. Je suis allé chercher le garçon.
Je marchais comme dans du coton. J'ai rapporté une bouteille de
Moët[1]. Maintenant je sentais que le moment approchait. Elle lui a
encore redonné trois coupes de champagne. Il se rendormait et elle
2375   le réveillait pour le faire boire. Ça approchait de plus en plus. Après
avoir bu, il retombait sur la table. J'ai dit: «On fout le camp. – S'il
ne se réveille plus d'ici dix minutes, on va partir», a-t-elle répondu.
Alors je lui ai dit: «S'il se réveille, je le fous en l'air.» Mais c'était
impossible qu'il se réveille encore. Je crois que s'il s'était réveillé
2380   je lui aurais sauté dessus, c'était vrai, car on était arrivé à la limite
de ce qu'on pouvait faire pour lui, pour un autre que nous. Quand
elle a été sûre qu'il ne se réveillerait pas elle l'a pris par les épaules
et elle l'a fait glisser sur la banquette pour qu'il soit allongé. Puis
elle a ouvert son veston et elle lui a pris son portefeuille. Ensuite
2385   elle s'est levée et elle a appelé le garçon. Le garçon ne venait pas.
Il a fallu que j'aille le chercher encore une fois. «Laissez-le dormir,
lui a-t-elle dit, quand il se réveillera vous irez lui chercher un taxi.
Voilà l'adresse que vous donnerez au chauffeur.» Elle lui a tendu
de l'argent et une carte de visite. Le garçon a refusé l'argent et il
2390   a dit qu'il fallait demander au maître d'hôtel, qu'il ne savait pas
s'il pourrait rester là, couché sur la banquette pendant le reste de

---

1. **Moët**: marque réputée de champagne.

la nuit, alors que tant de clients attendaient pour avoir une table. On ne pouvait rien contre ce garçon, on ne pouvait pas le forcer à accepter. Il a encore fallu attendre qu'il aille chercher le maître d'hôtel. «C'est plein, a dit le maître d'hôtel, il ne peut pas garder cette table pour lui tout seul.» J'ai cru qu'elle allait pleurer. Moi, je sentais déjà le maître d'hôtel entre mes mains, son cou, je le sentais déjà entre mes doigts. Elle a tiré beaucoup de billets de son portefeuille : «Je vous paie la table pour toute la nuit.» Elle a mis plusieurs billets dans la main du maître d'hôtel. Il a accepté. Elle a jeté un dernier regard sur le type et on est descendus. Dès qu'on a été dans l'auto, sous le bungalow, je l'ai basculée sur le siège arrière et je l'ai baisée. Au-dessus de nos têtes, l'orchestre jouait toujours et on entendait le piétinement des danseurs. Après j'ai pris le volant de la Delage et on est allés dans un hôtel qu'elle m'a indiqué. On y est restés huit jours.

«Un soir elle m'a demandé de lui raconter ma vie et pourquoi nous avions quitté la plaine. Je lui ai parlé du diamant. Elle m'a dit d'aller le chercher tout de suite, qu'elle me l'achetait. Quand je suis revenu à l'Hôtel Central pour vous chercher je l'ai retrouvé dans ma poche.»

Le départ de Joseph approchait. Parfois la mère allait trouver Suzanne en pleine nuit et elle lui en parlait. À la fin, à force d'y penser, elle se demandait si ce n'était pas quand même une solution.

2415   – Je ne vois pas comment l'en empêcher, disait la mère, je crois que je n'en ai pas le droit parce que je ne vois pas comment il en sortirait autrement.

Elle n'abordait ce sujet-là que la nuit et seulement avec Suzanne. Après des heures passées à faire ses comptes en tête à tête avec le 2420 caporal, elle trouvait le courage de parler de Joseph. Pendant le jour elle s'illusionnait peut-être encore mais au milieu de la nuit, non, elle devenait lucide et pouvait en parler calmement.

    – S'il m'en veut, disait-elle, il doit avoir raison. La seule bonne chose qui pourrait vous arriver c'est que je meure. Le cadastre 2425 aurait pitié de vous. Il vous donnerait la concession définitive des cinq hectares. Vous pourriez vendre et partir.

    – Partir où ? demandait Suzanne.

    – À la ville. Joseph trouverait du travail. Toi tu irais chez Carmen en attendant de trouver à te marier.

2430   Suzanne ne répondait pas. La mère s'en allait presque aussitôt après avoir lâché toujours ces mêmes paroles. Décidément ce qu'elle disait importait peu à Suzanne. Jamais encore elle ne lui avait paru aussi vieille et aussi folle. L'imminence du départ de Joseph la reléguait, avec ses inquiétudes et ses scrupules, dans un passé sans 2435 intérêt. Seul Joseph comptait. Ce qui était arrivé à Joseph. Suzanne le quittait très peu depuis leur retour à la plaine. Lorsqu'il allait à Ram en carriole, il l'emmenait avec lui la plupart du temps. Cependant, depuis qu'il lui avait raconté son histoire, c'est-à-dire depuis les premiers jours qui avaient suivi leur retour, il lui parlait très peu. Mais si peu que ce soit il lui parlait quand même plus qu'à la mère à qui, visiblement, il n'avait plus le courage d'adresser la parole. Ce qu'il disait n'appelait aucune réponse. Il parlait seulement parce qu'il ne pouvait plus résister à l'envie qu'il avait de parler de cette femme. Il n'était question que d'elle presque toujours. Jamais il n'aurait cru qu'on pouvait être heureux de la sorte avec une femme. Il disait que toutes celles qu'il avait connues avant celle-ci ne comptaient en rien. Qu'il était sûr qu'il pourrait rester des jours et des jours avec elle dans un lit. Qu'ils étaient restés trois jours entiers à faire l'amour en ne mangeant qu'à peine et qu'ils en avaient oublié tout le reste. Sauf lui, la mère. C'était ça qui l'avait fait revenir à l'Hôtel Central et non pas le manque d'argent.

Ce fut à l'occasion d'un voyage à Ram que Joseph avoua à Suzanne que la femme allait venir le chercher. C'était lui qui lui avait demandé d'attendre une quinzaine de jours avant de venir. Il n'aurait pas su dire exactement pourquoi : «Peut-être que j'avais envie de revoir ce bordel une dernière fois, pour être sûr. » Maintenant elle ne pouvait plus tarder. Il avait pensé à ce qu'elles deviendraient une fois qu'il serait parti de la plaine, il y avait longuement pensé. Pour la mère il ne voyait plus d'avenir possible en dehors de la concession. C'était un vice incurable : «Je suis sûr que toutes les nuits elle recommence ses barrages contre le Pacifique. La seule différence c'est qu'ils ont ou cent mètres de haut, ou deux mètres de haut, ça dépend si elle va bien ou non. Mais petits ou grands, elle les recommence toutes les nuits. C'était une trop belle idée. » Il ne pourrait jamais les oublier, prétendait-il. Il ne pourrait jamais l'oublier elle, ou plutôt ce qu'elle avait enduré.

– C'est comme si j'oubliais qui je suis, c'est impossible.

Il ne croyait plus qu'elle pourrait vivre encore très longtemps mais contrairement à autrefois il croyait que ça n'avait plus beaucoup d'importance. Lorsque quelqu'un avait tellement envie de mourir on ne devait pas l'en empêcher. Tant qu'il saurait la mère vivante il ne pourrait d'ailleurs rien faire de bon dans la vie, rien entreprendre. Chaque fois qu'il avait fait l'amour avec cette femme, il avait pensé à elle, il s'était souvenu qu'elle, elle n'avait jamais fait

2475 l'amour depuis que leur père était mort parce qu'elle croyait, comme une imbécile, qu'elle n'en avait pas le droit, pour qu'ils puissent eux, le faire un jour. Il lui raconta qu'elle avait été très amoureuse d'un employé de l'Éden pendant deux ans, c'était elle qui le lui avait dit, et qu'elle n'avait jamais couché avec lui une seule fois toujours

2480 à cause d'eux. Il lui parla de l'Éden. De l'horreur qu'étaient ces dix ans que la mère avait passés à tenir le piano à l'Éden. Il s'en souvenait mieux qu'elle parce qu'il était plus grand. Et elle-même lui en avait quelquefois parlé.

La mère avait dû se remettre brusquement au piano lorsque la

2485 place de pianiste à l'Éden lui avait été offerte. Elle n'avait pas joué depuis dix ans, depuis sa sortie de l'École normale. Elle lui avait dit : « Quelquefois je pleurais de voir mes mains devenues si bêtes devant les partitions, quelquefois même j'avais envie de crier, de m'en aller, de fermer le piano. » Mais peu à peu ses mains s'y étaient

2490 remises. D'autant plus que les mêmes partitions revenaient invariablement et que le directeur de l'Éden lui permettait de s'entraîner le matin. Elle vivait dans la hantise d'être remerciée. Et si elle avait pris l'habitude d'amener ses enfants avec elle, c'était moins parce qu'elle n'osait pas les laisser seuls à la maison que pour attendrir

2495 la direction sur son sort. Elle arrivait un peu avant la séance, elle disposait des couvertures sur deux fauteuils, de chaque côté du piano et elle y couchait ses enfants. Joseph s'en souvenait bien. La chose s'était sue rapidement et, pendant que la salle se remplissait, des spectateurs venaient près de la fosse regarder les deux enfants

2500 de la pianiste qui s'endormaient. C'était devenu vite une sorte d'attraction dont la direction n'était pas fâchée. La mère lui avait dit : « C'est parce que vous étiez si beaux, qu'on venait vous regarder. Parfois à côté de vous, je trouvais des jouets, des bonbons. » Elle le croyait encore. Elle croyait que c'était parce qu'ils étaient beaux qu'on leur donnait des jouets. Il n'avait jamais osé lui dire la vérité. Ils s'endormaient immédiatement après l'extinction des lumières et le commencement des Actualités. La mère jouait pendant deux heures. Il lui était impossible de suivre le film sur l'écran : le piano était non seulement sur le même plan que l'écran mais bien au-dessous du niveau de la salle.

En dix ans la mère n'avait pas pu voir un seul film. Pourtant à la fin, ses mains étaient devenues si habiles qu'elle n'avait plus à regarder le clavier. Mais elle ne voyait toujours rien du film qui passait au-dessus de sa tête. « Quelquefois il me semblait que je dormais en jouant. Quand j'essayais de regarder l'écran c'était terrible, la tête me tournait. C'était une bouillie noire et blanche qui dansait au-dessus de ma tête et qui me donnait le mal de mer. » Une fois, une seule fois, son envie de voir un film avait été tellement forte qu'elle s'était fait porter malade et qu'elle était venue en cachette au cinéma. Mais à la sortie un employé l'avait reconnue et elle n'avait jamais osé recommencer. Une seule fois en dix ans elle avait osé le faire. Pendant dix ans elle avait eu envie d'aller au cinéma et elle n'avait pu y aller qu'une seule fois en se cachant. Pendant dix ans cette envie était restée en elle aussi fraîche, tandis qu'elle, elle vieillissait. Et au bout de dix ans ç'avait été trop tard, elle était partie pour la plaine.

C'était tellement intenable de se rappeler ces choses sur elle, qu'il était préférable pour lui et pour Suzanne, que la mère meure : « Il faudra que tu te souviennes de ces histoires, de l'Éden, et que toujours tu fasses le contraire de ce qu'elle a fait. » Pourtant, il l'aimait. Il croyait même, disait-il, qu'il n'aimerait jamais aucune femme comme il l'aimait. Qu'aucune femme ne la lui ferait oublier. « Mais vivre avec elle, non, ce n'était pas possible. »

Ce qu'il regrettait, c'était de ne pas pouvoir tuer les agents de Kam avant de partir. Il avait lu la lettre que la mère leur avait adressée avant de la remettre au chauffeur du car comme elle le lui avait demandé et une fois qu'il l'avait lue, il avait décidé de ne pas la remettre et de la garder. Il avait décidé de la garder toujours.

Lorsqu'il la lisait il se sentait devenir comme il aimait être, capable
de tuer les agents de Kam s'il les avait rencontrés. C'était comme
ça qu'il désirait rester toute sa vie, quoi qu'il lui arrive, même s'il
devenait très riche. Cette lettre lui serait bien plus utile qu'elle ne
le serait jamais entre les mains des agents de Kam.

Ainsi même s'ils devaient la faire souffrir, les projets de Joseph se
tramaient en raison de ce qu'avait enduré la mère. S'il était devenu
méchant avec elle il disait que c'était aussi nécessaire que de l'être
avec les agents de Kam.

Suzanne ne saisissait pas toute la portée des paroles de Joseph
mais elle les écoutait religieusement comme le chant même de la
virilité et de la vérité. En y repensant, elle s'aperçut avec émotion
qu'elle se sentait capable, elle-même, de conduire sa vie comme
Joseph disait qu'il fallait faire. Elle vit alors que ce qu'elle admirait
chez Joseph était d'elle aussi.

Pendant les huit jours qui avaient suivi leur retour Joseph était
fatigué et triste. Il ne se levait que pour les repas. Il ne se lavait
guère. Mais ensuite au contraire il recommença à tirer quelques
échassiers de la véranda et à se laver tous les jours avec beaucoup
de soin. Ses chemises étaient toujours très propres et il se rasait tous
les matins. C'est pourquoi la mère sut que son départ approchait.
À le voir d'ailleurs, n'importe qui l'aurait deviné et aussi que personne, rien, ne pouvait plus l'empêcher de partir. À chaque heure
du jour il était prêt.

L'attente, en tout, dura un mois. La mère, et pour cause, ne
reçut aucune réponse du cadastre, ni même de la banque. Mais ça
lui était devenu égal. À la fin, elle ne réveillait plus Suzanne pour
lui parler de Joseph. Peut-être même souhaitait-elle le voir partir
au plus vite du moment qu'il partait. Elle devait vaguement penser
que tant qu'il serait là, elle ne pourrait pas proposer le diamant au
père Bart. Parce que depuis que le père Bart avait acheté le phonographe, elle pensait à lui. Elle en parlait, ne parlait à vrai dire
que de lui, de sa fortune, des possibilités qu'il avait, des placements

qu'elle aurait faits à sa place au lieu de faire le trafic du pernod, etc. Était-ce pour se ménager une fois de plus une façon d'avenir? Elle-même ne devait pas clairement le savoir. Ni savoir ce qu'elle
2575 ferait de l'argent, si jamais elle réussissait à vendre le crapaud au père Bart, une fois Joseph parti.

Un des projets les plus constants de la mère avait été de pouvoir un jour faire remplacer la toiture de chaume du bungalow par une toiture en tuiles. Non seulement elle n'avait jamais pu le faire, mais
2580 elle n'avait même pas pu, depuis six ans, faire renouveler l'ancienne toiture de chaume. Et une de ses craintes, non moins constante, avait toujours été que les vers se mettent au chaume avant qu'elle ait eu assez d'argent pour le faire remplacer. Or, quelques jours avant le départ de Joseph, ses craintes se réalisèrent et il se fit une
2585 gigantesque éclosion de vers dans le chaume pourri. Lentement, régulièrement, ils commencèrent à tomber du toit. Ils crissaient sous les pieds nus, tombaient dans les jarres, sur les meubles, dans les plats, dans les cheveux.

Cependant ni Joseph, ni Suzanne, ni même la mère n'y firent la
2590 moindre allusion. Il n'y eut que le caporal qui s'en émut. Comme l'oisiveté[1] lui pesait, sans attendre que la mère lui en donne l'ordre, il se mit à balayer toute la journée durant les planchers du bungalow.

---

1. Oisiveté: désœuvrement, inactivité.

Quelques jours avant son départ Joseph confia à Suzanne la dernière lettre de la mère aux agents de Kam. Il tenait à ce qu'elle la lise avant qu'il s'en aille. Suzanne la lut un soir, en cachette de la mère. Cette lettre ne fit que lui confirmer les paroles de Joseph. Voici ce qu'avait écrit la mère :

« Monsieur l'Agent cadastral,

« Je m'excuse de vous écrire encore. Je sais que mes lettres vous ennuient. Comment ne le saurais-je pas ? Je n'ai pas eu de réponse de vous depuis déjà des mois. Remarquez d'ailleurs qu'il y a déjà plus d'un mois que j'ai cessé de vous écrire. Mais sans doute ne l'avez-vous même pas remarqué. Parfois je me dis que vous ne lisez même pas mes lettres et que vous les jetez au panier sans les ouvrir. Je me suis tellement mis ça en tête que voyez-vous, le seul espoir qui me reste c'est qu'une fois, une seule fois, vous réussissiez à lire une de mes lettres, rien qu'une seule. Qu'une seule fois, l'une d'entre elles attire votre attention, parce que ce jour-là, par exemple, vous n'avez rien de bien urgent à faire. Après quoi il me semble que vous lirez les autres, celles qui suivront celle-là. Parce qu'il me semble encore que ma situation, si vous la connaissiez bien, ne pourrait pas vous laisser complètement indifférent. Même s'il ne vous restait, après avoir exercé pendant des années votre horrible métier, que très peu de cœur, si peu que ce soit, vous prendriez ma situation en considération.

«Ce que je vous demande, vous le savez, c'est très peu de chose. C'est l'accord en concession définitive des cinq hectares de terre qui entourent mon bungalow. Ceux-ci sont en marge du reste de ma concession, laquelle, vous le savez bien, est parfaitement inutilisable. Accordez-moi donc ce petit avantage. Que ces cinq hectares m'appartiennent en propre, c'est maintenant tout ce que je vous demande. Ensuite je pourrai les hypothéquer et tenter une dernière fois de faire une partie de mes barrages. Je vous dirai pourquoi, par la suite, je voudrais tenter de nouveaux barrages, ces choses-là ne sont pas simples. Bien que vous répugniez à les avouer et qu'il va même de votre intérêt de ne pas les avouer, je connais toutes vos objections : les cinq hectares du haut ne forment qu'un « tout » avec les cent hectares du bas et ils sont destinés précisément à illusionner sur ces cent hectares, ils servent à faire croire qu'il en est du reste de la concession comme de ces cinq hectares-là. Et en saison sèche en effet, lorsque la mer se retire tout à fait, qui pourrait croire le contraire ? C'est grâce à ces cinq hectares que vous avez pu attribuer la concession quatre fois déjà à des concessionnaires différents, à des pauvres malheureux qui n'avaient pas les moyens de vous soudoyer[1]. C'est bien souvent que je vous rappelle ces choses, dans chacune de mes lettres, mais que voulez-vous je ne me lasse pas de ressasser ce malheur. Je ne m'y habituerai jamais, à votre ignominie, et tant que je vivrai, jusqu'à mon dernier souffle, toujours je vous en parlerai, toujours je vous raconterai dans le détail ce que vous m'avez fait, ce que vous faites chaque jour à d'autres que moi et cela dans la tranquillité et dans l'honorabilité. Je sais bien que si on retranche ces cinq hectares du haut, des cent autres, il n'y aura plus de concession du tout. Il n'y aura même plus de quoi asseoir son malheur, de quoi faire bâtir un bungalow et même plus assez de quoi faire assez de riz pour durer toute l'année. Car, encore une fois, le reste de la concession, il n'y faut pas compter. À la grande marée de juillet, les vagues du

---

1. **Soudoyer** : payer quelqu'un pour qu'il fasse quelque chose qui n'est pas légal.

Pacifique lèchent les cases du dernier village à partir duquel elle commence et lorsqu'elles se retirent, elles laissent derrière elles de la boue séchée sur laquelle il faudrait laisser pleuvoir plus d'un an pour la laver de son sel jusqu'à seulement dix centimètres de profondeur, longueur des racines du paddy à sa maturité. Et où, me direz-vous, s'installeront alors vos victimes ? Tout ça je le sais et je sais aussi que vous risqueriez de ne plus en avoir du tout. Mais malgré l'inconvénient que présente pour vous l'attribution en concession définitive de ces cinq hectares, il faut cependant vous incliner. Vous savez pourquoi je les veux. J'ai travaillé pendant quinze ans et pendant quinze ans j'ai sacrifié jusqu'au moindre de mes plaisirs pour acheter cette concession au gouvernement. Et contre les économies faites chaque jour pendant quinze ans de ma vie, de ma jeunesse, vous m'avez donné quoi ? Un désert de sel et d'eau. Et vous m'avez laissé vous donner mon argent. Cet argent je vous l'ai porté un matin, il y a sept ans, dans une enveloppe, je vous l'ai porté pieusement. C'était tout ce que j'avais. Je vous ai donné tout ce que j'avais ce matin-là, tout, comme si je vous apportais mon propre corps en sacrifice, comme si de mon corps sacrifié il allait fleurir tout un avenir de bonheur pour mes enfants. Et cet argent, vous l'avez pris. Vous avez pris l'enveloppe contenant toutes mes économies, tout mon espoir, ma raison de vivre, ma patience de quinze ans, toute ma jeunesse, vous l'avez prise d'un air naturel et je suis repartie, heureuse. Voyez-vous, ce moment-là a été le plus glorieux de mon existence entière. Que m'avez-vous donné en contrepartie de quinze ans de ma vie ? Rien, du vent, de l'eau. Vous m'avez volée. Et si je réussissais à faire savoir ces choses au gouvernement général de la colonie, si j'avais le moyen de le faire savoir, ça ne servirait à rien. Le chœur des gros concessionnaires s'élèverait contre moi et je serais expropriée sur-le-champ. Et il est probable que ma plainte, avant d'arriver au gouvernement général, serait arrêtée par vos supérieurs hiérarchiques qui sont encore plus privilégiés que vous ne l'êtes, puisque leur rang leur vaut d'être soudoyés plus chèrement encore.

« Non, je n'ai aucun moyen, de ce côté-là, de vous atteindre, je le sais.

« Combien de fois vous ai-je demandé de renoncer en ma faveur à votre ignominie ? De ne plus venir m'inspecter parce que c'est inutile, parce que personne au monde ne peut faire pousser quoi que ce soit dans la mer, dans le sel ? Car non seulement (je pourrai répéter ces choses mille fois sans m'en lasser) vous me donnez un néant mais vous venez régulièrement inspecter ce néant. Vous dites : « Vous n'avez encore rien fait cette année ? Vous savez le règlement, etc. ? » et vous repartez en ayant fait votre travail, ce pour quoi vous recevez un salaire chaque mois. Et lorsque j'ai tenté mes barrages vous avez eu peur, peur que j'arrive à faire pousser quelque chose dans ce désert. Peut-être étiez-vous moins fier que d'habitude. À ce propos, vous souvenez-vous de la façon dont vous avez déguerpi, la trouille au cul, comme on dit, lorsque mon fils a tiré une balle de chevrotine en l'air ? Nous nous en souviendrons tous comme d'un bon souvenir car de voir un homme de votre espèce avoir la trouille au cul, c'est une chose qu'entre toutes, nous, nous aimons voir. Mais rassurez-vous de ce côté-là, un barrage contre le Pacifique c'est encore plus facile à faire tenir qu'à essayer de dénoncer votre ignominie. Me demander de faire pousser quoi que ce soit sur ma concession c'est me demander de décrocher la lune et vous le savez bien, si bien que vos inspections se bornent à une visite de dix minutes pendant lesquelles vous n'arrêtez même pas le moteur de votre auto. Ah ! vous êtes très pressé. Car le nombre des concessions est limité et d'autres attendent, comme j'ai attendu. Et vous, vous avez peur de perdre le bénéfice des malheurs que vous semez, vous avez peur, si je ne m'en vais pas assez vite ou si je ne crève pas assez vite, d'être obligé d'accorder une concession cultivable à des malheureux qui ne peuvent pas vous soudoyer.

« Mais à cela, je vous en prie, résignez-vous. Après moi, personne ne viendra ici. Vous feriez aussi bien de m'accorder tout de suite ce que je vous demande. Car si jamais vous réussissiez à me faire partir, lorsque vous viendriez montrer la concession au nouvel arrivant, c'est-à-dire les cinq hectares trompe-l'œil du haut, cent paysans viendraient vous entourer. « Dites à l'agent cadastral, diraient-ils au nouveau concessionnaire, de vous mener sur le reste de la concession. Une fois là vous enfoncerez votre doigt dans la boue de la rizière et

2720 vous le goûterez. Croyez-vous que le riz puisse pousser dans le sel ? Vous êtes le cinquième concessionnaire. Les autres sont morts ou ruinés. » Et vous, vous ne pourrez rien faire contre les paysans car si vous voulez essayer de les faire taire il vous faudra vous faire escorter par des miliciens armés. Fait-on visiter des terres dans ces conditions ?

2725 Non. Alors, du moment que je vous en avertis, accordez-moi donc tout de suite ces cinq hectares du haut. Je sais votre puissance et que vous tenez la plaine entre vos mains en vertu d'un pouvoir à vous conféré par le gouvernement général de la colonie lui-même. Je sais aussi que toute la connaissance que j'ai de votre ignominie

2730 et de celle de tous vos collègues, de ceux qui vous ont précédés, de ceux qui vous suivront, de celle du gouvernement lui-même, toute cette connaissance que j'en ai (et qui à elle seule pourrait me faire mourir, pourrait faire mourir un homme rien que d'en supporter le poids) ne me servirait à rien si j'étais seule à l'avoir. Parce que la

2735 connaissance qu'a un seul homme de la faute de cent autres ne lui sert à rien. C'est une chose que j'ai mis très longtemps à apprendre mais je la sais maintenant pour toute ma vie. Alors, déjà ils sont des centaines dans la plaine à vous connaître et peut-être deux cents à vous connaître comme je vous connais, à connaître dans le détail,

2740 dans la méthode, votre manière de faire. C'est moi qui leur ai expliqué longuement et patiemment qui vous êtes et qui les entre-tiens avec ferveur dans la haine de votre espèce. Ainsi quand j'en rencontre un, au lieu de lui dire bonjour, en guise de salutation et pour lui marquer que j'ai de l'amitié pour lui, je lui dis : « Alors, on

2745 n'a pas vu passer cette semaine les chiens du cadastre de Kam ? » Et j'en connais qui se frottent les mains à l'avance à l'idée qu'un jour d'inspection ils pourraient peut-être vous tuer, vous autres, les trois agents de Kam. Mais rassurez-vous, je les calme encore, je leur dis : « Ça ne servirait pas à grand-chose. À quoi cela sert-il de tuer trois rats quand une armée de rats est derrière ces trois-là ? Ce n'est pas ça qu'il faut commencer par faire… » Et je leur explique que quand vous viendrez avec le nouveau concessionnaire, etc.

« Je m'aperçois que ma lettre est bien longue mais j'ai toute ma nuit pour la faire. Je ne dors plus depuis mes malheurs, les barrages écroulés. J'ai beaucoup hésité avant de vous écrire cette dernière lettre, avant de vous mettre au courant de toutes ces considérations mais il me semble maintenant que j'ai eu tort de ne pas l'avoir fait plus tôt et qu'elles seules sont susceptibles de vous faire vous intéresser à mon cas. Autrement dit, pour que vous vous intéressiez à moi il faut que je vous parle de vous. De votre ignominie peut-être, mais de vous. Et si vous lisez cette lettre, je suis sûre que vous lirez les autres pour voir quels progrès a faits en moi la connaissance de votre ignominie.

« Si ça ne leur sert encore à rien, à eux, de vous tuer un jour d'inspection, ça pourrait peut-être me servir un jour à moi. Quand je serai seule, quand mon fils sera parti, quand ma fille sera partie et que je serai seule et si découragée que plus rien ne m'importera, alors, peut-être qu'avant de mourir j'aurai envie de voir vos trois cadavres se faire dévorer par les chiens errants de la plaine. Enfin, ils se régaleraient, ils auraient leur festin. Alors oui, au moment de mourir je pourrais dire aux paysans : « Si l'un de vous veut me faire un dernier plaisir, avant que je meure, qu'il tue les trois agents cadastraux de Kam. » Mais je ne le leur dirai que lorsque le moment sera venu de le faire. Pour le moment, lorsqu'ils me demandent par exemple : « Mais d'où viennent donc ces planteurs chinois qui ont pris pour leurs poivriers le meilleur de nos terres en lisière de la forêt ? », je leur explique que c'est vous qui, profitant du fait qu'ils n'ont pas de titre de propriété, les avez vendues à ces planteurs chinois. « Qu'est-ce que c'est donc qu'un titre de propriété ? » me demandent-ils. Je leur explique : « Vous ne pouvez pas le savoir. C'est un papier qui témoigne de votre propriété. Mais pas plus que les oiseaux ou les singes de l'embouchure du rac n'ont de titre de propriété vous n'en avez. Qui donc vous les aurait donnés ? Ce sont les chiens du cadastre de Kam qui ont inventé ça pour pouvoir disposer de vos terres et les vendre. »

« Voilà ce que je me contente de faire sur cette concession inutilisable. Je parle au caporal. Je parle à d'autres. J'ai parlé à tous ceux qui sont venus faire les barrages et je leur explique inlassablement qui vous êtes. Quand un petit enfant meurt, je leur dis : « Voilà qui ferait plaisir à ces chiens du cadastre de Kam. – Pourquoi cela leur ferait-il plaisir ? » demandent-ils. Et je leur dis la vérité, que plus il mourra d'enfants dans la plaine, plus la plaine se dépeuplera et plus votre mainmise sur la plaine se renforcera. Je ne leur dis, comme vous voyez, que la vérité et devant un petit enfant mort je la leur dois bien. « Pourquoi n'envoient-ils pas de quinine ? Pourquoi n'y a-t-il pas un médecin, pas un poste sanitaire ? pas d'alun[1] pour décanter l'eau en saison sèche ? Pas une seule vaccination ? » Je leur dis pourquoi et même si cette vérité dépasse votre entendement, dépasse vos prétentions personnelles sur la plaine, cette vérité que je leur dis n'en est pas moins vraie et tous vos soins en préparent l'avènement.

« Vous ne le savez peut-être pas mais ici il meurt tellement de petits enfants qu'on les enterre à même la boue des rizières, sous les cases, et c'est le père qui, avec ses pieds, aplatit la terre à l'endroit où il a enterré son enfant. Ce qui fait que rien ne signale ici la trace d'un enfant mort et que les terres que vous convoitez et que vous leur enlevez, les seules terres douces de la plaine, sont grouillantes de cadavres d'enfants. Alors, moi, pour qu'enfin ces morts servent à quelque chose, on ne sait jamais, bien plus tard, en guise de sépulture ou si vous voulez, d'oraison[2], je prononce ces paroles pour moi sacrées : « Voilà qui ferait plaisir à ces chiens du cadastre de Kam. » Qu'ils le sachent au moins.

« Je suis vraiment très pauvre maintenant et – mais comment le sauriez-vous ? – mon fils, dégoûté de tant de misère, va probablement

---

1. **Alun** : substance chimique utilisée notamment pour traiter l'eau potable.
2. **Oraison** : prière.

me quitter pour toujours et je ne me sens plus le courage ni le droit de le retenir. Je suis tellement triste que je ne peux plus dormir. Ça commence à faire bien longtemps déjà que je passe des nuits et des nuits à ressasser ces choses. Depuis le temps que je les ressasse et que ça ne sert à rien, insensiblement je commence à espérer que le moment viendra où ces choses serviront. Et que mon fils s'en aille pour toujours, jeune comme il est et instruit comme il est de toutes ces choses sur votre ignominie, c'est déjà peut-être un commencement. C'est ce que je me dis pour me consoler.

« Voyez-vous, il faut que vous me donniez ces cinq hectares du haut qui entourent mon bungalow. Vous me diriez, s'il vous plaisait une fois de me répondre : « À quoi bon ? ces cinq hectares ne vous suffisent pas et si vous les hypothéquez pour faire de nouveaux barrages, ces barrages seront aussi mauvais que les premiers. » Ah ! les gens de votre espèce ne savent pas ce que c'est que l'espoir, ils ne sauraient qu'en faire d'ailleurs, ils n'ont que de l'ambition et ils ne ratent jamais leur coup. Je vous répondrais à propos de mes barrages. « Si je n'ai même pas l'espoir que mes barrages peuvent tenir cette année, alors il vaut mieux que je donne tout de suite ma fille à un bordel, que je presse mon fils de partir et que je fasse assassiner les trois agents du cadastre de Kam. » Mettez-vous à ma place : si dans l'année qui vient je n'ai même pas cet espoir, même pas la perspective d'une nouvelle défaite, que me restera-t-il à faire de mieux que de vous faire assassiner ?

« Où est hélas tout l'argent que j'avais gagné, que j'avais économisé sou par sou pour acheter cette concession ? Où est-il maintenant cet argent ? Il est dans vos poches déjà alourdies d'or. Vous êtes des voleurs. De même que les morts d'enfants ne peuvent se reprendre, mon argent, ma jeunesse, je ne les reprendrai jamais. Il faut m'accorder ces cinq hectares ou bien un jour on retrouvera vos cadavres dans les fossés qui longent la piste et dans lesquels on enterrait tout vifs les bagnards qui travaillaient à sa construction. Car, je vous le répète une dernière fois, il faut bien vivre de quelque chose et si ce n'est pas de l'espoir, même très vague, de nouveaux barrages, ce sera de cadavres, même des méprisables cadavres des trois agents cadastraux de Kam. Quand on n'a rien à se mettre sous la dent on n'est pas difficile.

« En espérant, quand même, une réponse de votre part, je vous prie d'agréer, Monsieur l'Agent cadastral, etc. »

Un long coup de klaxon se fit entendre sur la piste du côté du pont. Un très long coup de klaxon électrique. Il était huit heures du soir. Personne ne l'avait entendue arriver, même pas Joseph. Elle devait s'être arrêtée de l'autre côté du pont, c'était impossible autrement car on entendait toujours le fracas des planches déclouées par la chaleur lorsqu'une auto passait dessus. Et comme personne ne l'avait entendue arriver on pouvait supposer qu'elle était là, avant le pont, depuis un bon moment déjà. Peut-être n'avait-elle pas été sûre tout de suite que c'était lui, le bungalow dont lui avait parlé Joseph. Elle avait dû le regarder longtemps se dessiner dans la nuit, à moitié achevé, sans balustrade et, autour de la lampe à acétylène qui brillait à l'intérieur elle avait dû chercher la silhouette de Joseph. C'était bien ça, d'autant plus qu'à côté de la sienne il y en avait deux autres dont une de vieille femme. Elle avait dû encore attendre avant de klaxonner. Attendre encore, puis tout à coup, klaxonner, lancer le signal entre eux convenu. Ce n'était pas un appel timide, non, c'était un appel discret mais impératif. Depuis un mois, depuis huit cents kilomètres, elle attendait ce coup de klaxon. Et une fois devant le bungalow, elle avait pris son temps et avait attendu avant d'appuyer sur le bouton, tout en étant sûre qu'il le fallait.

Ils étaient en train de manger quand il retentit. Joseph fit un bond comme s'il venait de recevoir une décharge de balles dans le corps. Il quitta la table, repoussa sa chaise, traversa le salon et descendit les marches du bungalow en courant. La mère se leva

lentement de table et, comme s'il lui fallait user désormais vis-à-vis
2880   d'elle-même d'une extrême prudence, elle s'allongea dans sa chaise
longue, au salon, face à la porte d'entrée. Suzanne la suivit et s'assit
à côté d'elle dans un fauteuil. C'était un peu le même soir que le
soir de la mort du cheval qui recommençait.

– Ça y est, dit la mère à voix basse.

2885   Les yeux à demi fermés, elle fixait la direction d'où était venu
le coup de klaxon. Sauf qu'elle était très pâle, on aurait pu croire
qu'elle somnolait. Elle ne disait rien ni ne remuait même un doigt.
La piste était parfaitement noire. Ils devaient être là tous les deux,
enlacés, dans le noir. Joseph resta parti un très long moment. Mais
2890   l'auto ne démarrait pas. Suzanne était sûre que Joseph allait remonter ne fût-ce que quelques minutes, pour dire quelques mots à la
mère, peut-être pas à elle mais à la mère, sûrement.

Joseph revint en effet. Il s'arrêta devant la mère et la regarda. Il y
avait un mois qu'il ne lui avait pas adressé la parole de lui-même, qu'il
2895   ne l'avait peut-être pas regardée vraiment. Il lui parla doucement.

– Je m'en vais pour quelques jours, je peux pas faire autrement.

Elle leva les yeux vers son fils et, pour une fois, sans geindre,
sans pleurer, elle dit :

– Pars, Joseph.

2900   Sa voix était nette mais éraillée comme si tout à coup elle s'était
mise à parler faux. Après qu'elle eut parlé, Suzanne leva les yeux
vers Joseph. Elle le reconnut à peine. Il regardait la mère fixement
et en même temps il riait, sans manifestement pouvoir s'en empêcher alors que peut-être il n'aurait pas voulu rire. Il venait de la nuit
2905   noire mais il aurait pu revenir d'un incendie : ses yeux brillaient, son
visage ruisselait de sueur et le rire sortait de lui comme s'il le brûlait.

– Bon Dieu ! je reviendrai, je le jure.

Il ne bougeait pas et attendait de la mère un signe, un signe
quelconque qu'elle ne pouvait pas faire. On vit apparaître sur la
2910   piste un immense jet de lumière, à perte de vue. Les phares tran-
chaient la piste en deux et on aurait dit que c'était à partir d'eux
qu'elle jaillissait, que de l'autre côté il n'y avait rien, rien que la

touffeur[1] irrespirable d'une nuit épaisse. Le jet de lumière obliqua par à-coups, progressivement, en balayant le bungalow, le rac, les villages endormis et au loin, le Pacifique, jusqu'à ce qu'une nouvelle piste surgisse, opposée à la première. On ne l'avait pas entendue tourner. Ça devait être une formidable bagnole que la 8 cylindres Delage. En quelques heures ils seraient à la ville. Joseph conduirait comme un fou jusqu'au premier hôtel où ils s'arrêteraient pour faire l'amour. Maintenant le faisceau des phares indiquait la direction de la ville. C'était par là que Joseph allait partir. Joseph se retourna, le faisceau passa devant lui, il se raidit, ébloui. Depuis trois ans, il attendait qu'une femme à la détermination silencieuse vienne l'enlever à la mère. Elle était là. On se sentait désormais aussi séparé de lui que s'il avait été malade ou, sinon fou, du moins privé de la raison commune. Et vraiment, il était difficile de regarder ce Joseph qui ne les concernait plus, ce mort vivant qu'il était devenu pour elles.

Il s'était de nouveau tourné vers la mère et il restait devant elle attendant toujours ce signe de paix qu'elle ne pouvait pas lui faire. Et il riait toujours. Son visage disait un tel bonheur qu'on ne le reconnaissait plus. Jamais personne, avant, même Suzanne, n'aurait pu croire ce visage, si résolument fermé, capable de s'avouer, de se livrer avec une telle impudeur.

— Merde, répétait Joseph, je te le jure, je reviendrai, je laisse tout, même mes fusils.

— Tu n'as plus besoin de tes fusils. Pars, Joseph.

Elle avait de nouveau fermé les yeux. Joseph la prit par les épaules et se mit à la secouer.

— Puisque je te le jure, même si je voulais te laisser, je ne pourrais pas.

Elles étaient sûres qu'il partait pour toujours. Seul lui en doutait encore.

— Embrasse-moi, dit la mère. Et pars.

Elle se laissait secouer par Joseph qui s'était mis à crier.

---

1. Touffeur: atmosphère étouffante en raison d'une chaleur extrême.

2945   – Dans huit jours ! quand vous aurez fini de m'emmerder ! Dans huit jours je serai revenu ! On dirait que vous ne me connaissez pas !

Il se tourna vers Suzanne :

– Dis-lui, nom de Dieu, dis-lui !

– T'en fais pas, dit Suzanne, dans huit jours il sera là.

2950   – Pars, Joseph, dit la mère.

Joseph se décida à aller dans sa chambre pour chercher ses affaires. L'auto attendait toujours, les phares éteints maintenant. Elle n'avait pas klaxonné une deuxième fois. Elle laissait du temps à Joseph, son temps. Elle savait que c'était difficile. Elle aurait attendu

2955 toute la nuit, c'était sûr, sans klaxonner une nouvelle fois.

Joseph revint chaussé de ses sandales de tennis. Il portait un paquet de linge qu'il avait dû préparer à l'avance. Il se précipita sur la mère, la souleva dans ses bras et l'embrassa de toutes ses forces, dans les cheveux. Il n'alla pas vers Suzanne mais il se força

2960 à la regarder et dans ses yeux il y avait de l'effroi et peut-être aussi de la honte. Puis brusquement, il passa entre elles et descendit les marches de l'escalier en courant. Les phares s'allumèrent peu après sur la piste, en direction de la ville. Puis l'auto démarra très douce- ment, sans qu'on l'entendît : les phares se déplacèrent, s'éloignèrent,

2965 s'éloignèrent encore, laissant derrière eux une marge toujours plus large de nuit, puis on ne vit plus rien.

La mère, les yeux fermés, était toujours dans la même position. Le bungalow était tellement silencieux que Suzanne pouvait entendre sa respiration rauque et désordonnée.

2970   Le caporal monta accompagné de sa femme. Ils avaient tout vu. Ils apportaient du riz chaud et du poisson frit. Ce fut le caporal qui, comme toujours, parla le premier. Il dit que le poisson et le riz qui étaient sur la table s'étaient refroidis et qu'il en avait apporté d'autres. Sa femme qui d'ordinaire ne restait jamais dans le bungalow s'ac-

2975 croupit à ses côtés dans un coin du salon. Ils avaient enfin compris ce qui se tramait depuis leur retour de la ville et déjà l'hébétement de la faim était dans leurs yeux. Ils attendaient qu'elle leur donne un espoir quelconque qu'ils mangeraient encore. Ce fut sans doute

pour eux, qu'une heure après le départ de Joseph, elle consentit à
parler. Elle les regarda et s'adressa à Suzanne.

– Va finir de manger.

Elle était rouge et ses yeux étaient vitreux. Suzanne lui apporta
un bol de café et une pilule. Le caporal et sa femme la regardaient
comme elle, un mois avant, avait regardé le cheval. Elle but le café
et prit la pilule.

– Tu peux pas savoir ce que c'est, dit-elle.

– C'est moins terrible que s'il était mort.

– Je ne me plains pas. Il n'avait plus rien à faire ici, j'ai beau
chercher, plus rien.

– Il reviendra quelquefois.

– Ce qui est terrible…

Sa bouche se tordait comme si elle allait vomir.

– Ce qui est terrible, répéta-t-elle, c'est qu'il n'a aucune instruc-
tion, alors je ne vois pas ce qu'il peut faire, je ne vois rien.

– Elle l'aidera.

– Il la quittera, il partira toujours de partout comme il est parti
de toutes les écoles où je l'ai mis… C'est avec moi qu'il sera resté
le plus.

Suzanne l'aida à se déshabiller et fit signe au caporal et à sa
femme qu'ils devaient descendre. C'est seulement lorsqu'elle fut
couchée que la mère commença à pleurer, comme jamais encore
elle n'avait pleuré, comme si elle découvrait enfin, et pour de vrai,
la douleur.

– Tu vas voir, criait-elle, tu vas voir que ce ne sera pas suffisant
encore. Ce qu'il aurait fallu c'est qu'il me fiche un coup de chevrotine avant de partir, puisqu'il sait si bien le faire…

Dans la nuit la mère eut une crise dont elle faillit mourir. Mais
cela non plus ne fut pas suffisant.

Suzanne pensait à Joseph. Ce n'était pas par cette femme, par son départ, qu'il était devenu tout à fait un autre homme. Elle se souvenait de ce qui s'était passé il y avait deux ans. C'était très précisément dans la semaine qui avait suivi l'écroulement des barrages.

Ce jour-là une petite auto neuve, luisante, s'arrêta devant le bungalow. Joseph sortit du salon suivi de Suzanne et, de la véranda, regarda l'auto arrêtée. Un homme de taille moyenne, brun, dont le visage abrité sous un casque colonial paraissait exigu, ordinaire, en descendit. Il portait une serviette sous le bras. D'un pas décidé il prit le chemin qui menait au bungalow. C'était la grande marée de juillet, la période de l'année où cette sorte d'hommes se montrait. Ils prenaient alors leur auto et allaient inspecter les concessions de la plaine. Pour faire ce travail ils touchaient une solde importante et on leur fournissait même une auto pour le leur faciliter. Jamais ils ne prenaient le car.

– Bonjour, fit l'homme. Est-ce que votre mère est là ? Je voudrais lui parler.

– Vous êtes l'agent cadastral ? demanda Joseph.

Il était au pied de la véranda et regardait tantôt Suzanne, tantôt Joseph, d'un air un peu surpris. Suzanne, parce que c'était la première fois qu'il la voyait et qu'il pensait peut-être qu'elle n'était pas négligeable. Et Joseph, parce que sa grossièreté était si évidente que toujours et partout, elle déroutait, s'imposait, inquiétait. Suzanne n'avait jamais rencontré quelqu'un qui fût aussi peu poli que Joseph. On ne savait jamais lorsqu'on ne le connaissait pas, sur quel ton lui

parler, par quel biais le prendre et comment dissiper cette brutalité
3035 devant laquelle les plus sûrs se troublaient. Penché sur la balustrade,
le menton dans la main, il regardait l'agent cadastral et celui-ci
n'avait sans doute jamais été regardé avec une violence aussi sereine.

– Pourquoi vous voulez voir ma mère ? demanda Joseph.

L'agent tenta de sourire presque gentiment à Joseph. Suzanne
3040 reconnut ce sourire. Elle en avait déjà vu de pareils en face de
Joseph. Depuis, elle l'avait retrouvé souvent chez M. Jo. C'était là
le sourire de la crainte.

– C'est l'époque des inspections, dit gentiment l'agent.

Joseph rit aussi soudainement que si on l'avait chatouillé.

3045 – Inspecter ? Vous venez inspecter ? demanda Joseph. Si vous
voulez inspecter, faut pas vous gêner. Merde alors, vous pouvez
inspecter tout ce que vous voudrez.

L'agent baissa aussi brusquement la tête que s'il venait de recevoir un coup de matraque.

3050 – Allez-y, reprit Joseph. Qu'est-ce que vous attendez ? Vous n'avez
pas besoin de ma mère pour qu'elle fasse votre boulot non ?

Ce que disait Joseph faisait à Suzanne l'effet d'être très beau.
Elle en avait beaucoup entendu parler de ces agents cadastraux, de
leurs fabuleuses fortunes, de leur puissance discrétionnaire[1], quasi
3055 divine. Celui-ci, qui se tenait aux pieds de Joseph, donnait envie de
rire. Il fallait se retenir d'appeler la mère pour qu'elle le voie et rie.
Elle eut envie d'intervenir de parler comme Joseph.

– Allez-y, dit Suzanne, puisqu'il vous le dit.

– Si vous voulez une barque on peut aller jusqu'à vous la prêter,
3060 dit Joseph.

L'agent releva la tête mais sans toutefois affronter le regard de
Joseph. Puis il essaya d'user d'un nouveau sérieux.

– Je vous fais remarquer que je suis ici en fonctions et que c'est
cette année qu'expire l'avant-dernier délai accordé à votre mère
3065 pour la mise en culture du tiers de la concession.

---

1. Puissance discrétionnaire : pouvoir laissé au bon plaisir de celui qui le possède
et sur lequel ne s'exerce aucun contrôle.

À ce moment-là la mère était apparue, alertée sans doute par le bruit de la conversation.

– Qu'est-ce que c'est?

Mais aussitôt qu'elle le vit elle reconnut le petit homme. Il l'avait
3070 fait attendre des dizaines de fois dans l'antichambre de son bureau
à Kam et elle lui avait envoyé peut-être cinquante lettres.

Joseph se tourna vers la mère, fit un geste de la main, comme
s'il voulait l'arrêter et, d'une voix changée, il lui dit:

– Laisse faire.

3075 C'était la première fois qu'il se mêlait d'une affaire concernant
la concession. Et il le lui dit d'une voix aussi confidentielle que s'ils
avaient décidé en commun, elle et lui, qu'il interviendrait lui-même.
Elle n'avait pas senti se faire ce qui était déjà les premiers signes du
printemps de Joseph, sa nouvelle importance.

3080 L'agent cadastral n'avait pas retiré son casque devant la mère,
il s'était contenté de lui faire un signe de tête et de marmonner
quelque salutation. Elle avait l'air fatigué. Elle avait une de ces
robes indescriptibles, informes, qu'elle commençait alors à porter,
sortes de peignoirs très amples dans lesquels elle flottait comme
3085 une épave. Pour la première fois depuis l'écroulement des barrages, elle s'était coiffée et sa natte grise très serrée, ficelée à son
extrémité par la rondelle de chambre à air, lui pendait dans le dos,
naïvement, risiblement.

– Ah! dit la mère, je vous attendais, vous ne pouviez pas tarder
3090 à venir.

Joseph, de la main, lui fit encore une fois signe de se taire. C'était
inutile qu'elle se donne la peine de répondre.

– Nos barrages ont tenu, dit Joseph. On a une récolte formidable,
comme jamais vous n'en avez vu de votre vie.

3095 La mère regarda son fils, ouvrit la bouche comme pour parler,
sans toutefois prononcer un mot. Puis brusquement, son expression
changea et se renversa entièrement et en quelques secondes devint
celle du plaisir, du seul plaisir, toute lassitude chassée.

L'agent cadastral, interloqué[1], regarda la mère. Il avait sans doute attendu qu'elle vienne à son secours, qu'elle ne se laisse pas faire à son tour.

– Je ne comprends pas… On m'avait dit que vous n'aviez pas de chance…

– C'est comme ça, dit Joseph. Voyez, on a plus de chance que vous. Vous, on le voit bien, vous n'avez pas de chance.

– Oui, ça, ça se voit tout de suite, dit Suzanne.

L'agent avait la figure écarlate, il passa sa main sur sa joue pour effacer la gifle.

– Je n'ai pas trop à me plaindre, dit l'agent.

– Et nous alors !… dit Joseph.

Il riait carrément. Suzanne se souvenait parfaitement de cette minute où elle sut qu'elle ne rencontrerait peut-être jamais un homme qui lui plairait autant que Joseph. D'autres auraient pu croire qu'il était un peu fou. Lorsque par exemple il s'acharnait à enlever les pièces de la B. 12, sans raison, on aurait en effet pu le croire. La mère doutait quelquefois. Mais elle, Suzanne, savait depuis toujours qu'il n'était pas fou. Et devant l'agent cadastral ah ! comme il était sûr qu'il ne l'était pas ! comme il avait trouvé comme il fallait être ! Du haut de la balustrade, torse nu, ébloui par sa propre trouvaille et avec un plaisir presque indécent il piétinait l'autre, habillé et tout rouge, il faisait voler en éclats son pouvoir si bien assuré pourtant et jusque-là, pour tous, si terrifiant.

– Je voudrais que nous parlions sérieusement, dit l'agent cadastral. Dans votre intérêt même…

– Dans notre intérêt ? vous l'entendez ? il parle de notre intérêt ! dit la mère tournée vers eux, comme au spectacle, pour faire remarquer une réplique.

Et elle rit elle aussi. Joseph la tenait captive comme un oiseau. C'était d'elle d'ailleurs qu'il tenait le don de rire comme ça, de

---

1. **Interloqué** : très surpris.

pouvoir tout à coup inventer de rire des raisons mêmes qui, la veille, la faisaient pleurer.

– Merde, dit Joseph, nous on parle tout ce qu'il y a de sérieusement. C'est vous qui n'êtes pas sérieux. Si vous faisiez votre boulot, vous iriez voir nos barrages. Je vais dire au caporal de préparer la barque. Il faut pas plus de six heures pour tout voir et vous allez tout voir.

L'agent souleva son casque et s'épongea le front. Il était en plein soleil, sur le terre-plein et personne ne l'invitait à monter. Il savait depuis toujours, il savait avant même qu'ils fussent commencés, que les barrages ne tiendraient pas, n'avaient pas tenu. Ce n'était pas ça qui le préoccupait, mais seulement d'arrêter leurs rires, d'arrêter coûte que coûte cette dégringolade inattendue de toute son autorité dans leurs rires. Ils n'allaient tout de même pas le forcer à descendre aux barrages. Il cherchait vainement à éluder la chose, il regardait de tous les côtés, cherchant une issue. Un rat. Il n'avait évidemment pas l'habitude de voir son pouvoir mis à l'épreuve. Il ne trouvait rien.

– Caporal! cria Suzanne, prépare la barque, prépare vite la barque pour l'agent!

L'agent leva la tête et fit à Suzanne un faux sourire qui se voulait compréhensif, presque compatissant.

– Ce n'est pas la peine, dit-il, je sais que vous n'avez pas eu de chance. Les choses se savent dans la région. Je vous l'avais dit pourtant, ajouta-t-il sur un ton de doux reproche et en se tournant vers la mère.

– Mes barrages sont magnifiques, dit la mère. S'il y a un bon Dieu, c'est lui qui les a fait tenir rien que pour nous donner l'occasion de voir la gueule que vous feriez, vous autres, au cadastre… et vous, vous êtes là, vous êtes venu nous la montrer.

Suzanne et Joseph éclatèrent de rire. C'était un bonheur inexprimable d'entendre la mère parler comme ça. L'agent ne riait pas.

– Vous savez que votre sort est entre mes mains, dit-il.

3165 Il essayait les menaces cette fois. Joseph cessa de rire et descendit quelques marches du bungalow.

– Et le vôtre, de sort, vous croyez qu'il n'est pas entre nos mains ? Si vous descendez pas tout de suite aux barrages, je vous fous de force dans la barque et vous crèverez d'insolation avant d'y arriver.

3170 Maintenant si vous préférez, vous pouvez déguerpir, mais alors, en vitesse.

L'agent fit quelques pas dans la direction du chemin, prudemment. Lorsqu'il fut sûr que Joseph ne le suivait pas, il se retourna et dit d'une voix enrouée :

3175 – Tout cela fera l'objet d'un rapport, soyez-en sûr.

– Venez le dire ici, venez, cria Joseph en tapant du pied comme s'il allait descendre en courant, et l'autre fit quatre ou cinq pas rapides avant de comprendre que Joseph n'avait toujours pas bougé.

– Salauds ! criait la mère, chiens ! voleurs !

3180 Épanouie de colère, libérée, rajeunie, elle se tourna vers Joseph.

– Ça fait du bien, dit-elle. C'est moins que des chiens.

Puis elle se retourna vers l'agent, elle ne pouvait pas s'arrêter.

– Voleurs ! Assassins !

L'agent ne se retournait pas. Raide, il allait d'un pas mesuré

3185 vers son auto.

– Ça fait quatre, dit la mère. On est les quatrièmes sur cette concession. Tous ruinés ou crevés. Et eux, ils s'engraissent.

– Les quatrièmes, fit Joseph, interloqué. Merde, les quatrièmes, je savais pas, tu l'avais pas dit.

3190 – Il n'y a pas longtemps que je l'ai appris, dit la mère, j'avais oublié de te le dire.

Joseph chercha ce qu'il pourrait bien faire. Il trouva.

– Attends un peu, dit-il.

Il courut à sa chambre et reparut armé de son Mauser. Il riait de

3195 nouveau. La mère et Suzanne, figées, le regardaient sans rien oser lui dire. Il allait tuer l'agent cadastral. Tout allait changer. Tout allait finir là, à la minute. Tout allait recommencer. Joseph épaula son Mauser, visa l'agent cadastral, le visa bien et à la dernière seconde, il leva le canon du fusil vers le ciel et tira en l'air. Un lourd silence se fit. L'agent se mit à courir de toutes ses forces vers son auto. Joseph éclata d'un rire énorme. Puis ce furent la mère et Suzanne. L'agent devait les entendre rire, mais il n'en continuait pas moins à courir comme un dératé. Une fois arrivé à l'auto, il s'y engouffra et, sans jeter un regard vers le bungalow, il démarra à toute vitesse en direction de Ram.

Depuis, l'agent cadastral se contentait d'envoyer des « avertissements » écrits. Il n'était plus jamais revenu les inspecter. On aurait pu croire qu'il reviendrait aussitôt après le départ de Joseph. Mais sans doute ignorait-il encore ce départ.

Personne donc, même pas l'agent cadastral, ne s'arrêtait devant le bungalow. Les balles de chevrotine restaient dans la cartouchière de Joseph, inutiles. Et aussi son Mauser, innocent, sans maître, qui pendait bêtement au mur de sa chambre. Et aussi la B. 12 – « la B. 12, c'est moi », disait Joseph –, qui, lentement, se couvrait de poussière et se rouillait, remisée pour toujours entre les pilotis centraux, sous le bungalow.

Le gibier descendait vers la plaine attiré par les semis. Aussi passait-il pas mal d'autos de chasseurs à cette époque-là de l'année. Depuis quatre ans d'ailleurs, il en passait chaque année davantage parce que Ram devenait de plus en plus fameux pour ses chasses. On commençait par entendre de loin leur moteur qui chauffait sur la piste, puis le bruit grossissait, grossissait encore jusqu'à ce qu'elles arrivent devant le bungalow et là, on aurait dit qu'il emplissait toute la plaine. Elles passaient et bientôt ne parvenait plus d'elles que le long écho de leur klaxon lorsqu'elles traversaient la forêt de Ram. Parfois elles se faisaient attendre des heures durant et alors Suzanne s'allongeait à l'ombre du pont.

Le docteur était revenu voir la mère quelques jours après sa crise. Il n'avait pas eu l'air très inquiet. Il lui avait prescrit de doubler la dose de pilules, lui avait recommandé le calme mais aussi de commencer à se lever et de prendre un peu d'exercice chaque jour. Il avait dit à Suzanne que ce qu'il aurait fallu c'était que la mère pense moins à Joseph, qu'elle se fasse moins de soucis et qu'elle « reprenne un peu de goût à la vie ». La mère consentait à prendre régulièrement ses pilules parce que les pilules la faisaient dormir, mais c'était tout. Elle refusait absolument de se lever. Les premiers jours, Suzanne avait insisté mais c'était inutile, la mère s'obstinait.

– Si je me lève, je vais l'attendre encore plus. Je ne veux plus l'attendre.

Elle se mit à dormir presque toute la journée.

– Il y a vingt ans, disait-elle, que j'attends de dormir comme ça.

Et elle dormait vraiment par désir de dormir, avec délices et entêtement, comme jamais encore. Il lui arrivait d'ailleurs de manifester un certain intérêt aux choses lorsqu'elle se réveillait. Mais c'était le plus souvent à propos du diamant.

— Faudra bien que je me lève un jour pour le liquider.

Elle le regardait, peut-être avec un peu moins de dégoût qu'autrefois, toujours accroché à son cou avec la clef de la réserve.

Suzanne en était vite arrivée à la laisser faire à son gré sauf pour les pilules qu'elle consentait à prendre et qu'elle lui donnait toutes les trois heures. Depuis le départ de Joseph, et pour la première fois, la mère se désintéressait enfin totalement de la concession. Elle n'attendait plus rien, ni du cadastre ni de la banque. C'était le caporal qui avait pris cette fois-ci l'initiative des semis qui devaient assurer la mise en culture des cinq hectares du haut. La mère le laissa faire. C'était d'ailleurs aussi grâce au caporal qu'à l'heure des repas, il y avait toujours sur la table du riz chaud et du poisson frit. Suzanne en apportait à la mère et souvent elle mangeait à côté d'elle, assise sur son lit.

En dehors des repas et des soirées, non seulement la mère passait des journées entières sans parler à Suzanne, mais souvent, lorsque celle-ci entrait dans sa chambre, elle négligeait de la regarder. En général elle ne lui parlait que le soir, au moment de se coucher. C'était presque invariablement pour lui dire qu'il faudrait bien qu'elle se lève un jour et qu'elle aille voir le père Bart.

— Dix mille, je me contenterai de dix mille cette fois-ci.

Suzanne, régulièrement, répondait :

— C'est pas mal. Ça ferait trente mille en tout.

Et la mère souriait d'un sourire timide, forcé.

— Tu vois bien qu'on peut se débrouiller.

— Mais c'est peut-être pas la peine de la vendre encore ? rien ne presse, disait parfois Suzanne.

Là-dessus, la mère était vague. Elle ne savait pas ce qu'elle ferait de l'argent. Ce qu'elle savait c'était qu'elle ne tenterait plus de nouveaux barrages. Peut-être qu'il servirait à partir. Ou peut-être qu'elle voulait l'avoir pour rien, pour avoir dix mille francs avec elle.

Toutes les trois heures, Suzanne montait au bungalow, lui donnait ses pilules et repartait s'asseoir près du pont. Mais aucune auto ne s'arrêtait devant le bungalow. Il arrivait à Suzanne de regretter l'auto de M. Jo, le temps où elle s'était arrêtée chaque jour devant le bungalow. C'était au moins une auto qui s'arrêtait. Même une auto vide ç'aurait été mieux que pas d'auto du tout. Maintenant c'était comme si le bungalow avait été invisible, comme si elle-même, près du pont, avait été invisible : personne ne semblait remarquer qu'il y eût là un bungalow et là, plus près encore, une fille qui attendait.

Alors, un jour, pendant que la mère dormait, Suzanne entra dans sa chambre et sortit de l'armoire le paquet des choses que lui avait données M. Jo. Elle en retira sa plus belle robe, celle qu'elle mettait lorsqu'ils allaient à la cantine de Ram, celle qu'elle avait mise quelquefois à la ville et dont Joseph disait que c'était une robe de putain. C'était une robe bleu vif qui se voyait de loin. Suzanne avait cessé de la mettre pour que Joseph ne l'engueule pas. Mais aujourd'hui que Joseph était parti, il n'y avait plus de crainte à avoir. Du moment qu'il avait choisi de partir et de la laisser, elle pouvait le faire. Et en enfilant cette robe, Suzanne comprit qu'elle faisait un acte d'une grande importance, peut-être le plus important qu'elle eût fait jusqu'ici. Ses mains tremblaient.

Mais pas plus qu'avant les autos ne s'arrêtèrent devant cette fille à robe bleue, à robe de putain. Suzanne essaya pendant trois jours puis, le soir du troisième jour, elle la jeta dans le rac.

Il se passa ainsi trois semaines pendant lesquelles rien n'arriva, ni une lettre de Joseph, ni même une lettre de la banque, ni même un avertissement du cadastre. Pendant lesquelles personne ne s'arrêta.

3305 Après cela, un matin, elle vit arriver le fils Agosti. Seul et sans auto.

Il ne se dirigea pas tout de suite vers le bungalow et il alla la trouver près du pont.

— Ta mère m'a envoyé un mot par le caporal, elle a un service à me demander.

3310 — Elle est un peu malade, dit Suzanne, elle peut pas se faire au départ de Joseph.

Agosti avait une sœur qui était partie, il y avait deux ans de cela, avec un douanier du port de Ram. Mais elle, elle donnait de ses nouvelles.

3315 — On fichera tous le camp, dit Agosti, c'est pas la question. Ce qui est moche c'est que Joseph n'écrive pas, ça ne lui coûterait rien. Ma mère a failli crever après le départ de ma sœur puis quand elle a écrit ça a été mieux. Maintenant ça va, elle est habituée.

Une fois, à la cantine de Ram, pendant qu'on jouait *Ramona*, ils

3320 s'étaient embrassés. Il l'avait entraînée dehors et il l'avait embrassée. Elle le regardait avec curiosité. On aurait peut-être pu dire qu'il ressemblait à Joseph.

— Qu'est-ce que tu fiches toute la journée près de ce pont?

— J'attends les autos.

3325 — C'est idiot, dit Agosti d'un ton désapprobateur.

— Y a rien d'autre à faire, dit Suzanne.

Agosti y mit le temps mais il en convint.

– Au fond c'est peut-être vrai. Et s'il y en avait un qui te propo-
sait de t'emmener ?

– Je partirais avec lui et même maintenant qu'elle est malade,
tout de suite je partirais.

– C'est con, dit Agosti d'un ton pas très convaincu.

Peut-être qu'il se souvenait de l'avoir embrassée, il la regardait
lui aussi avec curiosité.

– Ma sœur aussi attendait comme ça.

– Suffit de vouloir, dit Suzanne, puis à la fin, ça arrive.

– Qu'est-ce que tu voudrais ? demanda Agosti.

– Je veux m'en aller.

– Avec n'importe qui ?

– N'importe qui, oui. Je verrai après.

Il parut réfléchir à quelque chose qu'il ne dit pas. Il monta vers le
bungalow. Il avait deux ans de plus que Joseph, il était très coureur[1]
et tout le monde savait dans la plaine qu'il faisait la contrebande[2] de
l'opium et du pernod. Il était assez petit mais terriblement fort. Il
avait de larges dents cerclées de nicotine, très serrées, qui se décou-
vraient, menaçantes, dans son rire. Suzanne s'allongea sous le pont
et attendit son retour. Elle pensait très violemment à lui, son arrivée
l'avait vidée de toute autre pensée, remplie de la sienne. Suffisait de
vouloir. C'était le seul homme de ce côté-là de la plaine. Et lui aussi
il voulait s'en aller. Peut-être avait-il oublié qu'il y avait déjà un an
qu'ils s'étaient embrassés sur l'air de *Ramona* et qu'elle avait un an
de plus que ce soir-là. Il fallait le lui rappeler. On disait qu'il avait
eu toutes les plus belles indigènes de la plaine et même les autres,
celles qui l'étaient moins. Et toutes les blanches de Ram suffisamment
jeunes pour cela. Sauf elle. Suffisait de vouloir avec assez de courage.

– Elle m'a confié ça pour que j'essaie de le vendre au père Bart,
dit Agosti en revenant.

---

1. Coureur : homme qui a de nombreuses aventures.
2. Contrebande : commerce illégal.

Il tenait le diamant, sans précaution aucune, et il le faisait sauter dans le creux de sa main avec habileté, comme il aurait fait d'une petite balle.

– Tu devrais essayer de le vendre, ça lui ferait du bien.

Agosti réfléchit.

– D'où c'est que vous le sortez ?

Suzanne se releva et regarda Agosti en souriant.

– C'est un type qui me l'a donné.

Agosti se mit à sourire aussi.

– Le type à la Léon Bollée ?

– Bien sûr, qui d'autre aurait pu me donner un diam ?

Agosti se mit à regarder Suzanne avec beaucoup d'attention.

– J'aurais jamais cru, dit-il après un moment. Dis donc, t'es une belle putain.

– Je couchais pas avec lui, dit Suzanne. Elle riait toujours.

– À d'autres. – Il regarda le diamant sans rire et ajouta : – Ça me dégoûte de le vendre, même au père Bart.

– Il croyait que je coucherais avec lui, dit Suzanne, c'est pas pareil.

– T'as rien fait avec lui ?

Suzanne sourit davantage, comme si elle se moquait.

– Quelquefois quand je me baignais je me montrais à lui. À poil. C'est tout.

Les expressions de Joseph lui remontaient à la tête, délicieusement comme dans l'ivresse et comme dans l'ivresse, elles sortaient toutes seules.

– Merde, dit Agosti, c'est vache.

Mais il la regardait vraiment avec beaucoup d'attention.

– Et rien que pour te voir…

– Je suis bien foutue, dit Suzanne.

– Tu ne te l'envoies pas dire.

– La preuve, dit Suzanne en montrant le diamant.

Il passa une seconde fois. Cette fois-là, Suzanne comprit que c'était pour elle. Il ne monta même pas au bungalow.

– Je crois que le père Bart va marcher, dit-il sur un drôle de ton, s'il n'en veut pas, ou bien je laisse tomber le pernod ou bien je le dénonce.

Et tout de suite après il lui annonça.

3395 – Dans quelques jours je viendrai te chercher, faut que tu voies ma plantation d'ananas.

Il lui sourit et se mit à siffler l'air de *Ramona*. Puis, sans lui dire au revoir il s'en alla tout en sifflant.

Deux jours après la visite du fils Agosti, la mère reçut un mot
de Joseph, un mot très court dans lequel il disait qu'il allait bien,
qu'il avait trouvé un travail intéressant. Il accompagnait les riches
Américains dans leurs chasses sur les hauts plateaux, il gagnait pas
mal d'argent. Il disait aussi qu'il viendrait les voir et prendre ses
fusils dans un mois environ. Il habitait l'Hôtel Central, du moins
c'était à cette adresse qu'il demandait qu'on lui écrive. Suzanne
lut la lettre à voix haute mais la mère la lui demanda pour la relire
elle-même. Elle trouva que Joseph faisait beaucoup de fautes d'orthographe. Elle s'en plaignit comme s'il ne les avait faites que pour
mieux l'accabler.

– J'avais oublié qu'il en faisait tant, il aurait dû la lui faire lire
avant de me l'envoyer.

Mais quand même la première lettre de Joseph l'apaisa. Elle
s'accrocha à la question des fautes d'orthographe et, au bout de
quelques heures, elle parut y avoir trouvé un regain de vitalité.
Elle commença à réclamer le fils Agosti et à harceler Suzanne
pour savoir s'il était repassé. Deux fois par jour elle le réclamait.
Suzanne lui répéta ce que lui avait dit Agosti, qu'il espérait que le
père Bart achèterait la bague, et que pour le convaincre il l'avait
même menacé de ne plus lui écouler son pernod. Suzanne ajouta
qu'il lui avait dit qu'il repasserait dans quelques jours et qu'il
aurait sûrement vendu la bague. S'il ne revenait pas, dit la mère,
il fallait aller le chercher parce qu'elle avait besoin d'argent. Pour
rejoindre Joseph. Il faisait trop de fautes d'orthographe, lui, fils

d'institutrice. Il fallait qu'elle aille tout de suite à la ville pour
3425 lui apprendre au moins les règles élémentaires de la grammaire.
Autrement il finirait par en avoir honte. À la ville ce n'était pas
comme à la plaine. Elle était seule à pouvoir les lui apprendre.
Elle avait trouvé l'emploi de son argent. Elle s'impatientait tant
que Suzanne finit par le lui dire : Agosti devait venir la chercher
3430 pour qu'elle aille voir leur plantation d'ananas et il lui apporterait
sûrement l'argent de la bague. La mère oublia la bague pendant
quelques minutes. Pendant quelques minutes elle se tut et son
impatience parut tomber d'un seul coup. Puis elle dit à Suzanne
qu'elle faisait bien d'aller voir leur plantation d'ananas, que c'était
3435 une belle plantation.

– T'as pas besoin de lui dire que tu m'en as parlé, ajouta-t-elle.

Maintenant les semis étaient déjà hauts et d'un vert éclatant,
prêts à être dépiqués[1]. Déjà, de loin en loin on commençait à les
arracher et à les mettre en bottes en vue du repiquage qui se ferait
3440 dans une quinzaine de jours. Le caporal demanda à Suzanne s'il
fallait commencer le travail chez eux, leurs semis, dans l'ensemble,
étant prêts pour le dépiquage. Suzanne en parla à la mère et celle-ci
commença à lui dire que si le caporal le jugeait bon, il pouvait le
faire, qu'elle n'avait pas d'avis, qu'elle s'en fichait. Mais le lende-
3445 main après y avoir repensé elle dit qu'il valait mieux les dépiquer,
que c'était dommage de les laisser pourrir dans le mas[2].

– Quand nous serons parties, il pourra toujours vendre la récolte
sur pied.

Le caporal commença donc le dépiquage avec sa femme. Une
3450 fois la mère se leva et alla les regarder travailler du haut de la
véranda. Le dépiquage une fois fait, ils attendirent qu'il ait plu
encore quelques jours et se mirent à repiquer les cinq hectares du
haut. Ils le firent avec ardeur comme des gens à qui l'oisiveté avait
pesé. Et, croyaient-ils, du moment que la mère s'était levée pour les

---

1. Dépiqués : retirés de l'endroit où on les a fait pousser pour les repiquer ailleurs.
2. Mas : désigne ici les terres cultivées de la concession.

3455 regarder travailler, même une seule fois, c'était qu'elle allait moins mal qu'ils l'avaient pensé jusque-là.

Toutes les heures, Suzanne montait au bungalow, donnait les pilules à la mère et repartait s'asseoir près du pont. Elle ne pouvait se souffrir que là, ce pont près d'elle. Et toujours les autos passaient

3460 devant le pont et toujours les enfants continuaient à jouer près du pont. Ils se baignaient, pêchaient, ou, assis sur les balustrades du pont, les jambes ballantes, ils attendaient eux aussi que passent les autos des chasseurs et alors couraient vers elles, sur la piste. La chaleur était telle en cette saison que lorsqu'il pleuvait il y en avait

3465 encore plus : ils sortaient de partout, se rassemblaient autour du pont et jouaient sous la pluie, frénétiques et hurlants. De longues traînées grises de crasse et de poux, entraînées par l'eau, coulaient de leurs têtes et descendaient le long de leur petit cou maigre. La pluie leur était bienfaisante. La bouche ouverte, la tête levée, ils

3470 la buvaient goulûment[1]. Les mères sortaient leurs petits, ceux qui ne savaient pas encore marcher et les mettaient tout nus sous les gouttières des paillotes. Les enfants jouaient de la pluie comme du reste, du soleil, des mangues vertes, des chiens errants. Suzanne ne s'amusait plus d'eux comme du temps de Joseph. Maintenant

3475 elle les regardait jouer, vivre, mais avec lassitude. Ils jouaient. Ils ne cessaient de jouer que pour aller mourir. De misère. Partout et de tout temps. À la lueur des feux qu'allumaient leurs mères pour réchauffer leurs membres nus, leurs yeux devenaient vitreux et leurs mains violettes. Il en mourait sans doute partout. Dans le

3480 monde entier, pareillement. Dans le Mississippi. Dans l'Amazone[2]. Dans les villages exsangues[3] de la Mandchourie[4]. Dans le Soudan. Dans la plaine de Kam aussi. Et partout comme ici, de misère. Des mangues de la misère. Du riz de la misère. Du lait de la misère, du

---

1. Goulûment : avec avidité.
2. Mississippi, Amazone : grands fleuves d'Amérique du Nord pour le premier, d'Amérique du Sud pour le second.
3. Exsangues : épuisés, à bout, littéralement, « qui ont perdu beaucoup de sang ».
4. Mandchourie : région située au nord-est de l'Asie.

lait trop maigre de leurs misérables mères. Ils mouraient avec leurs
3485 poux dans les cheveux et dès qu'ils étaient morts le père disait, c'est
bien connu, les poux quittent les enfants morts, il faut l'enterrer
tout de suite sans ça on va être envahi, et la mère, attends que je
le regarde, et le père, que deviendrons-nous si les poux se mettent
dans la paillote de la case ? Et il prenait l'enfant mort et l'enterrait
3490 encore chaud, dans la boue, sous la case. Et bien qu'il en mourût
par milliers il y en avait toujours autant sur la piste de Ram. Il y en
avait trop et les mères les surveillaient mal. Les enfants apprenaient
à marcher, à nager, à s'épouiller, à voler, à pêcher, sans la mère,
mouraient sans la mère. Dès qu'ils étaient en âge de marcher, tout de
3495 suite, ils rejoignaient la grande ligne de ralliement des enfants de la
plaine, la piste et les ponts de la piste. De partout dans la plaine, de
tous les villages, les enfants montaient à l'assaut de la piste. Quand
ils n'étaient pas sur les manguiers pour cueillir les mangues qui
jamais ne mûrissaient, c'était là sur la piste qu'on les trouvait. Et
3500 dans toute la colonie, partout où il y avait des routes et des pistes, les
enfants et les chiens errants étaient considérés comme la calamité
de la circulation automobile. Mais, à cette calamité, jamais aucune
contrainte, aucune police, aucune correction, n'avait pu remédier.
La piste restait aux enfants. Quand un automobiliste en écrasait un
3505 il s'arrêtait parfois, payait un tribut aux parents et repartait. Le plus
souvent il repartait sans rien payer, les parents étant loin. Mais quand
c'était un chien ou une volaille ou même un porc les automobilistes
ne s'arrêtaient pas. C'était à partir d'un enfant qu'ils perdaient un
peu de temps sur leur horaire. Et les autres se reformaient en essaim
3510 dès le départ de l'automobiliste. Car le dieu des enfants c'était le
car de Ram, la mécanique roulante, les klaxons électriques des
chasseurs, la ferraille en marche, et ensuite les racs bouillonnants,
et ensuite les mangues mortelles. Aucun autre dieu ne présidait aux
destinées des enfants de la plaine. Aucun autre. Ceux qui disent le
3515 contraire mentent. Les blancs n'étaient pas satisfaits de cet état de
choses. Les enfants gênaient la circulation de leurs automobiles,
détérioraient les ponts, désempierraient les routes et créaient même

des problèmes de conscience. Il en meurt trop, disaient les blancs, oui. Mais il en mourra toujours. Il y en a trop. Trop de bouches
3520 ouvertes sur leur faim, criantes, réclamantes, avides de tout. C'est ce qui les faisait mourir. Trop de soleil sur la terre. Et trop de fleurs dans les champs, et quoi? Qu'est-ce qui n'était pas de trop?

Les longs klaxons des chasseurs, des meurtriers, s'entendaient de loin. Ils devenaient de plus en plus précis à mesure qu'ils appro-
3525 chaient. Et enfin leurs autos passaient devant le bungalow dans un nuage de poussière et dans le grésillement insupportable du pont de bois. Suzanne ne les regardait plus comme elle les regardait autrefois. Cette piste n'était plus tout à fait la piste qu'elle regardait autrefois et sur laquelle un homme devait s'arrêter pour l'emmener.
3530 Depuis le temps qu'elle l'attendait ce ne pouvait plus être tout à fait la même piste. C'était plutôt celle sur laquelle était enfin parti Joseph après des années d'impatience, celle sur laquelle aussi était apparue la Léon Bollée de M. Jo aux yeux éblouis de la mère, celle sur laquelle s'était amené Jean Agosti pour lui dire qu'il viendrait la
3535 chercher dans quelques jours. Il n'y avait guère que pour le caporal que la piste restait éternellement la même, abstraite, éblouissante et vierge.

Quand il pleuvait, Suzanne rentrait, s'asseyait sous la véranda, toujours face à la piste, et elle attendait que cesse la pluie. Quand
3540 l'attente était trop longue elle prenait le vieil album *Hollywood-Cinéma* et cherchait la photo de Raquel Meller, l'artiste préférée de Joseph. Autrefois ce visage la consolait de bien des choses parce qu'elle le trouvait d'une surprenante, mystérieuse et fraternelle beauté. Mais maintenant lorsqu'elle pensait à la femme qui avait emmené
3545 Joseph, elle lui imaginait le visage de Raquel Meller. Sans doute parce que c'était le plus beau visage, disait Joseph, qu'on puisse voir, parfait, définitif, supérieurement préservé de toute atteinte. Mais il ne consolait plus Suzanne. À côté de la photo agrandie de Raquel Meller, il y en avait une autre intitulée: «La sublime inter-
3550 prète de la *Violetera* se promène dans les rues de Barcelone.» Sur un trottoir bondé de monde, Raquel marchait à grandes enjambées. À

grandes foulées heureuses, elle traversait la vie, absorbait les obstacles, les digérait pour ainsi dire, avec une facilité déconcertante. Mais c'était toujours à la femme de Joseph qu'elle faisait penser. Suzanne refermait le livre. Elle avait ses ennuis et Raquel Meller avait sans doute les siens, du moins, Suzanne commençait à le soupçonner. Et qu'elle les résolve avec tant de facilité, qu'elle marche de ce pas dans Barcelone, ne faisait avancer en rien l'heure de son départ de la plaine, à elle.

3560   Jean Agosti vint chercher Suzanne dans son auto. C'était une Renault, bien moins vieille que la B. 12 et plus rapide. Joseph la lui avait longtemps enviée. D'habitude, lorsque Agosti venait les voir, il venait en carriole ou bien à pied, tout en chassant le long du chemin, de crainte que Joseph, s'il venait dans sa Renault, ne la lui

3565   emprunte pour faire un tour. Il le craignait depuis le jour où, la lui ayant prêtée, il avait dû attendre son retour pendant trois heures. Joseph l'avait oublié et il était allé jusqu'à Ram. Maintenant il en parlait en se marrant.

        – Il n'y avait que pour les femmes qu'il était à peu près régulier.

3570   Il devait rudement le dégoûter ton type pour qu'il ait résisté à lui emprunter sa Léon Bollée.

        Ils avaient roulé lentement jusqu'à la hauteur du champ d'ananas. Puis il avait laissé la Renault sur la route, bien avant le bungalow des Agosti, derrière un bouquet d'arbres de façon que la mère Agosti

3575   qui, depuis le départ de sa fille, passait le plus clair de son temps à l'attendre ou à surveiller la piste, lorsqu'il s'absentait, ne pût pas la voir. Ils avaient marché ensuite assez longtemps dans un sentier qui longeait la colline en haut de laquelle, un peu en retrait, se trouvait leur bungalow. C'était sur le flanc de cette colline que s'étalait le

3580   champ d'ananas. Sur beaucoup de rangées ceux-ci étaient morts mais sur d'autres ils étaient florissants.

        – C'est le phosphate[1], dit Agosti, faut être moderne, c'est un

---

1. Phosphate : substance utilisée comme engrais.

essai que j'ai fait. Encore trois ans comme ça et je fous le camp avec du fric.

3585   Le champ s'étalait sans un arbre, torride, en lisière de la forêt tropicale. Toutes les rizières des Agosti étaient, elles aussi, envahies par les marées de juillet, mais ils s'en tiraient avec le maïs, les poivriers, les ananas qu'ils plantaient sur les flancs de cette colline. De plus, Jean Agosti faisait de la contrebande de pernod avec le père

3590 Bart. Le père Agosti était un adjudant en retraite qui, comme ancien combattant, et faute d'avoir pu soudoyer le cadastre, avait obtenu une concession incultivable. Il y avait cinq ans qu'ils étaient installés dans la plaine. Le père Agosti s'était mis à fumer l'opium et se désintéressait totalement de la concession. De temps en temps, il disparaissait

3595 pendant deux ou trois jours et on le retrouvait régulièrement dans une fumerie[1] de Ram. Alors Jean Agosti prévenait les chauffeurs des cars et l'un d'eux l'embarquait et le ramenait de force jusqu'à son bungalow. Il recommençait toujours. Tous les deux ou trois mois il fauchait tout l'argent de la maison pour retourner prétendument

3600 en Europe mais toujours il s'arrêtait dans cette fumerie de Ram et y oubliait son projet. Le père et le fils se battaient souvent et toujours au même endroit, au bas du champ d'ananas. La mère Agosti les suivait et dévalait sa colline pour essayer de les séparer. Ses deux grandes nattes battant son dos, elle courait en appelant la Sainte Vierge à son

3605 secours tout en sautant par-dessus les rangs d'ananas. Elle se jetait sur le père et s'aplatissait sur lui. Ces scènes revenaient si souvent que la mère Agosti était restée agile et mince comme une araignée.

   Tous les Agosti étaient à peu près illettrés. Chaque fois qu'ils avaient une lettre à faire au cadastre ou à la banque ils venaient

3610 voir la mère pour lui demander de la leur écrire. Ainsi Suzanne connaissait leurs affaires aussi bien que celles de la maison. Elle savait que s'ils tenaient le coup c'était surtout grâce à la contrebande du pernod et de l'opium que faisait Jean Agosti par l'intermédiaire du père Bart. La contrebande lui permettait non seulement de donner

---

1. Fumerie : lieu où l'on fume de l'opium (ici).

3615 de l'argent à sa mère mais d'avoir une chambre louée au mois à la cantine de Ram. C'était dans cette chambre-là qu'il amenait en général les femmes avec lesquelles il couchait. Elle, il avait préféré l'amener dans le champ d'ananas, elle ne savait pas pourquoi mais il avait sans doute ses raisons.

3620 C'était l'heure de la sieste et de ce côté-là de la piste, du côté de la forêt, tout était désert. C'était du côté des rizières que les enfants gardaient les buffles tout en chantant.

– C'est moi que t'attendais près du pont, dit Agosti. Heureuse-ment que je suis passé. Je savais bien que Joseph était parti et je me

3625 demandais ce que tu pouvais bien faire. Même si ta mère n'avait pas envoyé le mot je serais passé.

– J'ai jamais pensé à toi depuis qu'il est parti.

Il se mit à rire un peu sourdement comme quelquefois Joseph.

– Que tu y aies pensé ou non c'est moi que t'attendais. Je suis

3630 le seul dans le secteur.

Suzanne lui sourit. Il avait l'air de savoir où il la menait et ce qu'il fallait faire d'elle. Il paraissait si sûr de lui qu'elle se sentit très tranquille et plus certaine encore d'avoir raison de le suivre que l'autre jour lorsqu'il le lui avait demandé et qu'elle avait décidé

3635 qu'elle le suivrait. Et ce qu'il disait était vrai : c'était un homme qui ne pouvait résister à l'idée qu'à un endroit quelconque de la plaine il y avait une fille seule qui guettait les autos des chasseurs. Même si la mère ne lui avait pas demandé de venir, il se serait amené un jour ou l'autre dans sa Renault.

3640 – Viens dans la forêt, dit Agosti.

La mère Agosti devait dormir, sans cela elle aurait déjà appelé. Et le père Agosti devait fumer à l'ombre du bungalow. Ils laissèrent le champ d'ananas et pénétrèrent dans la forêt. Il y faisait par contraste une fraîcheur si intense qu'on croyait entrer dans l'eau.

3645 La clairière où Jean Agosti s'arrêta était assez étroite, une sorte de gouffre d'une sombre verdure entouré de futaies[1] épaisses et

---

1. Futaies : ensembles d'arbres.

hautes. Suzanne s'assit contre un arbre et enleva son chapeau. Bien sûr, on se sentait là dans une sécurité plus entière que partout ailleurs entre quatre murs mais si c'était pour cela qu'il l'y avait amenée c'était bien inutile : Joseph était parti et la mère était d'accord. Elle le lui avait même permis avec plus de facilité encore qu'elle ne permettait autrefois à Joseph d'aller chercher des femmes à Ram. Et sans doute, Suzanne aurait-elle préféré la chambre que Jean Agosti avait à la cantine de Ram. Ils auraient fermé les volets et, à part les raies de soleil qui seraient entrées par les jointures des fenêtres, ç'aurait été un peu l'obscurité violente des salles de cinéma.

Agosti se laissa tomber près d'elle. Il lui caressa les pieds. Ils étaient nus et blancs de poussière comme les siens.

– Pourquoi que t'es toujours pieds nus ? Je t'ai fait beaucoup marcher.

Elle sourit, un peu contrainte.

– Ça fait rien, c'est moi qui ai voulu.

– C'est vrai que tu l'as voulu. T'aurais suivi n'importe qui ?

– N'importe qui, je crois, oui.

Il cessa de rire et dit :

– Ce qu'on peut être fauchés.

Il les avait toutes eues sauf elle. C'était une gloire qui faisait de son visage celui de la chance. Bouton par bouton, lentement, il commença à lui déboutonner sa blouse.

– J'ai pas de diam à te donner, dit-il en souriant très doucement.

– Au fond, c'est à cause du diam que je suis là.

– Je l'ai vendu à Bart. Onze mille, mille de plus que ce qu'elle en voulait, ça va ?

– Ça va.

– J'ai l'argent là, dans ma poche.

On commençait à lui voir ses seins et il écarta la blouse pour les découvrir complètement.

– C'est vrai que t'es bien foutue.

Et il ajouta sur un ton plus bas, méchant.

– C'est vrai que tu vaux bien un diam et même plus. Faut pas t'en faire.

Lorsqu'il l'eut dévêtue tout à fait et étalé ses vêtements sous elle, il la fit s'allonger doucement sur le dos. Puis, avant de la toucher, il se redressa un peu et la regarda. Elle fermait les yeux. Elle avait oublié que M. Jo l'avait vue comme ça moyennant le phonographe et le diam, elle était sûre que c'était la première fois qu'on la voyait. Avant de la toucher, il lui demanda :

– Qu'est-ce que vous allez faire maintenant que vous avez du fric ?

– Je ne sais pas. Peut-être partir.

Alors qu'il l'embrassait, l'air de *Ramona* lui revint, chanté par le pick-up du père Bart, à l'ombre des pilotis de la cantine, avec la mer à côté qui couvrait la chanson, l'éternisait. Elle fut dès lors, entre ses mains, à flot avec le monde et le laissa faire comme il voulait, comme il fallait.

C'était déjà tard dans la soirée. La lampe était allumée dans la chambre de la mère. Agosti fit demi-tour et s'arrêta en haut du chemin, près du pont. Mais Suzanne, immobile à côté de lui, paraissait ne pas être pressée de descendre.

3700   – Ça doit pas être marrant pour toi, dit Agosti.

Sa voix aussi rappelait celle de Joseph, aux inflexions dures, sans recherche d'aucun effet. Ils avaient fait l'amour deux fois, couchés au pied de l'arbre, dans la clairière. Une première fois quand ils étaient arrivés et une deuxième fois au moment de partir. Juste au moment

3705   où ils s'étaient relevés pour partir, brusquement il l'avait redévêtue, il l'avait embrassée et ils avaient recommencé. Entre les deux fois, il lui avait parlé, il lui avait raconté qu'il voulait lui aussi quitter la plaine mais pas comme Joseph, pas avec l'aide d'une femme mais avec de l'argent qu'il aurait gagné. Ce qui était arrivé à Joseph était

3710   couru d'avance, il ne fallait pas s'en étonner. Ils s'étaient vus plusieurs fois chez le père Bart pendant le dernier mois qu'il avait passé là et il lui avait dit qu'une femme devait venir le chercher. Il connaissait mal Joseph, comme ils étaient nombreux à mal le connaître, mais il en parlait sans jalousie avec une sorte d'admiration sobre. On

3715   devinait à l'entendre, que Joseph avait toujours été un problème pour lui et des questions se posaient à son propos, auxquelles il ne pouvait pas répondre. Alors comme bien des gens il prétendait que Joseph était un peu fou et capable de faire des choses inexplicables. Ils avaient chassé ensemble et il n'avait jamais vu personne chasser

3720   avec cette intrépidité. Et un jour, disait-il, il avait été un peu jaloux de Joseph. C'était pendant une chasse de nuit, il y avait deux ans de cela. Il avait eu très peur mais Joseph, non, Joseph n'avait même pas remarqué qu'il avait eu peur. « C'est depuis ce jour, que je n'ai jamais pu être tout à fait son ami. » Ils avaient été poursuivis par

3725 une jeune panthère dont ils avaient tué le mâle. La poursuite avait duré une heure. Tout en fuyant, Joseph tirait sur la panthère. Il se cachait et de son abri, il tirait. Ses coups de fusil les signalaient chaque fois à la bête qui devenait de plus en plus furieuse. Au bout d'une heure Joseph avait réussi à l'avoir. Il ne lui restait plus que

3730 deux balles dans sa cartouchière et ils s'étaient éloignés tellement qu'ils étaient à deux kilomètres de la piste. Depuis ce jour, Agosti n'avait plus chassé que très rarement avec lui.

Il apprit à Suzanne que pendant tout un temps, des mois, Joseph avait eu envie d'en finir, n'importe comment. Il disait ne plus pou-

3735 voir supporter de vivre dans la plaine, ne plus pouvoir supporter la saloperie des agents de Kam. Un soir qu'ils revenaient de Ram où ils avaient un peu bu, il lui avait avoué que chaque fois qu'il revenait de la chasse ou de la ville ou encore de faire l'amour avec une femme, il se sentait à ce point dégoûté des choses et de lui-même, d'avoir

3740 pu oublier même pendant un moment la saloperie des agents de Kam, qu'il aurait voulu mourir. C'était l'année des barrages. Son envie de tuer les agents de Kam était alors si forte que s'il en était arrivé à se dégoûter tellement de vivre c'était parce qu'il se croyait lâche de ne pas le faire.

3745 Suzanne n'avait pas parlé de Joseph à Jean Agosti. Elle n'aurait pu en parler à personne sauf peut-être à la mère. Mais la mère avait perdu le goût de parler de quoi que ce soit sauf des fautes d'ortho-graphe que faisait encore son fils, et du diamant.

Non, ce qui avait compté ç'avait été ses gestes envers elle, la

3750 façon d'être de son corps envers le sien et la nouvelle envie qu'il avait eue d'elle après qu'ils eurent fait l'amour une première fois. Il avait sorti son mouchoir de la poche et il avait essuyé le sang qui avait coulé le long de ses cuisses. Ensuite, avant de partir, il avait remis un coin de ce mouchoir ensanglanté dans sa bouche, sans dégoût et avec sa salive il avait essuyé une nouvelle fois les taches de sang séché. Que dans l'amour les différences puissent s'annuler à ce point, elle ne l'oublierait plus. C'était lui qui l'avait rhabillée parce qu'il avait vu que manifestement, elle n'avait ni envie de se rhabiller ni envie de se relever pour s'en aller. Quand ils étaient partis il avait coupé un ananas pour l'apporter à la mère. D'une façon douce et fatale il avait séparé l'ananas du pied. Et ce geste lui avait rappelé ceux dont il avait usé avec elle. Ce qu'il avait dit de Joseph, à côté, n'avait pas d'importance.

Suzanne ne bougeait pas de la Renault. Il y avait bien dix minutes qu'ils étaient arrivés. Cependant, il ne s'étonnait pas de la voir aussi peu désireuse de descendre.

Il la prit dans ses bras.

– Tu préfères que ce soit arrivé ou tu préférerais pas?

– Je préfère.

– Je vais monter la voir avec toi.

Elle accepta. Il tourna dans le chemin et arrêta l'auto devant le bungalow. Il faisait presque nuit. La mère était couchée, elle ne dormait pas. Dans un coin de la chambre il y avait le caporal qui, accroupi, attendait, comme toujours, un signe, toujours le même, qu'elle allait encore vivre, qu'il mangerait encore. Il était là de plus en plus souvent depuis que Suzanne passait ses journées près du pont et qu'il avait fini le repiquage. Le bungalow était terriblement désert.

La mère se tourna vers Agosti et lui sourit. Elle avait l'air très émue et son visage était crispé dans son sourire. Elle vit que Suzanne tenait un ananas entre ses mains.

– C'est gentil, dit-elle très vite.

Agosti était peut-être un peu gêné. Il n'y avait pas de chaise dans la chambre. Il s'assit sur le lit à ses pieds. La mère avait vraiment beaucoup maigri depuis le départ de Joseph. Ce soir elle paraissait très vieillie et exténuée.

– Vous vous en faites trop pour Joseph, dit Agosti.

Suzanne avait posé l'ananas sur le lit et la mère le caressait machinalement.

– Je ne m'en fais pas. C'est autre chose. Elle fit un effort et
3790 ajouta : c'est gentil d'être venu la chercher.

– Joseph se débrouillera toujours. Il est sacrément intelligent.

– Ça me fait plaisir de te voir, dit la mère. On ne dirait pas qu'on
est voisins. Suzanne va aller te chercher un bol de café.

Suzanne passa dans la salle à manger en laissant la porte ouverte
3795 pour mieux y voir. Depuis le départ de Joseph on n'allumait plus
qu'une seule lampe. Grâce aux soins du caporal il y avait toujours
du café sur le buffet. Suzanne versa du café dans deux bols et elle
prit les pilules.

– On s'est vus à Ram quand même, dit Agosti. Vous y étiez tout
3800 le temps avec ce type à la Léon Bollée.

La mère se tourna vers Suzanne et lui sourit doucement.

– Des fois je me demande ce qu'il a pu devenir.

– Je l'ai rencontré une fois à la ville, dit Suzanne.

La mère ne releva pas. C'était aussi loin que sa jeunesse.

3805 – Il avait une chouette de bagnole, dit Agosti, mais pour ce qui
était du type…

Il se mit à rigoler en douce, il se souvenait sans doute de ce que
lui avait dit Suzanne et qu'il était seul à savoir.

– Tu parles comme Joseph, dit la mère. Il n'était pas beau le
3810 pauvre… Mais c'est pas une raison suffisante…

– Il lui en voulait pas seulement pour ça, dit Agosti, mais aussi
parce qu'il comprenait rien à rien.

– On comprend ce qu'on peut, dit la mère, de ça non plus on peut
pas en vouloir à quelqu'un. C'était pas un mauvais type, pas méchant.

3815 – Quelquefois on peut pas s'empêcher d'en vouloir aux gens.
Joseph était comme ça, c'était plus fort que lui.

La mère ne répondit pas. Elle regardait longuement le fils Agosti.

– J'ai vu Joseph chez le père Bart, continua-t-il, lorsqu'il lui a
vendu le phono que le type vous avait donné. Il disait qu'il était
3820 content de voir ce phono sortir d'ici.

– C'est pas seulement parce qu'il venait du type, dit la mère, s'il
avait pu vendre le bungalow… tu sais comment il est.

Pendant un moment ils n'eurent plus rien à se dire. La mère regardait toujours le fils Agosti avec une attention accrue, une attention de plus en plus visible. Il était certain qu'elle venait de lui découvrir un intérêt nouveau. Seule Suzanne le remarquait, lui, pas encore.

– Tu es souvent chez le père Bart, dit enfin la mère. Tu fais toujours la contrebande du pernod?

– Faut bien. Mon père a encore claqué la moitié de la récolte de poivre. Et puis ça me déplaît pas.

La mère but le café et absorba les pilules que Suzanne lui avait apportées.

– Et si tu étais pris? demanda-t-elle.

– On peut aussi les acheter, les douaniers, comme ceux du cadastre. Puis faut pas penser à ça, ou alors on est foutu.

– Il vaut mieux pas. Tu as raison.

Elle évitait de parler à Suzanne. Agosti était toujours aussi mal à l'aise que si c'était la première fois qu'il voyait la mère. Peut-être aussi était-il frappé par l'aspect du bungalow. Sa mère à lui s'était donné beaucoup de mal pour aménager le leur. Ils avaient l'électricité du réseau de Ram, une toiture et même un plafond. Leur bungalow avait été mieux fait et les planches des cloisons ne s'étaient pas disjointes. La mère Agosti pensait que pour retenir les hommes chez eux il fallait avant tout leur aménager un intérieur coquet. Pour essayer de garder son fils le plus longtemps possible, elle avait accroché des reproductions de tableaux sur toutes les cloisons, elle avait mis des nappes de couleur sur les tables et des coussins à personnages sur les sièges. C'était la première fois que Jean Agosti venait les voir le soir. La dernière fois ç'avait été un matin très tôt pour demander à Joseph si à son retour de la chasse, il n'avait pas aperçu son père qui avait encore une fois disparu.

– Suzanne m'a dit que vous avez eu des nouvelles de Joseph. J'avais raison quand je vous disais de ne pas vous en faire.

– Tu avais raison. Mais il fait tellement de fautes d'orthographe que ça me rend malade.

– J'en fais encore plus que lui, dit Agosti en riant, je crois qu'en fin de compte ça n'a pas beaucoup d'importance.

La mère tenta de sourire.

3860 – Moi je crois que ça a de l'importance. Je me suis toujours demandé pourquoi il en faisait tant. Suzanne en fait moins que lui.

– S'il en a besoin il l'apprendra, vous vous en faites tout le temps. Moi je compte que je l'apprendrai l'orthographe, faudra bien.

3865 Pour la première fois depuis des mois, Suzanne regardait la mère avec attention. Elle donnait l'impression de s'être enfin résignée à toutes ses défaites mais sans être tout à fait parvenue à maîtriser sa vieille violence. Cependant avec le fils Agosti elle s'efforçait d'être aimable et conciliante.

3870 – Quelquefois, dit la mère, je me dis que même s'il le voulait, Joseph aurait beaucoup de mal à l'apprendre. Il n'est pas fait pour ce genre de choses, ça l'ennuie tellement que jamais il n'y arrivera.

– Faut que tu t'en fasses toujours pour quelque chose, dit Suzanne, maintenant c'est parce que Joseph fait des fautes d'orthographe, 3875 faut toujours que tu inventes quelque chose.

La mère hocha la tête en signe d'approbation. Même sur elle-même elle n'avait plus rien à apprendre. Elle réfléchit à ce qu'elle allait dire, indifférente tout à coup à leur présence.

– On m'aurait dit ça, dit-elle enfin, quand ils étaient petits, on 3880 m'aurait dit qu'à vingt ans ils feraient encore des fautes d'ortho-graphe, j'aurais préféré qu'ils meurent. J'étais comme ça quand j'étais jeune, j'étais terrible.

Elle ne les regardait plus ni l'un ni l'autre.

– Puis ensuite bien sûr, j'ai changé. Puis voilà maintenant que 3885 ça me revient comme quand j'étais jeune, il me semble quelquefois que je préférerais voir Joseph mort que de le voir faire tellement de fautes d'orthographe.

– Il est intelligent, dit Suzanne, quand il le voudra il apprendra l'orthographe. Suffit qu'il veuille.

3890 La mère fit un geste de dénégation.

– Non, maintenant il ne l'apprendra plus. Maintenant personne ne s'en chargera, faut que j'y aille. Il n'y a que moi qui puisse le faire. Tu dis qu'il est intelligent, moi je dis que je ne sais pas s'il l'est. Maintenant qu'il est parti et que je repense à ces choses, je me dis que peut-être il ne l'est pas.

La colère perçait dans ses paroles, toujours aussi forte, plus forte qu'elle. Elle paraissait épuisée et transpirait beaucoup en parlant. Elle devait lutter contre la torpeur, de toute sa colère. C'était la seule conversation qu'elle soutenait depuis qu'elle prenait la double dose de pilules.

– Y a pas que l'orthographe, dit Agosti qui peut-être se sentait visé par la mère ou peut-être cherchait à la calmer.

– Il y a quoi ? Il n'y a rien de plus important, si tu ne sais pas écrire une lettre tu ne peux rien faire, c'est comme s'il te manquait, je ne sais pas moi, un bras par exemple.

– À quoi ça t'a servi d'écrire tant de lettres au cadastre ? demanda Suzanne, ça t'a servi à rien du tout. Quand Joseph a tiré un coup de chevrotine en l'air, ça a fait plus d'effet au type que toutes tes lettres.

Elle n'était pas convaincue. Et plus la conversation sur l'orthographe durait, plus elle se désespérait de ne pas arriver à trouver l'argument qui pourrait les convaincre.

– Vous ne pouvez pas comprendre. Tout le monde peut tirer des coups de chevrotine en l'air, mais pour se défendre contre les salauds il faut autre chose. Quand vous l'aurez compris, ce sera trop tard. Joseph se fera rouler par tous les salauds et quand je pense à ça c'est pire que s'il était mort.

– Faut quoi pour se défendre ? dit Jean Agosti, qu'est-ce qu'il faudrait faire contre les agents de Kam ?

La mère frappa le lit avec ses mains qui sortaient du drap.

– Je ne le sais pas moi, mais il y a certainement quelque chose à faire et ça arrivera tôt ou tard. Ceux qui sont là, on pourrait toujours les descendre. Il n'y a que ça qui pourrait me faire du bien. Rien d'autre, peut-être même plus Joseph. Pour voir ça je pourrais me lever.

³⁹²⁵ Elle attendit un peu, puis elle se dressa sur son lit, les yeux grand ouverts et brillants.

– Tu le sais, tu le sais que j'ai travaillé pendant quinze ans pour pouvoir acheter cette concession. Pendant quinze ans je n'ai pensé qu'à ça. J'aurais pu me remarier, mais je ne l'ai pas fait pour ne ³⁹³⁰ pas me distraire de la concession que je leur donnerais. Et tu vois où j'en suis maintenant? Je voudrais que tu le voies bien et que tu ne l'oublies jamais.

Elle ferma les yeux et, épuisée, s'affaissa sur son oreiller. Elle portait une vieille chemise de son mari. Autour de son cou, il n'y ³⁹³⁵ avait plus le diamant mais seulement la clef de la remise attachée à la ficelle. Ça n'avait plus de sens parce que maintenant elle se serait laissé voler avec indifférence.

– Je crois que Joseph a eu raison, j'en suis de plus en plus sûre. Et si je reste au lit c'est pas à cause de Joseph ou parce que je suis ³⁹⁴⁰ malade, c'est autre chose.

– À cause de quoi? demanda Suzanne, à cause de quoi? faut le dire.

La figure de la mère se rida. Peut-être qu'elle allait se mettre à pleurer devant Agosti.

³⁹⁴⁵ – Je ne sais pas, dit-elle d'une voix enfantine, je me trouve bien au lit.

Elle faisait un effort visible pour retenir ses larmes devant Agosti.

– Je ne vois pas ce que je pourrais faire de plus si je me levais. Moi, je peux plus rien pour personne.

³⁹⁵⁰ Tout en parlant elle levait les mains et les laissait retomber sur le lit dans un geste d'impuissance et d'exaspération.

– Dans le haut, dit doucement Suzanne, après un moment, ils ont fait des ananas. Et ça se vend bien. Faudrait peut-être voir.

La mère renversa la tête en arrière et ses larmes commencèrent ³⁹⁵⁵ à couler malgré elle. Le fils Agosti eut un mouvement vers elle comme pour l'empêcher de tomber.

– C'est du terrain sec, chez eux, dit-elle en pleurant, ici on ne peut pas en faire.

Par quelque côté qu'on la prenne maintenant on l'atteignait toujours dans des régions vives et douloureuses. Ce n'était plus possible de lui parler de quoi que ce soit. Toutes ses défaites se tenaient en un réseau inextricable et elles dépendaient si étroitement les unes des autres qu'on ne pouvait toucher à aucune d'elles sans entraîner toutes les autres et la désespérer.

– Et puis pourquoi est-ce que je ferais des ananas ? pour qui ?

Le fils Agosti se leva, vint plus près d'elle et resta debout à la hauteur de sa tête pendant un long moment. Elle se taisait.

– Faut que je parte, dit-il. Voilà l'argent du diam.

Elle se redressa d'un seul coup et rougit violemment. Jean Agosti prit dans sa poche une liasse épinglée de billets de mille et la lui tendit. Elle les prit machinalement et les garda dans sa main entrouverte, sans les regarder, sans le remercier.

– Il faut m'excuser, dit-elle alors avec douceur. Mais tout ce qu'on me dit je le sais. J'avais pensé aux ananas, je sais que l'usine de Kam les achète très cher pour faire des jus de fruits. Tout ce qu'on peut me dire je le sais.

– Faut que je parte, répéta Agosti.

– Au revoir, dit la mère. Peut-être que tu reviendras ?

Il fit une grimace. Sans doute tout à coup, découvrait-il ce qu'on voulait peut-être de lui, ce qu'on aurait voulu qu'il dise, les assurances même très vagues qu'on attendait.

– Je ne sais pas, oui peut-être.

La mère lui tendit la main sans répondre, sans le remercier. Agosti sortit de la pièce avec Suzanne. Ils descendirent l'escalier du bungalow. Il avait l'air mal à l'aise.

– Faut pas faire attention à ce qu'elle dit, lui dit Suzanne, elle en a tellement marre.

– Viens avec moi jusqu'au bout du chemin.

Il avait toujours l'air embêté. Il marchait à côté d'elle, la tête ailleurs. Dans l'après-midi il avait été très différent, il l'avait regardée avec beaucoup d'attention : « J'aime comme t'es faite », avait-il dit. Suzanne s'arrêta au milieu du chemin.

– J'ai pas envie d'aller jusqu'au bout, je vais rentrer.

Il s'arrêta, surpris. Puis il sourit et l'enlaça. Elle se laissa faire,
indifférente. La chose qu'elle devait lui dire était difficile à dire en
termes précis. Elle n'avait jamais encore fait un effort de cet ordre
qui mobilisait toutes ses forces et l'empêchait de sentir qu'il était
en train de l'embrasser.

– T'as pas besoin d'avoir peur, dit-elle enfin.

– Qu'est-ce que tu racontes ? Il la lâcha et la tint à bout de bras,
son visage face au sien.

– J'épouserai jamais un type comme toi. Je te le jure. On n'en
parlera jamais et faudra plus du tout faire attention à ce qu'elle te
dira, parce que je te jure, jamais je ne t'épouserai.

Il la regardait avec beaucoup de curiosité. Puis, détendu, il rit.

– Je crois que t'es aussi cinglée que Joseph. Pourquoi que tu
m'épouserais pas ?

– Parce que c'est partir que je veux.

Il redevint sérieux. Peut-être même était-il un peu décontenancé.

– J'ai jamais eu l'intention de t'épouser.

– Je sais, dit Suzanne.

– Peut-être que je reviendrai jamais, dit Jean Agosti.

– Au revoir.

Il s'éloigna puis revint sur ses pas et la rattrapa.

– Même dans la forêt cet après-midi, tu n'as jamais pensé que
tu pourrais vivre avec moi ?

– Même dans la forêt.

– Pas une minute ?

– Vivre ? jamais, encore moins qu'avec M. Jo.

– Pourquoi t'as pas couché avec lui ?

– Tu ne l'as pas regardé ?

Il rit et elle se mit aussi à rire, pleine d'une calme sécurité.

– Tu parles ! À Ram tout le monde se marrait quand il arrivait
avec toi. Tu ne l'as même pas embrassé ?

– Pas une fois, même Joseph ne le croirait pas.

– Quand même, c'est vache.

C'était un triomphe calme, pas une ride ne le troublait. Jean Agosti lui prit le bras gentiment.

– Ça me fait plaisir que ce soit avec moi. Mais je crois que t'es aussi cinglée que Joseph, alors vaut mieux que je ne revienne pas.

Elle s'éloigna et cette fois Agosti ne la rattrapa pas.

Suzanne rentra doucement dans la chambre de la mère. Elle ne dormait pas. Lorsqu'elle entra la mère la regarda en silence, les yeux brillants. Dans sa main posée sur sa poitrine il y avait toujours la liasse de billets de mille francs que lui avait donnée Agosti. Sans doute ne les avait-elle même pas comptés. Elle se demandait peut-être quoi faire de tout cet argent maintenant.

– Ça va ? dit Suzanne.

– Ça va, dit faiblement la mère. Au fond il n'est pas mal ce fils Agosti.

– Dors, il est comme tout le monde.

– Quand même, tu es difficile, c'est pas parce que Joseph…

– Faut pas t'en faire, dit Suzanne.

Suzanne s'éloigna et prit la lampe à acétylène.

– Où vas-tu ? demanda la mère.

Suzanne se rapprocha d'elle, la lampe à la main.

– J'aime mieux dormir dans la chambre de Joseph, il y a pas de raison.

La mère baissa les yeux et encore une fois rougit violemment.

– C'est vrai, dit-elle doucement, il n'y a pas de raison, puisqu'il est parti.

Suzanne entra dans la chambre de Joseph et laissa la mère seule dans le noir, encore éveillée, et avec dans ses mains, la liasse de billets de mille francs.

Tout cet argent dont elle n'avait plus l'usage, dans ses mains inertes, imbéciles.

La chambre de Joseph était telle qu'il l'avait laissée le jour de son départ. Sur la table, près de son lit il y avait des cartouches vides qu'il avait récupérées et qu'il n'avait pas eu le temps de recharger avant de partir. Il y avait aussi un paquet de cigarettes à moitié entamé qu'il avait oublié dans la précipitation de son départ. Le lit n'était pas fait et les draps gardaient encore les traces du corps de Joseph. Aucun fusil ne manquait à son clou. Suzanne prit les draps et les secoua pour faire tomber les vers de la toiture, puis elle les remit soigneusement, se dévêtit et se coucha. Si Joseph avait été là elle lui aurait dit qu'elle avait couché avec le fils Agosti. Mais Joseph n'était pas là et il n'y avait personne à qui le dire. Plusieurs fois de suite, Suzanne récapitula les gestes de Jean Agosti, minutieusement, et chaque fois ils faisaient naître en elle un même trouble rassurant. Elle se sentait sereine, d'une intelligence nouvelle.

La mère eut sa dernière crise un après-midi, en l'absence de Suzanne.

Agosti était revenu dès le lendemain de leur promenade, contrairement à ce qu'il avait décidé. «Je n'ai pas pu m'empêcher de venir.» Depuis, il revenait tous les jours dans sa Renault, à l'heure de la sieste. Il ne retourna plus voir la mère. Dès qu'il arrivait, ils partaient tous les deux à Ram et ils allaient dans sa chambre, à la cantine. La mère le savait. Sans doute pensait-elle que c'était utile à Suzanne. Elle n'avait pas tort. Ce fut pendant ces huit jours-là, entre la promenade au champ d'ananas et la mort de la mère que Suzanne désapprit enfin l'attente imbécile des autos des chasseurs, les rêves vides.

La mère lui avait dit qu'elle pouvait se passer d'elle, qu'elle prendrait ses pilules toute seule, qu'il n'y avait qu'à les laisser sur une chaise près de son lit. Peut-être ne les prit-elle pas régulièrement. Peut-être que la négligence de Suzanne fut cause que sa mort survint un peu plus tôt qu'elle n'aurait dû. C'est possible. Mais cette mort se préparait depuis de si longues années, elle en avait elle-même parlé si souvent, qu'une avance de quelques jours n'avait plus beaucoup d'importance.

En revenant de Ram, dans la soirée, ils aperçurent le caporal qui, planté sur la piste, leur faisait signe de se presser.

La grosse crise convulsive était déjà passée et la mère ne remuait plus que par à-coups. Elle avait le visage et les bras parsemés de taches violettes, elle étouffait et des cris sourds sortaient tout seuls de sa gorge, des sortes d'aboiements de colère et de haine de toute chose et d'elle-même.

À peine l'eut-il vue, Jean Agosti partit pour Ram dans sa Renault téléphoner à Joseph, à l'Hôtel Central. Suzanne resta seule auprès de la mère avec le caporal qui, cette fois, ne manifestait plus aucun espoir.

Bientôt la mère ne remua plus du tout et reposa, inerte, sans aucune connaissance. Tant qu'elle respirait encore et à mesure que se prolongeait son coma elle eut un visage de plus en plus étrange, un visage écartelé, partagé entre l'expression d'une lassitude extraordinaire, inhumaine et celle d'une jouissance non moins extraordinaire, non moins inhumaine. Pourtant, peu avant qu'elle eût cessé de respirer, les expressions de jouissance et de lassitude disparurent, son visage cessa de refléter sa propre solitude et eut l'air de s'adresser au monde. Une ironie à peine perceptible y parut. Je les ai eus. Tous. Depuis l'agent du cadastre de Kam jusqu'à celle-là qui me regarde et qui était ma fille. Peut-être c'était ça. Peut-être aussi la dérision de tout ce à quoi elle avait cru, du sérieux qu'elle avait mis à entreprendre toutes ses folies.

Elle mourut peu après le retour d'Agosti. Suzanne se blottit contre elle et, pendant des heures, elle désira aussi mourir. Elle le désira ardemment et ni Agosti, ni le souvenir si proche encore du plaisir qu'elle avait pris avec lui, ne l'empêcha de retourner une dernière fois à l'intempérance[1] désordonnée et tragique de l'enfance. Au petit matin seulement, Agosti l'avait arrachée de force au lit de la mère et l'avait portée jusque dans le lit de Joseph. Il s'était couché près d'elle. Il l'avait tenue dans ses bras jusqu'à ce qu'elle s'endorme. Pendant qu'elle s'endormait il lui avait dit que peut-être il ne la laisserait pas partir avec Joseph parce qu'il croyait qu'il s'était mis à l'aimer.

Ce fut le coup de klaxon de la 8 cylindres Delage qui réveilla Suzanne. Elle courut sur la véranda et vit descendre Joseph de la

---

1. **Intempérance** : comportement caractérisé par l'excès.

voiture. Il n'était pas seul. La femme le suivait. Joseph fit signe à Suzanne et Suzanne courut vers lui. Dès qu'il la vit mieux, il comprit que la mère était morte et qu'il était arrivé trop tard. Il écarta Suzanne et courut vers le bungalow.

Suzanne le rejoignit dans la chambre. Il était affalé sur le lit, sur le corps de la mère. Elle ne l'avait jamais vu pleurer depuis qu'il était tout petit. De temps en temps il relevait la tête et regardait la mère avec une tendresse terrifiante. Il l'appelait. Il l'embrassait. Mais les yeux fermés étaient pleins d'une ombre violette, profonde comme de l'eau, la bouche fermée était fermée sur un silence qui donnait le vertige. Et plus que son visage, ses mains posées l'une sur l'autre étaient devenues des objets affreusement inutiles, qui clamaient l'inanité[1] de l'ardeur qu'elle avait mise à vivre.

Lorsque Suzanne sortit de la chambre elle trouva Jean Agosti et la femme qui attendaient au salon. La femme avait pleuré et ses yeux étaient rouges. Quand elle vit Suzanne apparaître elle eut un mouvement de recul puis elle se rassura. Elle avait sans doute peur de revoir Joseph, peur des reproches qu'il pourrait lui faire.

Déterminé, patient, Agosti avait l'air d'attendre aussi quelque chose de son côté. Peut-être attendait-il Joseph, de parler d'elle à Joseph. C'était possible. Mais ça ne la regardait plus en rien. Même s'il lui en parlait il ne parlerait plus d'elle, il ne pouvait plus que se tromper quant à elle. Pourtant ils avaient fait l'amour ensemble tous les après-midi depuis huit jours jusqu'à hier encore. Et la mère le savait, elle les avait laissés, le lui avait donné pour qu'elle fasse l'amour avec lui. Mais elle n'était plus pour le moment de ce côté du monde où l'amour se fait. Ça reviendrait bien sûr. Mais pour l'instant elle était d'un autre côté, du côté de la mère, qui paraissait ne plus comporter d'avenir immédiat et où Jean Agosti perdait tout son sens.

Elle s'assit dans le salon, près de lui. Il lui était devenu aussi radicalement étranger que la femme.

---

1. **Inanité** : qui est inutile, vain.

4160 Agosti se leva, alla vers le buffet et lui prépara un bol de lait condensé.

– Faut que tu manges, dit-il.

Elle but le lait et le trouva amer. Elle n'avait pas mangé depuis la veille mais elle était saturée d'une nourriture lourde comme du
4165 plomb et qui, semblait-il, devait lui suffire pour des jours et des jours.

Il était deux heures de l'après-midi. Tout autour du bungalow il y avait beaucoup de paysans qui étaient venus pour veiller la mère. Suzanne se rappela les avoir vus dès cette nuit, par la porte du salon restée ouverte, lorsque Jean Agosti l'avait portée dans le
4170 lit de Joseph. La femme les regardait sans bien comprendre ce qu'ils faisaient là. Avec dans les yeux, toujours la même épouvante.

– Le caporal est parti, dit Agosti. Je les ai mis au car de Ram et je leur ai donné de l'argent. Il a dit qu'il ne pouvait pas perdre un seul jour pour trouver du travail.

4175 Tout autour des paysans, attirés par l'attroupement, des enfants jouaient tout nus dans la poussière du terre-plein. Les paysans les ignoraient autant que les mouches qui volaient autour d'eux. Eux aussi ils attendaient Joseph.

La femme, ne pouvant plus y tenir, parla.

4180 – C'est à cause de lui, dit-elle tout bas, qu'elle est morte.

– Ce n'est à cause de personne en particulier, dit Agosti. Faut pas dire que c'est à cause de Joseph.

– Joseph va croire que c'est à cause de lui, reprit la femme, et ça sera terrible.

4185 – Il ne le croira pas, dit Suzanne, faut pas avoir peur de ça.

La femme avait un air très humble. Elle était vraiment très belle, très élégante. Son visage sans fards, défait par la fatigue du voyage et l'inquiétude, restait très beau. Ses yeux étaient bien ceux dont avait parlé Joseph, si clairs qu'on les aurait dits aveu-
4190 glés par la lumière. Elle fumait sans arrêt et fixait la porte de la chambre. Il se dégageait de son regard, d'elle tout entière, un amour désespéré pour Joseph, auquel on voyait qu'elle ne pouvait plus se soustraire.

Joseph sortit enfin de la chambre. Il les regarda tous les trois
également, sans insister sur aucun d'eux, mais avec une même
affreuse impuissance. Puis il s'assit à côté de Suzanne sans dire
un mot. La femme tira une cigarette de son étui, l'alluma et la lui
tendit. Joseph fuma avec avidité. Peu après son retour au salon il
aperçut lès paysans tout autour du bungalow. Il se leva et alla sur la
véranda. Suzanne, Jean Agosti et la femme le suivirent.

– Si vous voulez la voir, dit Joseph, vous le pouvez. Tous, même
les enfants.

– Vous allez partir ? demanda un homme.

– Pour toujours.

La femme ne comprenait pas la langue indigène. Elle regardait
tantôt Joseph, tantôt les paysans, désemparée, d'un autre monde.

– Ils vont reprendre la concession, dit un homme. Il faudrait
que vous laissiez un fusil.

– Je vous laisse tout, dit Joseph, les fusils surtout. Si je devais
rester ici je le ferais avec vous. Mais tous ceux qui peuvent s'en aller
d'ici doivent s'en aller. Moi je peux et je m'en vais. Seulement si
vous le faites, faites-le bien. Il faut que vous portiez leurs corps dans
la forêt, bien au-dessus du dernier village, vous savez bien, dans la
deuxième clairière, et dans les deux jours il n'en restera rien. Brûlez
leurs vêtements dans les feux de bois verts que vous allumez le soir
mais attention aux chaussures, aux boutons, enterrez les cendres
après. Noyez leur auto, loin, dans le rac. Vous la ferez traîner par
des buffles sur la berge, vous mettrez de grosses pierres sur les
sièges, et vous la jetterez à l'endroit du rac où vous avez creusé
quand on a voulu faire les barrages et dans les deux heures elle
sera complètement enlisée, il n'en restera rien. Surtout ne vous
faites pas prendre. Que jamais aucun de vous ne s'accuse. Ou alors
que tous s'accusent. Si vous êtes mille à l'avoir fait ensemble ils ne
pourront rien contre vous.

Joseph ouvrit la porte de la chambre de la mère qui donnait sur
la piste et il ouvrit aussi celle qui donnait sur la cour. Les paysans
entrèrent. Les enfants, heureux, jouaient à se poursuivre à travers

les pièces du bungalow. Joseph revint dans le salon près de Suzanne et de la femme. Agosti s'adressa à Joseph.

4230 — Faudrait penser au reste, dit-il.

Joseph passa ses mains dans ses cheveux. C'était vrai, il fallait y penser.

— Je vais l'emmener à Kam cette nuit, dit-il et là-bas, je la ferai enterrer. Dès demain.

4235 Agosti dit qu'il valait mieux ensevelir la mère ici même, ce soir. La femme était aussi de cet avis.

Ils partirent tous les deux dans la voiture de la femme en direction de Ram. Joseph avait deviné le sens de la présence d'Agosti. Dès qu'il fut seul avec Suzanne il lui dit qu'il repartait pour la ville
4240 et que si elle le voulait elle pouvait venir. Il lui demanda de ne le lui dire qu'à la dernière minute, au moment où il s'en irait. Ensuite il alla dans sa chambre prendre ses cartouchières et décrocher ses fusils et il posa le tout, en vrac, sur la table du salon. Et pendant que les paysans discutaient entre eux pour savoir comment les cacher
4245 il alla s'asseoir sur le lit de la mère et la regarda tout le temps qui lui restait pour la regarder encore.

Lorsque Agosti et la femme revinrent de Ram il faisait presque nuit. Sur le toit de la voiture ils ramenaient un cercueil en bois clair de fabrication indigène. La Delage s'engagea dans le chemin
4250 et vint jusque devant le bungalow, sur le terre-plein.

Agosti emmena Suzanne près du pont. Il ne voulait pas que Suzanne reste au bungalow pendant que Joseph et les paysans ensevelissaient la mère. Une fois seul avec elle il lui dit :

— Je ne veux pas t'empêcher de partir mais si tu veux rester
4255 quelque temps avec moi, avant de les rejoindre…

Des coups sourds et réguliers s'élevèrent du bungalow. Suzanne demanda à Agosti de se taire. Encore une fois, comme la veille, elle pleura.

Elle rentra au bungalow. Assise au salon la femme pleurait en
4260 silence. Suzanne pénétra dans la chambre de la mère. Le cercueil était posé sur quatre chaises. Joseph était allongé sur le lit à la place

de la mère. Il avait cessé de pleurer et il avait encore une fois une expression d'affreuse impuissance. Il ne parut pas s'apercevoir du retour de Suzanne.

4265   Agosti prépara du café et en servit quatre tasses. Puis il appela Joseph et Suzanne. Ce fut lui aussi qui pensa à allumer une dernière fois la lampe à acétylène. Il apporta à chacun sa tasse de café. On le sentait pressé de voir Joseph s'en aller.

– Il est tard, dit lentement la femme tout bas.

4270   Joseph se releva. Il portait un pantalon long, de beaux souliers en cuir roux et ses cheveux étaient coupés plus courts. Il était soigné et élégant. Lui non plus il n'avait plus de regard pour elle et elle, au contraire, elle ne le quittait plus des yeux, pas une seconde.

– On va partir, dit Joseph.

4275   – Ça n'a pas d'importance qu'elle soit avec moi ou un autre, pour le moment, dit brusquement Agosti.

– Je crois que ça n'a pas tellement d'importance, dit Joseph, elle n'a qu'à décider.

Agosti s'était mis à fumer, il avait un peu pâli.

4280   – Je pars, lui dit Suzanne, je ne peux pas faire autrement.

– Je ne peux pas t'empêcher, dit enfin Agosti, à ta place, je ferais comme toi.

Joseph se leva et les autres firent de même. La femme mit la voiture en marche et tourna sur place. Agosti et Joseph chargèrent

4285 le cercueil.

La nuit était tout à fait venue. Les paysans étaient toujours là, attendant qu'ils s'en aillent pour s'en aller à leur tour. Mais les enfants étaient partis en même temps que le soleil. On entendait leurs doux piaillements sortir des cases.

Pour comprendre l'essentiel

Joseph: un absent très présent

❶ Bien qu'absent physiquement, Joseph est omniprésent dans le récit; Suzanne évoque notamment un événement passé, la visite de l'agent cadastral. Dites en quoi le récit de cet épisode donne à Joseph une «nouvelle importance» (p. 248).

❷ Plusieurs semaines après son départ, la mère et Suzanne reçoivent une lettre de Joseph (p. 260). Dites quelle est la première remarque faite par la mère au sujet de cette lettre et expliquez les raisons de cette réaction.

❸ Le fils Agosti évoque à son tour Joseph (p. 271-272). Relevez les principales caractéristiques du portrait qu'il dresse du frère de Suzanne.

L'affirmation de Suzanne

❹ Après le départ de Joseph, Suzanne passe son temps près du pont. Expliquez ce qu'elle attend.

❺ L'arrivée du fils Agosti bouleverse la vie de Suzanne. Montrez ce qu'elle découvre et de quoi elle prend conscience.

❻ Agosti sifflote l'air de la chanson *Ramona*. Expliquez ce que symbolise cette chanson.

La mort de la mère

❼ Après le départ de Joseph, la mère passe son temps à dormir et semble indifférente à tout. Analysez son comportement envers Suzanne et comparez-le à celui qu'elle a envers son fils.

❽ La mère demande pourtant à Agosti de faire une dernière chose pour elle. Dites laquelle.

❾ Après une ultime crise, la mère meurt. Décrivez et analysez la façon dont réagissent Suzanne, Joseph, le caporal et les paysans.

> *Rappelez-vous !*
>
> • La fin du roman associe deux mouvements contradictoires : d'une part, un **mouvement de clôture** avec la mort de la mère, d'autre part, un **effet d'ouverture** avec les nouvelles vies de Joseph et de Suzanne. Celle de Joseph a déjà commencé depuis son départ de la plaine, mais la mort de sa mère le libère pleinement. Celle de Suzanne peut enfin démarrer et commence par un éloignement géographique.
>
> • Le **dénouement** désigne la fin d'un récit et marque généralement la résolution des différents nœuds de l'intrigue. C'est pourquoi il n'est pas rare qu'un roman s'achève sur la mort d'un personnage principal, ce qui permet de clore définitivement le récit.

Vers l'oral du Bac

Analyse des lignes 4091-4140, p. 283-285

☛ Montrer comment le récit détaillé de la mort de la mère suscite la compassion du lecteur

Conseils pour la lecture à voix haute

– Le rythme des phrases varie tout au long de l'extrait. Dans les passages descriptifs, les phrases sont généralement assez longues et on retrouve des périodes amples. Au contraire, dans les passages narratifs, le rythme a tendance à s'accélérer. Pensez à mettre en évidence ce contraste lors de votre lecture.

– Lors du monologue intérieur supposé de la mère (l. 4110 à 4112), veillez à modifier votre intonation pour faire comprendre à l'auditeur le changement de point de vue.

Analyse du texte

■ *Introduction rédigée*

Après le départ de Joseph, l'ennui et le vide s'installent: tandis que la mère passe ses journées à dormir, Suzanne attend en vain près du pont qu'une automobile s'arrête. C'est l'arrivée du fils Agosti qui met fin à cette torpeur mortifère: d'une part, il réussit à vendre le diamant que lui a confié la mère, d'autre part, il déflore Suzanne et lui fait découvrir les plaisirs charnels. Pourtant, la mère continue de décliner et ne semble plus avoir la force d'entreprendre un quelconque projet. Une dernière crise finit par l'emporter. On se demandera en quoi le récit détaillé de cette mort est pathétique et suscite la compassion du lecteur.

▓ *Analyse guidée*

I. Un récit détaillé

a. Le récit détaille chaque phase de l'agonie de la mère. Montrez-le en vous appuyant sur l'analyse des connecteurs temporels et des temps verbaux.

b. Le corps de la mère est décrit avec une grande précision. Montrez-le en analysant cette description.

c. Les expressions du visage agonisant de la mère évoluent et traduisent des sentiments contradictoires. Décrivez et analysez cette évolution en mettant en évidence l'ambiguïté du personnage qui perdure jusqu'au seuil de sa mort.

II. Une scène pathétique

a. Le caractère pathétique du destin de la mère est mis en avant. Montrez de quelle manière.

b. Suzanne et Joseph éprouvent un profond chagrin face à la disparition de leur mère. Analysez leurs réactions en vous intéressant particulièrement à leurs mouvements/déplacements et aux sentiments qu'ils traduisent.

c. La réaction de Joseph est particulièrement violente. Expliquez l'oxymore « tendresse terrifiante » (l. 4135).

▓ *Conclusion rédigée*

La mère est le personnage central du roman ; il n'est donc pas surprenant que le roman s'achève sur sa mort. Le récit de cette fin se caractérise par sa dimension pathétique. En effet, Suzanne et Joseph sont dévastés par la soudaine disparition de cet être qualifié pourtant de « cinglée » et même de « monstre ». Toute l'ambiguïté des relations filiales refait ici surface : bien que souvent critiquée, la mère était aussi adorée par ses enfants. Le personnage lui-même demeure ambigu jusqu'à son dernier souffle puisque, même à l'agonie, son visage reflète des sentiments contradictoires : la lassitude, la jouissance, mais également l'ironie. La disparition de la figure maternelle ouvre cependant de nouvelles perspectives : Joseph et Suzanne quittent définitivement la plaine pour vivre enfin pleinement leur destin.

Les trois questions de l'examinateur

Question 1. À quel événement du premier chapitre la mort de la mère fait-elle écho ?

Question 2. Pourquoi le narrateur fait-il dire à la mère « Je les ai eus. Tous » (l. 4110-4111) ? Quel trait de caractère de la mère cette phrase met-elle en avant ?

Question 3. Le dénouement d'*Un barrage contre le Pacifique* met en scène la mort d'un des personnages principaux. Connaissez-vous d'autres dénouements de romans de même nature ?

Le tour de l'œuvre en 8 fiches

Sommaire

Marguerite Duras en 17 dates

1914	Naissance de Marguerite Donnadieu à Gia Dihn, près de Saïgon (Viêt Nam).
1921	Décès de son père.
1933	Quitte définitivement l'Indochine pour Paris, où elle poursuit ses études supérieures.
1939	Mariage avec Robert Antelme.
1943	S'engage avec son époux dans la Résistance. Elle rencontre Dionys Mascolo. Décès de son petit frère Paul à Saïgon. Parution de son premier roman, *Les Impudents*, sous son pseudonyme. Son époux est arrêté et déporté à Dachau, mais il survivra. Adhésion au Parti communiste.
1947	Divorce et remariage avec Dionys Mascolo. Naissance de son fils Jean.
1950	Quitte le Parti communiste. **Publication d'*Un barrage contre le Pacifique*.**
1957	Séparation d'avec Dionys Mascolo et rencontre du journaliste Gérard Jarlot. Décès de sa mère.
1958	Publication de *Moderato Cantabile*. Sortie au cinéma de *Barrage contre le Pacifique* de René Clément. Collaboration avec le réalisateur Alain Resnais pour le film *Hiroshima mon amour*.
1960	Milite activement contre la guerre en Algérie.
1964	Publication du *Ravissement de Lol V. Stein*.
1966	Publication du *Vice-Consul*.
1969	Sortie de son premier film, *Détruire, dit-elle*, qui se fait l'écho de Mai 68.
1974	Réalisation du film *India Song*.
1980	Rencontre de Yann Andréa, son compagnon jusqu'à sa mort.
1984	Parution de *L'Amant* qui remporte le prix Goncourt.
1996	Décès à Paris. Inhumation au cimetière du Montparnasse.

L'œuvre dans son contexte

La France d'après-guerre

La période d'après-guerre **est marquée par une crise des consciences** qui entraîne une réflexion profonde sur la valeur de l'homme et sa place dans la société. En effet, la Seconde Guerre mondiale et ses atrocités (camps de concentration et d'extermination, bombardements atomiques d'Hiroshima et de Nagasaki) ont constitué un traumatisme sans précédent dans l'histoire. L'humanité se révèle à la fois dans sa fragilité et sa monstruosité, et il semble indispensable de repenser les valeurs qui la fondent.

En France, le régime de la Troisième République, discrédité par la collaboration de nombre de ses représentants avec l'Allemagne nazie, cède en 1946 la place à la **Quatrième République**. Les défis du nouveau régime sont immenses : reconstruire la France et relancer son économie alors exsangue.

La décolonisation

Les grandes puissances coloniales, comme la Grande-Bretagne ou la France, sortent de ce conflit affaiblies, tandis que les pays colonisés voient se développer des mouvements nationalistes d'envergure. Les États-Unis et l'URSS (Union des républiques socialistes soviétiques) soutiennent ces mouvements qui doivent aboutir à l'indépendance des pays colonisés. Mais la France est réticente à l'idée d'abandonner son Empire colonial et refuse d'accorder l'autonomie à ses colonies. **En 1946 commence la guerre d'Indochine** : les Français affrontent les nationalistes vietnamiens menés par le communiste Hô Chi Minh. Le conflit se solde par la défaite des Français à Diên Biên Phu et la reconnaissance des États du Laos, du Cambodge et du Vietnam.

Un bouillonnement intellectuel et politique

En 1943, Marguerite Duras s'installe dans le quartier de **Saint-Germain-des-Prés, haut lieu de la vie intellectuelle et culturelle parisienne**. Après la guerre, son domicile devient un lieu d'échanges entre des écrivains avant-gardistes tels que Raymond Queneau, Michel Leiris ou Georges Bataille, mais aussi un lieu de débats et d'engagement politique. **Résistante pendant la guerre, Marguerite Duras adhère en 1944 au Parti communiste**, qui devient alors l'une des principales forces politiques de la France. Ce parti lutte contre le colonialisme, considéré comme une exploitation injuste des peuples indigènes. On retrouve dans *Un barrage contre le Pacifique* ce discours anticolonialiste. Toutefois, Marguerite Duras, refusant de se soumettre à toute idéologie contraignante, finit par quitter le Parti en 1950.

La structure de l'œuvre

Une construction en diptyque

Le roman est divisé en deux parties:

– **La première partie est constituée de huit chapitres assez longs**. Elle est marquée, dès le début, par la rencontre de M. Jo, qui, en raison de sa fortune et des sentiments qu'il porte à Suzanne, apparaît d'abord comme un personnage providentiel dans lequel la famille fonde tous ses espoirs. Cette partie se clôt sur l'éviction de M. Jo et la décision de la famille de se rendre en ville pour vendre le diamant, ultime cadeau que reçoit Suzanne de son soupirant.

– **La seconde partie, composée de vingt-deux chapitres, se déroule en deux temps**. La première période prend place dans la ville coloniale et les chapitres tentent de reproduire, par leur brièveté et l'accélération du rythme, l'agitation ambiante. La seconde période marque le retour de la famille dans la plaine. Le rythme du récit se ralentit et traduit l'attente des personnages: celle de Joseph d'abord, qui se languit de sa maîtresse, celle de Suzanne ensuite, qui attend désespérément qu'un homme l'emmène loin de là, enfin celle de la mère, qui attend des nouvelles de son fils. La seconde partie s'achève sur la mort de la mère qui entraîne le départ définitif de Joseph et de Suzanne.

Une structure circulaire et des motifs répétés

La structure du roman est circulaire: la mort de la mère à la fin du roman fait écho à la mort du cheval à la première page. Paradoxalement, chacun de ces événements funestes est synonyme de changement et d'espoir puisqu'ils initient un départ: départs à Ram puis à la ville, enfin départ définitif pour la ville.

Le roman repose par ailleurs sur un certain nombre de motifs répétés qui structurent le récit et constituent un axe directeur: les allers-retours pour Ram, le diamant, la misère des enfants de la plaine, ou encore la chanson *Ramona*.

Une progression linéaire souvent interrompue

Bien que le récit progresse généralement de façon linéaire, cette linéarité est régulièrement interrompue par des **analepses**, qui permettent d'éclairer le passé d'un personnage, ou par des **prolepses**, qui annoncent ce qui va se produire, ou qui offrent la possibilité aux personnages de laisser libre cours à leur imagination.

Première partie

	Action	Analepse /prolepse
1er chap. (p. 13-32)	Mort du cheval et décision d'aller à Ram.	1re analepse : achat du cheval par Joseph (p. 14-15). 2e analepse : passé de la mère jusqu'à l'écroulement des barrages (p. 20-26).
2e chap. (p. 33-52)	Rencontre avec M. Jo à la cantine de Ram.	1re analepse : récit de la construction des barrages (p. 44-47). 2e analepse : parcours de M. Jo (p. 51-52).
3e chap. (p. 59-74)	Visites régulières de M. Jo à Suzanne.	Prolepse : rêves de Suzanne et de Joseph en écoutant *Ramona* (p. 61).
4e chap. (p. 75-82)	Sorties régulières à Ram et dégoût grandissant de Joseph pour M. Jo.	
5e chap. (p. 83-92)	Tête-à-tête de Suzanne et de M. Jo : scènes de voyeurisme, première mention du diamant.	
6e chap. (p. 93-107)	Description des enfants de la plaine. Chantage de M. Jo à Suzanne à propos du diamant qu'il finit par lui céder.	Analepse : les enfants de la plaine recueillis par la mère (p. 98-99). Prolepse : évocation du séjour hypothétique à la ville de M. Jo et de Suzanne (p. 99-101).
7e chap. (p. 108-117)	Suzanne donne le diamant à la mère, qui devient folle et la bat.	
8e chap. (p. 118-131)	Adieu de Suzanne à M. Jo. Promenade de Suzanne et de Joseph dans la forêt.	Prolepse : annonce du départ pour la ville afin de vendre le diamant (p. 122).

Deuxième partie

	Action	Analepse / prolepse
1er-9e chap. (p. 139-187)	Le séjour à la ville : – découverte du «crapaud» et découragement de la mère ; – disparition de Joseph pendant huit jours ; – Suzanne : rêveries au cinéma et rencontres avortées (Barner et M. Jo) ; – vente du diamant et départ de la ville.	
10e-15e chap. (p. 193-245)	L'attente de Joseph au bungalow : – apathie des personnages et abandon des espoirs vains (vente du phonographe) ; – dernière lettre de la mère aux agents cadastraux ; – apparition symbolique des vers dans la toiture.	1re analepse : histoire misérable du caporal (p. 200-204). 2e analepse : la rencontre amoureuse de Joseph (p. 210-225). 3e analepse : le passé de pianiste de la mère à l'Éden cinéma (p. 228-229).
16e-22e chap. (p. 246-289)	Le délitement de la famille : – lent déclin de la mère qui ne fait que dormir. Seules la lettre de Joseph et la vente du diamant lui redonnent un semblant d'énergie ; – attente de Suzanne pendant trois semaines jusqu'à sa rencontre avec Agosti ; liaison pendant huit jours ; – mort de la mère et départ définitif de Joseph et Suzanne.	1re analepse : révolte de Joseph face à l'agent cadastral (p. 246-252). 2e analepse : histoire de la famille Agosti (p. 267). 3e analepse : récit par Agosti d'une scène de chasse mettant en avant l'intrépidité de Joseph (p. 271-272). Prolepse : Joseph annonce dans une lettre qu'il va venir dans un mois (p. 260).

Fiche 4

Les grands thèmes de l'œuvre

La figure maternelle

Personnage central du roman, la mère est d'abord présentée comme une mère courage grâce aux fréquentes analepses qui évoquent sa jeunesse. Contrainte d'élever ses enfants seule en Indochine après le décès de son mari, elle travaille comme pianiste dans un cinéma et accumule suffisamment d'argent pour acheter une concession, qui s'avère incultivable. Sa naïveté ne lui a pas permis de voir la corruption des agents de la colonie: «Elle était sortie de ce tunnel de dix ans, comme elle y était entrée, intacte, solitaire, vierge de toute familiarité avec les puissances du mal [...]» (p. 123). Prise alors d'une «espérance soudaine et folle» (p. 126), elle entreprend en vain de construire des barrages pour contenir les eaux du Pacifique au moment des grandes marées. Cet échec déclenche le début de ses «crises» (p. 120).

Le roman commence après cet événement. **La mère y est décrite comme un personnage complexe et contradictoire.** Elle est en proie à un sentiment de colère permanent, qui s'exprime de façon soudaine contre ses «saletés d'enfants» (p. 127), en particulier Suzanne. Lors de l'épisode du diamant, elle est comme folle et s'acharne sur sa fille, qui devient le symbole de tous ses échecs et de tous ses malheurs. Le narrateur déclare ainsi: «Elle avait aimé démesurément la vie et c'était son espérance infatigable, incurable, qui en avait fait ce qu'elle était devenue, une désespérée de l'espoir même» (p. 115). Cependant, ses accès de violence cèdent parfois la place à une douceur inattendue. L'affection qu'elle porte à ses «beaux enfants» (p. 81) s'exprime au moment des repas; elle incarne alors la mère nourricière: «La mère sourit. Quand ils mangeaient avec appétit elle était toujours heureuse» (p. 129).

La mère est également partagée entre deux attitudes antithétiques: tantôt prise de frénésie, elle échafaude de nouveaux projets et s'adonne à ses «comptes de cinglée» (p. 32); tantôt apathique, elle cède au renoncement. Le séjour à la ville opère un changement radical: «[...] ils avaient pris leur parti de devenir raisonnables et ils paraissaient déterminés à vivre leur situation dans toute sa vérité et sans l'artifice coutumier d'un espoir imbécile» (p. 206). Le retour à la plaine amorce le déclin progressif de la mère dont le dernier cri de protestation est la lettre qu'elle écrit aux agents du cadastre.

Jamais nommée par son prénom, le personnage incarne une figure maternelle mythique. Quand Suzanne subit sa violence, elle déclare: «Elle en oubliait que cette force venait de sa mère et la subissait comme elle aurait subi celle du vent, des vagues, une force impersonnelle» (p. 111). Carmen la définit également comme un «monstre dévastateur» (p. 152), dont la folle espérance détruit tout. Seule sa mort libère ses proches de son emprise.

Le triangle familial : entre amour et haine

La mère est au centre du triangle familial. Suzanne et Joseph éprouvent pour elle des sentiments contrastés. Bien qu'il la qualifie de «vieille cinglée» (p. 198), ils l'aiment profondément et Joseph avoue d'ailleurs ceci : «Il croyait même, disait-il, qu'il n'aimerait jamais aucune femme comme il l'aimait» (p. 229). La mère exerce un envoûtement dont ses enfants ne parviennent pas à se libérer. Carmen déclare à Suzanne : «Ses malheurs, à la fin, c'est comme un charme [...]. Je ne vois rien que sa mort ou un homme, qui pourrait te la faire oublier» (p. 164). C'est finalement l'amour qui incite Joseph à quitter sa mère ; néanmoins, ce départ n'est pas synonyme d'une libération totale : «Tant qu'il saurait la mère vivante il ne pourrait d'ailleurs rien faire de bon dans la vie, rien entreprendre» (p. 228). Suzanne ne prend conscience de la nécessité de partir qu'après la mort de sa mère : «Je pars [...], je ne peux pas faire autrement» (p. 289).

Quant aux relations entre Suzanne et Joseph, elles sont ambiguës. La première éprouve une admiration de nature presque incestueuse pour son frère : «Suzanne se souvenait parfaitement de cette minute où elle sut qu'elle ne rencontrerait peut-être jamais un homme qui lui plairait autant que Joseph» (p. 249). Quant à Joseph, il cherche, sans le montrer, à protéger sa sœur, conscient du charme qu'elle exerce sur les hommes : «Elle peut avoir qui elle veut [...] Elle sait y faire. Qui elle veut et quand elle veut» (p. 130). Joseph incarne le chef de la famille : intrépide, impulsif et grossier, il est le seul que la mère craint et à qui elle obéit. Sa disparition puis son départ permettent enfin à Suzanne de s'émanciper et de désapprendre «l'attente imbécile des autos des chasseurs, les rêves vides» (p. 283) pour vivre pleinement.

L'argent

L'argent tient une place centrale dans le roman : symbolisé par des objets aussi divers que la limousine, le costume (M. Jo et Barner) ou le diamant, il est convoité par les pauvres et exhibé par les riches.

La mère est obsédée par l'argent qui lui permettrait d'acheter enfin sa concession. Cependant, sa possession la rend folle : «Quelle jeunesse, quelle vieille ardeur refoulée, quel regain de quelle concupiscence jusque-là insoupçonnée s'étaient donc réveillés en elle à la vue de la bague ?» (p. 110). Acheté par la maîtresse de Joseph au prix escompté par la mère, le diamant est pourtant restitué à cette dernière, qui considère désormais cet argent comme une malédiction plutôt que comme un symbole d'espoir : «Écrasée, elle regardait le diamant sans le prendre» (p. 199).

Le roman renvoie donc une image ambiguë de l'argent: censé faire le bonheur, il se révèle être une force fatale à laquelle les personnages ne peuvent résister. Il symbolise également les inégalités intrinsèques au système colonial.

La critique du colonialisme

La description satirique de la ville coloniale met en évidence le clivage sur lequel repose la société: «Comme dans toutes les villes coloniales il y avait deux villes dans cette ville; la blanche et l'autre. Et dans la ville blanche il y avait encore des différences» (p. 139). Les coloniaux fortunés sont représentés par M. Jo; viennent ensuite les Blancs de condition modeste tels que la mère; enfin suivent les indigènes symbolisés par le personnage du caporal. La misère des indigènes est mise en évidence par la mort des enfants de la plaine: «Mais il en mourra toujours. Trop de bouches ouvertes sur leur faim, criantes, réclamantes, avides de tout» (p. 264). Le narrateur s'en prend directement au «grand vampirisme colonial» (p. 23) qui tire profit des moindres ressources des indigènes et des colons blancs pauvres tels que la mère. Peu importent les vies humaines tant que l'argent et ce qui le produit coulent à flots: «Le latex coulait. Le sang aussi. Mais le latex seul était précieux, recueilli, et, recueilli, payait. Le sang se perdait» (p. 141). La dernière lettre que la mère écrit aux agents est une longue diatribe contre l'«ignominie» de ces «chiens du cadastre» (p. 44).

Les personnages du roman

Des personnages ancrés dans un cadre réaliste et symbolique

Le roman se déroule autour de 1925-1930 dans une colonie française, l'Indochine. Ce cadre réaliste est souligné dès les premières pages par la mention de Ram et de Kam, des abréviations qui renvoient à Réam et Kampot, deux villes situées dans l'actuel Cambodge. De même, les descriptions mettent en avant le climat, la faune et la flore tropicales propres à l'Indochine, à l'exemple du «rac» (p. 18), du «marigot» ou des «cannas» (p. 17) plantées par la mère.

Cependant, **bien que réaliste, cet espace est organisé de façon symbolique**. Le bungalow et la plaine sont au centre de ce cadre spatial: c'est un point mortifère, un «coin de plaine saturé de sel» (p. 13), que Suzanne et Joseph aspirent à fuir. D'un côté, cette plaine est cernée par le Pacifique, une force fatale dont «l'assaut élémentaire et implacable» (p. 26) emporte les barrages, brûle tout et réduit à néant les espoirs de la mère; de l'autre, par la forêt, un espace sauvage et étouffant mais synonyme pour le frère et la sœur de liberté. C'est là que Joseph s'adonne avec joie à la chasse et que Suzanne découvre les plaisirs charnels avec Agosti. La piste occupe une place ambiguë: sa construction a entraîné la mort de dizaines de personnes,

pourtant elle représente la promesse d'un ailleurs pour Joseph et Suzanne, le chemin qui s'ouvre sur l'avenir: «Le jour viendrait où une automobile s'arrêterait enfin devant le bungalow» (p. 19). Cette piste relie le bungalow à la **ville** (Ram, Kam ou la capitale), lieu de rencontre et donc de tous les possibles, comme l'annonce l'incipit: «Et c'est le lendemain à Ram qu'ils devaient faire la rencontre qui allait changer leur vie à tous» (p. 13).

Dans la seconde partie, **la ville coloniale reflète les inégalités de la société par sa topographie discriminante**; seuls le cinéma et sa «nuit artificielle et démocratique» (p. 155) constituent un refuge apaisant. Tout en étant réaliste, le cadre du roman revêt donc un sens symbolique.

Des personnages plus «sentis» que décrits

Contrairement aux romans réalistes du XIXᵉ siècle, **les personnages sont peu décrits**, que ce soit physiquement ou moralement. Le portrait de la mère est à peine esquissé: on sait simplement qu'elle a les cheveux gris et qu'elle porte des robes informes dans lesquelles elle flotte «comme une épave» (p. 248). De même, Suzanne est présentée comme une jolie fille tandis que Joseph se distingue surtout par sa force. Seuls deux personnages sont détaillés physiquement: M. Jo, dont le portrait est satirique, et Carmen, que l'auteur transforme en créature féminine étrange dont les jambes sont d'une «extraordinaire beauté» (p. 143). Les portraits ne répondent donc pas à une volonté d'objectivité. Les personnages sont avant tout caractérisés par les propos qu'ils tiennent. En effet, les dialogues sont abondants et prennent le pas sur les passages descriptifs ou narratifs. Chaque personnage possède sa façon de parler: au langage châtié de M. Jo s'opposent la grossièreté et la «scandaleuse franchise» de Joseph, que Suzanne tente d'imiter: «J'aime pas ça, dit Suzanne, attendre. La patience, comme dit Joseph, à la fin, ça me fait chier» (p. 174).

Par ailleurs, le narrateur se livre rarement à des analyses psychologiques; **les sentiments des personnages sont traduits par leurs actions.** Le ressentiment et la folie de la mère s'expriment au travers des coups donnés soudainement à Suzanne. De même, la «sourde colère» de Joseph, lors du retour à la plaine, le «contractait et l'empêchait de s'abandonner à la fatigue» (p. 193). Les personnages d'*Un barrage* sont impulsifs et s'expriment en grande partie par leur langage corporel. Enfin, les nombreuses analepses qui détaillent certains épisodes de leur passé (en particulier celui de la mère) apportent un éclairage sur leur psychologie et permettent d'expliquer leur comportement présent.

Bien que libres en apparence, les personnages principaux semblent soumis à une fatalité matérialisée notamment par les vagues du Pacifique qui détruisent inexorablement les barrages construits par la mère. Celle-ci est victime de ses espoirs fous et de ses malheurs: c'est une «désespérée de l'espoir même» (p. 115). Sa folle espérance s'impose à tous ceux qui l'entourent et les détruit, que ce soit les paysans de la plaine engagés dans son projet absurde ou ses propres enfants. Seules la fuite volontaire ou la mort de la mère permettent à Joseph et Suzanne d'échapper à cette force funeste.

Un roman d'apprentissage

Le narrateur adopte généralement le point de vue omniscient: il connaît les sentiments et le passé des personnages, et annonce même l'avenir. Il devient parfois le porte-parole de Marguerite Duras quand il dénonce avec virulence l'injustice du système colonial et la vénalité des agents.

Un autre point de vue domine également: celui de Suzanne. En effet, le narrateur décrit de nombreuses scènes à travers le regard de la jeune fille: certains tête-à-tête avec M. Jo, ses promenades dans la ville, sa rencontre avec Agosti. En cela *Un barrage* est une sorte de roman d'apprentissage puisqu'il retrace la confrontation de Suzanne à la vraie vie et son émancipation finale: «Suzanne désapprit enfin l'attente imbécile des autos des chasseurs, les rêves vides» (p. 283).

Un roman autobiographique?

Une enfance indochinoise

L'auteur s'efforce de restituer l'Indochine coloniale des années 1920 où elle a grandi. La topographie, la faune, la flore ou les vêtements et les habitudes des personnages semblent directement sortis de sa mémoire. Mais à travers l'histoire familiale, *Un barrage* se propose également d'étudier un milieu précis, celui des «petits blancs», ces coloniaux vivant modestement, voire pauvrement, représentés par la mère et ses deux enfants. La majeure partie du récit se déroule ainsi autour du bungalow et décrit les interactions de ce milieu avec les autres, symbolisés par M. Jo, Barner ou plus généralement la ville. Le roman met en scène les efforts vains de cette famille modeste pour progresser dans la hiérarchie sociale et s'enrichir : «Si on veut, on est riches, affirma Joseph, si on veut on est aussi riches que les autres, merde, suffit de vouloir, puis on le devient» (p. 130). Joseph incarne ce désir de révolte et de revanche sur la société et les «riches»: «[...] les autres, on les écrasera sur les routes, partout où on les verra on les écrasera» (p. 131). Ainsi, l'intrigue progresse chronologiquement par étapes et se développe autour du désir de cette famille de gravir l'échelle sociale.

Du souvenir au mythe

Cependant, l'espace décrit possède avant tout un sens symbolique : la plaine est associée à la mort, tandis que la forêt est synonyme de désir et que la ville représente l'espoir. De même, certains personnages comme la mère sont érigés en figures mythiques. Cette dernière, qui n'est vue essentiellement qu'à travers le regard de ses enfants, est toujours désignée à travers le groupe nominal générique «la mère»; son nom ne sera jamais révélé. Elle est tantôt comparée à une «force impersonnelle» tantôt à un «monstre au charme puissant». Elle incarne ainsi une puissance violente et funeste, dont le désir et l'espoir dévastent tout sur leur passage. Ainsi, le souvenir d'enfance est souvent transcendé, pour laisser place à une reconstitution aux dimensions universelles.

La part de vérité

Un barrage n'est pas une autobiographie proprement dite puisqu'on ne retrouve pas l'emploi de la première personne du singulier et que rien ne permet d'identifier le narrateur à l'auteur. Cependant, dans un entretien datant de 1974 (*Les Parleuses*), Marguerite Duras avoue s'être largement inspirée de sa jeunesse indochinoise pour écrire ce roman.

Tout d'abord, le cadre est similaire: Marguerite Donnadieu est née en Indochine, où ses parents étaient venus, également attirés par les «affiches de propagande coloniale» (p. 21). Tout l'univers décrit dans le roman repose donc sur ses impressions d'adolescente: la forêt sauvage, l'omniprésence de l'eau, la chaleur accablante. Ensuite, les personnages mis en scène sont étrangement similaires à la famille de l'auteur. Devenue veuve, la mère de Marguerite Duras est contrainte d'élever seule ses trois enfants: elle appartient désormais à la catégorie des colons blancs pauvres, dont la condition est plus proche de celle des indigènes que de celle des riches Européens. Comme la mère d'*Un barrage*, elle investit toutes ses économies dans l'achat d'une concession, qui se révèle incultivable.

Marguerite Duras fut durablement marquée par ce sentiment d'injustice douloureuse: «On lui a collé une terre incultivable. [...] Je crois que c'était de colère à vrai dire qu'elle voulait mourir, qu'elle était en train de mourir, après que les barrages se soient écroulés. De colère. D'indignation. Évidemment, ça nous a terriblement marqués» (*Les Lieux de Marguerite Duras*, 1977). La folie destructrice de la mère d'*Un barrage* est directement inspirée de celle de la mère de Marguerite Duras et on retrouvera ce trait psychologique chez bien d'autres héroïnes durassiennes.

En revanche, si Suzanne constitue une sorte de double de l'écrivain adolescente, Joseph condense les caractères contradictoires de ses deux frères. Le fils aîné, Pierre, était un être violent et impulsif mais vénéré de façon exclusive par sa mère, tandis que le plus jeune, Paul, était un enfant doux et aimant, qui souffrait de la brutalité de son frère. L'écrivain éprouvait une passion presque incestueuse pour ce petit frère, tandis qu'elle abhorrait son aîné. Le personnage de Joseph incarne les facettes contradictoires des frères de l'auteur: brutal, impulsif, mais aussi généreux et courageux.

Il y a donc bien une part d'inspiration autobiographique dans *Un barrage*, mais ce n'est qu'en 1984, avec la publication de *L'Amant*, que l'écrivain assume pleinement la nature personnelle d'un de ses ouvrages en employant la première personne du singulier et en se décrivant sans ambiguïté. Pourtant, même dans cette œuvre, l'aspect autobiographique semble secondaire, comme le déclare l'auteur elle-même dans une interview en 1990: «L'histoire de votre vie, de ma vie, elle n'existe pas. [...] Le roman de ma vie, de vos vies, oui, mais pas l'histoire» (interview d'Hervé Le Masson dans *Le Nouvel Observateur*, citée par A. Armel, «Le Jeu autobiographique», *Le Magazine littéraire*, juin 1990).

Fiche 7

Un barrage : une écriture singulière

Une écriture engagée

Un barrage contre le Pacifique **n'appartient à aucun mouvement littéraire particulier.** En revanche, écrit pendant la période d'après-guerre, il est marqué par l'engagement politique et artistique de son auteur. En effet, la crise des consciences provoquée par les horreurs de la Seconde Guerre mondiale incite un certain nombre d'écrivains à s'engager : Jean-Paul Sartre, Albert Camus, mais également Marguerite Duras. À la fin des années 1930, cette dernière s'installe en plein cœur du quartier de Saint-Germain-des-Prés, haut lieu intellectuel et culturel de Paris. Elle réunit chez elle des écrivains comme Raymond Queneau, Georges Bataille ou Michel Leiris qui échangent sur des sujets aussi divers que la politique, l'art ou la littérature.

À partir de 1944, Marguerite Duras devient membre du Parti communiste et lutte activement contre le fascisme puis, au sortir de la guerre, contre le colonialisme, considéré comme une exploitation injuste des peuples indigènes. Toutefois, désireuse de conserver son indépendance, elle quitte le Parti communiste en 1950. Considéré par beaucoup comme un pamphlet contre le système colonial français, *Un barrage* ne peut être pourtant réduit à cette unique interprétation. C'est une œuvre à part où commence à s'esquisser une poétique originale qui fera de Marguerite Duras un écrivain inimitable.

Une poétique originale

Bien qu'obéissant à une narration assez classique, *Un barrage* **laisse déjà entrevoir une écriture singulière,** dont on retrouvera certaines caractéristiques dans les œuvres postérieures de l'auteur. Tout d'abord, le langage employé se distingue par sa diversité et ses contrastes : l'écrivain n'hésite pas à mêler les niveaux de langue, passant du familier au soutenu, d'une remarque triviale à une évocation lyrique. Ceci est accentué par la place accordée au discours direct : la parole des personnages investit le roman et les dialogues sont très nombreux. La vulgarité provocatrice de Joseph, et parfois de Suzanne, tranche ainsi avec certains passages descriptifs poétiques : « Des lianes de plusieurs centaines de mètres de long amarraient les arbres entre eux, et à leurs cimes, dans l'épanouissement le plus libre qui se puisse imaginer, d'immenses "bassins" d'orchidées, face au ciel, éjectaient de somptueuses floraisons dont on n'apercevait que les bords parfois » (p. 126).

Par ailleurs, **Marguerite Duras alterne de longues périodes avec des phrases brèves, parfois nominales et souvent fondées sur la répétition d'une même structure** : « Comme quoi une idée est toujours une bonne idée, [...] même si tout est entrepris de travers [...]. Comme quoi une idée de ce genre est toujours une bonne idée, même si tout échoue lamentablement» (p. 13-14). Or, la répétition deviendra une des caractéristiques de l'écriture durassienne. Cette tendance se retrouve à travers la récurrence de certains motifs qui rythment et structurent le récit: le phonographe et la chanson *Ramona*, le diamant et son pendant négatif – le crapaud –, la misère et la mort des enfants.

Mais Marguerite Duras ne se contente pas de créer une langue tout en contrastes, **elle mêle également les tonalités, et notamment le tragique et le rire**. L'écrivain refuse l'enfermement mortifère dans le malheur et les personnages parviennent, non sans difficulté, à tirer du tragique une énergie, une pulsion qui les poussent vers la vie. La mère symbolise cette force funeste dont Suzanne et Joseph doivent se libérer s'ils veulent échapper à la fatalité du malheur. Malgré la situation misérable des personnages, le rire est ainsi fréquent, car le «rire durassien possède une force subversive qui en fait une arme de survie» (*Marguerite Duras. Rencontres de Cerisy*, 1994). Le rire apparaît dès les premières pages, à la cantine de Ram, quand Joseph évoque l'échec des barrages: «Les barrages de la mère dans la plaine, c'était le grand malheur et la grande rigolade à la fois, ça dépendait des jours» (p. 3). Le rire permet à la famille d'atténuer le tragique de sa situation et de triompher de ses malheurs, en instaurant avec ces derniers une distance ironique salvatrice. Tragique et comique sont ainsi intimement liés tout au long du roman.

Enfin, *Un barrage* annonce un **certain nombre de thèmes essentiels dans l'œuvre de Marguerite Duras**: l'importance du noyau familial, la passion, le sentiment d'injustice, mais surtout la folie de la mère qui marque durablement l'imaginaire de l'écrivain: «Un fou est un être dont le préjugé essentiel est détruit: les limites du moi. C'est en fait ma seule préoccupation: la possibilité d'être capable de perdre la notion de son identité. C'est pour cela que la question de la folie me tente tellement dans mes livres» (Bettina L. Knapp, "Entretiens avec Marguerite Duras et Gabriel Cousin", *The French Review*, vol. XLIV, n° 4, mars 1971).

Citations

Un barrage contre le Pacifique

«Les barrages de la mère dans la plaine, c'était le grand malheur et la grande rigolade à la fois, ça dépendait des jours. C'était la grande rigolade du grand malheur. C'était terrible et c'était marrant.» (p. 43)

«Elle avait aimé démesurément la vie et c'était son espérance infatigable, incurable, qui en avait fait ce qu'elle était devenue, une désespérée de l'espoir même. Cet espoir l'avait usée, détruite, nudifiée à ce point, que son sommeil qui l'en reposait, même la mort, semblait-il, ne pouvait plus le dépasser.» (p. 115)

«La luisance des autos, des vitrines, du macadam arrosé, l'éclatante blancheur des costumes, la fraîcheur ruisselante des parterres de fleurs faisaient du haut quartier un bordel magique où la race blanche pouvait se donner, dans une paix sans mélange, le spectacle sacré de sa propre présence.» (p. 140-141)

«Elle avait eu tellement de malheurs que c'en était devenu un monstre au charme puissant et que ses enfants risquaient, pour la consoler de ses malheurs, de ne plus jamais la quitter, de se plier à ses volontés, de se laisser dévorer à leur tour par elle.» (p. 152)

«Et c'est l'alcool qui m'a illuminé de cette évidence: j'étais un homme cruel. Depuis toujours, je me préparais à être un homme cruel, un homme qui quitterait sa mère un jour et qui s'en irait apprendre à vivre, loin d'elle, dans une ville.» (p. 223, *Joseph*)

«Vous ne le savez peut-être pas mais ici il meurt tellement de petits enfants qu'on les enterre à même la boue des rizières, sous les cases, et c'est le père qui, avec ses pieds, aplatit la terre à l'endroit où il a enterré son enfant.» (p. 238, *la lettre*)

«Ce fut pendant ces huit jours-là, entre la promenade au champ d'ananas et la mort de la mère que Suzanne désapprit enfin l'attente imbécile des autos des chasseurs, les rêves vides.» (p. 283)

À propos d'*Un barrage contre le Pacifique*

Il s'agit d'un «document direct, [...] véridique, sur un aspect peu connu de la vie coloniale [...]. L'histoire qui sert de base à Marguerite Duras n'est ni inventée ni truquée, c'est une "chose vue", une réalité sociale authentique.»

Jean Blanzat, *Le Figaro littéraire*, septembre 1950.

«L'ouvrage serait un réquisitoire contre la colonie au nom des Blancs pauvres qui la peuplent autant qu'au nom des indigènes, s'il se voulait didactique. Tel qu'il est, c'est un des meilleurs romans qu'on puisse lire.»

Jean-Henri Roy, *Les Temps modernes*, 1950.

«Le passé, ça commence très jeune. [...] Le *Barrage contre le Pacifique*, c'est le vrai livre sur la mémoire et j'avais moins de trente ans quand je l'ai écrit.»

Marguerite Duras, *Les Parleuses*, 1974.

« Très longtemps, oui, j'ai été connue surtout à partir du *Barrage contre le Pacifique* qui a été pris par l'intelligentsia française comme étant le modèle de ce qu'il ne fallait pas faire, d'un livre de dénonciation de l'État colonial ; et ça, ça m'a poursuivie.»

Émission *Le Bon Plaisir de Marguerite Duras*, France-Culture, 20 octobre 1984.

«*Le Barrage*, j'ai une tendresse. Parce que ce n'est pas de la littérature. C'était trop près de moi. Je ne pouvais pas mentir sur ma mère. Je pouvais mentir sur mon ami, pas sur mon petit frère...».

Marguerite Duras, *C'est tout*, 1995.

Le cadre d'*Un barrage contre le Pacifique* «n'est nullement imaginaire», car «l'histoire est dans son contexte rigoureusement vraie.»

Marguerite Duras, *Le Ravissement de la parole*, entretiens radiophoniques choisis et réunis par Jean-Marc Turine, 1997.

Groupements de textes

La rencontre amoureuse

Mme de La Fayette, *La Princesse de Clèves*

Troisième roman de Mme de La Fayette (1634-1693), *La Princesse de Clèves* met en scène Mlle de Chartres, une jeune fille noble qui épouse, sur les conseils de sa mère, le prince de Clèves, homme pour qui elle ressent de l'estime mais pas d'amour. Après son mariage, elle découvre les joies de la vie à la cour et rencontre le duc de Nemours, dont elle tombe amoureuse malgré elle. Roman d'analyse, l'œuvre retrace les débats intérieurs de la jeune princesse qui lutte en vain contre sa passion. L'extrait suivant décrit la première rencontre entre le duc de Nemours et la princesse de Clèves.

Mme de Clèves avait ouï[1] parler de ce prince à tout le monde, comme de ce qu'il y avait de mieux fait et de plus agréable à la cour ; et surtout madame la dauphine[2] le lui avait dépeint d'une sorte, et lui en avait parlé tant de fois, qu'elle lui avait donné de la curiosité, et même de l'impatience de le voir. Elle passa tout le jour des fiançailles chez elle à se parer, pour se trouver le soir au bal et au festin royal qui se faisait au Louvre. Lorsqu'elle arriva,

1. **Ouï** : entendu.
2. **Dauphine** : épouse du dauphin, c'est-à-dire l'héritier présumé du trône.

l'on admira sa beauté et sa parure ; le bal commença et, comme elle dansait avec M. de Guise, il se fit un assez grand bruit vers la porte de la salle, comme de quelqu'un qui entrait et à qui on faisait place. Mme de Clèves acheva de danser et, pendant qu'elle cherchait des yeux quelqu'un qu'elle avait dessein[1] de prendre, le roi lui cria de prendre celui qui arrivait. Elle se tourna et vit un homme qu'elle crut d'abord ne pouvoir être que M. de Nemours, qui passait par-dessus quelques sièges pour arriver où l'on dansait. Ce prince était fait d'une sorte qu'il était difficile de n'être pas surprise de le voir quand on ne l'avait jamais vu, surtout ce soir-là, où le soin qu'il avait pris de se parer augmentait encore l'air brillant qui était dans sa personne ; mais il était difficile aussi de voir Mme de Clèves pour la première fois sans avoir un grand étonnement.

M. de Nemours fut tellement surpris de sa beauté que, lorsqu'il fut proche d'elle, et qu'elle lui fit la révérence, il ne put s'empêcher de donner des marques de son admiration. Quand ils commencèrent à danser, il s'éleva dans la salle un murmure de louanges. Le roi et les reines se souvinrent qu'ils ne s'étaient jamais vus, et trouvèrent quelque chose de singulier de les voir danser ensemble sans se connaître. Ils les appelèrent quand ils eurent fini sans leur donner le loisir de parler à personne et leur demandèrent s'ils n'avaient pas bien envie de savoir qui ils étaient, et s'ils ne s'en doutaient point.

Mme de La Fayette, La Princesse de Clèves [1678],
Belin-Gallimard, « Classico », 2011.

Stendhal, *Lucien Lewen*

Écrit en 1834 par Stendhal (1783-1842), *Lucien Lewen* est un roman inachevé publié de façon posthume. Ce roman met en scène le héros éponyme, un jeune bourgeois qui vient d'être nommé sous-lieutenant dans un régiment. Dans l'extrait suivant, Lucien Lewen défile dans les rues de Nancy, ville de province dont il découvre la médiocrité. Il aperçoit

---

1. **Avait dessein** : avait l'intention.

alors une jeune femme, Mme de Chasteller, dont il va tomber amoureux. Stendhal reprend le topos de la rencontre amoureuse pour mieux le détourner : au lieu du coup du foudre attendu, le héros se ridiculise en chutant de cheval.

Lucien leva les yeux et vit une grande maison, moins mesquine[1] que celles devant lesquelles le régiment avait passé jusque-là ; au milieu d'un grand mur blanc, il y avait une persienne[2] peinte en vert perroquet. « Quel choix de couleurs voyantes ont ces marauds[3] de provinciaux ! »

Lucien se complaisait dans cette idée peu polie lorsqu'il vit la persienne vert perroquet s'entrouvrir un peu ; c'était une jeune femme blonde qui avait des cheveux magnifiques et l'air dédaigneux : elle venait voir défiler le régiment. Toutes les idées tristes de Lucien s'envolèrent à l'aspect de cette jolie figure ; son âme en fut ranimée. Les murs écorchés et sales des maisons de Nancy, la boue noire, l'esprit envieux et jaloux de ses camarades, les duels nécessaires, le méchant pavé sur lequel glissait la rosse[4] qu'on lui avait donnée, peut-être exprès, tout disparut. Un embarras[5] sous une voûte, au bout de la rue, avait forcé le régiment à s'arrêter. La jeune femme ferma sa croisée et regarda, à demi cachée par le rideau de mousseline brodé de sa fenêtre. Elle pouvait avoir vingt-quatre ou vingt-cinq ans. Lucien trouva dans ses yeux une expression singulière ; était-ce de l'ironie, de la haine, ou tout simplement de la jeunesse et une certaine disposition à s'amuser de tout ?

Le second escadron, dont Lucien faisait partie, se remit en mouvement tout à coup ; Lucien, les yeux fixés sur la fenêtre vert perroquet, donna un coup d'éperon à son cheval, qui glissa, tomba et le jeta par terre.

Se relever, appliquer un grand coup de fourreau de son sabre à la rosse, sauter en selle fut, à la vérité, l'affaire d'un instant ; mais l'éclat de rire fut général et bruyant. Lucien remarqua que

---

1. **Mesquine** : d'apparence pauvre.
2. **Persienne** : volet constitué de barres horizontales laissant passer la lumière.
3. **Marauds** : terme péjoratif désignant une personne inférieure à son rang social.
4. **Rosse** : mauvais cheval.
5. **Embarras** : obstacle qui gêne ici la circulation.

la dame aux cheveux d'un blond cendré souriait encore, que déjà il était remonté. Les officiers du régiment riaient, mais exprès, comme un membre du centre, à la chambre des députés, quand on fait aux ministres quelque reproche fondé.

– Quoique ça, c'est un bon lapin, dit un vieux maréchal des logis à moustaches blanches.

– Jamais cette rosse n'a été mieux montée, dit un lancier[1].

Lucien était rouge mais affectait une mine simple.

Stendhal, Lucien Lewen [1855], Gallimard, «Folio», 2002.

Flaubert, *L'Éducation sentimentale*

Troisième œuvre écrite par Gustave Flaubert (1821-1880), *L'Éducation sentimentale* retrace le parcours de Frédéric Moreau, jeune bourgeois venu étudier à Paris. Au début du roman, nouvellement reçu bachelier, il prend le bateau pour Nogent, où habite sa famille. Pendant le trajet, il aperçoit Mme Arnoux, dont il tombe immédiatement amoureux...

Ce fut comme une apparition.

Elle était assise, au milieu du banc, toute seule ; ou du moins il ne distingua personne, dans l'éblouissement que lui envoyèrent ses yeux. En même temps qu'il passait, elle leva la tête ; il fléchit involontairement les épaules ; et quand il se fut mis plus loin, du même côté, il la regarda.

Elle avait un large chapeau de paille, avec des rubans roses, qui palpitaient au vent, derrière elle. Ses bandeaux[2] noirs, contournant la pointe de ses grands sourcils, descendaient très bas et semblaient presser amoureusement l'ovale de sa figure. Sa robe de mousseline claire, tachetée de petits pois, se répandait en plis nombreux. Elle était en train de broder quelque chose ; et son nez droit, son menton, toute sa personne se découpaient sur le fond de l'air bleu.

Comme elle gardait la même attitude, il fit plusieurs tours de droite et de gauche pour dissimuler sa manœuvre ; puis il se

---

1. **Lancier** : cavalier armé d'une lance.
2. **Bandeaux** : bande avec laquelle on s'entoure la tête.

planta tout près de son ombrelle, posée contre le banc, et il affectait d'observer une chaloupe sur la rivière.

Jamais il n'avait vu cette splendeur de sa peau brune, la séduction de sa taille, ni cette finesse des doigts que la lumière traversait… Il considérait son panier à ouvrage avec ébahissement, comme une chose extraordinaire. Quels étaient son nom, sa demeure, sa vie, son passé ? Il souhaitait connaître les meubles de sa chambre, toutes les robes qu'elle avait portées, les gens qu'elle fréquentait ; et le désir de la possession physique même disparaissait sous une envie plus profonde, dans une curiosité douloureuse qui n'avait pas de limites.

Une négresse, coiffée d'un foulard, se présenta, en tenant par la main une petite fille, déjà grande. L'enfant, dont les yeux roulaient des larmes, venait de s'éveiller. Elle la prit sur ses genoux : « Mademoiselle n'était pas sage, quoiqu'elle eût sept ans bientôt ; sa mère ne l'aimerait plus ; on lui pardonnait trop ses caprices. » Et Frédéric se réjouissait d'entendre ces choses, comme s'il eût fait une découverte, une acquisition.

Il la supposait d'origine andalouse, créole peut-être ; elle avait ramené cette négresse avec elle.

Cependant, un long châle à bandes violettes était placé derrière son dos, sur le bordage[1] de cuivre. Elle avait dû, bien des fois, au milieu de la mer, durant les soirs humides, en envelopper sa taille, s'en couvrir les pieds, dormir dedans ! Mais entraîné par les franges, il glissait peu à peu, il allait tomber dans l'eau ; Frédéric fit un bond et le rattrapa. Elle lui dit :

– Je vous remercie, monsieur. Leurs yeux se rencontrèrent.

– Ma femme, es-tu prête ? cria le sieur Arnoux apparaissant dans le capot[2] de l'escalier.

Gustave Flaubert, *L'Éducation sentimentale* [1869], Gallimard, « Folio », 2005.

---

1. **Bordage** : revêtement qui recouvre le navire.
2. **Capot** : protection qui recouvre l'ouverture de l'escalier d'un navire.

Alain-Fournier, *Le Grand Meaulnes*

Le Grand Meaulnes est le seul roman publié par Alain-Fournier (1886-1914), mort pendant la Première Guerre mondiale à l'âge de vingt-huit ans. Au début du récit, le narrateur, un adolescent de quinze ans, raconte l'arrivée dans son école d'un garçon mystérieux, Augustin Meaulnes, rapidement surnommé le Grand Meaulnes. Un matin, ce dernier disparaît pendant trois jours. À son retour, il fait au narrateur le récit de ses aventures : alors qu'il s'est perdu, le Grand Meaulnes découvre sur son chemin un château mystérieux dans lequel se déroule une étrange fête. Le lendemain, il rencontre une jeune femme, Yvonne de Galais, dont il tombe amoureux au premier regard. L'extrait met en scène cette rencontre amoureuse.

Il continua donc d'errer en cherchant le lieu de l'embarcadère, autour de la longue maison châtelaine[1] aux ailes inégales, comme une église. Lorsqu'il eut contourné l'aile sud, il aperçut soudain les roseaux, à perte de vue, qui formaient tout le paysage. L'eau des étangs venait de ce côté mouiller le pied des murs, et il y avait, devant plusieurs portes, de petits balcons de bois qui surplombaient les vagues clapotantes.

Désœuvré, le promeneur erra un long moment sur la rive sablée comme un chemin de halage[2]. Il examinait curieusement les grandes portes aux vitres poussiéreuses qui donnaient sur des pièces délabrées ou abandonnées, sur des débarras encombrés de brouettes, d'outils rouillés et de pots de fleurs brisés, lorsque soudain, à l'autre bout des bâtiments, il entendit des pas grincer sur le sable.

C'étaient deux femmes, l'une très vieille et courbée ; l'autre, une jeune fille, blonde, élancée, dont le charmant costume, après tous les déguisements de la veille, parut d'abord à Meaulnes extraordinaire.

Elles s'arrêtèrent un instant pour regarder le paysage, tandis que Meaulnes se disait, avec un étonnement qui lui parut plus tard bien grossier :

---

1. Châtelaine : qui ressemble à un château.
2. Chemin de halage : chemin longeant une rivière et permettant à des hommes ou à des chevaux de tracter un bateau.

– Voilà sans doute ce qu'on appelle une jeune fille excentrique[1], – peut-être une actrice qu'on a mandée[2] pour la fête.

Cependant, les deux femmes passaient près de lui et Meaulnes, immobile, regarda la jeune fille. Souvent, plus tard, lorsqu'il s'endormait après avoir désespérément essayé de se rappeler le beau visage effacé, il voyait en rêve passer des rangées de jeunes femmes qui ressemblaient à celle-ci. L'une avait un chapeau comme elle et l'autre son air un peu penché ; l'autre son regard si pur ; l'autre encore sa taille fine, et l'autre avait aussi ses yeux bleus : mais aucune de ces femmes n'était jamais la grande jeune fille.

Meaulnes eut le temps d'apercevoir, sous une lourde chevelure blonde, un visage aux traits un peu courts, mais dessinés avec une finesse presque douloureuse. Et comme déjà elle était passée devant lui, il regarda sa toilette, qui était bien la plus simple et la plus sage des toilettes…

Perplexe, il se demandait s'il allait les accompagner, lorsque la jeune fille, se tournant imperceptiblement vers lui, dit à sa compagne :

– Le bateau ne va pas tarder, maintenant, je pense ?…

Et Meaulnes les suivit. La vieille dame, cassée, tremblante, ne cessait de causer gaiement et de rire. La jeune fille répondait doucement. Et lorsqu'elles descendirent sur l'embarcadère, elle eut ce même regard innocent et grave, qui semblait dire :

– Qui êtes-vous ? Que faites-vous ici ? Je ne vous connais pas. Et pourtant il me semble que je vous connais.

Alain-Fournier, *Le Grand Meaulnes* [1913], Gallimard, «Folioplus classiques», 2009.

---

1. **Excentrique** : qui est original, insolite.
2. **Qu'on a mandé** : qu'on a fait venir.

Louis Aragon, *Aurélien*

L'œuvre de Louis Aragon (1897-1982) comprend plus de quatre-vingts volumes dans des genres aussi divers que le récit, la poésie ou l'essai. *Aurélien* est un roman qui se déroule pendant l'entre-deux-guerres et qui retrace les amours passionnées et contrariées du héros éponyme et de Bérénice. Pourtant, rien n'annonçait cette passion, certainement pas l'incipit de l'œuvre, qui relate leur première rencontre...

La première fois qu'Aurélien vit Bérénice, il la trouva franchement laide. Elle lui déplut, enfin. Il n'aima pas comment elle était habillée. Une étoffe qu'il n'aurait pas choisie. Il avait des idées sur les étoffes. Une étoffe qu'il avait vue sur plusieurs femmes. Cela lui fit mal augurer de celle-ci qui portait un nom de princesse d'Orient[1] sans avoir l'air de se considérer dans l'obligation d'avoir du goût. Ses cheveux étaient ternes ce jour-là, mal tenus. Les cheveux coupés, ça demande des soins constants. Aurélien n'aurait pas pu dire si elle était blonde ou brune. Il l'avait mal regardée. Il lui en demeurait une impression vague, générale, d'ennui et d'irritation. Il se demanda même pourquoi. C'était disproportionné. Plutôt petite, pâle, je crois... Qu'elle se fût appelée Jeanne ou Marie, il n'y aurait pas repensé, après coup. Mais Bérénice. Drôle de superstition. Voilà bien ce qui l'irritait.

Il y avait un vers de Racine que ça lui remettait dans la tête, un vers qui l'avait hanté pendant la guerre, dans les tranchées, et plus tard démobilisé. Un vers qu'il ne trouvait même pas un beau vers, ou enfin dont la beauté lui semblait douteuse, inexplicable, mais qui l'avait obsédé, qui l'obsédait encore :

Je demeurai longtemps errant dans Césarée...[2]

Louis Aragon, *Aurélien* [1944], Gallimard, « Folio », 1996.

---

1. Princesse d'Orient : dans l'Antiquité, Bérénice fut le nom d'une reine de Palestine qui faillit épouser l'empereur romain Titus.
2. Vers tiré de *Bérénice* (acte I, scène IV) de Racine (1639-1699), tragédie représentée pour la première fois en 1670.

La figure de la mère

Albert Camus, *L'Étranger*

Écrit par Albert Camus (1913-1960), *L'Étranger* est publié en 1942 et marque les débuts de l'écrivain. Le roman se déroule à Alger et dans sa région, pendant la colonisation française. Notre extrait se situe au début de l'ouvrage. Le narrateur vient d'apprendre la mort de sa mère.

Aujourd'hui, maman est morte. Ou peut-être hier, je ne sais pas. J'ai reçu un télégramme de l'asile : « Mère décédée. Enterrement demain. Sentiments distingués » Cela ne veut rien dire. C'était peut-être hier.

L'asile de vieillards est à Marengo, à quatre-vingts kilomètres d'Alger. Je prendrai l'autobus à deux heures et j'arriverai dans l'après-midi. Ainsi, je pourrai veiller et je rentrerai demain soir. J'ai demandé deux jours de congé à mon patron et il ne pouvait pas me les refuser avec une excuse pareille. Mais il n'avait pas l'air content. Je lui ai même dit : « Ce n'est pas de ma faute. » Il n'a pas répondu. J'ai pensé alors que je n'aurais pas dû lui dire cela. En somme, je n'avais pas à m'excuser. C'était plutôt à lui de me présenter ses condoléances. Mais il le fera sans doute après-demain, quand il me verra en deuil. Pour le moment, c'est un peu comme si maman n'était pas morte. Après l'enterrement, au contraire, ce sera une affaire classée et tout aura revêtu une allure plus officielle.

J'ai pris l'autobus à deux heures. Il faisait très chaud. J'ai mangé au restaurant, chez Céleste, comme d'habitude. Ils avaient tous beaucoup de peine pour moi et Céleste m'a dit : « On n'a qu'une mère. » Quand je suis parti, ils m'ont accompagné à la porte. J'étais un peu étourdi parce qu'il a fallu que je monte chez Emmanuel pour lui emprunter une cravate noire et un brassard. Il a perdu son oncle, il y a quelques mois.

J'ai couru pour ne pas manquer le départ. Cette hâte, cette course, c'est à cause de tout cela sans doute, ajouté aux cahots[1], à l'odeur d'essence, à la réverbération de la route et du ciel, que

---

1. Cahots : secousses ressenties dans une voiture en raison du sol irrégulier.

je me suis assoupi. J'ai dormi pendant presque tout le trajet. Et quand je me suis réveillé, j'étais tassé contre un militaire qui m'a souri et qui m'a demandé si je venais de loin. J'ai dit « oui » pour n'avoir plus à parler.

L'asile est à deux kilomètres du village. J'ai fait le chemin à pied. J'ai voulu voir maman tout de suite. Mais le concierge m'a dit qu'il fallait que je rencontre le directeur. Comme il était occupé, j'ai attendu un peu. Pendant tout ce temps, le concierge a parlé et ensuite j'ai vu le directeur : il m'a reçu dans son bureau. C'était un petit vieux, avec la Légion d'honneur. Il m'a regardé de ses yeux clairs. Puis il m'a serré la main qu'il a gardée si longtemps que je ne savais trop comment la retirer. Il a consulté un dossier et m'a dit : « Mme Meursault est entrée ici il y a trois ans. Vous étiez son seul soutien. » J'ai cru qu'il me reprochait quelque chose et j'ai commencé à lui expliquer. Mais il m'a interrompu : « Vous n'avez pas à vous justifier, mon cher enfant. J'ai lu le dossier de votre mère. Vous ne pouviez subvenir à ses besoins. Il lui fallait une garde. Vos salaires sont modestes. Et tout compte fait, elle était plus heureuse ici. » J'ai dit : « Oui, monsieur le Directeur. » Il a ajouté : « Vous savez, elle avait des amis, des gens de son âge. Elle pouvait partager avec eux des intérêts qui sont d'un autre temps. Vous êtes jeune et elle devait s'ennuyer avec vous. »

Albert Camus, *L'Étranger* [1942], Gallimard, « Folioplus classiques », 2005.

Francis Ponge, « La jeune mère »

Écrit entre 1924 et 1939 par Francis Ponge (1899-1988), *Le Parti pris des choses* est publié en 1942. Premier recueil du poète, il rencontre un certain succès et est notamment remarqué par Albert Camus et Jean-Paul Sartre, qui en font tous deux l'éloge. Comme l'indique le titre de l'œuvre, le poète cherche à redonner une place aux choses quotidiennes dans la poésie et à en offrir une image originale et inattendue, loin de tous les stéréotypes. Il consacre ainsi ses textes à des éléments aussi banals qu'un cageot ou une bougie. Notre poème ne s'attache pas à un objet mais il fait le tableau singulier d'une jeune mère que le poète choisit de décrire sans jamais évoquer explicitement son nourrisson.

Quelques jours après les couches[1] la beauté de la femme se transforme.

Le visage souvent penché sur la poitrine s'allonge un peu. Les yeux attentivement baissés sur un objet proche[2], s'ils se relèvent parfois paraissent un peu égarés. Ils montrent un regard empli de confiance, mais en sollicitant la continuité. Les bras et les mains s'incurvent et se renforcent. Les jambes qui ont beaucoup maigri et se sont affaiblies sont volontiers assises, les genoux très remontés. Le ventre ballonné, livide, encore très sensible ; le bas ventre s'accommode du repos, de la nuit des draps.

… Mais bientôt sur pieds, tout ce grand corps évolue à l'étroit parmi le pavois[3] utile à toutes hauteurs des carrés blancs du linge, que parfois de sa main libre il saisit, froisse, tâte avec sagacité[4], pour les retendre ou les plier ensuite selon les résultats de cet examen.

Francis Ponge, *Le Parti pris des choses* [1942], Belin-Gallimard, « Classico », 2011,
© Gallimard.

Jean Giraudoux, *Électre*

Jean Giraudoux (1882-1944) est avant tout connu pour ses pièces de théâtre. Comme Jean Cocteau ou Albert Camus, il reprend des mythes de l'Antiquité qu'il réécrit et modernise afin de questionner son époque. Il s'inspire notamment du mythe d'Électre, fille d'Agamemnon (roi de Mycènes) et de Clytemnestre. Cette dernière fait assassiner son mari par son amant Égisthe, qui s'empare du trône. Électre et son frère Oreste, exilé, n'ont alors qu'un seul et unique but : venger leur père en tuant son meurtrier. Jean Giraudoux reprend les éléments essentiels du mythe et en introduit d'autres. La scène 4 de l'acte I livre un face-à-face tendu entre la mère et sa fille…

---

1. **Les couches** : l'accouchement.
2. **Objet proche** : cette périphrase désigne le nourrisson.
3. **Pavois** : drapeau hissé en haut d'un mât.
4. **Sagacité** : subtilité, perspicacité.

ÉGISTHE. – Il faut que tu guérisses, Électre, quel que soit le remède.

ÉLECTRE. – Pour me guérir, c'est simple. Il suffit de rendre la vie à un mort[1].

ÉGISTHE. – Tu n'es pas la seule à pleurer ton père. Mais il ne demande pas que ton deuil soit une offense aux vivants. Nous faisons une situation fausse aux morts en les raccrochant à notre vie. C'est leur enlever, s'ils en ont une, leur liberté de mort.

ÉLECTRE. – Il a sa liberté. C'est pour cela qu'il vient.

ÉGISTHE. – Crois-tu vraiment qu'il se plaise à te voir le pleurer, non comme une fille, mais comme une épouse ?

ÉLECTRE. – Je suis la veuve de mon père, à défaut d'autres.

CLYTEMNESTRE. – Électre.

ÉGISTHE. – Veuve ou non, nous fêtons aujourd'hui tes noces.

ÉLECTRE. – Oui, je connais votre complot.

CLYTEMNESTRE. – Quel complot ! Est-ce un complot de vouloir marier une fille de vingt et un ans ? À ton âge, je vous portais déjà tous les deux dans mes bras, toi et Oreste.

ÉLECTRE. – Tu nous portais mal. Tu as laissé tomber Oreste sur le marbre.

CLYTEMNESTRE. – Que pouvais-je faire ? Tu l'avais poussé.

ÉLECTRE. – C'est faux ! Je n'ai pas poussé Oreste !

CLYTEMNESTRE. – Mais qu'en peux-tu savoir ! Tu avais quinze mois.

ÉLECTRE. – Je n'ai pas poussé Oreste ! D'au-delà de toute mémoire, je me le rappelle. Ô Oreste, où que tu sois, entends-moi ! Je ne t'ai pas poussé !

ÉGISTHE. – Cela va, Électre.

LE MENDIANT. – Cette fois, elles y sont. Ce serait curieux que la petite se déclare juste devant nous.

---

1. **Un mort** : désigne son père, Agamemnon.

ÉLECTRE. – Elle ment, Oreste, elle ment!

ÉGISTHE. – Je t'en prie, Électre.

CLYTEMNESTRE. – Elle l'a poussé. Elle ne savait pas évidemment ce qu'elle faisait, à son âge. Mais elle l'a poussé.

ÉLECTRE. – De toutes mes forces je l'ai retenu. Par sa petite tunique bleue. Par son bras. Par le bout de ses doigts. Par son sillage. Par son ombre. Je sanglotais en le voyant à terre, sa marque rouge au front!

CLYTEMNESTRE. – Tu riais à gorge déployée. La tunique, entre nous, était mauve.

ÉLECTRE. – Elle était bleue. Je la connais, la tunique d'Oreste. Quand on la séchait, on ne la voyait pas sur le ciel.

ÉGISTHE. – Vais-je pouvoir parler! N'avez-vous pas eu le temps, depuis vingt ans, de liquider ce débat entre vous!

Jean Giraudoux, Électre [1937], acte I, scène 4 (extrait),
LGF, «Le livre de poche», 1987.

Hervé Bazin, *Vipère au poing*

Issu d'une famille bourgeoise traditionaliste, le jeune Hervé Bazin (1911-1996) s'oppose à l'éducation catholique qu'il reçoit de ses parents et rompt définitivement avec eux dès l'âge de vingt ans. En 1948, il publie un roman autobiographique qui le rend célèbre: *Vipère au poing*. Il s'inspire dans ce récit de son enfance et de sa relation conflictuelle avec sa mère, froide et autoritaire. Le roman met en scène le narrateur, Jean Rezeau, et sa mère, surnommée Folcoche. L'extrait suivant est situé à la fin du récit: le narrateur constate les effets dévastateurs de la méchanceté de sa mère sur sa personnalité et sur sa perception de l'éducation.

« Ne fais pas cette tête de conquérant, mon petit ami. Je te prédis, moi, ta mère, un avenir dont tu n'auras pas le droit d'être fier. »

Tu as refermé le couvercle, bouclé ma malle à double tour sans t'apercevoir, Folcoche, qu'entre cuir et carton j'avais glissé quatre billets de cent francs, dont deux venaient d'être chipés dans ton sac. Tu ne m'as pas pris en flagrant délit, mais ce don de seconde vue que tu possèdes à certains moments, cette prescience[1], qui n'est donnée qu'aux anges et aux démons, te permet de bien augurer de mon avenir. Tu as forgé l'arme qui te criblera de coups, mais qui finira par se retourner contre toi-même. Toi qui as déjà tant souffert pour nous faire souffrir, tu te moques de ce que je te réserve, pourvu que mûrisse ce que je me réserve à moi-même. La mentalité que j'arbore[2], hissée haut par le drapeau noir, tu en as cousu tous les plis, tu les as teints et reteints dans le meilleur jus de pieuvre. J'entre à peine dans la vie et, grâce à toi, je ne crois plus à rien, ni à personne. *Celui qui n'a pas cru en mon Père, celui-là n'entrera pas dans le royaume des cieux.* Celui qui n'a pas cru en sa mère, celui-là n'entrera pas dans le royaume de la terre. Toute foi me semble une duperie[3], toute autorité un fléau, toute tendresse un calcul. Les plus sincères amitiés, les bonnes volontés, les tendresses à venir, je les soupçonnerai, je les découragerai, je les renierai. L'homme doit vivre seul. Aimer, c'est s'abdiquer. Haïr, c'est s'affirmer. Je suis, je vis, j'attaque, je détruis. Je pense, donc je contredis. Toute autre vie menace un peu la mienne, ne serait-ce qu'en respirant une part de mon oxygène. Je ne suis solidaire que de moi-même. Donner la vie n'a aucun sens si l'on ne donne pas aussi la mort: Dieu l'a parfaitement compris, qui a fait toute créature périssable. Ni au commencement ni à la fin de ma vie, je n'ai l'occasion de donner mon consentement. On me fait naître et mourir. À moi, seulement, ce qui se trouve entre les deux, ce qui s'appelle pompeusement le destin. Mais ce destin lui-même, des Folcoche le préfacent[4], l'engagent, l'escroquent: cette escroquerie s'appelle l'éducation. Je dois dire non à toute cette éducation, à tout ce qui m'a engagé sur une voie choisie par d'autres que moi et dont je ne puis que détester le sens, puisque je déteste les guides. Le bien, c'est moi. Le mal, c'est vous. Les principes sont des préjugés

---

1. **Prescience**: capacité à prédire l'avenir.
2. **J'arbore**: je porte de façon visible.
3. **Duperie**: tromperie.
4. **Préfacer**: annoncer.

de grande taille, c'est tout. L'honorabilité[1] n'est que la réussite sociale de l'hypocrisie. La spontanéité du cœur est un réflexe malheureux.

Hervé Bazin, *Vipère au poing* [1948], LGF, «Le livre de poche», 1990.
© Grasset.

Albert Cohen, *Le Livre de ma mère*

Publié en 1954, *Le Livre de ma mère* est une autobiographie rédigée par Albert Cohen (1895-1981), dans laquelle l'auteur rend un vibrant hommage à sa mère, décédée en 1943, et à la «majesté de l'amour» maternel reçu durant son enfance. Après avoir évoqué le bonheur des retrouvailles du fils et de la mère, qui avaient lieu une fois par an à Genève, l'écrivain décrit le douloureux moment de la séparation. Au début du chapitre XIII, il brosse un portrait pathétique de sa mère, dont l'attitude misérable contraste avec l'insouciance du fils.

Ses larmes à la gare de Genève, le soir du départ pour Marseille, lorsque la locomotive lançait son hystérie de folle désespérée, avec les bruits de fer et la vapeur qui s'échappait sous les essieux. À la portière du wagon, elle me considérait si tendrement, avec folie et malheur, sans plus se soucier d'être élégante et bien vêtue. Elle savait qu'elle allait me quitter pour un an et que ma vie était séparée de son humble vie par un abîme que je hais maintenant. Oh, la bénédiction en larmes d'elle à la portière, d'elle me regardant tellement, d'elle soudain si vieille, défaite et décoiffée et le chapeau mal mis et absurdement de travers, la bénédiction d'elle, exposée, déconfite[2], misérable, vaincue, paria[3], si dépendante et obscure, un peu folle de malheur, un peu imbécile de malheur. Finie, la merveille d'être ensemble, la pauvre fête de sa vie. Sa panique de malheur à la portière du train qui s'ébranlait[4], qui allait l'emporter vers sa vie de solitude, qui l'emportait, impuissante et condamnée, loin de son fils,

1. **Honorabilité**: qualité d'une personne qui respecte un certain code moral.
2. **Déconfite**: ahurie, déconcertée.
3. **Paria**: personne méprisée et exclue.
4. **S'ébranlait**: se mettait en mouvement.

tandis qu'elle me bénissait et pleurait et me balbutiait des remerciements. Étrange, je ne prenais pas assez ces larmes au sérieux. Étrange que je ne m'aperçoive que maintenant que ma mère était un être humain, un être autre que moi et avec de vraies souffrances. Peut-être allais-je le soir même vers mon amante.

Un fils m'a dit, et c'est lui qui parle maintenant. Moi aussi, m'a dit ce fils aux yeux cernés, j'ai perdu ma mère. Moi aussi, je vivais loin d'elle et elle venait me voir chaque année pour quelques semaines qui étaient aussi la pauvre féerie de sa vie. Moi aussi, dit ce fils, le soir même de son départ, au lieu de pleurer toute la nuit mon incomparable, j'allais, triste mais vite consolé, vers une comparable, une des exquises diablesses de ma vie et qui avait nom Diane, Diane religieuse d'amour. J'allais, sans presque plus penser à ma mère dont la tête dodelinait[1], abrutie de douleur, dans le train qui l'éloignait de moi et où elle ne pensait qu'à son fils, ce fils qui, en ce même moment, sans plus penser à sa mère, toute seule et petite dans son train, riait d'amour dans le taxi qui le rapprochait de Diane, pécheur[2] plaisir de dire ce nom.

Albert Cohen, *Le Livre de ma mère* [1954], Belin-Gallimard, « Classico », 2011.
© Gallimard.

---

1. **Dodeliner** : balancer doucement.
2. **Pécheur** : qui est lié au péché, et donc à une faute commise.

Questions sur les groupements de textes

■ La rencontre amoureuse

1. Dans ce groupement, chaque auteur met en scène une rencontre amoureuse. Le thème de la rencontre amoureuse constitue un topos romanesque, c'est-à-dire un lieu commun. Comparez la façon dont il est traité dans chacun des textes en mettant en évidence les points communs et les différences.

TICE **2.** Rendez-vous sur les sites suivants:
• http://www.lexilogos.com/francais_langue_dictionnaires.htm
• http://atilf.atilf.fr/tlf.htm

Cherchez l'étymologie du mot «roman» et décrivez l'évolution de son sens.

■ La figure de la mère

1. Quelle(s) image(s) de la figure maternelle ces extraits donnent-ils?

TICE **2.** Vous devez illustrer un des extraits du groupement par une œuvre picturale représentant une figure maternelle. À l'aide d'un moteur de recherche, visualisez par exemple les œuvres de Picasso et de Klimt, et justifiez votre choix dans un paragraphe argumenté.

Vous pouvez aussi visualiser d'autres œuvres en effectuant votre recherche sur les sites suivants:
• http://www.louvre.fr/llv/commun/home.jsp
• http://www.musee-orsay.fr/fr/collections/catalogue-des-oeuvres

L'épreuve écrite du Bac de français s'appuie sur un corpus (ensemble de textes et de documents iconographiques). Le sujet se compose de deux parties: une ou deux questions portant sur le corpus puis trois travaux d'écriture au choix (commentaire, dissertation, écriture d'invention).

Sujet La description dans le roman

☛ Le personnage de roman, du XVIIᵉ siècle à nos jours

Corpus	
Texte A	Honoré de Balzac, *Le Père Goriot*
Texte B	Victor Hugo, *Les Misérables*
Texte C	Marguerite Duras, *Un barrage contre le Pacifique*
Texte D	Alain Robbe-Grillet, *La Jalousie*
Annexe 1	Alain Robbe-Grillet, *Pour un Nouveau Roman*
Annexe 2	Le Douanier Rousseau, *Cheval attaqué par un jaguar*

Texte A
Honoré de Balzac, *Le Père Goriot* (1835)

Au début du roman, Balzac décrit de façon détaillée et organisée la pension Vauquer, où est logé son héros éponyme, le père Goriot.

Cette première pièce exhale une odeur sans nom dans la langue, et qu'il faudrait appeler *l'odeur de pension*. Elle sent le renfermé, le moisi, le rance ; elle donne froid, elle est humide au nez, elle pénètre les vêtements ; elle a le goût d'une salle où l'on a dîné ; elle pue le service, l'office, l'hospice. Peut-être pourrait-elle se décrire si l'on inventait un procédé pour évaluer les quantités élémentaires et nauséabondes qu'y jettent les atmosphères catarrhales[1] et sui generis[2] de chaque pensionnaire, jeune ou vieux. Eh bien ! malgré ces plates horreurs, si vous le compariez à la salle à manger, qui lui est contiguë, vous trouveriez ce salon élégant et parfumé comme doit l'être un boudoir[3]. Cette salle, entièrement boisée, fut jadis peinte en une couleur indistincte aujourd'hui, qui forme un fond sur lequel la crasse a imprimé ses couches de manière à y dessiner des figures bizarres. Elle est plaquée de buffets gluants sur lesquels sont des carafes échancrées, ternies, des ronds de moiré[4] métallique, des piles d'assiettes en porcelaine épaisse, à bords bleus, fabriquées à Tournai. Dans un angle est placée une boîte à cases numérotées qui sert à garder les serviettes, ou tachées ou vineuses, de chaque pensionnaire. Il s'y rencontre de ces meubles indestructibles, proscrits partout, mais placés là comme le sont les débris de la civilisation aux Incurables[5]. Vous y verriez un baromètre à capucin[6] qui sort quand il pleut, des gravures exécrables qui ôtent l'appétit, toutes encadrées en bois verni à filets dorés ; un cartel[7] en écaille incrustée

---

1. Catarrhales : adjectif tiré du nom *catarrhe* qui désigne une infection des poumons provoquant des sécrétions.
2. Sui generis : expression latine signifiant « de son propre genre ».
3. Boudoir : petite pièce élégante réservée à la maîtresse de maison.
4. Moiré : d'aspect brillant et chatoyant.
5. Incurables : l'hospice des Incurables abritait les malades pauvres, qu'on ne pouvait guérir.
6. Capucin : homme qui affiche une dévotion étroite.
7. Cartel : encadrement décoratif d'une horloge.

de cuivre ; un poêle vert, des quinquets d'Argand[1] où la poussière se combine avec l'huile, une longue table couverte en toile cirée assez grasse pour qu'un facétieux externe[2] y écrive son nom en se servant de son doigt comme de style[3], des chaises estropiées, de petits paillassons piteux en sparterie[4] qui se déroule toujours sans se perdre jamais, puis des chaufferettes misérables à trous cassés, à charnières défaites, dont le bois se carbonise. Pour expliquer combien ce mobilier est vieux, crevassé, pourri, tremblant, rongé, manchot, borgne, invalide, expirant, il faudrait en faire une description qui retarderait trop l'intérêt de cette histoire, et que les gens pressés ne pardonneraient pas. Le carreau rouge est plein de vallées produites par le frottement ou par les mises en couleur. Enfin, là règne la misère sans poésie ; une misère économe, concentrée, râpée. Si elle n'a pas de fange[5] encore, elle a des taches ; si elle n'a ni trous ni haillons, elle va tomber en pourriture.

Balzac, Le Père Goriot.

Texte B
Victor Hugo, *Les Misérables* (1862)

Le roman *Les Misérables* retrace le parcours de Jean Valjean, ancien forçat qui tente de refaire sa vie après vingt ans passés au bagne. Il recueille notamment une jeune fille nommée Cosette. Dans la quatrième partie du roman, après avoir passé plusieurs années au couvent, Cosette s'installe avec Jean Valjean à Paris dans une petite maison. Celle-ci possède un jardin dont voici la description.

Ce jardin ainsi livré à lui-même depuis plus d'un demi-siècle était devenu extraordinaire et charmant. Les passants d'il y a quarante ans s'arrêtaient dans cette rue pour le contempler, sans se douter des secrets qu'il dérobait derrière ses épaisseurs

---

1. **Quinquets d'Argand** : anciennes lampes à huile.
2. **Facétieux externe** : étudiant en médecine qui aime faire des plaisanteries.
3. **Style** : stylo.
4. **En sparterie** : en sorte de corde.
5. **Fange** : boue.

fraîches et vertes. Plus d'un songeur à cette époque a laissé bien des fois ses yeux et sa pensée pénétrer indiscrètement à travers les barreaux de l'antique grille cadenassée, tordue, branlante, scellée à deux piliers verdis et moussus, bizarrement couronnée d'un fronton d'arabesques indéchiffrables.

Il y avait un banc de pierre dans un coin, une ou deux statues moisies, quelques treillages décloués par le temps pourrissant sur le mur ; du reste plus d'allées ni de gazon ; du chiendent[1] partout. Le jardinage était parti, et la nature était revenue. Les mauvaises herbes abondaient, aventure admirable pour un pauvre coin de terre. La fête des giroflées y était splendide. Rien dans ce jardin ne contrariait l'effort sacré des choses vers la vie ; la croissance vénérable était là chez elle. Les arbres s'étaient baissés vers les ronces, les ronces étaient montées vers les arbres, la plante avait grimpé, la branche avait fléchi, ce qui rampe sur la terre avait été trouver ce qui s'épanouit dans l'air, ce qui flotte au vent s'était penché vers ce qui se traîne dans la mousse ; troncs, rameaux, feuilles, fibres, touffes, vrilles, sarments[2], épines, s'étaient mêlés, traversés, mariés, confondus ; la végétation, dans un embrassement étroit et profond, avait célébré et accompli là, sous l'œil satisfait du créateur, en cet enclos de trois cents pieds carrés, le saint mystère de sa fraternité, symbole de la fraternité humaine. Ce jardin n'était plus un jardin, c'était une broussaille colossale, c'est-à-dire quelque chose qui est impénétrable comme une forêt, peuplé comme une ville, frissonnant comme un nid, sombre comme une cathédrale, odorant comme un bouquet, solitaire comme une tombe, vivant comme une foule.

Victor Hugo, Les Misérables.

Texte C
Marguerite Duras, *Un barrage contre le pacifique* (1950)

C'était une grande ville de cent mille habitants qui s'étendait de part et d'autre d'un large et beau fleuve.

---

1. **Chiendent** : mauvaises herbes.
2. **Sarments** : tiges d'une plante grimpante.

Comme dans toutes les villes coloniales il y avait deux villes dans cette ville ; la blanche et l'autre. Et dans la ville blanche il y avait encore des différences. La périphérie du haut quartier, construite de villas, de maisons d'habitation, était la plus large, la plus aérée, mais gardait quelque chose de profane[1]. Le centre, pressé de tous les côtés par la masse de la ville, éjectait des buildings chaque année plus hauts. Là ne se trouvaient pas les Palais des Gouverneurs, le pouvoir officiel, mais le pouvoir profond, les prêtres de cette Mecque, les financiers.

Les quartiers blancs de toutes les villes coloniales du monde étaient toujours, dans ces années-là, d'une impeccable propreté. Il n'y avait pas que les villes. Les blancs aussi étaient très propres. Dès qu'ils arrivaient, ils apprenaient à se baigner tous les jours, comme on fait des petits enfants, et à s'habiller de l'uniforme colonial, du costume blanc, couleur d'immunité et d'innocence. Dès lors, le premier pas était fait. La différence augmentait d'autant, la différence première était multipliée, blanc sur blanc, entre eux et les autres, qui se nettoyaient avec la pluie du ciel et les eaux limoneuses des fleuves et des rivières. Le blanc est en effet extrêmement salissant.

Aussi les blancs se découvraient-ils du jour au lendemain plus blancs que jamais, baignés, neufs, siestant à l'ombre de leurs villas, grands fauves à la robe fragile.

Dans le haut quartier n'habitaient que les blancs qui avaient fait fortune. Pour marquer la mesure surhumaine de la démarche blanche, les rues et les trottoirs des hauts quartiers étaient immenses. Un espace orgiaque[2], inutile était offert aux pas négligents des puissants au repos. Et dans les avenues glissaient leurs autos caoutchoutées, suspendues, dans un demi-silence impressionnant.

Tout cela était asphalté, large, bordé de trottoirs plantés d'arbres rares et séparés en deux par des gazons et des parterres de fleurs le long desquels stationnaient les files rutilantes des taxis-torpédos[3]. Arrosées plusieurs fois par jour, vertes,

---

1. **Profane** : qui n'a pas de caractère religieux, sacré.
2. **Orgiaque** : excessif.
3. **Torpédos** : anciennes automobiles décapotables, de forme allongée.

fleuries, ces rues étaient aussi bien entretenues que les allées d'un immense jardin zoologique où les espèces rares des blancs veillaient sur elles-mêmes. Le centre du haut quartier était leur vrai sanctuaire. C'était au centre seulement qu'à l'ombre des tamariniers s'étalaient les immenses terrasses de leurs cafés. Là, le soir, ils se retrouvaient entre eux. Seuls les garçons de café étaient encore indigènes[1], mais déguisés en blancs, ils avaient été mis dans des smokings, de même qu'auprès d'eux les palmiers des terrasses étaient en pots. Jusque tard dans la nuit, installés dans des fauteuils en rotin derrière les palmiers et les garçons en pots et en smokings, on pouvait voir les blancs, suçant per-nods, whisky-soda, ou martel-perrier, se faire, en harmonie avec le reste, un foie bien colonial.

Marguerite Duras, *Un barrage contre le Pacifique*.
© Gallimard.

Texte D
Alain Robbe-Grillet, *La Jalousie* (1957)

Dans *La Jalousie*, un narrateur anonyme soupçonne sa femme, A., d'avoir une liaison avec Franck, lui-même marié avec Christiane. La description tient une place particulière dans cet ouvrage qui inaugure un courant littéraire: le Nouveau Roman.

Pour le dîner, Franck est encore là, souriant, affable. Chris-tiane, cette fois, ne l'a pas accompagné; elle est restée chez eux avec l'enfant, qui avait un peu de fièvre. Il n'est pas rare, à pré-sent, que son mari vienne ainsi sans elle: à cause de l'enfant, à cause aussi des propres troubles de Christiane, dont la santé s'ac-commode mal de ce climat humide et chaud, à cause enfin des ennuis domestiques qu'elle doit à ses serviteurs trop nombreux et mal dirigés.

Ce soir, pourtant, A… paraissait l'attendre. Du moins avait-elle fait mettre quatre couverts. Elle donne l'ordre d'enlever tout de suite celui qui ne doit pas servir.

---

1. Indigènes: qui sont originaires du pays où ils se trouvent, par opposition aux colons.

Sur la terrasse, Franck se laisse tomber dans un des fauteuils bas et prononce son exclamation – désormais coutumière – au sujet de leur confort. Ce sont des fauteuils très simples, en bois et sangles de cuir, exécutés sur les indications de A... par un artisan indigène. Elle se penche vers Franck pour lui tendre son verre.

Bien qu'il fasse tout à fait nuit maintenant, elle a demandé de ne pas apporter les lampes, qui – dit-elle – attirent les moustiques. Les verres sont emplis, presque jusqu'au bord, d'un mélange de cognac et d'eau gazeuse où flotte un petit cube de glace. Pour ne pas risquer d'en renverser le contenu par un faux mouvement, dans l'obscurité complète, elle s'est approchée le plus possible du fauteuil où est assis Franck, tenant avec précaution dans la main droite le verre qu'elle lui destine. Elle s'appuie de l'autre main au bras du fauteuil et se penche vers lui, si près que leurs têtes sont l'une contre l'autre. Il murmure quelques mots : un remerciement, sans doute.

Elle se redresse d'un mouvement souple, s'empare du troisième verre – qu'elle ne craint pas de renverser, car il est beaucoup moins plein – et va s'asseoir à côté de Franck, tandis que celui-ci continue l'histoire de camion en panne commencée dès son arrivée.

C'est elle-même qui a disposé les fauteuils, ce soir, quand elle les a fait apporter sur la terrasse. Celui qu'elle a désigné à Franck et le sien se trouvent côte à côte, contre le mur de la maison – le dos vers ce mur, évidemment – sous la fenêtre du bureau. Elle a ainsi le fauteuil de Franck à sa gauche, et sur sa droite – mais plus en avant – la petite table où sont les bouteilles. Les deux autres fauteuils sont placés de l'autre côté de cette table, davantage encore vers la droite, de manière à ne pas intercepter la vue entre les deux premiers et la balustrade de la terrasse. Pour la même raison de « vue », ces deux derniers fauteuils ne sont pas tournés vers le reste du groupe : ils ont été mis de biais, orientés obliquement vers la balustrade à jours[1] et l'amont de la vallée. Cette disposition oblige les personnes qui s'y trouvent assises à de fortes

---

1. Balustrade à jours : balustrade percée d'ouvertures qui laissent passer la lumière.

rotations de tête vers la gauche, si elles veulent apercevoir A... – surtout en ce qui concerne le quatrième fauteuil, le plus éloigné.

Le troisième, qui est un siège pliant fait de toile tendue sur des tiges métalliques, occupe – lui – une position nettement en retrait, entre le quatrième et la table. Mais c'est celui-là, moins confortable, qui est demeuré vide.

La voix de Franck continue de raconter les soucis de la journée sur sa propre plantation. A... semble y porter de l'intérêt. Elle l'encourage de temps à autre par quelques mots prouvant son attention. Dans un silence se fait entendre le bruit d'un verre que l'on repose sur la petite table.

De l'autre côté de la balustrade, vers l'amont de la vallée, il y a seulement le bruit des criquets et le noir sans étoiles de la nuit.

Alain Robbe-Grillet, *La Jalousie*.
© Les Éditions de Minuit.

Annexe 1
Alain Robbe-Grillet, *Pour un Nouveau Roman* (1963)

Alain Robbe-Grillet, écrivain et théoricien du *Nouveau Roman*, vient d'évoquer la fonction de la description dans les romans réalistes du XIXᵉ siècle : il s'agit de faire voir. Au contraire, dans les ouvrages se rattachant au Nouveau Roman, le but est tout autre.

C'est que la place et le rôle de la description ont changé du tout au tout. Tandis que les préoccupations d'ordre descriptif envahissaient tout le roman, elles perdaient en même temps leur sens traditionnel. Il n'est plus question pour elles de définitions préliminaires. La description servait à situer les grandes lignes d'un décor, puis à en éclairer quelques éléments particulièrement révélateurs : elle ne parle plus que d'objets insignifiants, ou qu'elle s'attache à rendre tels. Elle prétendait reproduire une réalité préexistante ; elle affirme à présent sa fonction créatrice. Enfin, elle faisait voir les choses et voilà qu'elle semble maintenant les détruire, comme si son acharnement à en discourir ne visait qu'à en brouiller les lignes, à les rendre incompréhensibles, à les faire disparaître totalement.

Il n'est pas rare en effet, dans ces romans modernes, de rencontrer une description qui ne part de rien ; elle ne donne pas d'abord une vue d'ensemble, elle paraît naître d'un menu fragment sans importance – ce qui ressemble le plus à un point – à partir duquel elle invente des lignes, des plans, une architecture ; et on a d'autant plus l'impression qu'elle les invente que soudain elle se contredit, se répète, se reprend, bifurque, etc. Pourtant, on commence à entrevoir quelque chose, et l'on croit que ce quelque chose va se préciser. Mais les lignes du dessin s'accumulent, se surchargent, se nient, se déplacent, si bien que l'image est mise en doute à mesure qu'elle se construit. Quelques paragraphes encore et, lorsque la description prend fin, on s'aperçoit qu'elle n'a rien laissé debout derrière elle : elle s'est accomplie dans un double mouvement de création et de gommage, que l'on retrouve d'ailleurs dans le livre à tous les niveaux et en particulier dans sa structure globale – d'où vient la déception inhérente aux œuvres d'aujourd'hui. Le souci de précision qui confine parfois au délire (ces notions si peu visuelles de « droite » et de « gauche », ces comptages, ces mensurations, ces repères géométriques) ne parvient pas à empêcher le monde d'être mouvant jusque dans ses aspects les plus matériels, et même au sein de son apparente immobilité. […] Tout l'intérêt des pages descriptives – c'est-à-dire la place de l'homme dans ces pages – n'est donc plus dans la chose décrite, mais dans le mouvement même de la description. On voit dès lors combien il est faux de dire qu'une telle écriture tend vers la photographie ou vers l'image cinématographique. L'image, prise isolément, ne peut que faire voir, à l'instar de la description balzacienne, et semblerait donc faite au contraire pour remplacer celle-ci, ce dont le cinéma naturaliste ne se prive pas du reste.

Annexe 2
Le Douanier Rousseau, *Cheval attaqué par un jaguar*, huile sur toile, 1910.

➡ Image reproduite en fin d'ouvrage, au verso de la couverture.

■ *Questions sur le corpus*

(4 points pour les séries générales ou 6 points pour les séries technologiques)

1. Quelles sont les fonctions de ces descriptions de lieux ? Vous vous demanderez notamment si ces quatre textes et si l'annexe 2 cherchent à représenter la réalité.

2. Comment ces descriptions sont-elles organisées et quelle image donnent-elles du lieu décrit (mélioratif/péjoratif, effrayant…) ?

■ *Travaux d'écriture*

(16 points pour les séries générales ou 14 points pour les séries technologiques)

Commentaire (séries générales)

Vous ferez le commentaire de l'extrait du *Père Goriot* de Balzac (texte A).

Commentaire (séries technologiques)

Vous ferez le commentaire de l'extrait des *Misérables* de Victor Hugo (texte B) en vous aidant du parcours de lecture suivant :

– Vous montrerez que l'extrait est la description d'un jardin abandonné.

– Vous analyserez la dimension symbolique de cette description en montrant que le jardin est un lieu de liberté et de fraternité.

Dissertation

Selon vous, la description constitue-t-elle un élément indispensable au roman ? Vous répondrez à cette question dans un développement organisé en vous appuyant sur les documents du corpus, les textes et œuvres vus en classe, ainsi que sur vos lectures personnelles.

Écriture d'invention

Lors d'un débat littéraire, deux écrivains s'affrontent au sujet de la place que doit occuper la description dans un roman. L'un considère que les descriptions sont sources d'ennui, l'autre revendique leur nécessité. Vous rédigerez ce débat en pensant à varier vos arguments et en employant une tonalité polémique.

Fenêtres sur...

 ### *Des ouvrages à lire*

D'autres œuvres de Marguerite Duras sur sa jeunesse en Indochine
• *L'Éden Cinéma* [1977] (pièce de théâtre), Gallimard, coll. « Folio », 1989.
• *L'Amant* [1984] (obtient le prix Goncourt), Éditions de Minuit, 2006.
• *L'Amant de la Chine du Nord* [1991], Gallimard, « Folio », 1993.

Des œuvres autobiographiques du XXe siècle
• Albert Cohen, *Le Livre de ma mère* [1954], Gallimard, « Folio », 1974.
• Jean-Paul Sartre, *Les Mots* [1964], Gallimard, « Folio », 1972.
• Nathalie Sarraute, *Enfance* [1983], Gallimard, « Folio », 1985.
• Annie Ernaux, *La Place* [1984], Belin-Gallimard, « Classico », 2010.
• Charles Juliet, *Lambeaux* [1995], Gallimard, « Folio », 1997.

Des œuvres sur Marguerite Duras
• Laure Adler, *Marguerite Duras* (biographie) [1998], Gallimard, « Folio », 2000.
• Aliette Armel, *Marguerite Duras et l'autobiographie* (essai), Le Castor astral, 1990.

• Marguerite Duras et Xavière Gauthier, *Les Parleuses* (entretien), Les Éditions de Minuit, 1974.
• Yann Andréa, *M.D.* (témoignage), [1983], Les Éditions de Minuit, «Double», 2006.

🎬 *Des films à voir*

(Les œuvres citées ci-dessous sont disponibles en DVD.)

• *L'Amant* de Jean-Jacques Annaud, avec Jane March, Tony Leung Ka Fai et Melvil Poupaud, 1992.
• *Un barrage contre le Pacifique* de Rithy Panh, avec Isabelle Huppert, Gaspard Ulliel et Astrid Berges-Frisbey, 2009.

@ *Des sites Internet à consulter*

• La Société Marguerite Duras : http://societeduras.free.fr
• L'Association Marguerite Duras : http://www.margueriteduras.org

Glossaire

Allitération : répétition d'un même son, notamment d'une consonne.

Analepse (ou retour en arrière) : procédé rhétorique permettant de rapporter des événements du passé et d'éclairer ainsi un aspect du récit ou d'un personnage.

Anaphore : figure de style qui consiste à répéter un même mot ou groupe de mots en tête de phrase, de proposition ou de vers.

Antithèse : figure de style qui rapproche deux termes syntaxiquement indépendants et désignant des réalités opposées.

Autobiographie : récit rétrospectif en prose, souvent rédigé à la première personne du singulier, dans lequel une personne raconte sa propre existence. Il y a identité entre l'auteur, le narrateur et le personnage.

Cadre spatio-temporel : lieu et moment où se déroule l'action.

Connecteur logique : mot ou locution qui permet d'établir un lien logique entre deux énoncés.

Diatribe : écrit ou discours dans lequel on attaque quelqu'un ou quelque chose sur un ton violent et parfois injurieux.

Éponyme : le héros éponyme est celui qui donne son nom au roman dans lequel il apparaît.

Focalisation : la focalisation (ou point de vue) est l'angle selon lequel le narrateur raconte et donne à voir l'histoire. Il existe trois types de focalisation : l'externe, l'interne et la focalisation zéro ou omnisciente.

Ellipse : procédé qui consiste à passer sous silence une période de l'action plus ou moins grande et à accélérer ainsi le récit.

Explicite : ce qui est dit de manière claire et directe, sans aucun doute possible.

Implicite : ce qui est dit de façon indirecte ; c'est le contraire d'*explicite*.

Incipit : désigne les premières pages d'un récit.

Ironie : figure de rhétorique qui consiste à faire passer une idée en disant son contraire.

Mythe : évocation de faits ou de personnages réels, transformés par la légende.

Objectivité : attitude d'une personne qui s'efforce de ne pas prendre parti. Cette notion s'oppose au terme *subjectivité*.

Oxymore : figure de style qui réunit à l'intérieur d'une même expression deux termes dont le sens paraît opposé.

Pamphlet : court texte satirique, de nature souvent politique, qui critique quelque chose ou quelqu'un sur un ton violent.

Pathétique : du grec *pathos* qui signifie « souffrance, maladie », tonalité qui cherche à susciter la pitié du lecteur en mettant en scène la souffrance et la douleur des personnages.

Pause : interruption de l'action alors que la narration se poursuit. C'est par exemple le cas des descriptions. Elle permet de ralentir le récit.

Période : en rhétorique, terme qui désigne une phrase longue, au rythme recherché et harmonieux.

Polémique : tonalité qui caractérise une discussion vive, parfois agressive, dans laquelle il y a une volonté de provocation de part et d'autre.

Présentatif : mot ou locution qui permet de mettre en évidence un groupe nominal. Exemple : *il y a, voici, c'est,…*

Procédés d'amplification : ensemble des figures de style qui permettent d'accentuer et d'amplifier une réalité, comme l'hyperbole ou la gradation.

Prolepse (ou anticipation) : procédé rhétorique permettant d'annoncer des événements qui se produiront plus tard dans le récit.

Satire : écrit qui cherche à critiquer quelque chose ou quelqu'un en s'en moquant.

Situation d'énonciation : situation dans laquelle est produit un énoncé : qui parle ? à qui ? où ? quand ?

Symbole : élément concret qui renvoie, par un système de correspondances, à quelque chose d'abstrait.

Topos : lieu commun, c'est-à-dire thème souvent utilisé par les écrivains.

Tragique : cette tonalité montre la souffrance de héros solitaires et impuissants, écrasés par une fatalité à laquelle ils ne peuvent échapper. Cette fatalité peut être incarnée par les dieux, l'hérédité, l'Histoire, etc.

Vitesse narrative : le temps de l'histoire est la durée de déroulement de l'action racontée ; il se calcule en années, jours, heures, etc. Le temps de la narration est le temps mis à raconter l'action ; il se calcule en pages, nombre de lignes. Le rapport entre ces deux temps détermine la vitesse narrative et donc le rythme du récit.

Notes

Notes

Dans la même collection

CLASSICOCOLLÈGE

CLASSICOLYCÉE

Pour obtenir plus d'informations, bénéficier d'offres spéciales enseignants ou nous communiquer vos attentes, renseignez-vous sur www.editions-belin.com ou envoyez un courriel à contact.classico@editions-belin.fr

Cet ouvrage a été composé par Palimpseste à Paris.

Imprimé en Espagne par Novoprint (Barcelone)
N° d'édition : 005820-01 – Dépôt légal : août 2011